飞行家

АВИАТОР
Евгений Водолазкин

［俄］叶甫盖尼·沃多拉兹金 著
肖楚舟 译

九州出版社
JIUZHOUPRESS

献给我的女儿

"您忙着写什么呢?"

"我在描述各种事物和感受。各式各样的人。我想要把被忽视的他们拯救出来,所以每天都在写作。"

"上帝创造的世界浩渺无边,您光靠一支笔,成功的机会太渺茫了。"

"您知道吗,如果每天都写一点,哪怕只是描绘这世界一个小小的角落,就能积少成多……其实,也不一定只能写出冰山一角,对吗?总有人会找到一个见微知著的视角,反映出相当一部分的真实。"

"比如?"

"比如,飞行家。"

一段飞机上的对话。

目录

第一部　1
第二部　213

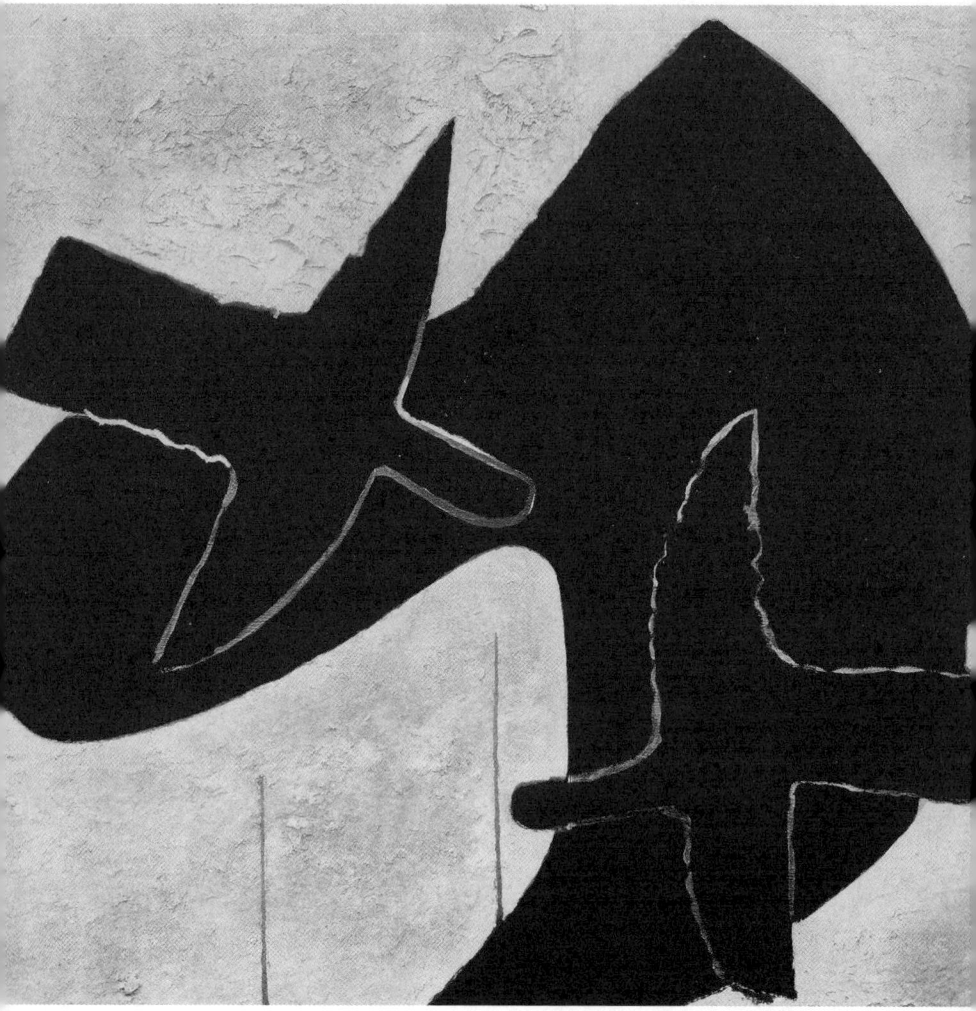

第一部

我总是对她说：冷天记得戴帽子，否则会冻掉耳朵。瞧瞧街上，多少人都丢了耳朵呀。她点着头，嘴里连声应道"是是是"，却还是不戴帽子。她一边开怀大笑，一边光着脑袋走在大街上。类似的零碎片段没来由地在脑中浮现，叫我一头雾水。

有时脑子里冒出来的是一些风言风语——既不成体统，又叫人心神不宁。不知发生于何时何地。可气的是，起初聊得挺好，甚至算得上一团和气，随后话赶话地就吵了起来。问题是事后连我自己都惊讶——我们为什么事争吵，又为什么非得吵起来？

有人说葬礼上的宴席便是如此：开头一团和气，大伙儿都在怀念逝者，说他如此这般之好。一个半小时后，某位来客便会提起他的不是。于是众人立刻像听了号令一般，七嘴八舌地添油加醋起来，逐渐得出一个结论——棺材里躺着的家伙是个头等混蛋。

有时脑子里还会冒出完全虚构的场景：某人的脑袋被一块香肠砸中了，顺着斜坡咕噜咕噜滚了下去，滚得刹不住车，滚得天旋地转……

原来那正是我的脑袋。滚得天旋地转。而我正躺在一张床上。

我在哪儿？

一阵脚步声传来。

一个穿着白大褂的陌生人走进房间。他的手指压在嘴唇上，站在床边盯着我看（门缝里还有另一只脑袋在朝里望）。我也盯着他看，不过没睁眼，只是半眯着眼偷偷瞧他。但他发现了我睫毛的颤动。

"您醒了？"

我睁开了双眼。陌生人来到我床前，伸出一只手：

"我是盖格尔。您的主治大夫。"

我从被子里伸出右手，感觉到盖格尔轻轻地握了握我的手。他小心翼翼，仿佛生怕把我捏碎了似的。他飞快地回过头看了一眼，房门便砰的一声关上了。盖格尔仍握着我的手，俯身对我说：

"您是因诺肯季·彼得洛维奇·普拉东诺夫，对吗？"

是不是，我也没法确认。但既然他这么问，想必是有依据的。因诺肯季·彼得洛维奇……我默默把手收回了被子里。

"您什么也不记得了？"盖格尔问道。

我摇摇头。因诺肯季·彼得洛维奇·普拉东诺夫。是个令人生敬的名字。好像还有点文绉绉的。

"您还记得我刚才是怎么走到床边的吗？记得我的名字吗？"

为什么他要这样对待我？难道我得了重病？我沉默片刻，用沙哑刺耳的声音说：

"当然记得。"

"那在此之前的事情呢？"

忽然，我感觉到泪水不受控制地喷涌而出，哽住了呼吸，泪珠像断了线的珠子一样往下掉。我号啕大哭起来。盖格尔赶紧从床头柜上拿来面巾纸,给我擦了擦眼泪。

"您这是何苦呢,因诺肯季·彼得洛维奇。世上大大小小的事情那么多,没有几件值得记住的,您没必要这么难过。"

"我的记忆能恢复吗?"

"我非常希望它能恢复。但按您的情况,目前下结论还为时尚早,"他把温度计塞到我胳膊底下,"您会渐渐想起一些事情的,关键是要靠自己努力。您必须自己把记忆找回来。"

从这个角度,我能看见盖格尔的鼻毛和他下巴上刮胡刀留下的划伤。

他平静地望着我。他的额头很高,鼻梁笔挺,戴着一副夹鼻眼镜——活像是画里的人物。有些人天生长着张规整的大众脸,看起来反而不大真实。

"我出车祸了?"

"可以这么说。"

透过病房半开的气窗,冬日的空气钻了进来,与病房里的气味融为一体。眼前的一切开始变得模糊,抖动、扭曲、飘浮起来,气窗上的木条板和窗外的树干融为了一体,还有那刚近黄昏的天空——我似乎在哪里见过。窗口飘进来的雪花也似曾相识。它们还未飞上窗台就融成了雪水……我到底在哪儿见过它们?

"我什么也不记得了。只能想起些琐碎的片段,比如病房窗口飞舞的雪花,额头贴上玻璃窗时冰凉的触感。至于完整的事件,一个也想不起来。"

"我当然可以给您一点提示,告诉您一些过去的事情,但没法复述您的一生。我只知道一些关于您的基本信息,比如您住在哪儿，认识哪些人。但我无从了解您的心路历程和个人感受，明白吗？"他把温度计从我的腋窝里抽了出来，"38.5度，有点儿高。"

周一

昨天我还没有时间概念。而今天，是周一。发生了这么一件事。盖格尔给我拿来一支铅笔和一本厚厚的笔记本。然后就走了。随后又拿来一块书写用的垫板。

"好了，从今天开始，请把您每天经历的事情记下来。包括您回忆起来的事情，也都写下来。这本日记是给我看的。这样我就能掌握您的治疗进展。"

"现在我知道的事情都和您有关。您的意思是，和您之间发生的事也要写？"

"Abgemacht[①]！您可以尽情描写我，评判我——还有我那位低调的助手，她会让您找到另一些回忆的线索。以后，我们还会慢慢拓展您的社交圈。"

盖格尔把垫板放在我肚皮上。垫板随着我的呼吸忧伤地起伏，就像自己会叹气一样。盖格尔调整了一下它的位置，打开日记本，把铅笔塞进我手里——要我说，这完全是多此一举。我虽然病了（问题是，什么病？），但手脚依然活动自如。问题是我不知道写什么好，毕竟，眼前什么也没发生，脑中什么也记不起来。

---

① 德语，意为"一言为定"。——作者注

日记本很厚，足够写出一本长篇小说。我转了转手里的铅笔。我到底得了什么病？大夫，我能活下来吗？

"大夫，今天是几月几日？"

他没有回答。我也默不作声。难道我问了什么不合时宜的问题？

"这样吧，"盖格尔终于开口了，"您就只标注周几。方便我们把它和日期对应起来。"

盖格尔本身就是个谜团。我答道：

"Abgemacht。"

他笑了起来。

于是我拿起笔，开始记述这两天发生的一切。

周二

今天我认识了一位护士，瓦伦金娜。她身材匀称，沉默寡言。

她进屋的时候，我假装正在睡觉——这仿佛已经成了我的习惯。随后，我睁开一只眼问她：

"您叫什么名字？"

"瓦伦金娜。大夫说，您需要安心静养。"

接下来我的问题她一个也没回答，只是背对着我，用拖把把地板擦得闪闪发光。挥舞拖把的节奏热火朝天。弯腰涮拖把的时候，她的内裤从白大褂下面钻了出来。真让人安心……

刚才我只是开玩笑。现在我浑身无力。早上刚量过体温，38.7度，盖格尔很担心我的身体。

我担心的却是无法区分回忆和梦境。

昨夜的梦我还恍惚记得。我躺在家里发着高烧——得了流感。奶奶的手是凉的,温度计也是凉的。狂风夹杂着雪花在窗外呼啸,大雪很快掩埋了通往学校的路,我今天不去上学。学校里,老师在点名(沾满粉笔灰的手指在花名册上滑动),点到"P"开头的名字,老师叫道,普拉东诺夫。

普拉东诺夫没来,班长报告说,他得了流感,请假在家,现在大概在听奶奶给他念《鲁滨孙漂流记》。他家里大概静得能听见时针走动的声音。他奶奶,班长接着说,举起夹鼻眼镜贴在鼻梁上,眼珠子在镜片的折射下变得又大又凸。很有表现力,老师赞同道,这就叫神格化①的描述(教室里又喧哗起来)。

这本书的主要情节,班长说,简而言之是这样的:一个轻率的年轻人出海航行,结果遭遇了海难。他被抛到一个无人的荒岛上,身边只剩下一些必要的生存物资,更要命的是,他身边一个同伴也没有。岛上荒无人烟。如果他出发前能审时度势……我不知道怎么说听起来才不像说教。总之,是一个类似《圣经》里浪子寓言的故事。②

教室黑板上还留着一列方程式(昨天我们上的是数学课),早上刚擦过的地板上残留着水汽。老师努力设身处地地想象鲁

---

① "神格化"指将原本普通的人或物抬高至神的地位,这里指班长的描述给奶奶读《鲁滨孙漂流记》的情景赋予了神话色彩。——译者注(后同。标明"作者注"的除外)

② 此处指《路加福音》中的浪子故事。一个富裕的农民有两个儿子,分了家产以后,小儿子带着家产去流浪,后来财产散尽回到家中,父亲依然给他锦衣玉食,杀了一头牛来欢迎他。大儿子认为不公平而生气,父亲便对他说:"儿啊!你常和我同在,我的一切所有都是你的。只是你这个兄弟是死而复活、失而又得的,所以我们理当欢喜快乐。"

滨孙的处境,想象他如何在惊涛骇浪中挣扎着游向岸边。终于,艾瓦佐夫斯基的名画《九级浪》①为老师呈现了真实的海难呼之欲出的气魄。他久久沉浸在震撼之中,教室里鸦雀无声,没有人出声打断他的沉默。就连双层窗玻璃外的车轮声都几不可闻。

不生病的时候,我也常读《鲁滨孙漂流记》,但生起病来眼睛发疼,没法看书,纸上的字都像飘浮起来一样。我只能盯着奶奶的嘴唇。每次翻页前,她都要用手指沾沾唾沫,间或喝两口放凉了的茶,书页上也随之留下几点隐约可见的茶渍。有时读完一章,她还会吃两口面包,在书中留下几粒面包渣。病好了以后,我总要仔细翻找她读过的书页,把干硬压扁的面包渣给抖出来。

"我记得许多地点,和各种各样的人,"我忐忑不安地告诉盖格尔,"记得他们的只言片语。但打死我也想不起,究竟哪句话是谁说的。以及,在哪儿说的。"

盖格尔一脸平静。他希望我的混乱感只是暂时现象。他觉得这个问题并不重要。

又或许,这些细节真的没那么重要?或许有意义的只是一句话被说出来并留在了记忆中,至于这句话在哪儿说的、是谁说的,都是无关紧要的小事?我得问问盖格尔,他似乎无所不知。

周三

我的记忆常出现这样的情况:语言丢失了,画面却完整地

---

① 艾瓦佐夫斯基(1817—1900),俄国19世纪著名海景画家,《九级浪》是他作于1850年的代表作。画面上是一群人在小船上对抗巨浪。

保留下来。比如，我记得一个人坐在暮色中。屋里已经十分昏暗，他还是没有开灯，难道是为了省电？他虚弱至极，一动不动。胳膊肘支在桌面上，单手扶额，小拇指微微翘起。即使在昏暗的光线中，我也能看见他的棕褐色的外衣皱皱巴巴，几乎难辨颜色，脸庞和双手布满白色的斑点。他貌似沉思，其实脑中一片空白，只是在休息。或许他还在呢喃些什么，但我一个字也听不见。说实话，我并不关心他说了什么，或者和谁说话，或许他是在自言自语？总之他对我的存在浑然不觉，不可能是在对我说话。他嚅动着嘴唇，两眼盯着窗外。玻璃上的雨点映射着街灯，路过的马车灯不时照亮窗户。气窗吱呀作响。

目前为止，我只在病房里见过两个人——盖格尔和瓦伦金娜。一位医生，一名护士——说实在的，还需要其他人吗？我打起精神从病床上爬起来，走向窗边，天井里空空荡荡，只有齐膝深的积雪。有一次我扶着墙壁走出了病房，刚来到走廊就迎面遇上了瓦伦金娜，她说：您现在得遵守卧床制度，请回病房去。她说制度……

话说回来，他俩看起来都挺迂腐。盖格尔身上除了白大褂，就是西装三件套。活像个翻版契诃夫……我一直在想，他到底让我想起谁？原来是契诃夫！况且他还戴着一副夹鼻眼镜。当今在世的人里面，我只见过一个戴夹鼻眼镜的人——斯坦尼斯拉夫斯基[①]，但人家毕竟是个搞戏剧的……不过，这两位负责我医疗工作的专业人员身上的确有种戏剧感。瓦伦金娜浑身流露着一种战地护士的气质，像是刚从1914年的战场上走出来一样。

---

① 斯坦尼斯拉夫斯基（1863—1938），苏联知名导演、戏剧教育家、表演理论家。

不知他们要是发现我的评价会有何想法，要知道盖格尔会一字一句地读我的日记，像我们说好的那样。不管怎么说，是他叫我毫无隐瞒地写下自己的所思所想——那我就不客气了。

今天我的笔芯断了，我告诉了瓦伦金娜。她从口袋里掏出一支像铅笔一样的东西递给我。

"有意思，"我说，"金属的笔芯，我还从没见过。"

瓦伦金娜涨红了脸，立刻从我手里把笔抢了回去，过了一会儿才给我拿来一支普通铅笔。她为什么脸红？要知道她带我去上厕所、扒下我的衬裤打针的时候从不脸红，怎么会为了一支笔大惊小怪？我现在的生活中随处都是小小的谜团，让人一头雾水……但她脸红的样子很是迷人，红晕从面颊一直蔓延到耳根。两只耳朵小巧精致。昨天她的白头巾掀起来的时候，我好好将它们欣赏了一番。准确地说，是欣赏了其中一只。我看着她转过身去俯身擦拭台灯，耳朵涨得如同一朵绽放的玫瑰，顿感心痒难耐。但我不敢轻举妄动。何况也没有体力。

一股奇怪的感觉从心底涌起，我仿佛已经在这张床上躺了一个永恒。我试着动弹手脚，但肌肉酸痛不已，没有旁人的帮助根本爬不起来，双腿就像棉花一样绵软无力。好在体温稍有下降，38.3度。

我缠着盖格尔问：

"我身上到底发生了什么事？"

"这事儿，"盖格尔答道，"您必须自己想起来，否则您自己的意识就会被我的取代。难道您希望这样吗？"

我自己也不知道到底想不想。说不定我的意识还是被取代为好。

周五

说到意识：我昨天失去了意识。把盖格尔和瓦伦金娜吓坏了。醒来后看见他们惊慌的脸，我才发现他们可能非常担心失去我。不管出于什么原因，被人在乎的感觉真好——即使他们并非对我有什么私情，而是出于一种纯粹的人道主义关怀。昨天一整天，盖格尔都没把日记本还给我。显然，他担心我是被自己写的东西扰乱了心神才失去意识。我只能躺在床上，静静看着窗外的雪花像棉絮一样落在窗玻璃上。看着看着，便睡着了。醒来时，棉絮般的雪花仍在不停地飘洒。

瓦伦金娜坐在我床边的椅子上。她正用湿润的海绵擦拭着我的额头。吻我，我想说，亲吻我的额头吧。但没能说出口。因为很快我便发觉，她是要在亲吻之前先擦干净我的额头。也对——我们都知道，她要亲吻的是一个病人……我顺势抓住了她的手，她没有躲开，只是把我们交握的手搁在我的小腹上，让我不必费力支撑。她的手掌像座小房子一样虚握着我的手，手型像钢琴老师教的那样。既然我知道这是弹琴的手势，那说不定我也学过钢琴。我翻转手掌，用食指轻轻划过那座小房子的天花板，感受着它如何微微颤动直至倾塌，彻底盖住我的手。她掌心的温暖随之传来。

"陪我躺一会儿吧，瓦伦金娜，"我请求道，"您也知道，我没有下流的想法，更没法伤害您。我只是很需要有人在我身边，紧紧贴着我，否则我永远也暖和不起来。我说不清原因，但真是这样。"

我努力往旁边挪了挪，在宽敞的病床上给她空出一个位置，瓦伦金娜在我身边躺下了——不过是躺在被子上面。我其实很确信她会满足我的愿望——尽管说不出原因。她的头贴在我脸侧。我贪婪地吸入她的气味——刚浆洗熨平的雪白衣衫,浸染着香水味和年轻肉体的芬芳。她慷慨地与我分享了这一切,而我怎么也无法满足。就在这时,盖格尔推开了门,但瓦伦金娜仍躺在我身边。(我感觉出来)她似乎全身紧绷,却没有起身。她的脸或许已经涨红了——不可能不红。

"很好,"盖格尔在门口停下了脚步,"你们接着休息吧。"

他的反应无可挑剔。

其实我本不打算写这件事,因为这牵扯到了别人,但既然盖格尔都看见了……就让他完整地了解事情的全貌吧(当然,他也不会有多余的联想)。我多么希望每天都能与她这样小憩片刻啊,哪怕只有几分钟也好。

周日

醒来后,我在心中默念了一遍《我们在天上的父》[①]。结果整段祷文我都能流利念诵。看来,过去每逢周日,我即使不上教堂,也至少要在湿润的微风中嚅动双唇,默念一段《我们在天上的父》。我曾住在一座没有礼拜习俗的海岛上。岛上并非荒无人烟,也有几座教堂,但不知为何,那里难有上教堂的机会。具体怎么回事,我记不起来了。

教堂意味着巨大的愉悦,尤其是童年时代。小小的我抓着

[①]《我们在天上的父》是基督教最为人所知的祷词,亦是最为信徒所熟悉的经文。

妈妈的裙摆。她从短皮袄下垂落的长裙扫在地板上沙沙作响。妈妈伸手把蜡烛放到圣像前，裙摆跟着被提了起来，我戴着手套的小手也随之抬起。妈妈小心翼翼地把我抱起来，举到圣像面前。我能感觉到她的双手环抱在我腰间，我的手套和靴子在空中胡乱挥舞，挨着圣像的半边身子热得像在蒸笼里一样。脚下，几十支蜡烛一同摇曳，仿佛盛大的节日灯火，我怔怔盯着那辉煌的光芒出了神。烛芯噼啪作响，烛泪滴滴滑落，凝结成钟乳石般怪异的形状。面前的圣母向我敞开了怀抱，因为在空中的飞行路线不由自己掌控，我只能别扭地吻了吻她的手背，又按部就班地用额头碰了碰她的手背。额头瞬间传来她手上刺骨的寒意。就这样，我在教堂的热气里蒸腾着，在摇晃着香炉的神父头顶飘浮着，穿过芳香四溢的烟雾，飞过唱诗班和他们的歌声（以及在高音处放慢节拍、挤眉弄眼的指挥），飞过看管香烛的老妇人和教堂大厅里挤挤挨挨（绕着柱子行走）的人群。沿着玻璃窗往前飞，窗外是一望无尽的雪国。这里是俄罗斯吗？透过虚掩的门缝，门外的滚滚严寒隐约可见，门把手蒙上了冰霜。忽然，门猛地打开，刺目的光芒中，出现了盖格尔的身影。

"大夫，我们是在俄罗斯吗？"我问。

"对，算是吧。"

他往我手上涂抹药水，准备打吊针。

"那为什么您叫盖格尔[①]？"

他惊讶地看着我：

[①] 这是一个德国姓氏。

"因为我是一个德裔俄国人。Deutschrusse①。您是担心我们在德国吗?"

不,我没有为此担心。只不过现在终于可以确认我们的所在了。在今天以前,这个问题的答案确实不太明确。

"瓦伦金娜护士呢?"

"她今天休息。"

盖格尔挂好吊瓶,给我量了量体温,38.1度。

"怎么,"我不禁好奇,"没有别的护士了?"

"您真是不知满足。"

其实我并不想要别的护士。我只是不明白,这到底是什么机构?怎么会只有一名医生、一位护士和一个病人?不过,在俄罗斯一切皆有可能②。在俄罗斯……既然这句话能在我残缺的记忆里留下印记,那它应当是句广为流传的箴言。带有朗朗上口的韵律。尽管我不了解它背后的深意,但还是牢牢记住了它。

类似这样莫名冒出来的句子,我已经积攒了不少。或许它们背后各有来历,但我却仿佛是第一次念出它们。我感觉自己就像亚当或者一个孩子:孩子就经常说出超出自己理解的语句。在俄罗斯一切皆有可能,嗯,没错。这句话有种审判的意味,甚至像一句判决。它的内涵宽泛无边,却因此透出一股不祥之气,隐隐指向某个既定的方向。这句话跟我究竟有多深的关联?

胡思乱想一番后,我把这句话郑重转达给了盖格尔,请求

---

① 德语,意为"俄德混血"。——作者注
② 此处疑似指王尔德的名句"在俄罗斯一切皆有可能,除了革命"。

他予以重视。我像品酒一样看着他嚅动嘴唇默念了一遍，抬抬眉毛，最后重重叹了口气，似乎是对我的回应。停顿片刻后，他又叹了口气。跟正宗的德国人一样，他决定保持沉默，我猜是为了避免给我造成创伤。他转而叫我伸出舌头，这个要求在我看来合情合理。我的舌头多少有点不大听使唤：它会像八哥的舌头一样随意发出自己习惯的音节。显然，盖格尔了解我舌头的状况，所以希望给它做个检查。他一边检查，一边连连摇头。看来我的舌头让他不甚满意。

走到门口，他又回头对我说：

"对了……如果您想让瓦伦金娜护士陪您躺会儿，甚至，即使您想让她躺进您的被窝，也别不好意思，尽管直说。这很正常。"

"您很清楚，我不会动她一根汗毛。"

"我知道。虽然，"他打了个响指，"在俄罗斯一切皆有可能，不是吗？"

至少对此时此刻的我来说，并非一切皆有可能……我对此的感触比谁都深刻。

周五

这段时间我一直浑身无力。今天也是如此。脑子里一直回荡着一句奇怪的话，"飞行家普拉东诺夫"。这也是箴言吗？

我问盖格尔：

"大夫，我以前是个飞行家吗？"

"据我所知，不是……"

那我是在哪里被叫作飞行家的？难道是在库奥卡拉村[①]？确实，就是在库奥卡拉！我朝盖格尔大喊：

"飞行家这个称呼，跟库奥卡拉村有关，我……我们曾在那儿……您去过库奥卡拉村吗，大夫？"

"现在它改名了。"

"改叫什么了？"

"唔，好像叫列比诺……不管怎么样，请把您想起来的一切都记录下来。"

我会写的，不过明天再说吧。我累了。

周六

我和表弟谢瓦，在芬兰湾。谢瓦是我母亲兄弟的儿子：我们的亲缘关系在幼时的我听来复杂得可怕。直到现在我还没法不打磕巴地说清这层关系。叫他表弟就简单多了，但最方便的还是叫谢瓦。谢瓦的父母在库奥卡拉村有一栋房子。

我俩常在海滩上放风筝。我们在夕阳下沿着海浪的边缘奔跑。赤裸的双脚不时沾上冰凉的海水，溅起的水滴在余晖中闪闪发光。我们把自己想象成飞行家。两人一起飞行：我在前座，谢瓦在后座。冰冷的天空荒凉又孤寂，但友谊温暖着我们。就算牺牲，也不分离：这股信念拉近了我们的距离。我们试图在高空中交谈，但说出口的话全被大风吹走了。

"飞行家普拉东诺夫，"谢瓦从后排朝我大喊，"飞行家普拉

[①] 圣彼得堡北部、芬兰湾畔的小村，1948年后改名叫列比诺。

东诺夫,我们即将飞经库奥卡拉村上空!"

我不明白谢瓦为何要对自己的同伴如此郑重其事。或许是为了提醒普拉东诺夫,别忘了自己是一位飞行家。谢瓦尖细的声音(他从那以后再也没有变声)在一座座被我们飞快掠过的村庄上空回荡。有时他的喊声和海鸥的叫声混杂在一起,几乎难分彼此。说实话,他的叫声让我火气直冒。但回过头看见谢瓦幸福的表情,我实在不忍心让他住嘴。话说回来,正是多亏了那鸟叫般的嗓音,我才能想起他。

睡前,大人总会给我们端来加蜂蜜的热牛奶。其实我并不喜欢热牛奶,但在脸颊被海风吹得生疼之后,热牛奶也不那么令人反感了。我和谢瓦接过烫嘴的牛奶,大口大口灌下去。这牛奶是从一个芬兰奶贩子那儿买的,如果不是这么烫,其实还挺好喝。那奶贩子总是用散乱的俄语夸赞自己的奶牛。在我的脑海中,她的奶牛就跟主人一样,肥硕又急躁,长着一双深陷的大眼睛和一对胀鼓鼓的乳房。

我和谢瓦一起睡在塔楼上的房间里。塔楼视野开阔,四周一目了然(屋后是森林,屋前是大海),这对经验丰富的飞行家来说相当重要。这样我们才能随时确认天气:海面的雾气预示着降雨,翻着白沫的海浪和摇晃的树梢则意味着暴风雨的来临。晦暗的白夜中,松林和海浪的轮廓变幻莫测。它们并没有威胁的意味,只是失去了白日的温柔。就像你看到一个爱笑的人陷入了沉思,难免心生不安。

"你睡着了吗?"谢瓦悄声问。

"没有,"我说,"但快了。"

"我看见窗外有个巨人。"谢瓦指了指面向大海的窗户。

"那只是松树。睡吧。"

几分钟后，谢瓦发出了鼾声。我盯着他指向的那扇窗子，看见了巨人的身影。

周一

周一总是沉重……又是一句从我贫瘠的大脑中冒出来的箴言。有意思，我脑子里还有多少句箴言？人物和事件都消失无踪，只有词句留了下来。或许是因为词句消逝得最慢，尤其是被书写下来以后。盖格尔或许终究不会明白，让我书写回忆是个多么愚蠢的主意。或许正是这些词句会成为一条线索，终有一天牵扯出所有过去？不只是那些发生在我身上的事情，而是一切前尘往事。在这沉重的周一……我却感觉无比轻松，甚至愉悦。大概是因为今天能和瓦伦金娜见面。我试着站起来，头一下子晕得厉害，轻松的感觉烟消云散。好在愉悦的心情没有消失。

瓦伦金娜走进来，轻轻拍了拍我的脸颊——真叫人心花怒放。但她身上传来的陌生香气还是让我吃了一惊。香水？香皂？还是她天生的体香？我不便，也不必多问。人人皆有秘密，女人尤其如此……又是一句箴言。我能感觉出来，这是句箴言！

还有一句："金属导热极快"。我很喜欢这句话。或许这句话并不那么流行，但却是我最早记住的话语之一。幼小的我不知身在何处，不知和什么人一起，搅和着茶匙。那时我大约五岁，不会更大了，因为我屁股底下垫了一只绣花坐垫（否则够不着桌子），学着大人的样子搅着茶叶。杯子放在杯托上。茶匙烫手。我咣当一声把茶匙扔到杯子里,拼命吹着烫红的手指。"金属导热极快",一个悦耳的声音对我说。那声音十分动听,似乎很有学问。后来我每次烫到手都要重复这句话,直到十二岁。

不,这不是我最早记住的箴言。"勇敢向前走",这句话才是。那是一个圣诞节,我们去某人家里做客。那家的楼梯旁杵着一只后腿直立的棕熊标本,它的两只前爪捧着一只托盘。

"这托盘是干什么的?"我问。

"放名片用的。"父亲答道。

路过棕熊身边时,我把手指插进棕熊厚厚的毛发,狠狠薅了一把。棕熊收集名片做什么用(我们沿着大理石台阶往上走),名片又是什么东西?我在脑中不断回味"名片"两个字,不小心在楼梯上打了个滑,幸好一只手挂在了父亲的胳膊上。我在半空中一边打转,一边观察铺着地毯的阶梯,那地毯边缘用镀金的压条固定着,两侧微微打卷,也在我眼中缓缓旋转。随后映入眼帘的,是父亲忍俊不禁的脸。我们走进灯火辉煌的大厅。枞树,圆圈舞。不知谁的手汗沾到我手上,怪恶心的,但对方不松手,我也无法逃脱圆圈舞。有人说,我是在场人中年纪最小的(这时我们已经围坐在枞树旁的椅子上)。他不知从哪儿得知我会念诗,便请我朗诵一首。众人纷纷应和。一个穿着老式制服的老头儿出现在我身边,梳成两个小叉的山羊胡下面挂着一排勋章。

"这位,"大家说,"就是捷连季·奥希波维奇·杜布罗斯科洛诺夫。"

人群散开,在我们身边露出一块空地。我默默望着捷连季·奥希波维奇。他拄着拐杖,歪歪扭扭地站着,弱不禁风的样子让我瞬间觉得他说不定会摔倒。但还好,他没有摔倒。

"勇敢向前走。"捷连季·奥希波维奇鼓励我。

我不敢应邀,仓皇逃走,张开双臂跑过长长的连厅[①]。我的身影在镜中飞驰而过,柜子里的餐具在耳边叮当作响。最尽头的房间里,我被一个肥胖的女厨子逮住了。她把我摁在身前的围裙上(厨房的油污味道真恶心),郑重其事地抱回大厅,放到地上。

"勇敢向前走。"捷连季·奥希波维奇的命令声再度从背后响起。

我感觉自己不是前进,而是飞了起来。不知哪儿来的力气,我一下跳上维也纳咖啡椅,对着人群念起了诗。接下来的事情我只记得零星的片段……听众掌声雷动,还送了我一只泰迪熊做礼物。我当时究竟念了什么诗?不记得了。我飘飘然地穿过团团围住我的崇拜者,在人群中搜寻两位给我带来荣光的"始作俑者",用目光向他们表示谢意——一个是女厨子,一个是捷连季·奥希波维奇,他用坚定的话语鼓舞了我。

"听我的没错,"他抚摸着自己的胡梢,"勇敢向前走。"

那是我生命中难得的时刻。

周二

盖格尔喜欢我写的东西。他说仿佛有一位无所不能的细节

[①] 一种旧宅邸里常见的穿廊式布局,一长排房间用一条走廊相连。

之神在为我执笔。看来盖格尔也能说出诗意的话。

"或许,在失忆之前,我是一位作家?"我问,"或者报社记者?"

他耸耸肩。

"一切皆有可能,说不定您是个艺术家呢?我不得不说,您的描写活灵活现。"

"那我要么是个艺术家,要么是个作家?"

"或者纪实作家。我们说好了的,不给您关键提示。"

"为此您不惜把工作人员减少到两个?"

"对,以免有人说漏嘴。只留下了两个最可靠的。"

他哈哈大笑起来。

吃完午饭,盖格尔离开了。瓦伦金娜进来的时候,我瞥见他站在走廊里,披着大衣,手里拿着帽子。随后我听见他的脚步逐渐远去,一开始还在这层楼,后来就下了楼梯。即便日思夜想,但我已经整整两天没有请求瓦伦金娜躺在我身边了。尽管盖格尔并不反对(或者说他其实是反对的?)。现在,我决定提出请求。

就这样,她躺在了我的身旁,她的小手躺在我的掌心里。一缕秀发挠得我耳朵发痒。想到我们可能这样被抓个正着,我的心情忽然沉重起来。要是我们真的在做那事儿的途中被撞破,倒不可怕,因为我不体面在先,被逮到也无话可说,但眼下这样……实在微妙,我们之间弥漫着忐忑不安又难以言说的氛围,还有一种似曾相识的感觉挥之不去。我问瓦伦金娜,她有没有过类似的经历,或者相似的模糊记忆,哪怕不是记忆,近似的臆想也行。没有,她答道,从没有过,这样的事情她从未经历过,哪儿来的回忆?

那也就是说,那似曾相识的感觉确实出自我的记忆。我曾经和某人这样一动不动地并排躺在床上,手拉着手,耳鬓厮磨。我连唾沫都不敢吞咽,生怕她听见我喉头的响动,只能故意清清嗓子借以掩盖——我们的关系就是如此纯粹,超越了肉体。就连关节发出的轻响都叫我胆战心惊,害怕它毁坏我们之间轻盈又脆弱的关系。这种关系无关肉欲。只要能握住她的手腕,她的小手指,甚至她小手指上的一片指甲盖儿就够了——那小小的,珍珠母贝般光滑粉嫩的指甲盖儿。写着写着,我的手颤抖起来。这一定是由于虚弱和高烧,但也和我剧烈的情绪起伏有关,还和我始终无法看清这段记忆的全貌有关。我想起的究竟是什么?

"这是怎么回事?"我泪如雨下地冲瓦伦金娜护士大喊,"为什么我所有关于幸福的回忆都支离破碎?"

瓦伦金娜冰凉的嘴唇贴上了我的额头。

"或许,是因为后来的故事就不再幸福了。"

有可能。但要想找到答案,我就必须找回所有记忆。

周三

我想起来了。冻结的河面上,铺着几条电车轨道。电车冲破风雪,向对岸驶去,车窗下摆着长凳。电车司机死死盯着眼前肆虐的风雪,天色阴沉,对面的河岸迟迟不见踪影。路灯只能勉强照亮路面,摇曳不定的灯火下,不平坦的冰面上,每一处阴影都仿佛会移动的裂缝。司机仍不放弃希望,全神贯注地驾驶着电车。售票员同样是个硬汉，但还没忘了不时嘬一口烈酒壮壮胆子——眼前月球般荒凉的景象足以让任何人张皇失措，可他必须打起精神。售票员继续卖着一张五戈比①的车票，用冻僵的手指把车票分发给乘客。脚下是十俄丈②深的河水，身边是狂风暴虐，他脆弱的诺亚方舟载着暖黄的灯光奔向目的地——一座消失在黑暗中的巨大尖塔。我认出了那座尖塔和那条河。现在我知道自己曾栖身哪座城市了。

周四

　　我对彼得堡③有无穷无尽的热爱。每次从远方归来，我都能感到一股岛城带来的幸福感。在我眼中，这座城市的和谐有序能冲抵一切混乱，那是我自幼最恐惧的东西。我现在还无法还原自己的人生经历，但我记得，每当混乱的巨浪把我攫住，我就会想起彼得堡，它能立刻让我得到拯救——在那座岛上，一切混乱都会灰飞烟灭……

　　瓦伦金娜刚才在我屁股上打了一针。似乎是维他命针。维他命虽是好东西，但这种针却疼得很，打起来比其他针剂都要难受。把我的思路都打断了……

　　啊，对了——刚才说到和谐。严整。我和爸爸妈妈沿着剧院大街，从丰坦卡河往亚历山德琳娜大剧院走，他俩一人一边拉着我的手，走在马路正当中。我们三人构成了一个对称图形，

---

① 俄罗斯的货币单位是卢布和戈比，1 卢布等于 100 戈比。
② 1 俄丈约等于 2.13 米。
③ 指圣彼得堡。

也可称为和谐。我们就这样漫步在街道上,爸爸告诉我,房屋的间距和房子的高度是相等的,街道的长度正好是房屋高度的十倍。剧院大楼越来越近,越长越高,越来越令人生畏。天上的乌云加速了移动。对了,那条街后来似乎换了一个毫无内涵的名字①。为什么要改?

我还想起了一场火灾。不是火灾现场,而是前往火场的消防队——早秋,涅瓦河畔,日落时分。领头骑着黑马的那个是开道人。他像《启示录》里的大天使举着小号。开道人吹响小号,为身后的消防车队扫清障碍,行人车辆四散闪避。路上的马车夫纷纷挥起鞭子抽在马背上,催马匹往路边躲避,他们自己却半侧着身子对着消防队,彻底怔住了。就在人声鼎沸的涅瓦河畔这稍纵即逝的静止时分,载着消防员的双轮马车飞驰而来。他们戴着铜头盔,背对背坐在长椅上,头顶上的旗帜被吹得猎猎作响。旗杆旁巨大的手摇消防泵发出响亮的警铃声。消防队员身上的冷静充满悲剧色彩,脸上倒映着跃动的火光,有的火苗在未来静静等候,有的已经悄悄燃起在无人知晓的角落。

叶卡捷琳娜花园的红叶被风吹落,在消防队头顶盘旋,那里正是火灾现场。我和妈妈停下脚步,背靠着铸铁栅栏,呆呆望着整个车队仿佛都化作了落叶,轻若无物地飘荡,缓缓离开石子路,低低地在涅瓦大街上空滑行。消防车队后面,飘来一辆装着撬棍、水管和云梯的双套马车,后面跟着一辆载着蒸汽水泵的板车(锅炉冒着蒸汽,炉管喷出黑烟),最后是一辆用来救治伤者的医疗大篷车。我哭了起来,妈妈安慰我别怕,可她

---

① 圣彼得堡的剧院大街于1923年更名为"建筑师罗西大街",为了纪念十九世纪二三十年代改造圣彼得堡市容市貌的意大利建筑师卡尔·伊万诺维奇·罗西。

弄错了，我不是因为恐惧才哭，而是由于难以按捺汹涌的情绪。他们的男子气概和英勇精神，他们伴着警铃无畏地穿过震惊的人群的模样，深深震撼了我。

我多么想当消防队员啊，每次见到消防队，我都在心里暗暗祈求加入他们的行列。每当坐在马车顶上①沿着涅瓦河飞驰，我都把自己想象成奔赴火场的消防队员，脸上挂着崇高的使命感和淡淡的忧伤，仿佛坦然迎接熊熊烈火中未知的命运，面对纷纷向我致意的人们，微微侧头，只用眼神回应四面八方钦佩的目光。目前看来，我到底没能当上消防队员，但时过境迁，现在的我已经不会为此懊恼了。

周六

昨天我做了一整天体检。这一天的经历给我留下了古怪的印象……检查并不痛苦，甚至连不适都谈不上。让我叹为观止的是那些五花八门的医疗仪器——都是我前所未见的东西。尽管我不是个仪器专家，只能说点粗浅的个人印象，但我能感觉到它们非同寻常。

"我昏迷的时间很长吗？"体检结束后，我问瓦伦金娜，"久到世界上都发明出这么厉害的仪器了？"

瓦伦金娜没有回答，而是轻轻在我身边躺下，温柔地抚摸着我的头发。

阿纳斯塔西娅也曾这样轻抚我的头发。她的名字忽然浮现

---

① 沙俄时期的公共马车顶上设有座位。

在我脑海中。我不记得她是谁，又为何要抚摸我的头发，但我记得，她是阿纳斯塔西娅。她的手指在我的发丝间游弋，不时停滞，陷入沉思。她的指尖掠过我的脸颊，爬上耳朵，轻轻描摹着我的耳廓，于是我耳边便会响起离奇的沙沙巨响。有时，阿纳斯塔西娅会和我额头贴着额头，把我俩的头发编成一股发辫。浅色和深色的发丝交缠在一起。我们为彼此身上巨大的差异而深感讶异。

"您在想什么呢？"瓦伦金娜问我。

"别对我用'您'，好吗？"

"你在想什么呢？"

我什么也没想。应该说是没什么可想的，因为我什么也记不起来。阿纳斯塔西娅在我脑中只剩下一个名字。除了名字，还有她小麦色发丝的香气。或许为了补全我记忆中的印象，我挪用了瓦伦金娜的香气。或者这么说，瓦伦金娜（同样小麦色的）头发散发的香气，让我想起了某样曾让我感到幸福的事物。

周日

盖格尔给我带来了一本《鲁滨孙漂流记》。不是用简化拼写法重印的新版，而是革命前的版本：1906年出版的。正是我小时候读过的那一版——莫非他是故意为之？我闭着眼睛都能认出这本书，只要摸一摸封皮，掂一掂分量，闻一闻气味就知道——就像认出阿纳斯塔西娅的头发一样。崭新光亮的书页散发出油墨的香气，在我的鼻腔里挥之不去。那是远方的气味。

翻动书页，它们就像海岛上保护鲁滨孙免受日晒的树叶一般沙沙作响。那些树叶异常肥硕，鲜绿欲滴，微微颤动，还带着清晨的露珠。我翻着书，记忆一页页复活。字里行间那些过去的时光全都苏醒了过来——奶奶的咳嗽声，厨房里餐刀掉落的声音，和（同样从厨房里传来的）饭菜香气，以及爸爸的烟斗冒出的青烟。根据这本书的出版日期推测，这些场景都发生在1906年以后。

周一

男人坐在桌旁。透过门缝，我看见他微微驼着背，把香肠切成薄片，一块块送进嘴里。压抑的饭桌。他叹了口气，给自己倒了杯伏特加，猛一抬手灌下去，呛得剧烈咳嗽起来。男人不时看看窗外。树叶像灌了铅般，沿着窗玻璃的对角线跌坠，眼看就要平稳落地，忽然一阵大风刮来，又将它吹上了天空。我站在昏暗的走廊里默默观察，没敢接近门边，而是远远地站着，以免被他发现。我很好奇一个对监视者浑然不觉的人会有什么举动。但他没有任何特别的动作，只是一片片切着香肠，一口口忧郁地喝着伏特加。每次拿起酒杯前，他都要拿报纸擦擦手。也是，能有什么特别的呢？我只是闯入了自己的回忆。这是在哪儿，什么时候的事情？

我的体温已经连续几天维持在37.5度以下了。我感到自己正一天天好起来，虚弱感逐渐消退。状态好的时候，我可以在床上坐一会儿，但还是很容易困倦。过去有种拷问犯人的手段：让人坐在竹竿或者窄窄的长椅上，叫他的双脚刚好够不着地。

不许睡觉，甚至稍稍弯腰驼背都被严令禁止。双手必须放在膝盖上。他们让犯人整日整夜地这样坐着，直到双腿肿胀。这叫"坐杆"。我脑子里怎么净是些乱七八糟的东西……

还是说点别的吧：我们在利戈沃①的勃列扎耶夫公园游玩。六月。那儿有条小河，名叫利戈沃卡，河是名副其实的小河，但河面到了公园里却豁然开阔，近似一个小湖。公园大门挤满了大大小小的马车，我问父亲，是不是全城的人都到这儿来了。父亲斟酌了片刻，琢磨我的问题究竟有什么言外之意，到底是天真无邪还是暗藏讽刺。思忖之后他小心翼翼地答道：不，不是全城人都来了。我的问题实际带着欢欣鼓舞的成分——我最爱看人们扎堆凑热闹了。至少那时的我很喜欢。

草地上到处是桌布、茶炊和唱机。我们没有唱机，我便盯着身边的人，看他们摇动唱机手柄。至于坐在我身边的人是谁，我已经记不清了，但直到现在，那摇动的手柄还在我眼前清晰可见。不一会儿，音乐声便从唱机里飘了出来，尽管呕哑嘲哳、断断续续，但毕竟是音乐，是歌声。那只小盒子里仿佛塞满感冒了的小人国歌手。那时我多么想拥有一台唱机啊！我会好好珍爱它，疼惜它，冬天将它放在暖炉前不让它受冻，最重要的是要像个帝王一样，漫不经心地摇动它的手柄，仿佛这是件习以为常的小事。手柄的转动看似单调，对我来说却是乐声涌流的隐秘发端，是通向美妙世界的万能钥匙。它摇动的频率中带着某种莫扎特的韵律，又如同指挥手中的小木棒，能让沉默的乐器发出奇妙的声音，任何尘世间的法则都无法解释这种魔法。

---

① 圣彼得堡西南部的古老小镇。

我曾哼着听来的旋律,偷偷假扮指挥,感觉还不错。如果不是已经有了当消防员的梦想,我一定会想当个指挥家。

在那个六月天,我们见到了一位真正的指挥家。他率领着乐团缓缓驶离河岸。那不是公园的管乐团,而是一支交响乐团。他们站在一艘木筏上,不知怎么挤下的,奏出的乐声顺着水波铺展开去。木筏周围还漂浮着几条小船,几只鸭子,船桨碰撞的声音或者嘎嘎叫声偶尔闯入,但都轻松地融入了乐曲,被指挥欣然接受,与演奏糅为一体。即使在被乐团包围的这一刻,指挥家也是孤独的:这份职业同样蕴含着不可思议的悲剧性。或许不如消防员的悲剧感那么显而易见,毕竟指挥家不用飞蛾扑火,也不必与外部环境搏斗,但这份职业的本质如同烈火煎熬着人的内心。

周二

食品购买证[①]上一共有四种身份类别:

第一类——工人。每天一俄磅[②]面包。完全够吃。

第二类——公职人员。每天四分之一俄磅面包。

第三类——非公职知识分子。每天八分之一俄磅面包。

第四种,资产阶级。也是八分之一俄磅,只不过是两天的份额。自己看着办吧……

我问盖格尔现在还用不用购买证。他说已经取消了。谢天

[①] 20世纪20年代,由于物资紧张,列宁格勒实行凭证配给制度。市民按照职业身份分为四类,可凭食物购买证低价限额获得一些生活必需物资。

[②] 一俄磅约合409.5克。

谢地。凭证购买的东西总是少得可怜，尤其是肥皂和煤油。

听说瓦西里岛上又新开了一个供应点，在第八街和中街的交叉口。[①] 我晃晃悠悠地从彼得格勒岛溜达过去，一般新开的供应点少有人知道，所以可以少排会儿队。海面吹来的寒风夹杂着小雪，刮得耳朵生疼。出门的时候他们把奶奶的头巾给了我（奶奶已经不在了），叫我裹在宽檐帽外头，但我这个蠢货居然觉得不好意思。还没走到杜奇科夫桥[②]，我就被冻僵了。我从包里拿出奶奶的头巾，缠在脑袋上。在这样恶劣的天气里，有什么好害羞的？一臂之外的地方就什么也看不清了。即使有人看见我披着这么一条头巾，又有谁能认得出我来？但在快走到第八街的时候，我还是摘下了头巾。

我站在队伍末尾。佩拉格娅·瓦西里耶夫娜对我说：

"我是佩拉格娅·瓦西里耶夫娜，我排在您前面，但我想在那个墙洞里躲一会儿，风太大了。"

"当然，"我答道，"佩拉格娅·瓦西里耶夫娜，您去墙洞里躲着吧，我还能说什么呢？"

"您不会离开队伍吧？如果您要走，就去墙洞那儿（她指了指那个方向）叫我。"

我点点头，但她还是没有挪窝。

"我倒是想，"她说，"多站一会儿，但我发烧了。不知道站久了会出什么事。可没有煤油家里又没法开伙。"

尼古拉·库兹米奇走了过来：

[①] 圣彼得堡由主城区和两个临海的小岛瓦西里岛和彼得格勒岛构成。瓦西里岛上的街道呈网格状，大街、中街和小街是其主干道，数字序号命名的小街与主干道垂直相交。

[②] 连接瓦西里岛和彼得格勒岛的桥，横跨小涅瓦河。

"你去吧,佩拉格娅,我帮你排队,别担心,上帝保佑你。"

她让他排在自己的位置上。

"交给尼古拉·库兹米奇我就放心了。"

排队的人身上全都盖满了白雪——帽子、肩头、睫毛上一片花白。有几个人不停踢着腿取暖。佩拉格娅从墙洞里探出头瞧着我们,不大放心地盯着尼古拉·库兹米奇。后者发现了她的目光,没好气地摇了摇头。

"谢谢你,尼古拉。"她说完又躲进了墙角。

头一个小时,大家还在嚷嚷没有煤油的生活多么难过。既没有煤油,也没有木柴。差不多三个小时后,斯克沃尔措夫也来了,我和他算是认识。他也附和着大伙儿说,1919年是他长这么大最艰难的一年。

"你才多大岁数,"排在前面的人说,"最多十九?二十?你这辈子才见过多少事儿?"

"首先……"

斯克沃尔措夫答着话,顺势作出一副和我一起站在队伍里的样子。他的语气镇定自若,但队伍里的人显然不信任他。

"瞧瞧他,"尼古拉·库兹米奇指着我说,"人家打一开始就在这儿排队,我们都记得他。我们也记得佩拉格娅·瓦西里耶夫娜,我是代她站在这儿的。(佩拉格娅也从墙角探了探头。)你呢,对不起,没人记得你排了队。"

斯克沃尔措夫耸耸肩膀,肩头的积雪扑簌簌滑落。很快,他的身影就消失在茫茫大雪中。他轻飘飘地走了,没有一句言语,就这样永远离开了我的生活,因为后来我似乎再也没见过他。

周三

架子上摆着一尊正义女神忒弥斯的雕像,是父亲从法律系毕业时的礼物。我是个吃奶孩子的时候,他就老是指着它对我说:这是正义女神忒弥斯。后来他们就爱问我,尤其是当着客人的面:忒弥斯在哪儿?我便会指指架子。那时候我还不知道忒弥斯是什么人,以为那名字是父亲信口胡诌的。我很喜欢忒弥斯,只是她手里的天平不会摇摆,让我很不高兴。我一直忍耐到七岁,终于忍不住动手去摆弄那只天平,试图让它倾斜,甚至拿锤子敲它。那时我坚信那只天平本来是能够摆动的,只是被卡住了。于是,天平理所应当地被我弄坏了。

周四

今天早上例行检查过后,盖格尔没有离开病房,而是久久抚摸着那张维也纳咖啡椅。

"您是不是问过瓦伦金娜,您昏迷了多久……"

他双手撑在椅背上,盯着我看。我把被子扯到下巴上。

"这也是秘密吗?"

"不是,怎么会呢。您康复得很顺利,我想已经可以给您解释一些事情了。但只能循序渐进,不能操之过急。"

瓦伦金娜仿佛正等着他说完这句话。医生话音刚落,她就端着三只小杯子走进了病房。她还没跨过门槛我就闻出来了,那是咖啡。芬芳四溢。上次我喝到这么好的咖啡是什么时候?他们扶着我坐起来。一分钟后,我们终于各就各位,我坐在床上，盖格尔和瓦伦金娜坐在椅子上。

"问题在于，"盖格尔说，"您的确昏迷了很久，久到这个世界上发生了太多变化。我会给您讲解其中一部分，但您还是得继续找回自己的记忆。我们和您共同的目标，就是让这两部分信息完美融合到一起。"

咖啡的味道和它的香气一样棒，甚至比闻起来更棒。盖格尔开始给我科普人类进军太空的过程。原来我们和美国人早就进入了太空。齐奥尔科夫斯基[①]早就有此构想，并不出人意料。（这咖啡唯一的美中不足就是没有加糖。我问他们能不能给我加点糖。盖格尔犹豫了一下，说他不清楚我的血糖状况。）最先进入太空的是俄罗斯人，但第一个登月的是美国人。我对月球的了解不多，但在我看来，人类在那儿没什么事可干。

"人类还到达了最深的海底。"盖格尔接着说。

我点点头。

"在您那个时代，能想象到这些事情吗？"瓦伦金娜问。

"能，"我答道，"那时候也已经有些类似的构想了。"

我告诉他们，那时候集市上流行一种玩具，叫澳洲小人。就是一个放在玻璃瓶里的凸眼睛小人（小人也是玻璃的）。瓶口蒙着一层塑料薄膜。按一下薄膜，"澳洲小人"就会打着转沉到瓶底。这时小贩便会大喊："澳洲小人潜海底，为全人类找幸福！"瘸着一条腿的小贩趿拉着皮鞋，大呼小叫着在集市里穿梭，他的声音时隐时现，一会儿走远，一会儿又在你身边冒出来。"澳洲小人潜海底……"为全人类寻找幸福的勇士居然长得

[①] 康斯坦丁·爱德华多维奇·齐奥尔科夫斯基（1857—1935），苏联的火箭专家和宇航先驱。

这么奇特，还如此活泼好动，大伙儿都被逗乐了。和澳洲小人不同，俄罗斯人显然没法这么飞快地打转。

盖格尔的手搭在瓦伦金娜肩头，手指下意识地拨弄着她的一缕头发。他们一定是故意演给我看的。盖格尔用夸张的耳语声对着她的耳朵说：

"这玩具的意义不只是征服大自然，还蕴含着更崇高的追求——全人类的幸福……"

"您似乎对追求幸福这件事不太感兴趣？"瓦伦金娜问道。

"因为追求幸福，"我说，"只会带来厄运。"

瓦伦金娜没有挣脱盖格尔的手。她笑了。有意思，他们俩之间有什么特殊关系吗？他对瓦伦金娜的态度毫不见外。

盖格尔还给我讲解了其他科技领域的成就，但我似懂非懂。比如他们现在用"圆珠笔"（装了小珠子的羽毛笔）写字，就是几天前瓦伦金娜给我的那种笔。他们想尽量让我避免新事物的刺激。老实说，那支笔丝毫没有给我带来任何困扰。

晚上，我的体温又升高了，瓦伦金娜给我念了一段《鲁滨孙漂流记》。她问我想听哪一段，我说悉听尊便。整本书我都烂熟于心，根本不在意从哪一页开始。她便从鲁滨孙将旧船上的东西搬到岸上开始念。鲁滨孙拿备用桅杆扎了一只木筏，一步一步把船上的食物、工具、帆布、绳索、枪弹、火药和其他物资都运到了岸上。满载木箱的木筏似乎不堪重负，读者的心也随之怦怦狂跳，因为这些物品都是鲁滨孙最后的希望，没有替代品。他生活的时代已经远远被抛在身后，或许永远离他而去了。他带着前人的智慧和生活方式进入了另一个时空，要么彻底遗忘过去的生活，要么就重建过去——而这并不容易。

我觉得盖格尔和瓦伦金娜之间没什么特殊关系。尽管他们的交流方式无拘无束,但这证明不了什么。医护人员的常态而已。

周五

我们在希维尔斯克①租了一间别墅,全家一起窝在烟雾缭绕的二等座车厢里,沿着华沙铁路②前往那座小城。火车开了将近两个小时,停下来四次,一次在亚历山德罗夫,一次在加特契纳,一次在绥达,当然最后一站就是我们的希维尔斯克。这是我第一次在彼得堡以外的城市留下足迹。那时的我还没听过莫斯科的大名,对巴黎一无所知,但已经知道了希维尔斯克。爸妈告诉我,两岁时我就能说出华沙铁路沿线所有车站了。

蒸汽火车在希维尔斯克停下,重重吐出一口蒸汽,这是它最后一声叹息。尽管车里的蒸汽机还在熊熊燃烧,嘶嘶作响,但它已经失去了继续前行的意图:这些声响只能证明它难以立马停止运作,就像在狂奔后停下脚步的赛马一个劲地打响鼻一样。

我们大包小包的行李被小拖车从行李车厢里拉了出来——被褥、吊床、餐具、皮球、钓鱼竿。我们坐在轻便马车上,小拖车被拴在车后吃力地爬行。马车沿着磨坊旁的水坝越过奥列杰日河,停了下来。我们饶有兴致地看着马车夫叫来几个希维

---

① 圣彼得堡郊区的小村,现属于列宁格勒州的加特契纳区。
② 圣彼得堡的火车站以火车运行方向命名,华沙铁路即开往华沙方向的铁路,始建于1852—1862年。本来规划修到华沙,但由于克里米亚战争爆发,最后只修到了希维尔斯克所在的加特契纳。

尔斯克的壮劳力,指挥他们把小拖车推上陡峭的河岸。准确地说,不是把他们叫到一块儿,而是挑出几个——水坝旁早就聚集了一大帮望眼欲穿的汉子,他们知道火车上下来的人都要用到小推车,也必然需要人帮把手。他们收了我们二十戈比辛苦费,再少可不行:这点钱刚好够他们喝两瓶啤酒,而他们一次至少要喝两瓶。

刚站上月台,我就深吸了一口希维尔斯克无与伦比的空气。年幼的我还说不出这空气的特别之处(直到现在恐怕也办不到),但能清楚地意识到这里的空气和彼得堡截然不同。我呼吸的甚至不是空气,而是某种超自然的存在——浓稠又馥郁,与其说我在呼吸它,不如说是在感受它。

景致、色彩和声响全都焕然一新。草木葱绿,土地棕黑。四处喧嚣热闹,生机勃勃,周遭的一切深不可测,又泛起点点涟漪。烈日灼人的天空也染成了蔚蓝。河流被水坝劈开形成一道瀑布,发出隆隆轰鸣,铁栅栏被水流冲击得瑟瑟发抖,溅起一道彩虹。水坝仿佛分隔出两个世界,一面丰盈深沉,另一面汹涌沸腾。在这些目不暇接的景象之上,高悬着一面火红的峭壁,用科学术语来说,应当叫作泥盆纪黏土,当地的红砖正是用它们制成的。

这儿没人管它们叫泥盆纪黏土,都叫红土,工匠一边说,一边将红土做的砖块一块块砌成墙。抹刀染红了,泥瓦匠的衣服染红了,连鼻头都染红了,他们又用染红的手指去擦拭鼻头。四岁的我穿着水手服,站在未完工的小澡堂旁,看着一块块红砖被压在红色的泥土地上夯实,泥瓦匠一边有节奏地用三角铲的把手敲打砖块,一边和我开玩笑,我捧腹大笑起来。三角铲奏出的旋律对我来说就是砌炉工作的精髓，是其中无可逾越的巅峰。我问泥瓦匠要来铲子，自己试着敲了起来，尽管笨手笨脚，敲不出那么好听的旋律，但也弄出了些响动。很快，我的袖子也沾满了泥盆纪的黏土。

小屋高高矗立在奥列杰日河岸上。河流在脚下蜿蜒流淌，而我们则在高处，躺在两棵松树间的吊床上晃荡。准确地说，是邻居家的小姑娘推着我的吊床晃荡，她坐在吊床的边缘上，我躺在旁边盯着她看。那时我七岁，应该不会超过七岁，但那种有节奏的晃动已经足以让我感到恐慌不安。我们就像巨浪中的小船，身下的河流一会儿涌到眼前，一会儿又消失无踪，取而代之的是松枝的尖梢。每当吊床向上摆荡，她飞散的发丝就拂过我的双眼、面颊和嘴唇。我目不转睛地盯着她的连衣裙，看着她肩胛骨中间那块小小的汗渍逐渐扩大。我用手掌捂住那块汗渍，她没有躲开，似乎也和我一样喜欢这种感觉。我的手心稍稍向左移动，找到了她的心跳。那么急促，那么有力。这就是我和她之间潮湿的小秘密，也是我的初恋。

周六

今天他们给我喝了一种新药水，苦得要命，让我想起第一次喝伏特加的感觉。那是一个叶利扎维塔大天使日[①]，我们去莫霍瓦街[②]的大宅里庆祝节日。我还记得那被电灯照亮的大厅和种

[①] 东正教宗教节日。在东正教教历上，有12天都是"叶利扎维塔日"，分别纪念12个不同的名叫叶利扎维塔的天使，因此这里"我"记不清也情有可原。
[②] 位于圣彼得堡丰坦卡河畔的一条街道。

在木桶里的热带植物。但我实在想不起叶利扎维塔是谁。

斯克沃尔措夫朝我走来。他的眼睛闪闪发亮。

"今夜我就要奔赴对德前线了。我提议咱们为这个特殊的日子干一个,"他掀起礼服下摆,给我看看里面露出的酒瓶,"我这儿有烈酒小样①。"

我和斯克沃尔措夫是半小时前在叶利扎维塔像旁边刚刚认识的。他的请求令人难以拒绝,毕竟他即将奔赴前线,这很可能是他最后的请求。我同意了。同时也犹豫起来:我羞于承认自己从没喝过伏特加。斯克沃尔措夫把我带到楼梯间里,掏出酒瓶。他谨慎地堵住了入口。我们背对着木门蹲下,拿牙齿撬了半天才打开瓶盖。我不知道伏特加该怎么喝。只见斯克沃尔措夫瓶里的酒压根没少,连个气泡都没冒出来。但瓶子里清清楚楚地出现了沉淀物,我开始猜测,它们应该来自他那张堵着瓶口的大嘴。不一会儿,老练的斯克沃尔措夫就满嘴抱怨地放下了酒瓶,在我看来,瓶里的酒似乎一点儿也没少。

"我们是世纪之子,因诺肯季,就要对这个时代负责,"斯克沃尔措夫站了起来,摇摇晃晃地,"所以我要上战场,懂吗?喝吧,该你了。"

世纪之子——又是一句箴言,而且是常听人提起的那种。斯克沃尔措夫说的话让我觉得有些好笑,还有些反感。喝他喝过的酒瓶有点恶心,但我无法拒绝——不能让他觉得我不敢喝。我只能勉为其难地接过了酒瓶。

"人们常说,伏特加得咕咚一口闷,不是没道理的!"斯克

---

① 指小瓶装的烈酒。

沃尔措夫鼓励着我。

我喝了一大口（比他建议的少得多），喉咙立刻像着了火一样，赶紧拿开酒瓶，大口喘气。

"别喘气，接着喝！"斯克沃尔措夫声嘶力竭地喊道。

我又喝了一口，满脑子想着斯克沃尔措夫的口水和那些他可能吐到酒瓶里的秽物。想到这里，我把肚子里的东西吐了个干干净净。

"你错就错在喘气了，"斯克沃尔措夫对我说，"不该中途喘气。"

他的声音里透出一股心满意足的味道。他给我递来一块手帕，让我擦擦嘴，但我推开了他的手。我怕自己会吐在他的手帕上。

几天后，我又在涅瓦大街上碰到了斯克沃尔措夫。他老远就冲我招手。他哪儿也没去。

我忽然意识到，既然我们是世纪之子，那我就是1900年出生的。这么一个显而易见的结论，不知为何我现在才想到。

"大夫，我是1900年出生的吗？"我问盖格尔。

"是的，"他说，"您是个世纪之子。"

果然⋯⋯

周一

库奥卡拉村。每天早饭过后，我和谢瓦就去海滩上撒野。清晨的放飞成了我们的日常。我拽着绳子，控制蛇形风筝的飞行。谢瓦也拽着绳子，但比我抓得低些，无法左右方向，所以更准确地说他是挂在绳子上。之所以这样安排，是因为每次轮到他主控的时候，风筝总是头冲下直栽，最后无力地飘落到水面上。其实，这样的事情不可避免，在航空事业的起步阶段，类似的意外十分常见。让我惊讶的只是每次发生意外，都与我的表弟脱不了干系。

谢瓦和我一般大，但不知为何，我们一致认为他是弟弟。有些人就是不介意屈居人下，甚至追求受支配的感觉，将之作为自己与生俱来的定位。但谢瓦不属于此类。他讨厌当我的跟班，但别无办法。

谢瓦就是这么个胆小鬼。不对，不是胆小鬼——这说法不好——他只是畏畏缩缩而已。他害怕跟陌生人交谈，害怕窗外的黑影，害怕蜜蜂、青蛙和树上的游蛇。我总是对他说游蛇没有毒，掐着游蛇脖子下面的七寸，想要递到他面前。但我的表弟会立刻脸色刷白，嘴唇发抖。我便开始可怜他，只好放掉游蛇，那家伙立刻就沿着小路溜走了。

晚上，盖格尔在我的病房里坐了一会儿。他读完了我对他和瓦伦金娜的描述。他斩钉截铁地告诉我，我的描写好就好在真实坦率。而他，盖格尔，正在用尽一切办法挖出我内心的想法，希望我千万不要羞于袒露自己的所思所感。诸如此类。离开时，他说：

"我和瓦伦金娜的关系不会妨碍您和她的关系。"

他和瓦伦金娜的什么关系……

周四

我已经好几天卧床不起了。虚弱得难以置信。根本没有力气写字。今天我苍白的大脑里突然飞来一句箴言:"您还没有完成构型,现在进行光影建模还为时过早。"

也就是说,我真是个画家?但那样的话,不该只有我的大脑记得(它显然不记得了),手部肌肉也该有印象。可我的双手似乎对此一无所知。我试图画出点什么,但失败了。

那句话就像挂在我意识里的一个小钩子上,一整天都在那儿晃荡。您还没完成构型……显然,我没能完成。也就是说,我不是画家,顶多是个纪实作家。盖格尔说我可能是个纪实作家,那是什么意思?

他说起自己和瓦伦金娜的关系又是什么意思?

周五

盖格尔告诉我,现在"奥列杰日河"是个阳性词了。末尾的软音符号[①]去掉了。

"什么,"我问道,"河流变性了?"

"这年头不只是河流,人都能变性。但您用以前的写法就行,在我看来,这样更优美。"

今天他给我展示了电脑。看起来是个昂贵的玩具。只要按下一个按钮,屏幕就会亮起来。按另一个按钮,屏幕上就能播放照片。就像西洋镜一样。

圣三一大桥旁的石岛大道[②],建于1900年代。桥上有电车。

[①] 俄语词分阴阳中性,一般软音符号结尾的词都是阴性(少数例外)。河流名一般是阴性,因为"河"这个词本身是阴性。

[②] 圣三一大桥是连接圣彼得堡主城区和彼得格勒岛的大桥,横跨涅瓦河,彼得格勒岛那头连接着石岛大道。

照片已经褪色,但那些电车仿佛历历在目,车皮或红或黄。有轨马车的车厢不知为何总是棕褐色的,电车则总是颜色鲜亮。它们清脆的车铃声还回荡在耳畔。售票员在车厢末尾一摇铃,司机就知道可以出发了。司机也有自己的铃铛,用来提醒过路的马车和行人。他的车铃用脚蹬控制。只要一踩脚蹬,就能摇响铃铛。幼时的我多么想踩一踩那个脚蹬呀!我注视着司机刚毅的面庞,和他那条仿佛螺栓般临时拧在身体上的腿,不知疲倦地踩着脚铃。那只脚上穿着普通的靴子,外面套着胶鞋,胶鞋有时还是破破烂烂的。我百思不得其解,那样的胶鞋居然丝毫不会妨碍他操作电铃这样精密的部件。

屏幕一暗,切换到下一张照片。看门人(1908)。他穿着皮袄和毡靴……似乎还很年轻——这样的小兵通常负责给地面铲冰,给各家送木柴,但一定还有个负责指挥他们的老看门人。他们几乎整天穿着制服。

接下来的照片上是希维尔斯克磨坊旁的那条路,拍摄于本世纪初。老天爷,这正是那条我们走过千百遍的路!照片上似乎有个人影,莫非就是我们?每个周五傍晚,我们都一起去车站迎接结束了一周的工作的父亲,周日再将他送走。

移居郊外别墅的彼得堡家庭的一家之主们,大致可分为两类——别墅男和香槟男。别墅男从五月到九月都不住城里(租金可不便宜),每天下班后都回到郊外的家里。这需要耗费巨量的时间和精力。而香槟男则恰恰相反,平时住在城里的房子里,周末才和家人团聚。不知为何,大家一致认为周中的时候香槟男会齐聚一堂,打打牌,喝喝酒——喝的自然是香槟。我的父亲完全有能力当个别墅男,但他却表现得像个臭名昭著的香槟男。其实只是因为他不喜欢五月份把家具全搬去仓库,九月再重新找间公寓,把家具从仓库里搬出来。你们可以反驳我,说没人喜欢这些麻烦事。或许的确人人都怕麻烦。但他尤其讨厌。

我和妈妈站在夜幕下的站台上,等着父亲回家。月台上当然不止我们一家人。许多希维尔斯克的候鸟家庭都在夜幕降临时来到铁路旁,等着自己家的男主人从城里归来。有些人是坐着马车来的,马车便也停在站台上。车次不多,所以大家都是同一个时间来到车站——如果我没记错的话,火车是七点半到站。人们在站台上小声交谈,互相拍打身上的蚊子,百无聊赖地拿鞋跟跺着木板铺的站台。想到即将见到家人,大伙儿都快活地笑起来。妈妈说夜里的凉气要来了,从包里掏出一件厚实的制服外套披在(试图躲开的)我身上。她说,我只是还没发觉凉意。我真的没发觉。

火车的轮廓在远处出现,缓缓靠近。车头刚出现在道口,人们便纷纷探头去看。一旦看见,就再也转不开眼睛了。人们嘴里还在谈论着希维尔斯克的新闻,但真正的注意力已经转移到那条沿着铁轨爬行的钢铁蠕虫身上,眼睁睁看着那条蠕虫魔幻地变成一辆蒸汽列车。

我还不知道父亲坐在哪节车厢,他总是坐在不同的车厢,从众多乘客中一眼认出他是我光荣的任务。父亲走上站台,挨个亲吻我们——首先是我(他一把抱起我),然后是妈妈——他的出现对我来说是难以言说的幸福。多么幸福,幸福啊,一见到父亲我就在心里默念。我们过了河,沿着磨坊旁那条路往上爬,影子在夏日的夕阳下斜斜地铺在地上,被拉得老长。这就是幸福。我们走进家门,吃晚饭,拆礼物(父亲从不空手回家），睡前随便念几页书，沉沉睡去，进入梦乡。

直到成年后，我仍常在梦中见到父亲，尤其是夏天的父亲。他那略带驼峰的鼻梁，夹鼻眼镜和微秃的额角。他穿着白衬衫和宽大的浅色长裤。怀表揣在口袋里，银表链挂在外面。或许，在站台上等待父亲的急切心情，让那时的他深深刻在了我的记忆中。

我还记得他的一举一动。包括他那略带夸张，甚至有些雄赳赳气昂昂地从口袋里拽出表链的手势。表盖咔嗒一响，他挤出一个轻快的鬼脸——仿佛嫌时钟走得太快——无聊或者疑惑的时候，他总会看看怀表。感到不好意思的时候他也会看表，那就像一个拯救他于不安的习惯动作。回头想想，那不是个简单的手势，而是冥冥之中与他短折的命数相关——或许他对自己的命运早有预感？1917年一个七月的夜晚（那是我们在别墅的最后一年），站台上的我们怎么也没能等来父亲。那一天，他在华沙火车站被一群喝醉的水手杀死了。

后来我无数次在脑中复现那天的画面，反复折磨自己：我们白雪般干净的父亲倒在肮脏的人行道上，身边围满了看热闹的人群，而羞怯的他尽管极度厌恶被人围观，却连动身离开都办不到。妈妈追着警察问，他到底在那儿躺了多久（他们答道，很久），她追问父亲被杀的原因（他们说，不为什么），仿佛但凡有个原因，她内心就会好受些，最后她嘶吼起来，说要亲手毙了那些水手，警察却只是默默盯着她看。痛苦让她失去了理解能力，她无法看清自己身上降临的是怎样的厄运，也不明白要杀死那些水兵就像要处决一朵海浪或者一道闪电般荒诞。后来的事情证明，我们当时经历的一切还不是风暴本身，那只是一道预告般的闪光，真正的雷暴还在后面。只是我们当时并不知晓。

周六

因为父亲的事情，我开始思索各种历史灾难的本质——比如战争，诸如此类。它们的可怕之处不在于声声枪响。甚至也不在于随之而来的饥荒。而在于将人最底层的丑恶释放了出来。将那些过去被律法压抑的人性黑暗面，全部暴露了出来。毕竟法律对许多人来说只是外在的锁链。而他们的内心并无禁忌可言。

周日

鲁滨孙在自己获救的地方立了一根木杆，在上面记录日期。鲁滨孙担心自己把工作日和周日混淆，弄错了做礼拜的日子。每过七天他就做一个长标记，每个月的第一天，他会做一个更长的标记。在木杆上，他用刀刻下一行大字："1659年9月30日我踏上此地"。我忽然好奇起来，现在到底是哪一年？

电脑真是个好玩的东西。我可以在上面打字，就像打字机一样。还可以随意修改。最关键的是不会留下修改痕迹，不必小心翼翼，不用在每一份副本上劳心费神地磨掉错误的字迹。打字员们肯定嫉妒坏了。我还可以在电脑上保存和阅读文本。我一定要学会打字。

我听从盖格尔的建议，读了一篇关于"克隆"的文章，看起来像乔治·威尔斯①会喜欢的文章。我不太理解文章里提到的"细胞核"和"受精卵"——文章说的好像是要把它们移植到哪里去。但我喜欢那只羊的故事,它似乎是从母羊的乳房里长出来的②。人们用女歌手多利·帕顿③的名字给它命名,因为这位女歌手很以自己的上围为傲。盖格尔认为,文中的论述(关于那只小羊的繁殖过程)是真实的。他说他会慢慢给我介绍我昏迷期间世界上出现的新事物,让我做好接受这个时代的准备。

他还给我看了一篇关于人体冷冻技术的文章,同样不可思议。文章讨论的是如何冷冻人的身体,以便日后将其复活。无论这种技术是否已经实现,它的本质都叫我心惊胆战。如果文章里说的是真的,那么世界上已经有了很多冷冻人,只是还没有成功解冻的先例。但有些尝试性的实验获得了成功。比如在液氮里保存了几个月的鸡胚胎解冻后恢复了心跳。在零下196摄氏度的低温中冷冻的大鼠解冻后,心脏也跳动了起来。他们还冷冻了兔子的大脑。解冻后,兔子的大脑(兔子真的有大脑吗?)仍保持着生物活性。最后一个案例是一只被冷冻在零下2摄氏度低温中的母狒狒,她在冷冻状态下支撑了55分钟,最后也成功复活了。

周一

阿纳斯塔西娅。真是个神奇的名字,既是古老的全元音音

---

① 乔治·威尔斯(1866—1946),英国知名科幻小说家。
② 世界上第一只克隆羊多利,是用母羊的乳腺细胞核培养的。
③ 多利·帕顿(1946—),美国歌手,在舞台上喜欢用假发亮片,曾是美国乡村歌坛第一才女,其胸围惊人。

组①,同时又那么温柔,里面有三个"A",两个"S"。她说:"我叫阿纳斯塔西娅。"她俯身看着我,就像雪姑娘一样,穿着哈利法克斯②产的新款溜冰鞋站在尤苏波夫花园③中央,双手套在手笼里。她一开始说什么来着?我只记得她说"对不起",接着又说"您没摔伤吧",而我四脚朝地趴着,只能看见她的冰刀、垂到地上的裙摆、皮衣的镶边和一截穿着紧身裤的小腿。我摔得眼前发花。鼻血滴在了冰面上,这是最可怕,最叫我羞耻的一点。

她弯下腰来,不,是蹲了下来,从手笼里掏出手帕,捂在我鼻子上说:"我撞到您的腿了,对不住。"冰面上的血渍晕染开去,我出于羞愧用手蹭着那块血迹,仿佛想把它擦去,但无济于事。冰场旁的乐队仍在演奏,身边人来人往,偶尔有人驻足观望。她的手帕有股好闻的气味,沾满了我的血,这是我第一次滑冰,我怎么也站不起来,眼中已经满是羞耻的泪水。她从手笼里朝我伸出一只热乎乎的小手,我紧紧握住了它。就这样,我一只手撑着冰面,一只手让她拉着,简直是冰火两重天,一边冰冷一边温热,一边冷酷一边鲜活,一边充满温情一边……为什么我要把她比作雪姑娘?她的美分明那么温暖。

她没有撞到我,是我想躲开她,自己滑倒了。她溜得又快

---

① 全元音音组指俄语中一些古老的辅音和元音组合,没有经过省略元音的简化和变形。
② 哈利法克斯,加拿大城市,现代溜冰运动发源地。19世纪90年代以前,人们还穿着荷兰和英国产的带金属滑轮的木制溜冰鞋,后来轻便的哈利法克斯溜冰鞋成为人们的新宠。当时孩子们最大的心愿之一就是圣诞节收到一双哈利法克斯溜冰鞋。
③ 尤苏波夫花园位于圣彼得堡丰坦卡河畔,拥有4万平方米的冰场,是圣彼得堡最早的免费开放的溜冰场。

又优美，有时候独自一人，有时候和其他体操运动员结伴。她一定是练体操的，铁定是……他们有时三人成行，有时四人一排，手挽手往前滑。他们的双腿不知怎么舞动得那么漂亮，整齐划一，大开大合，冰刀在冰面上划出悦耳的声响。我从穿上冰鞋开始，就在栏杆旁待了整整一个小时，欣赏他们的姿态，欣赏她的模样。跟那个潮湿阴冷，充斥着木凳的霉味和汗味的更衣室不同，溜冰场上的冷风、喊叫声、笑声，还有音乐声都这么叫人惬意。乐队奏起《菊花叹》①，她跳得多美啊！她还有个学生模样的舞伴，但他连她的脚后跟都比不上，我尽量不去看那个人，只盯着她看，仿佛整个灵魂都沉溺其中。

  我生命中还栽过许多其他与女人有关的跟头（不自觉说了个双关语）。比如不久前我写到的吊床上的初恋。我记起它只是因为当时摔了个狗啃泥。那姑娘把吊床荡得太高，最后把我从吊床里晃了出去，我屁股着地摔倒在松树下。甚至流了鼻血，后脑勺上还缝了几针。脑袋疼了很长时间……

  写完这些我才想起来：我在尤苏波夫花园遇到的不是阿纳斯塔西娅。如果没记错的话，我跟她是在 1921 年认识的。1921 年的溜冰鞋比她脚上那双高级多了！我怎么会觉得那是阿纳斯塔西娅呢？

周二

  今天我开始了自己的纪年——给眼前的时间做标注。尽管

---

① 作曲家尼古拉·伊万诺维奇·哈里托 1910 年创作的流行浪漫曲。

我自己都不相信那些日期。

通常，瓦伦金娜会用托盘端着药片给我送来，但今天她直接从包装盒里拿出了药片。然后把包装盒忘在了我的床头柜上。我仔细观察那个非同寻常的包装，念出了上面的文字：生产日期1997年12月14日。我以为是打错了，但看到下一行写着"1999年12月14日到期"。真棒。

也就是说，现在要么是九八年，要么是九九年——如果他们没给我喂过期药的话。我到底遭遇了多么严重的车祸，才能从世纪初昏睡到世纪末？难道眼前的事实，是我千疮百孔的大脑开的玩笑？我相信，这盒子上的数字一定有个简单又合理的解释。

我挣扎着从病床上站起来，走向门边的镜子。镜中出现一个眼窝深陷的男人，带着重重的黑眼圈。瞳仁是灰色的，黑眼圈是青蓝色的。两道深深的沟壑从鼻翼延伸到嘴角，是沟壑，不是皱纹。看来是笑纹，过去的我应该是个爱笑的人。头发乌黑，没有一丝白发。脸色苍白。只是苍白，并不苍老！1999年的世纪之子应该不会是我这副模样。

盖格尔走了进来。

"大夫，现在是1999年吗？还是1998年？"

"1999年，"他答道，"2月9日。"

他非常平静。他瞥了一眼我手里的药片：

"你在药盒上看到日期了？我跟瓦伦金娜说过要拆掉包装，别把这些带有提示的东西带进你的病房。"

"或许，您可以把剩余的真相也告诉我了？我是怎么到这儿来的，出了什么事？"

他笑了：

"我一定会告诉您的，但不是以这种方式。我给您解释过了。您的大脑就像一个空荡荡的胃袋，如果一下装进太多东西，它会不堪重负。如您所见，我对您某种程度上已经非常坦诚了，尽我所能地坦诚。"

"那就给我讲讲现在俄罗斯是什么样子。哪怕只是说个大概也好。"

盖格尔思忖片刻。

"混乱取代了独裁。硕鼠横行，比任何时候都猖狂。大概就是这样。"

嗯……如今的俄罗斯就是这样，飞行家普拉东诺夫。

周五

我已经两天没有动笔了，满脑子都是盖格尔说的话，和1999年这个年份。我无法得出任何结论，因为脑中空空如也。或许这过程正是如此，理解，接受，释然，然后就像从沉睡中觉醒那样，大脑重新开始运转。盖格尔是对的，如果一下子让我知道太多新的事物，我肯定会失去理智。还是多回忆过去为好。

希维尔斯克有一条长长的街道，名叫教堂街。它从磨坊起始，经过彼得和巴维尔教堂，通往远处的小桥，像条钩子一样顺着奥列杰日河的河岸向上爬，再回落到岸边。我们就在这条路上操练队伍。队伍并不壮大，但斗志昂扬，整备齐全。前方举着双头鹰旗帜，队尾还有小号手和鼓手。道路大部分都很平坦，适合踏步前进。旗帜被吹得飘摇不定，小号手吹响冲锋号，鼓手也跟着打起鼓点。其实鼓手就是我。为了让我加入希维尔斯克的步兵队，爸爸给我买了一只小鼓——真正的皮面小鼓。和玩具鼓不同，它能发出悠长的声音，既嘹亮又深沉。那时的我一打起鼓来心里就美滋滋的：嗒啦——嗒啦啦，嗒啦——嗒啦啦，嗒啦——嗒啦啦梆，嗒啦——梆梆。

听见我们的鼓声，退休的司令们都从别墅里钻出来，站在自家篱笆旁张望，向我们敬礼致意。这种时刻，他们一般都戴着自己镶着帽徽的褪色大檐帽，一只手举在帽檐旁。下面可能穿着绗缝棉袍、毛背心或其他不那么正式的衣服，都被篱笆挡住了看不大清。司令们久久目送着我们，他们把我们当作了年轻时的自己，因此眼中常饱含热泪。

我们的队伍要去哪里？去干什么？我现在已经说不清楚，其实即使在当时我也说不清。可能只是为了体会集体行动的幸福感和激动人心的鼓点。把我们这群孩子集结为一支队列的，不是小号，不是旗帜，而是鼓点，它让我们的队列与众不同，脱颖而出。鼓点在我的胸口回荡，就连心跳都被它带动。它带着七月的晚风和松林的喧嚣，钻进我们的耳朵、鼻孔和毛孔。多年后我再次回到希维尔斯克时（恰巧又是晚秋），仿佛还能从雨声中分辨出那遥远的鼓点。

周六

没错，我和阿纳斯塔西娅是1921年相识的。当然不是在溜冰场。而是在中央大街和泽维林斯基街①转角的房子里，那是彼得格勒工兵代表苏维埃给我和妈妈寻的住处。在一套经过紧凑化改造②的公寓里，我们分到了一个房间。负责紧凑化改造的是神学院教授谢尔盖·尼基福罗维奇·沃罗宁和他的女儿阿纳斯塔西娅。阿纳斯塔西娅的父称应该是谢尔盖耶夫娜③。但我只叫她阿纳斯塔西娅，从不叫她娜斯佳④。我不知道自己为什么称她全名，毕竟她比我小六岁。或许是因为我很喜欢她的全名，我总是沉醉地呼唤她：阿纳斯塔西娅。

盖格尔向我坦承，他完全不明白我身上的记忆恢复机制是怎么回事。它们是按时间顺序浮现的？还是压根混乱无序？或许我想起它们的顺序，取决于这些回忆是快乐还是忧伤？大脑总是倾向于将最坏的记忆深藏于角落，当记忆崩溃时，糟糕的记忆可能最先消亡，而快乐的记忆将留存下来。所以我才在刚刚醒来的时候就想起了阿纳斯塔西娅。尽管我暂时还说不出她在我生命里扮演了什么角色，但我深深记得她。这可能是因为只要念出她的名字，我就能感到一阵轻松。

改造后，给沃罗宁一家留下的只有一间大厅。我们眼睁睁看着两扇相邻的房门——左边一扇，右边一扇——被木板封了起来。几块未经加工的粗糙木板被钉在了优雅的新艺术风格⑤木门上。看门人一下一下抡着锤子，沃罗宁父女默默看着他。我

---

① 中央大街是彼得格勒岛的主干道，泽维林斯基街与其垂直相交。
② 指苏维埃政权为了解决城市人口扩张，对一系列住宅进行的改造工作，他们把大宅分隔成多个房间后重新分配以解决住房问题。
③ 俄罗斯人名由名字、父称和姓氏构成，父称由父亲的名字变化而来。
④ 娜斯佳是阿纳斯塔西娅的爱称。
⑤ 一种盛行于19世纪末的装饰艺术风格，以流动、丰富、有活力的线条为特征，多使用自然元素。

和妈妈也站在一旁看着。锤子发出的敲打声有时深沉柔和，有时又尖细得出奇。看门人喝醉了，总是没法准确敲中钉子，眼见敲弯了，便将钉子头狠狠地压在木头上，歪斜着锤下去。我的床就摆在那扇木板封起来的门边，每天晚上我都会细细端详那些被压弯的钉子。它们让我万分恼火。我很想把这些木板换成别的遮挡物，但我怎么也不敢把它们扯下来。光是想到它们背后那扇千疮百孔的木门，我就暗自心惊。

大厅右边的房间里住的是香肠厂工人尼古拉·伊万诺维奇·扎列茨基。他是个安静的人，但不招人喜欢。因为不爱洗澡，他身上总散发出经久不散的酸臭气味。为了节省，他很少洗袜子，可为了多穿些日子，他又常在厨房织补它们。大多数时候尼古拉·伊万诺维奇都待在厨房里，一边补袜子一边聊天，只有吃饭的时候躲在自己屋里，偷啃从工厂带回来的香肠。

我和妈妈住在左边的房间里。从窗子看出去，能同时看见整条中央大街和泽维林斯基大街的一角，后者直接通向彼得格勒岛的动物园。搬到这里的第一晚，我和妈妈站在巨大的玻璃窗前，久久凝望两条街道的交叉路口。街道就像交汇的河流，人行道上的行人、偶尔掠过的马车和汽车则是滔滔河水。我沉迷于这壮丽的街景不能自拔。十月猛烈的秋风迎面吹来，玻璃在大风的强压下仿佛绷紧的弹簧，紧张的状态肉眼可见。我仿佛感觉，要是风再大些，玻璃就撑不住了，浑浊的雨水将倾泻到窗台上，淹没地板，最后落到过路行人的头顶上。

天色渐暗，我们仍久久站在窗前凝望，路面上的路灯渐次亮起，过往的车辆在灯光下仿佛一列游动的萤火虫。我则满心想着，现在我们的生活发生了多么翻天覆地的变化，我们有了邻居。而且是女邻居……我过去最害怕的事情（因为从没和邻居相处过）现在成了意外的惊喜，尽管我还不肯承认。只要想到那个让我惊鸿一瞥的阿纳斯塔西娅近在身边，我周身就涌起一股暖流。街对面的一楼，"生活书店"的霓虹灯亮了起来。

周日

教堂还在，但神职人员不见踪影。所有铜钟都从烧焦了的横梁上坠落，横七竖八地躺了一地。躺在正中央的大钟摔出了深深的裂口。一只小小的钟舌被烧化了，焊在了大钟上面，但小钟本身却不知去向，让人不由得惊奇，这小钟莫非临阵脱逃了？但看到旁边一块面目全非的钢锭你就明白了，它已经尸骨无存。脑子里不禁想：真可惜，今天这个礼拜日恐怕不会有神父了，只能自己默念《我们天上的父》。教堂的墙上还有大火留下的痕迹。这里不仅经历过烈火的焚烧，还残留着焦煳物的气味。教堂的台阶上满目疮痍。被烧成灰的书本堆积成山，焦味很可能就来自它们。

你蹑手蹑脚地走向那堆灰烬，有些书本压在下面没有被火舌殃及，依稀可以辨认出只言片语："主啊，你奴仆的灵魂带着神圣的安宁，在那没有痛苦、没有悲伤、没有哀叹的天堂安息……"[①] 可是比死人的境遇还凄惨的活人又该怎么办呢？那些仍处于痛苦和悲伤中的人怎么办？那些整日哀叹的人怎么办？

---

① 这句祈祷词通常用于祈求逝者安息。一些解读将其与《约翰福音》（第十一章第二十五节）中拉撒路复活的故事联系在一起。拉撒路的故事后文也将提到。

你看向供桌上的《福音书》。它已经烧毁了一半。你拂去书页上的灰烬，然后不经意地用那根手指碰了碰自己的嘴唇，仿佛想亲近那抹灰烬。

"普拉东诺夫，你的嘴唇怎么黑乎乎的？"

谁在说话？我的嘴唇关他什么事？

"不知怎么弄的。可能是被生活熏黑的吧。"

我环顾四周，这里美得仿若神迹。大海一望无际，夕阳缓缓落下。爬上山顶，就能看出这是一座岛屿。一片穹庐环绕的陆地。海面无风无浪，纹丝不动，如同一面水做的镜子，平滑得像抛光过一样。天使们在海上小路的上空盘旋。可怕的是，小路消失的瞬间，黑暗也随之降临，这片至美之地即将发生什么事情无人知晓。更未知的是，究竟谁会取代那些天使在空中盘旋。应该正是因为如此，白天的时候鲁滨孙还能勉强支撑，日落之时便陷入恐惧。即将被黑暗淹没的念头，像把老虎钳一样钳紧你的心脏，你只能全力忍耐，努力不要失声尖叫。

听见我的尖叫，瓦伦金娜护士慌忙冲进病房。她抱住我，吻了吻我的额头，然后从口袋里掏出手帕，擦去我的泪水，另外又掏出一块手帕递到我鼻子下面。

"您快擤擤鼻涕吧！"

"我们不是说好用'你'的吗……"

"那就请你擤擤鼻涕！"

我拿手帕擤了擤鼻涕。面对一个对我尊称"您"的人，怎么也不可能把鼻涕擤到人家手上。

"做噩梦了？"瓦伦金娜目不转睛地盯着我，"梦到什么了，说说看?"

"我梦到了一些事情。那也可能是我的回忆。"

"你想起什么了?这很重要。"

"岛屿。和沉重的感觉。"

"什么样的岛?名字记得吗?"

"一个无人的荒岛。别再折磨我了。陪我躺一会儿吧。"

瓦伦金娜在我身边躺下,轻轻抚摸着我的头发。

"或许你是梦见自己变成了鲁滨孙·克鲁索?失忆的人常会碰到这样的事情……"

"或许真的只是那样。别说话……为我祈祷吧,别再说了。"

周一

每天晚上扎列茨基都默默喝伏特加,拿香肠下酒。他的房间里不断传来各式声响:他把钩子甩到绳套上的声音,展开报纸的沙沙声和火炉上嘟噜噜的烧水声。有一天醉醺醺的扎列茨基告诉我,他是把香肠藏在内裤里躲过检查站的。先系一根绳子盘在腰上,藏在衬衫里面,然后再把香肠拴在绳子的另一头塞进衬裤。

"如果他们搜身的时候摸出来了,"扎列茨基嘿嘿偷笑着说,"我就说,这是我的老二。我每次带出来的不多,够晚上吃的就行。"

他竟然说得那么笃定——老二……扎列茨基到底有没有老二?有些人就是让你没法和这些细节联系到一起。

自打知道了扎列茨基偷香肠的把戏,我就总担心他会邀我去共进晚餐。假如他给我倒杯伏特加，请我吃他的香肠——我肯定会吐出来的……可我的担心只是杞人忧天：他总是独享他那伯沙撒王的盛宴①。扎列茨基从没邀请过别人。尽管他跟女人交谈时要和气得多（我不止一次听见过），但也从不邀请女人去他的房间。扎列茨基在警卫面前用香肠伪装的那个器官很可能并无用武之地。

我还记得厨房里扎列茨基沮丧的身影，他坐在煤油炉旁边，散发着与生俱来的那股气味——混杂着伏特加、煤油、香肠和久未清洗的体臭。灯光总是晦暗不明。我以为是因为扎列茨基的缘故电灯才没法发出更亮的光，其实当他不在厨房的时候，灯光也是照旧昏黄。有时候经过几轮闪烁挣扎，厨房里的电灯甚至会彻底熄灭，只剩下煤油炉的火光。但片刻之后，电灯又会亮起来，扎列茨基的身影也重新出现在煤油炉旁，手依然放在煤油炉的阀门上。

他向来把阀门尽可能关到最小，所以什么东西都很难烧滚。或许他是想努力节省煤油，也可能是想找借口多在厨房里待一会儿。没错，尽管他和谁都合不来，但仍然需要和人打交道。可以说，扎列茨基是孤独的，如果这个词能够形容这位邻居身上发生的一切的话。树洞里的蠕虫孤独吗？他身上仿佛有些跟蠕虫相似的地方。他们都柔韧，软弱，对周围环境和温度拥有无限的适应能力。

---

① 伯沙撒是公元前六世纪巴比伦王国的国王，伯沙撒继位后巴比伦王国岌岌可危。终于有一天，强大的波斯人攻打到了王城，由于长途奔袭，波斯军队决定暂作休整，伯沙撒王看到此景竟天真地认为波斯人胆怯了，根本不敢攻打王城。这一天正是祭祀巴比伦贝尔的日子，心情不错的伯沙撒借着这个盛大的节日准备大宴群臣，结果墙上出现了亡国的预言。伦勃朗曾有同名画作《伯沙撒王的盛宴》。

周一

今天盖格尔对我说:

"发生在 1941 至 1945 年的战争叫伟大卫国战争,即第二次世界大战。"

"在我那个时候,"我答道,"伟大卫国战争指的是 1914 年那一场。[①]"

"是,没错,"盖格尔点头道,"但现在它叫第一次世界大战。"

他开始给我讲解伟大卫国战争的历史,讲了许久。我难以置信……实在难以置信。尽管我也说不清,有什么不可思议的呢?

周二

希维尔斯克的空气里洋溢着花香。许多别墅主人都爱种花。在租别墅的时候,城里人都会事先指定要带花坛的房子,并且种的还得是好闻的鲜花。晚上,当最后一丝微风也停歇下来,小镇的空气就变成一坛陈酿的仙酒,仿佛随时可以喝上一口——我们的确常常坐在露台上,一边欣赏耀眼的夕阳(夏末则是在暮色中点着蜡烛),一边品尝这美酒般的气息。

别墅居民尤其偏爱菊花,尤其是阿纳斯塔西娅·维亚利采娃把那首情歌唱红了以后。她本人曾在希维尔斯克举办过演唱

[①] 俄语中的"伟大卫国战争"最初指第一次世界大战,后改指第二次世界大战。

会，就在弗雷德里克斯伯爵[1]的庄园里，我则站在奥列杰日河对岸欣赏她的歌声。那歌声伴随着庄园的灯火，自由自在地飘荡在水面上，就连站在对岸的我都能听清每一个音符。但每当忽然袭来的晚风摇响树叶，我就会冷得一哆嗦，感到一阵绝望，陷入一种截然不同的情绪。

那一年我们买了一台唱机，从早到晚不停地播放维亚利采娃的唱片，几乎所有别墅居民都和我们一样。维亚利采娃也在希维尔斯克租了一幢别墅，散步途中路过别人家，她总能听见自己的歌声。有时她也会随着旋律哼唱起来。她的歌声与歌曲莫名契合——歌名叫《菊花叹》，她的姓氏也诉说着枯萎的含义[2]，少有人不为她的歌声落泪。真是一首杰出的作品。

说到枯萎。爸爸曾从城里带回来一只阿斯特拉罕[3]大西瓜。我们把它洗干净，欣赏着那布满条纹、晶莹剔透的瓜皮，以及鲜嫩的瓜蒂。用手指敲敲瓜皮——咚咚！声音低沉而有弹性。是货真价实的阿斯特拉罕西瓜。我们家虽说没有西瓜专家，但不难看出这只瓜出类拔萃：一只坏西瓜可不会发出这么漂亮的声音。爸爸把西瓜对半劈开——果然果肉鲜红，汁水四溢，一股夏末的气息扑面而来。接着，在阳光下闪闪发光的半边西瓜，又被我们切成了一牙牙半圆形的小块。

西瓜被一扫而空，桌上只剩下整齐鲜绿的瓜皮，很是好看。我不让他们扔掉瓜皮，执意将它们摆在门廊里，好多欣赏一会

---

[1] 弗雷德里克斯伯爵（1838—1927），俄国国务活动家，骑兵上将。
[2] 《菊花叹》原意为"菊花凋谢"，维亚利采娃有"晒干"的意思，因此说相似。
[3] 阿斯特拉罕是俄罗斯南部城市，关于种植西瓜的书面记载最早可追溯到1560年。

儿。可第二天它们就失去了光泽，又过了两天便彻底枯萎了。我还是不让大家把它们扔进垃圾桶，因为我还记得它们美丽的样子，于是瓜皮又在门廊里躺了一段时间，引来不少苍蝇。从那时起我就懂得了：美好总是易逝。

我还记得在中央大道的宅子里，我、阿纳斯塔西娅、她爸爸和我妈妈也一起吃过西瓜。我们坐在老旧的椭圆大厅里，那是在沃罗宁家的宅子被"紧凑化"之后分配给父女俩的房间。但那个年头的彼得堡怎么会有西瓜？真是个谜团——当时的彼得格勒连面包都没有，却忽然有了西瓜……据说是一个穿军大衣的人在街上径直把西瓜塞进沃罗宁怀里的（那时候满大街都是穿军大衣的人）。那人朝他眨眨眼说，吃吧，转眼就消失在人群中。沃罗宁不好意思地笑了笑，但没再多做解释。

那只西瓜在我眼中不及希维尔斯克的那么晶莹透亮，但时代不同了。沃罗宁切西瓜的时候，妈妈眼睛也不眨地盯着他——他的动作比爸爸笨拙，刀刃三番两次地打滑。我则盯着妈妈，她知道我在看她，因为我们想起了同一件往事。我还看了看阿纳斯塔西娅，心里想，她那闪闪发光的鲜嫩面庞总有一天也会像西瓜皮一样枯萎。真的会这样吗？我自问自答：不会的。

周三

今天他们给我量了体温，36.6度。这是我入院以来体温最低的一次。盖格尔说我的脸色好多了。但这只是早上的情况，晚上我的体温又恶化了，37.1度。水银柱爬过了红色的刻度线，尽管只是一格，还是超过了界线。我待在岛上的时候常发高烧，尤其是在医疗所里的时候。

山上的医疗所里。我们躺在挤挤挨挨的铁架床上。没有床单，只有光秃秃的床板。我们跟床板一样赤裸——谁也没有贴身衣物。何况穿内衣也是白搭，许多人都因为伤寒而腹泻不止，没有一张床是干净的。一翻身，肯定能摸到粪便，要么是早已风干的，要么是新鲜的。要么是别人的，要么是自己的。一只手在床板上摸索着。不是每个人都有起床解决生理需求的力气，只能拉在身下。还能怎么办呢，我们连骂人的力气都没有。

如果站在山顶往下看，便能将整个岛屿尽收眼底，远处是一望无际的大海，目之所及一片冰天雪地，因为现在还是二月。赤身裸体的我们被赶往山下的澡堂，要走整整两俄里①。洗完蒸汽浴后，又被赶回去。气温是零下二十度，风雪肆虐。因为在密林中穿行，我们其实感觉不到大风。赤裸的双脚在压实的雪地上不停打滑，不是这一只，就是另一只——与其说是因为地滑，不如说是因为虚弱。身体发烫的头几秒钟你甚至会感觉愉悦，然后立刻冷到失去行动能力。有些人摔倒了，再也爬不起来，只能被别人拽着手脚往前拖行。他们疯狂地尖叫。不过尖叫意味着他们还活着。等他们彻底安静下来，周遭就只剩下脚踩在雪地上的嘎吱声了。

当然，经过这一趟折磨，许多人都死了，人毕竟有极限。他们的死亡还有一个原因，那就是失去了求生意志：一旦对生死无谓的态度占了上风，人就算是濒临死亡了。躺在你身

---

① 1俄里约等于1.067千米。

边的人，或清醒或糊涂地嘟囔了几句，突然就沉默了。你转过身，看见他的下颌骨无力地垂下来，就会明白：他死了。他还会在这儿躺上许久，因为没人会到这儿来，即使来了人也不会急着把他拖出去。他就这么躺在你身边，而你甚至感到非常平静——毕竟死人不会尖叫，也不会手舞足蹈。

我把瓦伦金娜护士叫来——强压着声音里的颤抖，勉强做出一个请她在床边坐下的手势，随后问她可好。但我还是没能忍住，失声痛哭起来。我成了一个货真价实的疯子。

周四

希维尔斯克有个叫作热都的地方，是奥列杰日河畔红色峭壁下的一片沙滩。那些地方个个风景如画，彼得罗夫-沃德金①的红马正是出于此地。这里不可能出产别样的马。红色，是热都的颜色，我猜想，鲁滨孙的世界也是这样火红。不过他的世界也可能是蓝色或绿色的，但那些颜色，如果仔细找找，在希维尔斯克也有。我在热都的沙滩上晒着日光浴，脑子里想象着鲁滨孙的荒岛。滚烫的沙子亲吻着我的面颊。为了躲避灼烈的阳光，鲁滨孙外出时总穿着马皮做的衣服。他要是这副打扮在希维尔斯克散步，也没人会大惊小怪——本地人穿得还不如他讲究呢。

有一天我正躺在热都晒太阳，忽然抬头发现周围空无一人。

---

① 库兹马·彼得罗夫-沃德金（1878—1939），苏联画家、美术理论家和作家。《浴红马》是他的代表作之一。但此处可能作者记忆有误，《浴红马》作于1912年，当时画家旅居南方，1937年他才在希维尔斯克租下别墅。

无论是河岸上还是河道里，一个人影都没有。刚才肯定有人，现在却没了。我站起身来，拿起背包，沿着河岸朝前走去。我走过河上的小桥——对岸依旧空无一人。起初我以为，人们只是躲起来或者暂时去忙别的事情了，总之的确没有人类的踪影。走着走着，我才渐渐确信，刚才一定发生了些什么，地球上的人都被清空了。至少，希维尔斯克这片土地被清空了。

渐渐地，这种隐约的直觉成为确信。种种迹象都指向一个事实：这个世界空无一人。风从林间穿过，发出前所未有的呜咽。奥列杰日河面上闪烁着我从没见过的光斑。这里的一切都透出一股人间之境不可能存在的自由感。之前那些被人类压制住的存在此刻都奋力凸显自己：树叶愈发青翠，天空愈发蔚蓝。蜿蜒曲折的河流仿佛是开天辟地以来头一次这样流动，奥列杰日这个名字也仿佛刚刚问世。"奥列杰日"这样的名字绝非人类能够赋予，而是自然亲自赐予，与那河底沉睡的扭曲枝丫和久经风霜的岩壁一般。奥列杰日河在这里流入人间，在人烟消散后继续流淌。

九曲回环的河流浩浩汤汤向我奔来，又朝远处流去，从河岸上升起的深红峭壁越爬越高。我沿着山崖向上，对脚下这片美丽土地的占有感充满胸臆。此时此刻，眼前的一切都归我一人所有——奥列杰日河的变化莫测，微风的清新气息，以及水边草丛的摇曳身姿。我巡视着自己的所有物（啄木鸟笃笃敲打着松树），它们很清楚再也没人能将自己拥有，我只是它们暂时的主人。面对整条河流和整片森林，我孤身在此，无法对它们构成任何威胁。我故作姿态地左右扫视，偶尔驻足示意，像一名司令员前来检阅自己的军队。有的事物回应了我的致意——

松枝在微摆、山风在轻啸、小鸟在啁喳,有的保持着沉默,余下的则在我视线之外。但我的每一个发现都意义非凡,因为此刻,我是唯一知晓这片天地的人。

小路随着陡峭的河岸向上延伸。不知不觉中,谷底的河流消失在视野之外。勉强将脑袋探出崖边的树梢告诉我,悬崖下不只有奔流的河水,还有平坦的土地。只消几步走到悬崖边缘,我便可以碰到那些树枝。但我没有上前。

岸边的房屋仍矗立着,只不过它们早已荒置,与藤蔓合为一体,化为草木,成为大自然的一部分。眼前的屋顶早已朽坏,要么业已坍塌,要么摇摇欲坠。敞开的屋门间或在风中吱呀。支离破碎的窗帘不时被山风吹动。

一股恐惧在我内心悄然滋生,那是对孤独的恐惧。河岸开始缓缓下降,坡底出现了一座横跨河岸的小桥,我立刻朝桥上奔去。朽坏的木板在脚下砰砰作响,河谷中回荡起巨大的回响。直到我踏上对面的河岸,那巨响依然久久萦绕,仿佛吞噬一切的大自然派出一支看不见的追兵紧追着我——这最后一点不属于它的造物不放。我加快了脚步,开始奔跑(并非出于恐惧,而是出于忧伤),穿过树林,径直向家的方向跑去。已经没有人在等我回家了——这个念头让我无法忍受。庞大的外部世界可以走向崩塌,但那并不意味着一切的完结。我还是不肯放弃希望,祈祷属于我的那个小小世界,我的小家依然坚强地屹立着。我边跑边哭,任凭泪水沿着脸颊奔涌而下,呼吸因为抽泣而愈发困难。

终于来到家门前,四周已暮色沉沉。透过明亮的窗子,我看见了爸爸。他双手交叉抱在脑后,跷着二郎腿——这是他最喜欢的姿势。在巨大的黄色灯罩下，这一幕恍如梦境。或许这种不真实感只是因为眼前的一切静默得像一张老照片。但我能清清楚楚地看见，父亲放在脑后的手指微微动弹，茶炊里的热水溢了出来，冒出袅袅青烟。唯独少了话语声。

突然，妈妈抬起头，对我说：

"瞧，你总算来了，小家伙。"

爸爸拉住我的手，轻轻握了握它。

这是怎样的幸福啊。是我记忆中从未有过的幸福。

周五

我们搬进沃罗宁家的公寓时，阿纳斯塔西娅刚满十五岁。整栋公寓的人都要为食品购买证登记信息，我就这样知道了她的年纪。几乎在搬进去的第一天就知道了。我比她大六岁——这个念头一冒出来，把我自己也吓了一跳。这说明我潜意识里将自己与她相提并论，也就是说——联系到了一起。这只是偶然的念头吗？我怎么没把自己和扎列茨基的年龄放在一起比较呢？

很快我就学会了分辨阿纳斯塔西娅的脚步声。她的脚步很轻柔，脚跟先落地，脚尖随后。沃罗宁就不一样，他走起路来鞋跟老是互相撞击。扎列茨基则像踩着高跷一样。躺在自己房间里，仅凭地板轻微的吱呀声，我就能分辨出阿纳斯塔西娅的去向。根据她走动的距离和开关的响声，我猜测着她的行踪，看她是走进了浴室、卫生间还是厨房。浴室和卫生间比厨房近，开关声也不响。厨房是最远的，电灯开关的响动也最大，开关弹簧会首先发出一声抱怨般的"吱呀",然后才是隐约低沉的"啪嗒"一声。每次听到这声响,我都想立刻到厨房去。

有时候我真的会这么做。通常是在夜里大家都睡下以后。我总能碰见穿着睡裙起床喝水的阿纳斯塔西娅。公共住宅里,大家都习惯在自己房间里吃喝。但沃罗宁公寓里的人仍保留着老传统,爱在厨房吃饭。睡裙也是旧生活留下的痕迹,集体生活里,大家通常会在外面披上睡袍。

我们初次在厨房相遇的时候,阿纳斯塔西娅还为自己的衣着向我道歉,说她以为大家都睡着了。我说,没什么大不了的,我不小心说得太大声,惹得她惊异地看了我一眼。后来见面的次数多了,阿纳斯塔西娅仍穿着她的睡裙,但再也没道过歉。或许她明白了我们的偶遇并非偶然,而且还心知肚明她穿睡裙很好看——特别是当绸缎面料从她瘦削的肩头滑落时。

她手撑着台面,背靠橱柜站着,细长的手指摩挲着棕色的木板。我们的深夜闲谈往往这样开启。我从没这样小声说过话。为了不惊醒其他人,我们只能低声耳语。耳语是一种独特的交流方式,不只是因为它发生在深夜。即使只是寻常小事,用耳语说起来也会叫人耳目一新。况且我们谈话的内容的确不同寻常。

我凝望着阿纳斯塔西娅柔软的皮肤,又想起了那些瓜皮。那个问题脱口而出,把我自己也吓了一跳:

"您不害怕衰老吗?"

她没有感到惊讶。只是耸了耸肩膀。

"我怕的不是衰老……而是死亡。别怕。"

"那您觉得,如果永远不死,只是不断、不断地老去,这样活着也可以吗？"

"我不知道，"阿纳斯塔西娅微笑着说，"为什么为了一直活下去，就一定得老去呢？"

"唔，一切皆有代价嘛。"

"并不是这样，接受馈赠就不用付出代价。如果我获得的是无条件的永生……"

"那，您会怎么样？"

"那就活下去呗！"她笑出了声，几乎是喊着对我说，旋即被自己的声音吓了一跳，竖起一根手指压在嘴唇上，"这下大家都要跑来了……"

但谁也没跑过来。

周六

接下来三天，我的体温都保持正常，盖格尔决定安排我在医院的院子里散散步。他花了很长时间，仔细帮我穿好衣服。但这身衣服着实让我摸不着头脑。他给我穿了一件不知什么料子做的短外套，盖格尔管它叫羽绒服。看起来有点像去北极探险的那些人穿的衣服。靴子是用拉链固定的。我记得拉链是什么东西，但记忆中它们并不是用在靴子上的。盖格尔试了好几回才把它拉平整。盖格尔很担心我会受寒或者染病。他说，正是因此他才限制我和外部世界的接触。但他又说，如果这次顺利的话，我应该每天都出来散散步。

来到院子里，我被突如其来的寒意冻得打了个哆嗦，眼泪都冻了出来。其他病房的窗子后面忽然冒出好几双眼睛盯着我看。但我一抬头，他们又都缩回去了。看来这里还是有别人的。

脚下的积雪被踩得咯吱作响。嘴里不断吐出热气。我摘下手套，用雪花擦了擦脸（盖格尔叫我赶紧把手套戴上）。我摇了摇槭树的枝丫，引发了一场小型雪崩。盖格尔、瓦伦金娜和我站在院子里，满身雪花。我们哈哈大笑起来。

但我并不喜欢雪。岛上也下雪，常下，一年里有一半时间都在下雪。我们只能用麻绳把破破烂烂的布鞋绑在脚上（哪有什么带拉链的靴子！），谁也不会在乎你会不会感冒。如果你走在最前头，第一个踏上无人踏足的雪地，那半边身子都会陷进雪里。即使昨天这里有人走动也无济于事，一夜的时间足够积雪堆上半人高。你迈着大步，尽可能把步幅拉到最大。眼前伸手不见五指，只能摸索着前进，小腿不时磕在埋进积雪的树桩上。手里握着一把双人锯。双腿和树桩缠在了一起，你连人带锯子仰天栽倒在雪地里，心里想：把我埋葬吧，别埋太深——这样春天才能有人找到我。春天我就解脱了，到那时候我还能剩下多少残骸呢？

那时候，常有人在树林里冻死。他们并不是自然死去，而是被活生生累死的。他们只是坐在路边稍事休息，就这样筋疲力尽地瘫在了地上，对他们来说就这样冻死或许比爬起来继续工作要容易。睡眠不足的他们刚坐下，歇口气，然后就永远地睡着了。睡梦不会阻碍死亡，他们就这样冻成了冰块。尸体很快就被大雪盖住，消失无踪。少有人会用心寻找他们：大家都知道，他们冻死了，死人不会逃跑，岛上也无处可逃。反正，到了春天就会找到的。

盖格尔说，如果今天散步的感觉不错，我们就每天都出来转转。我望着他，心想他应该也会和我一样躺在瓦伦金娜身边。不，他应该不是我这种躺法，我能猜出来是什么样……还有什么比医院更适合谈情说爱的地方呢——这里床位充足。

周日

今天他们给我的病房里装了一台电视机。盖格尔给我解释了好久如何设置和操纵它。我很快就学会了。盖格尔看着我熟练地使用起遥控器，竟显得有些失望。他肯定以为我会大吃一惊。但我的确没那么惊讶。在我那个时候，电影放映机带来的震撼更大——更别说，那屏幕比这电视机大多了。虽然当年的电影没有声音。

"电视机这个词太长了。"我对盖格尔说。

"叫它电视就行。"他答道。

这叫法有点傻乎乎的，我还在犹豫到底有没有必要使用它。我和盖格尔看了一会儿新闻。我看得一头雾水——主要是电视机发出的声音把我弄糊涂了——又是说话声，又是音乐，又是警笛声。对，电视是会发出声音，跟电影完全是两回事……

"通货膨胀是什么意思？"我问。

"去年夏天，钱都贬值了。"

"那现在怎么办？"

"大概只能少贪点儿钱吧。可惜在俄罗斯，这是不可能的。"

这已经是我第二次听到他说贪污这个词了。但贪污总是个永恒存在的话题，1999 年如此，1899 年也是如此，任何一个年份都不例外。为什么他这么关心贪污问题，因为他是个德国人吗？我猜，德国人不会贪得那么多，他们常为我们能如此放肆地贪污而诧异。我们也很诧异，但照贪不误。

电视屏幕上出现了许多房子。和过去的房子不同，它们不再雄伟壮观，看起来非常轻巧，我甚至惊讶它们没有倒塌。那些房子上有大量玻璃，还有许多金属材料。有时候我确实不明白建筑师的思维，他们的脑袋瓜就像个玻璃房子。我察觉到了盖格尔审视的目光。

"你喜欢吗？"他说的是房子。

"我还是更习惯砖房，"我答道，"和倾斜的屋顶。"

"电视上放的是莫斯科。彼得堡还是您喜欢的那个老样子。等您能出去转转的时候，就能亲眼验证了。"

我什么时候才能出去？我忍不住想问。

但我没有开口，只是装作对电视饶有兴味的样子。

电视里的汽车都很有意思。跟我那时候的截然不同……可这个新时代也是我的时代，盖格尔希望我能融入其中。他一直观察着我的反应。

"您感觉如何，"他问道，"来到一个事实上全新的国家？"

"我感觉，这个国家有些新的问题。"

我露出了微笑。盖格尔也笑了，他似乎有些惊讶，没想到我会这么说。

"每个时代都有自己的问题。只能去努力克服。"

"或者逃避。"

他认真地盯着我，低声说：

"您就没能逃过……"

的确,我失败了。盖格尔在我看来是个挺会交际的人。但我不是。国家不是我衡量事物的尺度,甚至民族也不是。我想说,人才是尺度,但这听起来又像是一个箴言。虽然……难道这些句子并不全是真理——尤其是当它们来自人类肤浅的生活经验?当然,很有可能。我要写下来,让盖格尔读读。

此外,他似乎觉得我写作的方式很不同寻常。他到底什么意思,一两句话也说不清。他说我的措辞跟现代人有轻微的不同,但如果不知道我的过去,倒也几乎难以察觉。好极了。在我看来,他和瓦伦金娜说话的方式也和我们那时候不一样。他们说话比我们轻松畅快多了,语调也像跷跷板一样,不过听起来挺美妙。我也想学着像他们一样说话——我对自己的耳朵还是很有自信的。

周一

今天我看了一整天电视。频道换来换去。这个台在唱歌,那个台在跳舞,再换个台在聊天。他们聊得机锋毕露,过去我们可不会这么说话,主要是语速没这么快。尤其是那个主持人:他总是拉长声调,不按句子的意思,而是按他长长的气口停顿。幸亏他不得不换气,不然一定会滔滔不绝地说下去。称得上行家。百灵鸟。

瓦伦金娜端着午饭走进病房。

"现在大家都是这么跳舞的吗?"我指了指屏幕。

"没错,"她笑了,"差不多是这样。你不喜欢?"

"也不是,干吗不喜欢呢。挺有活力的……"

好笑的是，希维尔斯克业余剧院里的演员在表演疯子的时候就是这样跳舞的。我们那时候，这些动作意味着需要治疗，而现在正常人就是这么跳的。更准确地说，他们的舞蹈是为了表现出患者症状危重，需要继续治疗。那些演员中有一个是我们的熟人，他偶尔来我们家喝咖啡。在舞台上深红色的灯光下，他的身姿异常动人，甚至有些可怖，但在我们家露台上的咖啡桌旁，他却一副虚弱无力的样子。我记得他总用餐巾纸擦去额头上的汗，不时拍拍身上的蚊子，再用擦过汗的餐巾纸捻起蚊子的尸体。离开的时候，他总会把这张沾满战利品的餐巾纸交给妈妈。戏院之外，他是个姓佩琴金的记账员。

"您……对不起，你，"瓦伦金娜给我倒着茶说，"恐怕也不会喜欢现在的音乐。"

我已经听过了，的确不喜欢。但我没作声，我不想和所有新事物为敌。

"过去的歌更有旋律感，"她接着说，"现在大家都看重节奏。但节奏中也有些内涵，不是吗？"

这些天我渐渐发现，她看起来已经不像个好心肠的护士了。现在她总是披散着头发走来走去，这模样挺适合她的。不过她起初的样子也很好看。我跟她提起这事，她说是盖格尔叫她扮成一个好心的护士的。一开始他们很担心我会因为新世界的冲击而精神崩溃。原来如此，那些夹鼻眼镜、老式温度计之类的东西的确是盖格尔特地物色来的。后来他们就渐渐放松了，照瓦伦金娜的说法，我的表现很棒，他们也就不需要给我演戏了。实际上，瓦伦金娜是心理学系的研究生，正在撰写毕业论文。

她的实验对象是谁，不言而喻。

周二

一个祭扫日①,我在斯摩棱斯克公墓②碰到了阿纳斯塔西娅。我是去给奶奶和父亲扫墓,她则是去给她母亲扫墓的。她要走的时候,我才刚到。我们怎么会刚巧都独自去那儿扫墓(通常这样的日子人们都是全家出行)?我不记得了。只记得看到阿纳斯塔西娅的瞬间,我立刻满心欢喜。我们先在墓前站了一会儿,然后就沿着墓园里的小道散起步来。

"您母亲是怎么去世的?"我问道。

"肺结核。她病了很久。我和爸爸盼呀盼呀,以为她能活下来。"

我牵起她的手,紧紧握住——她的手指冰凉。我能感觉她也回握着我的手。我们就这样来到了父亲和奶奶的坟前。我把坟上的枯枝拨开,用抹布擦了擦铁栏杆。他们死的时候,家里还有钱定做栅栏。现在的我连一棵小树苗都买不起——墓园门口随处都是卖树苗的人。所以我决定不去除草(至少让坟头有点生气),但阿纳斯塔西娅坚持要除草。她说,草就是恣意生长的思念,只要还有人能来为他们除草,逝去的人就仍然存在于这世间。我不知道对不对。我并不这么觉得。当然,我们最后还是拔掉了杂草。

我们继续在墓园里漫步。偏僻的小路上,落叶无人清扫,腐烂的气味扑鼻而来。用脚扬起一把明黄的落叶,就能看见它们棕褐色的背面。清新的空气像刀刃一样刺入鼻腔。对,那时

---

① 东正教中有一系列用于祭拜亡者的日子,均定在周六,一年中有八天,三月到五月最多,九月、十一月各有一次。
② 斯摩棱斯克公墓是位于圣彼得堡瓦西里岛上的墓园,始建于 1738 年。

我鼻子里还流出了一滴鼻涕,阿纳斯塔西娅一把就给我擦掉了!她从手笼里抽出手,一把帮我擦掉了鼻涕。她笑了。我窘迫得无地自容,却又……说不出地高兴。这简直……好吧。

对,我差点忘了:就在那个时候,我们遇见了扎列茨基。看到我们,他说:

"我是来这儿给我母亲扫墓的。"

他手里攥着一把纸扎的红玫瑰,破破烂烂的大衣口袋里露出半截酒瓶。口袋深得足以容下整个瓶子,但被撑得鼓鼓囊囊,所以一眼就能看出酒瓶。我深信不疑,他的另一只口袋里一定装着香肠。我记得当时我着实吃了一惊——原来扎列茨基也有过母亲。小小的他也曾牵着妈妈的手。更早一点儿的时候,他也在妈妈的肚子里住过。说实话,我可能更愿意相信他是从土里长出来的。

我忍不住琢磨——如果当时真是秋天,我怎么会想着买小树苗?祭扫日都是什么时候?大斋节、拉多尼察节和圣灵降临节①,一共三次。十一月还有个德米特里日。也就是说,我们是十一月去的?还是说,那件事发生在春天?我犹疑不定起来。那时寒风刺骨,阿纳斯塔西娅还带了手笼,但不知为何我却觉得那是秋天。

这下我连脚下踩的是不是落叶都不大确定了,现在想来更像是积雪。初春棕褐色的残雪,斑驳一地,结成了泥团。脚一踩上去,就发出吧嗒吧嗒湿漉漉的响声。经过斯摩棱斯克教堂的时候,我们听到了潺潺的流水声——雪水正从屋檐滑落,流

---

① 大斋节在复活节前,一般在三月。拉多尼察节又名"欢乐日",类似俄罗斯的清明节,一般在五月。圣灵降临节在六月。

进地上的大圆桶里。一张嘴就吐出白花花的雾气。

"想想看,我们的子孙也会来这里探望我们,"阿纳斯塔西娅说,"他们会一边闲聊一边从我们头顶走过。天南海北地闲扯。而我们就静静地躺在地下。一言不发。"

听她的口气,仿佛那些子孙就是我们的后代。我们俩会一齐躺在地下沉默地长眠。我一边听着她的话,一边想象着在地下长眠的感觉。不知谁来到我墓前祭拜,他已经在这墓园里待得烦闷无聊,只想快点回家,从亡者之城回到生者之城,满心期待今晚那些鲜活的喜悦。而地下的我也开始心驰神往,想象自己和阿纳斯塔西娅一起沿着斯摩棱斯克河走回家里,在厨房里喝上一杯热茶,幸福的感觉顿时弥漫全身。同样长眠地下的奶奶和父亲不会挽留我,因为他们总为我的喜乐而欣慰。尽管实际上,我的茶桌旁根本没有为嗜茶如命的他们留出座位。

现在回头想想,当时应该确实是秋天。我并没打算买小树苗——因为没人卖,那是秋天。我们是在十月认识的。墓园的相遇发生在十一月——我记得,那时我们几乎还是陌生人。返回的途中,我们在墓园门口遇到了一个乞丐,或者一个傻子。他送给我和阿纳斯塔西娅一人一片黄色的落叶,把我们称作未婚夫和未婚妻。阿纳斯塔西娅羞红了脸。我给了他一万卢布。或者十万——我记不清了,那时的钞票就跟废纸一样。我把那片落叶珍藏了很久。

周三

"在您看来,十月革命发生的原因是什么?"盖格尔问我,

"毕竟您亲眼见证了那段历史。"

真是个意想不到的问题。他最好只是在写历史小说。

"我觉得是人们心中积累了太多恶意……"我谨慎地斟酌着措辞,"必须找到宣泄的出口。"

"有意思。真有意思……也就是说,您不认为那场变革与当时的社会环境和在此之前发生的历史前因等等相关?"

"难道整个社会的混沌局面,不就是历史前因吗?"

盖格尔拿来一把椅子放在我床前,扶着椅背跨坐下来。

"但人们认为,1917年的混沌有其特殊的背景——战争频发,饿殍遍野,不知道还有没有别的因素……"

"我们有过更坏的时代,但从没那样混沌过。"

盖格尔两手搭在椅背上,下巴搁在手背上,挤出了皱纹。

"您的逻辑很有意思。甚至跳出了历史视角……"

盖格尔毫不闪躲地直视着我,眼中满是思虑,一只手揪扯着自己的耳垂。他的耳朵很大,但如果他不去揪扯就看不出来:人类多余的小动作太多了。

他离开的时候,我看了一眼电视,上面正在演一种叫"脱口秀"的节目。演员们不断打断对方,做出不依不饶或者没教养的样子,实在低俗得令人难以忍受。难道我新的同时代人就是这样?

周四

我和阿纳斯塔西娅的夜聊仍在继续。我们总是坐在小圆凳上——有时候面对面,但更多时候是并肩背靠着墙壁或者小柜子。和她并肩坐着的时候，我的手不时触碰到她，感受到她的体温。那不只是温暖，而是电击般的触动。我们都察觉到了这份悸动。我担心我们就要擦出火花了。

楼下，窗外，深夜的马车仍在街道上疾驰，渐渐地，他们发出的细微响动也平息了。我已经学会了听声音分辨沿着中央大道直行的马车和从泽维林斯基大街上拐过来的马车。偶尔，夜晚的宁静会被小汽车的轰鸣声打破，吓得我们心跳加速，生怕公寓里熟睡的邻居被吵醒。他们的确被吵醒了。睡眼蒙眬的邻居们沙沙地穿过走廊，走进厕所。水箱轰响过后，他们走到厨房门口，迷迷糊糊地看我们一眼，然后一言不发地离开。

有一次，阿纳斯塔西娅得了感冒，独自留在家里。其他人都出门办事了，除了我，因为对我来说，没有比阿纳斯塔西娅更重要的事情。站在她的房门前，我听见自己的心脏怦怦狂跳。我敲了敲门，走进去。阿纳斯塔西娅躺在床上。走近后，我才看到她的鼻子和脸颊都肿了起来，泛着红光，就像刚哭过一样。

"别过来，"她带着鼻音说，"我会传染给您的。"

我还是走了过去，小心翼翼地坐在她的床沿上。

"那多好呀。两人一起生病多快乐。"

"有什么可乐的，"她朝搁在被子上的书本点点头，"我连书都看不了。"

她试图坐起来，但我按住了她的肩膀。四根手指搭在她的睡裙上，而第五根，也就是最灵活的小手指，滑到了她的领口。指尖碰到了她的肌肤。顿时我全身所有的感官都集中到了小拇指上，整个人都变成了那根手指。

"请躺下……"我终于鼓足力气拿回了自己的手，"想要我给您念几页吗?我以前生病的时候,奶奶总这么给我念书。"

阿纳斯塔西娅好奇地看着我。她只能张着嘴呼吸。随后她把自己的书推到一边。

"那就给我念念您小时候听过的书吧。"

我回到自己房间里,拿来那本小时候奶奶念给我听的书。我一边读书,一边用手摸索着阿纳斯塔西娅放在被子上的手指,同时目光牢牢地盯着书本。我问:

"我可以握着您的手吗?这样我就能把您的痛苦抽离出来。"

她默默地,轻轻地握住了我的手。我接着读故事。一句又一句地读着,我忽然意识到原来这是自己头一回给人念书。读到鲁滨孙担心自己生病的段落,我偷偷瞥了一眼阿纳斯塔西娅。她闭着眼睛躺在床上,看不出是在听我念书,还是睡着了。

她在听。她摸了摸我的手说:

"坐着不方便,您会背疼的。在被子上躺下吧。"

停顿片刻后,又说:

"请躺下吧……"

这个"请"字如同千钧之锤。我的喉头像被块垒堵塞,失去了声音。我脱掉便鞋躺下,木床在我身下发出巨大的吱呀声——和我僵硬的关节发出的声音一般大。随后我的喉咙又能发出声音了,我重新开始读书。阿纳斯塔西娅靠近过来,把我的手放在她胸口。她温暖的鼻息喷吐在我的肩头。她的呼吸逐渐平稳,我扭头看了看——她睡着了。我心里充满了喜悦和宁静,就这样久久地躺在她身边,直到听见钥匙在锁孔里转动的声音。我轻吻了一下她滚烫的额头,离开了房间。

两天后,我也病了。每分每秒炎症都在我的气管里爬行,可我的心里却生出一股幸福的滋味。我和阿纳斯塔西娅生了一样的病。现在阿纳斯塔西娅也会来到我的房间，躺在我身边，给我读书。我们心知肚明，眼下发生的事情已经超出了对病患的照顾，但我们谁也不提，不愿意捅破那层窗户纸。一旦付诸言语，就会惊动这份默契。一旦下了定义，就会毁掉我们的关系。而我们想要永远守护现在的关系。

周五

在我中学毕业前大约一两年的那个秋天，谢瓦来彼得堡（那时已经改名叫彼得格勒了[①]）找我。他一脸神秘的样子。总的来说，他的脸颇有表现力。有时聚精会神，有时调皮狡黠，有时宽容和善，有时愁容满面，这次则充满神秘。他一言不发，径直走进我的房间。他问我屋里是否还有别人（我说没有），但他还是关上门，拿钥匙把门锁了起来。这把钥匙已经在门上挂了好多年，从没有人想过要用它锁门。即使它因为长年累月地插在锁孔里锈蚀了，或者单纯因为谢瓦的运气不好而拧不动，我也不会惊奇。但他居然成功了。

谢瓦歪着脑袋，优美地把胳膊肘支在墙上。他怀里抱着一只小小的手提包，手提包随着他愈发急促的呼吸上下起伏。平复了呼吸后，谢瓦打开包，拿出一摞传单。

"喏……"

尽管每张传单都一模一样，他还是把一整包都塞给了我。

[①] 圣彼得堡在1914—1924年改名为彼得格勒。

那些全是货真价实的传单。能立马引发政变的那种。

"你从哪儿弄来这些东西的?"

"去学校的路上,一个男人拦住了我。我不认识他。他叫我把这些发给同学们。"

"那你打算发吗?"

"我说,我们会发出去的。你知道吗,这事关系到祖国存亡。在这种情况下,我,当然……"

除了传单,包里还有一瓶红酒。谢瓦一脸坚定地把酒瓶放在桌面上。

"酒也是他给你的?"

"不是,是我从家里顺的。为了纪念革命第一炮。拿两个杯子来。"

他很久没这么命令我了。我拿来酒杯。谢瓦整个人都仿佛因为参与了密谋而熠熠生辉。一杯酒下肚,我问他有没有读过一本叫《群魔》①的小说。谢瓦立刻换了一副体谅的腔调,不知为何还带着重重的鼻音:

"别谈什么小说了,好吗?那些都是过去的故事,一百年前的老皇历了。当务之急是把权力握在我们自己手里……"

"好吧,不提小说。那你知道尝试推翻政权会被判五年或者十年劳役吗?万一被发现,你就跟中学和彼得堡永别吧。你做好这种准备了吗?"

一望即知,我的表弟压根没有想过此类后果。我没有笑出

---

① 《群魔》是陀思妥耶夫斯基的小说,取材于1869年的涅恰耶夫案件。涅恰耶夫是圣彼得堡大学的旁听生,曾积极参加学生运动,后来到国外跟巴枯宁学习了无政府主义的阴谋策略,回到莫斯科组建了"人民惩治会",通过恶意煽动和恐吓,让一群会员暗杀了经常批驳他的大学生伊万诺夫。

声来完全是因为可怜他。谢瓦因酒精而微微泛红的脸立刻刷白,嘴唇也跟平时一样抖动起来:

"我只是以为……"

我本可以说,谢瓦的发丝瑟瑟发抖只是因为窗外吹进了一阵微风。但我可能是这么说的:通常发丝都在颤抖的人,都和当下的谢瓦心情相似。谢瓦仍语无伦次地说着些什么,我只是盯着他,默默听着,心里想,我干吗要吓唬他?我为何要打断他的飞行——说真的,谁会对一个中学生下手呢?最坏的情况下的确有可能,但多半到不了那地步。

谢瓦心神不宁,连酒都喝不下去了。他把剩下的酒和传单都留给了我,拜托我销毁那些传单。我当然照办了,不管酒精还是革命,都引不起我丝毫兴趣。我把剩下的酒拿去倒在了污水池里——谢瓦白白顺了一瓶酒。至于传单则全扔进了炉子,那些珍贵的革命思想被烧得一丝灰都不剩。纸上的话我一个字也不记得了。

留在回忆里的只有九月温暖的阳光,它透过敞开的窗子,信步穿过我的房间。一扇在秋天敞开的窗户——实属罕见。棕榈树微微颤抖的叶片轻扫着雕花窗棂(刻着玫瑰和百合图案)。一束阳光落在窗前的写字台上,正好聚焦在一小摞书本上。尘埃轻轻飘舞,没有阳光你根本察觉不到它们的存在。历史教科书的封面上,趴着一只小瓢虫。

周六

列拉·阿姆费吉娅特洛娃问我:

"你就这么想要我吗？"

那是我第一次见列拉，但我的回答很肯定——一个十五岁的少年难道能够拒绝她吗？最令我震惊的是，这样的问题通常是两人经过一番交流后才会提出，但却径直从她口中冒了出来。我刚才只不过偷偷看了站在大厅另一头的她几眼。而她捕捉到了我的目光。她的举动比我的目光更有挑逗意味。我想要她吗？我不知道。或许，我真的想要。但我刚才看她只因为她的不同寻常。从她连衣裙大胆的开衩可以判断，这是位女权主义者。

我们班上关于女权主义者的流言五花八门，有人谈论她们的衣着打扮，也有人谈论她们喜怒无常的脾气（这些很快都在列拉身上得到了验证），因此我一眼就认出了她的身份。她和传闻里描述的一模一样——除了没有剪短发——她忠实地扮演着自己的角色，就像个大写的"F"①。令我惊讶的是，平平无奇的我居然引起了她的注意。或许也不足为奇。她为什么非得找个跟自己一样先锋的人展示自己的与众不同呢？

她坚定地拉起我的手，穿越乐声缭绕的大厅，领着我走向大门。我们的脚步仿佛踏上了音乐的节拍，富有韵律的步伐瓦解了我最后一点意志力。现在我试图努力回想，那大厅是什么地方，背景是什么音乐，但无济于事。不过这些转瞬即逝的东西并不重要。我只记得在干爽的晚风中，列拉的掌心依然汗津津的。我们在天井里游荡，寻找着她的女友借给她的那间公寓（她说是借给我们的）。列拉一只手牵着我，另一只手提前掏出

---

① 女权主义的英文首字母。

钥匙，同时用那只手指着我们前进的方向。那把早早掏出来的钥匙和她指向前方的手，让我们的步伐多了些信心，但更多的还是戏剧性。

沿着坑坑洼洼的台阶，我们飞快地爬上顶层。列拉的钥匙终于派上了用场，我们走进那间小小的屋子。家具只有一张床，一张桌子和一把椅子。椅子后面还有一扇发白的小门，显然是通向厨房的。列拉一本正经地走到我面前。她比我稍高一些，我的鼻子刚好能吸入她湿漉漉的气息。她歪着脑袋，轻轻碰了碰我的嘴唇，然后伸出舌头舔了舔它们，缓缓转身背对着我。

"现在，请帮我脱下裙子……"

拉链随着她的后颈微微起伏。我开始替她宽衣解带。

"怎么，你难道是第一次给女孩脱裙子？莫非那事儿——你还是第一次做？"

"那事儿的确是第一次……"

列拉深深叹了口气。我终于解开了连衣裙，帮她脱了下来。连衣裙里面是一件轻薄衬衫和带花边的衬裙。再里面是衬裤和衬裙。紧身胸衣又是一件复杂的衣物（列拉又叹了口气）。我和胸衣的系带搏斗了半晌，终于解放了列拉。随后，她坐在椅子上，我蹲在她面前，开始剥下她腿上的丝袜。我的双手随着黑色的丝袜，在她雪白的肌肤上逐渐下移。她的肌肤白得惊人。那时候，女人们还不兴晒日光浴。

我不太好意思承认，在床上躺下后，列娜抱怨和叹息的次数都显著增加。她直言不讳地指导我的动作，还不停地赌咒发誓，这是她最后一次教小处男做事，也不知是对谁说的。好在一段时间过后,列娜的叹息似乎就没那么气恼了,但我到最后也不敢肯定她是否满意。她那时多大了?我猜十八岁,不会更多了。但她在我看来似乎成熟得无与伦比。

完事以后,她坐在椅子上抽起了烟,衣冠不整地跷着二郎腿。她用大拇指和食指捏着套住烟卷的银质滤嘴,小心翼翼地吐着烟圈。我像个土耳其人一样盘腿坐在床上,默默打量着她。这是我第一次看见女性的裸体。她指了指我贴身佩戴的十字架,问我:

"你信上帝?"

"对。"

"在有飞机的年代还信教,真叫人脸红。我爸妈也是虔诚的东正教徒,我就不信,"她深深吸了一口烟,"你干吗不说话?"

"飞机难道能阻止死亡?"

列拉笑了出来:

"当然!"

周一

我想起来了。飞行家的事情,我全部都想起来了。爸爸带我去司令员机场①看飞机的时候,我大概十一二岁。两年前这里还没有机场的影子——只有一个司令员赛马场,偶尔也举行飞行表演。后来旁边建起了机场,表演才改在机场举行……我从

---

① 司令员机场位于圣彼得堡西北部,是一座民用兼军用机场,建于1910年,到1970年逐渐改为居民区。有趣的是,它紧靠着普希金决斗的地点,那里有一座普希金决斗纪念碑,是普希金决斗中枪的地方。

盖格尔那儿听说，现在飞行表演都改叫飞行秀了，但我还是更喜欢"表演"这个词。在我看来，当代生活里的"秀"实在太多。我说这话的口吻，活像个看了一整个星期电视的人。

七月，阳光明媚。温暖的微风亲吻着阳伞的花边。淡黄色的沙滩上挤满了人，许多人都用报纸折成三角形的帽子戴在头上。我们早早出发才抢到了观众席第一排的位置。不只能看见飞机，还能看见飞行家。看见他们的瞬间，我就下定了决心，一定要当个飞行家。不当消防队员，不当指挥家，就要当个飞行家。

我想像他们一样站在一群地勤人员中间眺望远方，缓缓举起一根香烟放到嘴里。偶尔摸摸露在帽子外面的耳朵尖。在前往机场前，单手系紧下巴上的头盔扣带。不慌不忙地戴上护目镜。但这些并不是我最憧憬的部分，最让我心驰神往的是"飞行家"这个称号。它的发音同时蕴含着飞行的美妙和发动机的轰鸣，自由感与力量感并存。多么美好的词语啊。后来人们又发明了一个新词"飞行员"，似乎是赫列勃尼科夫[①]首创的。这词也不赖，但未免肤浅，就像一只灰头土脸的麻雀。而"飞行家"听起来就像一只硕大美丽的巨鸟。我也想成为那样的巨鸟。

"飞行家普拉东诺夫"虽然不是亲近的昵称，但偶尔也有人这样叫我。我很喜欢它。

周二

我的确是在以非历史的视角回忆往事，这一点盖格尔说得

[①] 赫列勃尼科夫（1885—1922），20世纪初俄罗斯未来主义诗人、剧作家，他在1915年的一首诗里首次提出了"飞行员"这个词。

可能没错。历史观让每个人都变成宏大社会事件的人质。但我的视角不同：可以说恰恰相反。伟大的历史事件生发于无数个体之中。尤其是重大的历史剧变。

原理很简单。每个人心里都有一团污秽。当你的污秽和其他人的污秽产生共鸣的时候，就会触发战争、法西斯主义……这种共鸣与生活水平或者政治体制无关，即使有关，也不是直接关联。最引人注目的一点是，人心中的善念却往往无法以这么快的速度和其他人产生共鸣。

周三

一整个星期我都没有写日记，有点病恹恹的。瓦伦金娜觉得我是在散步的时候着凉了，建议我多穿点衣服。盖格尔却不同意。他觉得，我是因为在重温和阿纳斯塔西娅一同生病的往事时心情过于热切，以至于真的染上了病。盖格尔的猜测非常接近真相。

与其说我是写不了东西，不如说是不想写，没心情。反正都怪心情。盖格尔说，这很正常。起初几个星期，我一直保持着惊人的注意力，生活稍稍进入正轨，我就散架了。对，我承认，我是散架了。而我恰恰不喜欢自己的生活轨道，这条歪歪斜斜、断断续续的轨道，这些年来究竟绕着圈子去过什么地方？更重要的是，它要往哪里去？是通往我在电视上看到的那种生活吗？它在我看来索然无味。盖格尔似乎也不大喜欢这样的生活。

说回日记，盖格尔安慰我说没人要求我每天都写。就凭他没有逼迫我，也该谢谢他。但我不打算道谢。总的来说，盖格尔是我在这里最喜欢的人。他很少流露感情，甚至有些干巴巴的，但透过这层干巴巴的外壳，我能感觉到他的好意。

相反，那些表面热络、内里阴毒的人，要比盖格尔这样的人可怕得多。我从前认识一个人，名叫阿列克谢·康斯坦丁诺维奇·阿维里亚诺夫。是个小个男人，秃头，脑袋却很大，活像个蘑菇。他身上总围绕着许多争议，大家都困惑不已，他这个样子是怎么搞到女人的？可他真有过好几个跟他一样矮小的女伴。如果跟他聊上个把小时，你得到的印象是：这个人软绵绵的，非常客气，热心得恰到好处。他常常忘我地歪着头，"哈——哈——哈"地放声大笑。但在一个美好的日子里，你或许会突然发现他既不软弱也不热心，而是个病态的妒忌鬼，在你背后不知说了多少坏话……

这个阿维里亚诺夫到底是谁？他是干什么的，我是在哪儿认识他的？我一点儿也想不起来了。但他那蘑菇般的天性和蛆虫般的气质就这样深深刻在了我的记忆里。我还记得他凸起的眼镜片，和镜片后凸起的眼球。我怎么会忽然想到他？啊，对，是作为盖格尔的反例。

"我忽然想起来一个什么阿维里亚诺夫，"我对盖格尔说，"想起了他的性格、身高，甚至眼镜。但我打死也想不起来，他在我生命中到底扮演了什么角色。我的记忆为何如此混乱？从科学角度看，怎么解释我的回忆？"

"记忆是神经元和脑细胞的特定组合。不同的脑细胞和不同的神经元联系在一起，就会产生截然不同的记忆。"

"换句话说，我的神经元不足以让我完整地回忆起阿维里亚诺夫？这可真是机械唯物主义。"

"不必担心，说不定下次您就会记起阿维里亚诺夫各种各样的事迹来。到时候您说不定会宁愿不要想起。况且，"盖格尔把我睡袍的第一颗扣子系好，"如果记忆像一面镜子一样如实反映生活，那该多无聊呀。让它故意有选择地进行呈现，反而更有艺术感。"

老实说，我并不需要阿维里亚诺夫。关于他这个人，那些我想起的片段已经足够了。

周四

电视机最让我惊讶的一点是，它能够昼夜不停地播放节目：猜词节目、听歌猜曲节目，我还看到一条节目预告，说他们会送人去荒岛求生。预告里的嘉宾看起来都开朗乐观，足智多谋，心满意足，但我不得不说，他们看起来都庸俗可怜。其实他们的现实生活中并没有一个需要挣扎求生的荒岛。难道这样的生活还不能让他们满足吗？

周六

我不禁开始思考记忆的本质。难道我脑海中保留的记忆只不过是大脑神经元的随机组合？那么圣诞节枞树散发的气味，在穿堂风里玻璃铃铛的叮咚作响——都是神经元的作用？我记得在四月推开封住一整个冬天的窗子时，窗框上纸条的哗啦声，和充满整个房间的春日气息。街上远远传来的交谈声。深夜高跟鞋敲击人行道的声音，灯罩里小飞虫的嗡嗡声。还有我和阿纳斯塔西娅之间那份我满怀感激地铭记在心直到生命最后一刻的悸动，那种战栗的感觉，难道这些都是神经的作用？还有她躺在我身边时强忍笑意的窃窃低语，和她头发的香气。

生过那场大病以后，我们常常肩并肩躺在床上。一般是在白天，屋里没有旁人的时候。有时我们拥抱着躺在一起。有时候并不触碰对方。只是聊天。或者沉默不语。有一次，我对着她的耳朵轻声说：

"我想要您当我的妻子。"

阿纳斯塔西娅是个爱笑的姑娘，我很担心她真会笑出声来。但她并没有发笑。只是简短地答道：

"我也想。"

她也是对着我的耳朵说的。我能感觉到她双唇的温热。

我们一直没有互相改称为"你"①。我觉得我们的关系纯洁无瑕，不能用任何方式去考验它，就连改变称呼这样的小事都不该冒进。阿纳斯塔西娅还有一年才成年。我对自己发誓，要耐心等她成年。

"您这样多难熬呀……"一天，阿纳斯塔西娅突然对我说，"身边没有女人。"

"我有女人。就是您。"

她涨红了脸。

"那就让我成为女人吧……成为完整的女人。"

我吻了吻她的额头。

---

① 俄语中，一般对不熟悉或尊敬的人称"您"，对十分亲近的人才称"你"。通常在改变称呼时要征求对方的同意。

"我想等到和您成婚以后。"

无法满足的欲念真是令人如坐针毡,这下我深有体会了。我口中吐出的"您"字从未显得如此淫荡,直到今天这个字眼仍在我唇间发烫。那灼烫如此真实。我很难相信它只是神经元的随机组合。

周一

人不是小猫咪,不能四脚着地自由自在地随处溜达。一个人被安置在一段特定的历史时间中,是有特殊意义的。如果他失去了属于自己的时代,会发生什么呢?

周二

今天是值得纪念的一天,是我第一次进城兜风的日子。早上的例行体检过后,盖格尔问我:

"您想坐车兜兜风吗?"

在病房里枯坐了好几个星期之后,还问我想不想兜风?我情不自禁地露出一个傻乎乎的笑容。上一次我为这样的提议傻笑还是在童年时代,那时候,每次出游都像个盛大的节日。即使现在看来,那些日子也非同一般。他们让我乘坐的不是我年轻时就见惯的那种轿车,而是一台迄今为止我只在电视上见过的机器,拥有流线型的外观。总之,现在我被迫的隐居生活终于可以结束了,我已经迫不及待要泡进全新的生活。

泡进——这个词非常准确。担心我感冒的父母在海滩上也是这么说的，只能泡泡水。不能游泳。我倒是不打算游泳，光是泡泡水就很幸福了。盖格尔担心我衰退的器官抵挡不住任何感染，因此不放我下车，只是偶尔停车，准许我摇下车窗看看。我按了一下车门把手上的按钮，车窗就呜呜轻响着降了下去。真叫人着迷……

我们在冬宫、青铜骑士和伊萨基辅大教堂门前都作了短暂的停留。它们与我记忆中毫无差别。或许区别只有门前的石子路换成了柏油马路。电线杆也变了样，不再是木杆了。我们还去瓦西里岛上转了转，那里也一切如昨。最后，我们开向彼得格勒岛的方向。

我们在中央大道和泽维林斯基大街交叉口把车停好（盖格尔一边停车一边叽叽呱呱）。我们下了车。过去的生活书店门脸少了书店气息，透露出一股高级餐厅的味道。对面的大楼加盖了两层。我记得很清楚，因为过去我总是透过窗子看着对面的大楼，它的过去我了如指掌。肯定是加高了。

我们朝着那栋大楼走去。盖格尔把三根手指放上门把手旁边的按钮，大门就打开了。我们并没急着上楼。楼梯上满是痰迹和烟头：痰迹还算平常，但我从没见过这样的烟头。它们的样式很是奇特。盖格尔在一扇房门前停下脚步，叮叮当当地掏出钥匙。

"这是我朋友的房子，"他不知为何压低了声音，"从这儿可以很清楚地看见您住过的公寓。"

我们走进屋子。屋里的陈设平平无奇，无非就是地板、家具、电灯。这些我都能一一辨认出来，知道它们的用途，但同时又有些讶异。房间的窗户朝向两个方向——一扇对着中央大道,一扇对着楼内的天井。盖格尔把我带到面朝大街的窗前。我暗自诧异:这时正是严冬,窗户却不是双层的,像是普通的薄薄的单层玻璃。但屋里却很暖和。

透过窗子,我望向自己过去的家,想起了和阿纳斯塔西娅一同做过冬准备的日子。我们用刀刃把棉花团填进窗框的缝隙,外面糊上纸条。糨糊得热一热才能用。以至于后来我一闻到糨糊的味道,心情就雀跃起来。它会让我想起舒适的秋日。街上寒风肆虐,而我们却不会受冻。我从阿纳斯塔西娅手里接过涂满糨糊的纸条,她的一缕秀发拂过我的脸颊。我不禁吻了吻她的指尖,她赶紧缩回手。我一定是疯了,她手上全是糨糊……可她用舌头轻轻为我舔净了嘴唇。

盖格尔从包里掏出一副望远镜递给我。啊哈,有了它就能看清楚了,没错,的确是我和她站在窗前。她负责把涂上胶水的纸条递给我,我负责把纸条往窗子上糊。我小心翼翼地对准窗框,把纸条一根根糊上去。湿漉漉、滑溜溜的纸条下面是一团团棉花。偶尔有纸条会在不经意间断裂,我便精准地把断头接上,抻平纸条,紧紧按住。真是个细活儿。我们本来指望这套大工程能让我们躲过冬天的严寒之苦,但希望落空了。公寓里的热气还是一点点溜走了。

周四

在如今的我看来,坚持对她称"您"和"阿纳斯塔西娅"似乎是多此一举,甚至像故意找乐子。但对那时的我来说,这是一份承诺,确保阿纳斯塔西娅的神圣不可侵犯。甚至从某种程度上说是我禁欲苦修的象征,就像帮助僧侣抵抗尘世诱惑的长袍。或者相反,让人更难抗拒诱惑。

我们的关系中毫无疑问存在肉欲的萌芽,但那是一种特殊的欲念。除了交缠的目光、亲昵的口吻和偶然的触碰,绝不越界,这让我们之间的欲望蒙上一层不可思议的色彩。夜里躺在床上的时候,我脑中总会浮现白天的对话。想起她说的话和我说的话。我们的手势。不断探索其中的深意,最后陷入过度解读。

床边那扇钉死的门上,弯弯扭扭的钉子发出的幽光即使在黑夜中也清晰可见。我用手指抚摸着那些钉子,心里想着与我只有一门之隔的她的床铺。有时还能隐约听见她床铺的吱呀声。我们就像睡在一张床上,只是中间隔着一块木板。我告诉自己,这只是暂时的分离。

我们如此小心地隐瞒着这段秘密的关系,但当然逃不过邻居们的眼睛。有些事情在同一个屋檐下是瞒不住的。就连神学教授沃罗宁,尽管他有种职业化的漫不经心,毫无疑问都猜出了些什么。他开始带着一种所谓的全新目光来审视我,但并无恶意。他时而赞许地轻拍我的后背,时而无缘无故地对着我微笑。甚至有一天,他来到我和阿纳斯塔西娅面前,拥抱了我们。这样的表态无异为一种祝福。

接下来的几个月,来自阿纳斯塔西娅父女的友谊照亮了我的生活。几乎每天晚上我都和他们一起在房间里喝茶。说实话那算不上真正的茶(那时候很难弄到茶叶),不过是保留了夏天风味的干草叶和浆果,都是阿纳斯塔西娅亲手采摘的。只有屈指可数的几次,在我的坚持劝说下,妈妈才跟我一同到沃罗宁家做客。她有些腼腆羞涩，认为住在一个屋檐下的人应该互相保持距离。我觉得她的想法没错。

我忽然想起，当时和我们一起坐在屋里的还有阿维里亚诺夫，和我不久前找回的记忆中一样耷拉着脑袋，戴着厚厚的眼镜。他穿过房间，一屁股栽进扶手椅里。话不多。面带微笑，更多时候是哈哈大笑。笑声震耳欲聋，仿佛故意做出真诚坦率的样子。他是沃罗宁在神学院的同事，也是个教授。看到他坐在椅子里的样子（像图画书上的蟋蟀），我顿时想起了他的身份。就像盖格尔说的那样，神经元之间的联结恢复了。那年冬天沃罗宁被捕了，他参加反革命活动的主要证据正是阿维里亚诺夫提供的。尽管他被捕的直接原因是扎列茨基的告发，但控告是基于阿维里亚诺夫的供述。扎列茨基连"反革命"这个词都说不清楚。

周六

昨天我们去了一趟希维尔斯克。我想坐火车，但盖格尔不同意。他说火车里病毒太多，我的抵抗力太弱。在我看来他是夸大其词了。当年的我壮得像头牛，一趟火车旅行对我来说只是小菜一碟。但我没有决定权，只能听盖格尔的。

我们乘着小轿车前往希维尔斯克。和之前一样，盖格尔负责开车，我坐在副驾驶座上，系好安全带。现代轿车（盖格尔说，最好叫它汽车）的速度大大提高。在城内行驶的时候还察觉不出，但出了城，风驰电掣的速度立刻让我整颗心都揪了起来。盖格尔开始超车的时候，我的双手不由自主地抓紧了座椅扶手。盖格尔发现后放慢了车速。居然（他笑了）还有不爱飙车的俄罗斯人……我也露出微笑，心想要是以这种速度撞上什么东西，无论免疫力如何，我的身体肯定会四分五裂。盖格尔也逃不过同样的下场。

前面的车扬起了地上的雪泥，我们的车上糊满了一团团泥浆，挡风玻璃也不时起雾。玻璃不只挡住了风，也挡住了光。狡猾的盖格尔往玻璃上喷了点水，用雨刷擦干了玻璃。我已经学会了开车窗的方法，本想按下按钮，但窗外忽然扑来一股狂风，我赶紧关上了窗。最好关上窗子，盖格尔对我点点头。最好如此。

我们把车停在一个火车站旁，这地方我认识。更准确地说，我认出了车站旁的建筑，现在它已经变成了商店。这就是你如今的模样，希维尔斯克……我们走下车来，盖格尔叫我戴上一只棉纱口罩。我耸耸肩，只能照做。说到底，他是主事人，我一切都得听他的。即使透过口罩，我还是觉出了希维尔斯克独一无二的空气。路旁矗立着一座座空无一人的五层住宅楼，我们沿着街道走向水坝。

一望即知，希维尔斯克的冬天已经结束了。空气里透出一股专属于春天的气味，它只有在积雪初融的时节才会出现。更准确地说，那不是一种气味，而是空气中的轻柔感。

"弗雷德里克斯伯爵的宅邸在哪儿？"透过口罩，我的声音闷闷的，甚至有些责难的味道。

"没能留下来。"

脚下的雪已经变得疏松，踩上去不再嘎吱作响。

"为什么没留下来？"

盖格尔做了个意味不明的手势，没有多做解释。我们沿着河岸朝水坝走去。水边的废墟堆满了垃圾。我们站在岸边，注视着脚下泛着白沫的河水流向远方。我从没在冬天来过希维尔斯克，心情因此稍感轻松。至少我还有理由宽慰自己，可以把希维尔斯克的面目全非怪在冬天头上。夏天，一切都会恢复原样。一切，包括弗雷德里克斯伯爵的宅邸。

对，这就是绕过磨坊的那条路，那时我们就是沿着它爬上山头。红色的崖壁没有丝毫改变。那时父亲还活着，奶奶也还在。妈妈也在。我脑子里全是妈妈的影子，但不想问盖格尔她在那边怎么样。那边。我很清楚，她早就不在人世了，但还是害怕听到答案。

我们走向教堂街，尽管现在路牌上写着"红街"。如果那个"红"字指的是泥盆纪的黏土，倒也算合适。很快我就看到了我家的小屋。它已经换了颜色，似乎还矮小了许多，但我仍然一眼就认出了它。盖格尔体贴地停下了脚步。我扶着篱笆上的小门，全神贯注地端详着那座小屋。没错，就是它。我转身看看盖格尔，他点点头。就连窗户里暖黄色的灯光都跟从前一样。

屋里走出一位老人，他走向小门。看见我，他放慢了脚步，停了下来。

"我们在这儿租过别墅，"我解释道，"很久以前。"

他站在那儿摇摇头：

"这栋房子是父亲留给我的。他和爷爷从没把房子租出去过。"

"说不定是您的曾祖父租过？"

他看了看我的口罩,礼貌地问道:

"您是来这儿疗养的吗?"

"是的,可以这么说。"

他点点头,走出门来,把手伸进小门的栅栏缝从里侧插上了门闩,然后不慌不忙地走向水坝。

尽管他离开了,屋里的灯光却没有熄灭——应该还有人在家。可能就是我的家人。只要走进屋去,我就能见到所有亲爱的家人(他们会说,你总算来了,小家伙),然后明白过来,除了我记忆中永远坐在桌边的他们,其余的一切都是我的梦境和痴妄。我会像独自漫游的那天一样,在汹涌而来的幸福中号啕大哭。但我终究没有走进那座小屋。

周日

> 沿着灾祸之路
> 小鸟蹦蹦跳跳
> 不幸就在眼前
> 它却毫无知觉 [①]

我脑中响起一首古老的小调,但它到底意味着什么,我完全摸不着头脑。

难道这首诗写的就是我?

[①] 这是一首19世纪流行的民谣。

周一

冬天,我们六点便要起床,天直到中午才会亮。清晨于我而言是一天中最可怕的时间。即使傍晚我因为疼痛、疲劳和严寒而奄奄一息,但至少还带着些希冀,因为马上就可以躺下休息了。但早上一睁眼,脑子里只有一个念头——痛苦的一天又要开始了。怎么也睡不够。睁开眼,站起身来(耽搁一分钟就会挨棍子),但身体还没完全醒来。被领去工地的路上,我就跟着队伍边走边睡:人困到极点即使站着也能睡着。没有时间洗脸,有时便在干活儿的间隙拿积雪或者湿漉漉的苔藓擦把脸。短暂的休息时间只够用来胡乱吃口面包,喝口水。连上送来了开水,倒出来的时候几乎凉透了。无所谓,本来也没什么可以拿来泡着吃的东西。那时候我满心只梦想着两件事:吃顿饱饭,睡个好觉。

周二

逮捕沃罗宁教授的人是晚上来的。他们脸色阴沉,沉默寡言,完全符合权力代言人的身份,身上带着那种并非自愿地奉命而来,慢条斯理的样子。他们用不熟悉书本的手指,一页页笨拙地翻看书籍,翻累了便拎着书壳使劲摇晃。书签和明信片掉落一地。有一本书里甚至飞出来一张革命前的十卢布纸币。他们还用同样细致的手法检查了床铺。我站在走廊上,看着他们的手指爬过阿纳斯塔西娅躺卧过的床单。

说回阿纳斯塔西娅。当格别乌①的人亮出证件时，她一下子跌进了椅子。教授还在确认来人的身份，她已经陷入了呆滞，坐在那儿一动不动，一言不发。我从未见过她的脸色那样惨白。沃罗宁看到她的样子也吓了一跳。他蹲在椅子前，轻轻抬起她的下巴，安慰她一切都会安排妥当的。他被带到房间另一头。一个格别乌的人给阿纳斯塔西娅递了杯水，闪现出一丝人性的气息。

扎列茨基根本没打算掩盖是他的告发招来了这些人。因为担心搜查有所遗漏，他甚至带来人去厨房翻看沃罗宁家的橱柜。在那儿他们找到一只漏勺、一块擦板和几个空罐头。没人知道他们究竟想找什么——可能连他们自己也不知道。

沃罗宁在走廊上对我低声道："她现在就托付给您了。"

他和我拥抱了一下，然后抱了抱自己的女儿。给阿纳斯塔西娅送水的那个格别乌硬生生掰开她紧紧环住父亲脖子的双手。似乎无论是送水，还是分开父女二人，都是他刻在习惯里的动作。因为担心父亲难以承受，阿纳斯塔西娅在他面前一直忍着没哭。直到他离开后，她才痛哭失声。像止不住的呕吐一样，破碎的词句随着她的哭声倾泻而出。最让她恐惧的是，父亲是在傍晚时分被带走的。不是在万事万物秩序井然的白天或黑夜，而是在一天中最变化无常的傍晚②。

---

① 格别乌（国家政治保卫局），全称为"俄罗斯联邦内务人民委员会国家政治保卫局"，俄文缩写音译"格别乌"，是苏俄在1922年至1934年的秘密警察机构（后期改名为"苏联人民委员会国家政治保卫总局"，但民间沿用了"格别乌"的称呼），由全俄肃反委员会"契卡"改革而来，第一位主任即"契卡"原主席捷尔任斯基。1934年后"格别乌"被并入苏联内务人民委员部。苏联内务人民委员部下属的国家安全总局是"克格勃"的前身。
② 傍晚在许多文化中被认为是一天中黑白交替、人的身体和情绪比较脆弱的时刻。比如日语中将傍晚称为"逢魔时刻"，人们认为这段时间不属于白天也不属于黑夜，视线不清，容易遭遇大祸或者妖魔。

我来到扎列茨基房门前,拉了拉把手。门从里面反锁了。我双手拽住门把手,一把扯断了锁扣。扎列茨基端端正正地坐在房间里,双手摆在桌上。桌面干干净净,上面连根香肠都没有。

"我要杀了你,混蛋!"我低声道。

扎列茨基同样低声回道:"杀死无产阶级是要受审判的。"

他的语气里没有挑衅,只有悲痛。他纹丝不动地坐着,只有颧骨上的瘤子在抽动。冷血动物,可悲的虫豸。我走到他面前说:

"我会让你死得了无痕迹。"

整夜我都待在沃罗宁家的房间里。阿纳斯塔西娅蜷在椅子里,我就坐在她身旁的地板上。天快亮的时候,她终于睡着了。当我把她抱到床上时,她忽然睁开眼睛说:

"不要杀他。听着,别杀他。"

仿佛是梦话。

我默然不语,因为不知该怎么回答。是说"好,我不会杀他",还是"我尽量不杀他"?我不由得想,她的生活在父亲被捕后会变成什么样?我望着她再度沉沉睡去,自己也打起了瞌睡。突然,铅笔从我的指间滑落,惊醒了我。明天再继续吧。

周三

接着昨天的说。奇怪的是,教授被捕后我们的生活几乎一切照旧。我、妈妈和阿纳斯塔西娅常在厨房、走廊和厕所里遇见扎列茨基。更奇特的是,我们仍会照常和他打招呼。妈妈是头一个向他问好的（她害怕扎列茨基会继续告密，想以此换得他的缄默），然后是我，最后是阿纳斯塔西娅。妈妈会大声问他好，而我们俩只是冲他点点头。我们并不是害怕他继续告密，只是同在一个屋檐下，很难对他视而不见。带着怨怼生活实在艰难，即便我们的愤恨有理有据。

有时我仍会和阿纳斯塔西娅躺在一起，却无法再像从前一样沉浸在柔情蜜意当中。我们仿佛达成一种共识，只要她的父亲还在狱中，我们就没有权利享受爱情，否则万一他出了什么事，那我们就是唯一的罪人。虽然不明缘由，但我们下意识地把他的自由和我们爱情的纯洁性绑定在了一起。甚至直到那年冬天结束阿纳斯塔西娅年满十六岁时，我们的关系还是没有丝毫进展。尽管她到了可以成婚的年纪，但在当时的情形下，我们仍和从前一样不可能跨过那道门槛。

有一次我在走廊上撞见了醉醺醺地游荡的扎列茨基，他对我说："我自己也不知道为什么要去告发教授。就那么鬼使神差地去了，稀里糊涂地说了。"他朝厕所走了几步，又回过身，"但我不会告发您的，您可以放心。"

事后我不止一次思考，到底是什么动机促使他最后付诸行动？是怨恨吗？但根本没有人会招惹扎列茨基，我们只是忽视他而已。嗯……或许忽视对他来说正是最严重的冒犯？

每过一阵子，我和阿纳斯塔西娅就会上戈罗霍娃街[①]看看能否探望教授，但一无所获。他们不让会面，也不帮忙转交物品。

[①] 圣彼得堡市中心的三条主干道之一，与涅瓦大道相邻。此处主人公拜访的应该是戈罗霍娃街2号，1917—1918年这里是契卡总部，捷尔任斯基曾在这里工作。1925—1929年格别乌的圣彼得堡分局就设在这栋楼。现在此地是俄罗斯政治警察博物馆。

无论阿纳斯塔西娅对那些卫兵如何软磨硬泡——不管是满脸堆笑，塞红包还是拍马屁——统统无济于事。他们那愚蠢的脸孔总是无动于衷。我死死盯着他们，想象自己揪住他们的头发，一把将他们的头撞向墙面。用尽全身力气殴打他们，让他们黑褐色的脏血溅在政府大楼的椅子、地板和天花板上。每回去那儿，我都如此恶狠狠地盯着他们。久而久之，他们不可能没看出我的想法。我们最后一次去那儿是3月26日，这帮人告诉我们，沃罗宁教授被枪决了。

周五

今天瓦伦金娜没来，替班的护士叫安吉拉。她很年轻，但身上并没有瓦伦金娜那股迷人劲。她长得很俗气，更别提还加上这个名字。盖格尔说瓦伦金娜身体不舒服，不知为何，他的语气让我有些不安。

一整天我都试着在电脑上打字。感觉自己活像个印刷工人。

周六

几天前盖格尔给我拿了本美国人写的书，讲的是把死者冷冻起来，以便日后解冻复活。类似的技术盖格尔以前就给我介绍过。很引人入胜的话题——尤其是在医院里读起来。作者列举了一系列冷冻技术先驱者们不得不面对的复杂问题：死者接受冷冻后，是否允许他们留下的寡妇和鳏夫们结婚？那些被解冻复活的人，该怎么处理自己前任配偶的新家庭？法律意义上，人们是否有权冻结自己的亲属和同居室友（后者是我补充的）？官方宣布死亡并冻结的人是否还拥有法定权利和义务？他们解冻后还拥有投票权吗？这最后一个问题真切地触动了我。

不过根据美国人的说法，冷冻技术的主要难题不在于投票权，而是冷冻和解冻人体的技术。在冷冻过程中，水分会从细胞液中析出，并结成冰晶。众所周知，水分子的体积在结冰后会膨胀，破坏细胞结构。更要命的是，那些无法转变成冰的物质会转化为高浓度含盐溶液，对细胞造成极大危害。但在急速冷冻的情况下，冰晶的体积会更小，含盐溶液的浓度也更低，这似乎让人有乐观的理由。

为了避免冷冻过程对人体造成的损害，可以使用甘油来中和含盐溶液。因此，解冻的第一个步骤就是排掉体内的甘油。没有这一步骤，其他的所有行为都会失去意义。因为血管里的血液都替换成了甘油，压根流动不了。问题是：盖格尔为什么要给我看这些资料？

"原来，"这天我终于找到机会对他说，"人体冷冻技术的关键并不在于冷冻，而在于怎么合理地解冻？"

"正是如此。"

"如果我理解得没错，尽管我们在科学上取得了很大突破，但从来没有过成功的冷冻复活案例，是吗？"

他答道："有成功案例。"

"真有意思，是谁？那只狒狒？"

盖格尔望着我，同情的目光中透出一丝戒备：

"就是您。"

周四

  这些天我一直在思考盖格尔告诉我的真相。起初我看似平静地接受了事实,但心中很快隐隐作痛起来。他说我是成功解冻的案例:照这个逻辑,我曾被冻结过。我能说些什么呢……

  脑中的思绪开始游走。我竭力不让它回到原点。我想起冻结在涅瓦河里的原木,还有酒瓶、木桶、狗和鸽子的尸体——所有在春天化冰后浮出水面的东西。我被囚禁在冰块里时是什么模样——像一只死去的鸽子吗?还是像一位沉睡的……公主?我那没有血色的脸会透过冰层露出来吗?我的双眼是紧闭的吗?又或者根本就没有冰。更可能像书里写的那样,我是被液氮冷冻的。

  在岛上,我有时真想就这么冻死,便坐在树下打起瞌睡。那些时刻,我总会想起莱蒙托夫①,想跟他一样茫然地进入沉沉的梦乡:我很清楚整个过程。你会逐渐不再感觉寒冷,逐渐无欲无求,逐渐忘记活下去的念头。更准确地说,你既不再思考生存,也不再担忧死亡,并因此变得无所畏惧。你会暗自盼望,说不定能跨过这道难关,说不定会发生些什么事情阻止你的死亡。但事与愿违。于是春天来临时,你才会在松树下被人发现,早已变成凄惨得我不忍描述的尸体。没错,我想起了他们,也描写过他们——他们没能撑过冬天。难道我也是那样被冷冻的吗?似乎不太可能:众所周知,完美的冷冻需要用到甘油。看着镜子里的

---

① 莱蒙托夫(1814—1841),俄国19世纪知名诗人。他的诗作中有一首《我独自上路……》,作者化用了其中一句,"对往事我早已经没有什么惋惜,对人生我早已经没有什么期望;我在寻求着自由,寻求着平静!我想要茫然地进入沉沉的梦乡!"

自己，我可以毫不谦虚地说，我的确保存得当。

盖格尔来了好几趟，每次都拍拍我的肩膀，然后一言不发地离开。叫我说些什么好呢？

"呃，"我问道，"您成功把我解冻了？最重要的是，您怎么把我体内的甘油排出去的？"

"是专家的功劳……"盖格尔眼中满是敬意，"您体内没有甘油。"

"什么叫没有？"我惊讶极了。

"就是没有。这就是您身上的谜团。"

周五

三月末。扎列茨基丧命于三月末。人们在日丹诺夫卡河边发现了头骨碎裂的他。那地方就在他生前工作的香肠厂附近。刑侦部①的调查员特列什尼科夫是个四十多岁的健壮男人，蓄着一副两头上翘的海象胡。他试图排查出能从扎列茨基的死亡中获益的嫌疑人，尤其想揪出某些有机会在扎列茨基死后霸占他房间的亲戚或是仇家。我们对所谓的亲戚或仇家（刑侦行业对这些分类都有明确的定义）一无所知。于是他便询问我们前一天晚上的行踪，但那时候我们都在家里。

特列什尼科夫说，死者的裤子上没有腰带，却系着一根绳子，绳子一头挂在裤裆里。

"你们知道这绳子是做什么用的吗？"他问。

---

① 此处指内务部下属的刑侦部门。这个部门在沙俄时期就存在，后并入内务部。

我们知道这是扎列茨基用来偷香肠的,但却都鬼使神差地回道:"不知道。"

特列什尼科夫推断,扎列茨基是个疯子,他试图强奸某人,最后咎由自取。我们反驳了他的结论,理由是根本没见过他和任何女性接触。这个信息引起了特列什尼科夫的注意。

"从来不跟女性接触,"他叹息道,"这可不是什么好迹象。"

接着,我跟着调查员离开公寓去停尸间指认尸体。我毫不费力地认出了扎列茨基。躺在大理石桌子上的的确是他——瘦小的身体一丝不挂,脸上布满尸斑。他所谓的老二真的挂在胯下,小得出奇,只需看一眼,就能打消所有怀疑他强奸的念头。

我没在扎列茨基的头上发现任何明显的伤痕——他的头骨是从背后被砸扁的。由于没有找到凶器,特列什尼科夫推断死者被推了一把,后脑勺正好磕在了石头上,毕竟河岸边有很多锋利的石头。另一种推测是有人从背后给了扎列茨基一榔头。照这种推测,扎列茨基不太可能攻击别人,他反而更可能是被袭击的一方。如果不是因为死者解开了裤腰带,特列什尼科夫可能倾向于这个版本。

当然,我完全可以告诉调查员,死者是个惯偷,每天离开工厂时都把香肠藏在内裤里偷偷带回家。很可能那天他醉醺醺地从检查站出来——"醉醺醺"是特列什尼科夫的推测——爬下空无一人的陡峭河岸,解开裤子,准备把香肠取下来,提在手里回家。原因很简单:裤子里塞着香肠妨碍走路。如果我把这些说出来,特列什尼科夫会得出一个简单的结论:扎列茨基一定不是这片荒地上唯一的香肠爱好者。在我们这个饥肠辘辘的年代，可以合理推测——有人出于对香肠的渴望而杀害了这个香肠厂员工。证据很明显，他腰带上的香肠不见了，肯定是被凶手带走了。

但我什么也没有跟特列什尼科夫说。就让他对扎列茨基肆意揣测吧。这是我对死者的报复吗？不知道。我对他说不上怜悯。临别时，特列什尼科夫突然问我扎列茨基有没有联系过政治保卫局。直觉告诉我最好不要撒谎。于是我讲了他告密的事情。这个问题是什么意思？暗示我们也有谋杀的动机，而且他对此心知肚明？这桩刑事案件很快就结案了。

扎列茨基被安葬在斯摩棱斯克公墓，就在他母亲身边，我们曾在那儿遇见口袋里揣着伏特加去扫墓的他。葬礼是香肠厂安排的，非常朴素，但重点是，听说没有人出席。也许是工厂管理层不希望影响生产进度，所以没有给工人放假。也可能是员工里没有一个人跟扎列茨基有哪怕一点交情。而后者的可能性更大。当然，阿纳斯塔西娅和我也没去参加葬礼。原因不言自明。

周六

又有些支离破碎的思绪从我的意识深处浮现：学院派绘画的基础是对形体的认知和理解，这使得它与无知的临摹和凭印象创作截然不同。以及：画面主体必须比例得当，以确保它既不会超出画幅，也不会在边缘留下乏味的空白。

有意思的是，这些事情只有艺术家会想到，还是每个人都会？比如，盖格尔会有这些想法吗？

周一

今天盖格尔领来一个大概七岁的男孩儿。准确点说,是盖格尔来取一些瓦伦金娜的文件(文件就放在窗台上),那个男孩儿扒着门缝往里看,被我发现了。在我向盖格尔打听瓦伦金娜的事情时,门被他一把推开了。

"她有点不舒服,"男孩说,"我和爸爸来取她的东西。"

一个皮肤黝黑的男人出现在男孩背后,他剃着寸头,手里拿着公文包,想必就是瓦伦金娜的丈夫。男人的个头比她矮。他拽开男孩,啪地摔上了门。盖格尔摊摊手:

"瓦伦金娜又怀孕了。您想想,这事儿压根跟我没关系呀。"

从摔门的动作来看,她的丈夫似乎对此有所质疑。

我开玩笑道:"肯定跟我也没关系。"

"这会让你心烦意乱吗?"盖格尔认真地问。

我沉默了。我很高兴盖格尔与此事毫无关系。

身为纪实作家,我选择相信他。

周二

盖格尔告诉我,我的存在很快就会被公之于世。尽管我已经很熟悉电视和报纸,心里明白这意味着什么,还是问他这是什么意思。盖格尔用他最爱的姿势反跨在椅子上,解释说,我会以新闻人物(世上居然有这样的词)的身份亮相。这是早晚会发生的事情。

盖格尔说:"实验需要钱,而社会的关注就意味着金钱。"

我默默咀嚼着这句漂亮的箴言。说出这句话的盖格尔也沉默了。窗外阳光灿烂，雪水落在窗台上。盖格尔饶有兴致地观察着积雪融化，跟我被解冻时一样，扮演着旁观者的角色。前几天，他刚刚承认自己至今没有弄明白我的血管里被注入了什么溶液。他们从我身体里只检验出了普通的生理盐水，但它并不能确保细胞在低温下安然无恙。毫无疑问，我血液里还有一些额外的化学添加剂，但它们在我漫长的冬眠里挥发殆尽了。我想，如果没有它们，我的复活不会如此顺利。

解冻时，盖格尔用和我血型相符的血液替代了我血管里的生理盐水。据他说这个操作并不复杂。而当年注入我身体的冷冻液才是天才的创造。但由于种种原因，溶液的配方没有流传下来。我不打算追问个中缘由——这没什么意思。作为一个熟知我们国家特性的人，我反而可能更容易对有幸保存下来的东西感到惊讶。

在这场经历中，最让我和盖格尔欣慰的是，我活下来了。这在我们看来毋庸置疑是一项伟大的成就。

周三

我想起一件又羞惭又好笑的事情。故事可以取名叫《谢瓦与我访妓记》。的确只是"拜访"，因为我们只是去了对方家里，而且只找了一个妓女——两男共享一女。

主意是谢瓦出的。甚至不能称之为主意，只是他的白日梦。他不止一次对我念叨，等我们存下钱来，就可以，比方说，去逛窑子。他的表述里反复出现"比方说"这个词，让我觉得很好笑。比方说，我们可以去马戏团或是电影院，又比方说，可以去逛窑子，在我看来这种表述有点奇怪。可能在谢瓦眼中，这个词能够多少消弭建议的特殊性，好让它听起来与一个平常的主意无异。从他提及此事的频率上能看出，这个主意尤其让他心动。

照谢瓦的说法，其实也花不了太多钱，但即便不是个大数目，光靠零花钱的我们也得费点时间才能凑齐。他精打细算后得出结论，请一个妓女做两次，要比分别找两个便宜得多，问题是要与对方谈妥。考虑到我们都是毛头小子（谢瓦笑道），姑娘会觉得跟我们上床纯属吃亏（他用屁股做了一个低俗的动作），等于白受折磨。

中学课程结业时，我们的机会来了。学校在瓦西里岛的大街上举办庆祝活动，我们都从父母那儿拿到了一些零花钱作奖励。

"今天咱们就上窑子，"谢瓦在我耳边悄声道，"做好准备！"

我没搭理他，甚至没有追问他所谓的准备是什么意思。

"附近就能找到她们，普什卡尔斯克大街那边。"

一番犹豫过后，我点了点头。不管怎样，经过那么多次谋划，现在抛弃谢瓦就等同背叛。说实在的，我对此事也有一些——好吧，比方说，好奇心。

于是我们出发了。一路上谢瓦都在对我传授经验，告诉我该如何在那位夫人面前表现得体。

"今天我俩不一定都能成事儿，"谢瓦仿佛不经意地提到，"紧张的时候就会出岔子。"

他的眼神透露出一股批判的意味，显然他认为失败的人会是我。他鲜少对我流露出这样的态度。

谢瓦说的地方的确有许多沿街待客的女孩，这让我对他多了一份信赖。谢瓦朝其中一个（我感觉是块头最大的那个）走过去，我选择按兵不动。他漫不经心地瞥了我一眼，脚步坚定地走向他看中的姑娘。谢瓦和她细细攀谈起来，时不时指指我，女孩儿则耸了耸肩。她甚至正眼也没瞧我一下，显然问题的关键不在于我，而在于价钱。最后他们终于谈妥了，女孩儿让我们俩跟她走。

"我俩加起来两个小时，"路上，谢瓦朝我咬耳朵，"也就是每人一小时。"

被谢瓦选中的倒霉姑娘叫卡佳。只是不管从年纪还是职业来说，她都已经算不上"女孩"了。走在卡佳身边，我偷偷打量她，她看上去少说也有三十多岁。我们走了一小会儿，就转身进了一栋木房子的院落，上了二楼。

卡佳的房间跟我想象的截然不同——没有红艳艳的窗帘和带四根床柱的大床。她的房间称得上寒酸，想必没有客人的时候，她就在这里过着普通的生活。而卡佳看上去也不像个蛊惑人心的妖女。她靠在小餐桌旁，一身疲累，算不上娇艳欲滴。

第一个跟着她进屋的自然是谢瓦。我留在厨房里，打算一听见呻吟就把自己的耳朵塞住。但我什么也没听到。半小时后，谢瓦从房间里走了出来，双手插在兜里，衣衫齐整，脸蛋红得跟蒸熟的大虾一般。卡佳随后也来到卧室门口，衣衫同样没有丝毫凌乱。但她看上去累极了（你还是把她折磨了一通，混蛋！）。她招招手，邀请我进去，顺便用手理了理那头在我看来略微脏乱的褐色长发。

"啧啧。我就说今天肯定得有一个人成不了事……"谢瓦冷不丁说道。

那欢脱的语气毫无疑问是在暗暗嘲讽我。

"我倒想知道,谁会是那个人?"我平静地问。

"是我……"

谢瓦的脸上勉强挤出一副笑容,笑容里掺杂着无法言喻的悲伤。他那沮丧的笑容——搭配上悲伤得难以言喻的眼神!——从我的丹田引出一阵摧枯拉朽的狂笑,笑声一路向上直冲天灵盖,从我的体内迸发出来,根本没法停止。出人意料的是,卡佳也跟着我笑起来。她的笑声粗鲁而恶毒,整个人都在发抖,抖去了满身疲惫。就连谢瓦都笑出了尖叫声——他也对此束手无策。

自然,我没有跟卡佳进屋,我们给了她一人份的酬劳。收钱的时候她仍笑个不停。回到街上,我们盯着她的窗户看了很久。那是个阳光灿烂的六月天,微风裹着烧焦的木柴和马粪的气味吹遍整条鹅卵石路。风吹开卡佳窗口的布帘,我看到她站在窗帘后面看着我们。我没能记住她的样貌,却记住了风的气味和窗帘的拂动、阳光下鹅卵石暗淡的光泽,以及那栋木屋。后来我才知道,像卡佳这样的女人都住在这种木屋里。前一阵我和盖格尔经过普什卡尔斯克大街时才发现,那些木屋已经消失了,那些女人也是。她们吸收了太多汗水和精液,早已腐烂成泥。

周四

盖格尔说我的生理年龄大约是三十岁。冷冻在液氮里的那段时间,我几乎没有衰老。

周六

扎列茨基的案件结案一周后,我们的公寓受到了搜查。不过这次来的不是刑侦部的调查员,而是格别乌。那时我已经跟这两类人都打过交道了,因此得以比较后得出结论:大多数刑侦人员是革命前入行的,这类人我还算了解,他们带有独特的幽默感,某些方面甚至挺招人喜欢。而格别乌的人则正好相反,他们阴沉专注,不苟言笑。被叫去指认扎列茨基的时候,我把这一结论说给特列什尼科夫听。特列什尼科夫谈论政治保卫局专业素养的时候,语气颇有些不以为意。

但这次搜查我房间的正是后者。整个流程我在沃罗宁教授被捕时已经见过了,没有太大不同。仅有的区别是,搜查人员接触的那些东西对我来说都意义重大,每一样物件都承载着我与父母之间的血脉深情——尤其是已经离开我们的父亲。我痛苦地看着一个调查员把父亲的银怀表拎在手上掂了掂,又贴在耳边听听响动,然后掀开了表盖——他的手法不像父亲那样动人而潇洒,像只笨拙的猴子撬开刚捡到的坚果。

我又痛苦地看着他们搜查床铺,把床上翻得七零八落。我了解母亲的洁癖,能够想象陌生人的手摸了她的床单和睡裙后她会作何感想。她一定满脑子想着要把所有东西都洗掉,把它们全都洗一遍,仔仔细细洗一遍,彻底消灭这些脏手的痕迹。又或许,她什么也没想。她正昏昏沉沉地坐在一旁,丝毫不敢动弹。在她眼里,我的命运正被置于摇摇欲坠的天平上,她担心自己稍有动作就会让它倒向我的死亡。

我似乎弄糊涂了,没错,那天平不是妈妈脑子里的,而是我脑中的想象。僵坐在那儿的不是妈妈，而是阿纳斯塔西娅，我担心她已经失去了知觉。而妈妈正拉着来人的手一个劲求情，说我是无辜的。他们说革命法庭自有判断。她还是不住地说——语速很快，语无伦次，仿佛想要把我不幸的命运从头到尾给他们讲一遍……

我望着放在柜子上的忒弥斯，心里清楚，没有人会还我真相，更不会有公正的裁决，因为公平的量器已经不存在了。那天晚上我眼中最可怕的莫过于这尊天平断裂的青铜雕像，它甚至比在我的床单上四处蠕动的那些家伙还要可怕，甚至，比我即将面临的威胁都要可怕。忒弥斯雕像没有给我留下一丝希望。还有谁会去做公平的审判呢？谁需要什么审判？我的忒弥斯只剩下一柄宝剑。

我被带走时，妈妈拦住一个保卫局官员，跟他单独耳语了几句。是那个垂涎爸爸怀表的人。她握着他的手，朝里面塞了些什么，应该是那块表——不然还能是什么呢？这位怀表爱好者什么也没说，只是咧嘴笑着，顺手让表溜进了马裤的口袋。妈妈还靠在他肩头祈求，仍没意识到这只是徒劳。她最后的拥抱没有给我，而是给了他。阿纳斯塔西娅就在近旁，还好我临走前抓住机会贴了贴她的脸颊。等到妈妈朝我冲过来的时候，我们已经被押送队彻底隔开了。

走到楼梯口，我转身瞥了一眼浅色的长方形房门。在押送队的身后，我看到了我的亲人。这就是最后的别离，她们的样子在我眼中定格成了一张清晰的照片。她们的悲伤如同闪光灯将我照亮，我的一生就此定格。我死后，这两张照片将合二为一。

来到街边，我被推进一辆封闭式货车，格别乌的人跟着我上了车,砰地关上了门,我没再听到多余的绝望声响,高处的车窗用铁栅栏封住——幸好还有些透进来的微光,我才能看清同车人阴沉的脸。我还看到了沿路经过的住宅的最上头几层,以及一排排屋顶。有些住户已经认出了我们的车,知道我们要去往哪里。我记得当时天还没黑,尽管时候不早了,但天还泛着白光:白夜将至。我预感自己再也不会回来了,便默默与这座城市作别。事实正是如此,现在我已完全身处另一座城市了。过去的彼得堡已经灰飞烟灭。

周一

小时候我热衷于观察路桥工人干活,看他们如何在圣三一大桥的桥面上铺设六边形木板,再用沥青浇注缝隙,用沙子打磨路面。这样铺设出来的桥面能让车轮安静、柔软地行驶——因为木材是有生命的,它们天性柔软。有时起床上学之前,我会听到工人修理桥面、更换破损木板的声音。他们用推车运来新的六边形木砖,或是根据坑洞的尺寸现场从坯料上切下木块。木料被巨大的夯锤敲进桥面,发出沉闷的响声。沉闷的敲击声穿透梦境钻进我的耳朵,却不会扰人清梦,反而让起床前最后的时光变得更为甜蜜,因为那些辛勤劳作的人不得不早早起床,在潮湿的风中瑟瑟发抖地弯着腰辛勤劳作,而我仍然躺在温暖的床上,此时,每分每秒对我来说都仿佛永恒。听见看门人天还未亮就开始铲雪的时候,类似的心情也会出现。他们用力刮擦着地上的积雪,敲碎地上的薄冰,压低声音争吵不休。和我不同的是,他们讨厌雪,不会像我这样从仲秋就开始期待大雪的到来,每天一睁开眼就仔细查看天花板,想看看是否有昨夜积雪染白的街道反射出的光带。

可现在连我也不喜欢雪了。

上周我们读了克里特岛的圣安德鲁①的《忏悔大典》,今天是圣周②的第一天。我本想请盖格尔为我带一本《忏悔大典》来,但他不一定有这本书。

我想瓦伦金娜了,她还会回来吗?

周三

盖格尔告诉我,冷冻尸体的设想是政府高层在列宁逝世后想出来的。列宁的先例让他们意识到,国家元首死后和普通公民一样,都会腐烂变质,这让他们惴惴不安。在他们看来,解决方案是把尸体冷冻起来,直到科学发展到能够延长人的生理寿命时再解冻。在盖格尔看来,他们对自己身后事的天然关注,的确促进了人体冷冻技术的发展。

盖格尔随后提到了穆罗姆采夫院士的团队③,他们在列宁死后成为人体冷冻相关研究的负责人。

"你听说过这个名字吗?"

"耳熟,"我不大肯定,"好像听说过……"

我读过的那些美国人写的资料里,有很多难题似乎实际上

---

① 克里特岛的圣安德鲁,也被称为耶路撒冷的圣安德鲁,是8世纪的主教、神学家、布道家和赞美诗作者。他被东正教和天主教尊为圣人。
② 指复活节前的一周。
③ 谢尔盖·尼古拉耶维奇·穆罗姆采夫(1898—1960),杰出的苏联医学家、兽医微生物学家。

早在20年代就由穆罗姆采夫克服了。他在实验室里完美地冷冻和解冻了老鼠和兔子，但不包括猴子，因为在那时的列宁格勒找不到猴子。1924年到1926年期间，实验推进得非常成功，直到穆罗姆采夫被逮捕。

按照盖格尔的说法，1926年费利克斯·捷尔任斯基在中央委员会全会上发表完一场两个小时的演讲后猝死，而穆罗姆采夫院士断然拒绝对他进行冷冻。他拒绝的理由是当时的技术水平不足以完成如此复杂的实验。他千方百计设法证明，在不经中间实验①的前提下，把用在老鼠身上的手段直接用在捷尔任斯基身上是不可能的。但没人听他解释。

穆罗姆采夫被指控怠工罪。原告认为，他没有冷冻捷尔任斯基是因为不愿让"钢铁的费利克斯"②在未来复活。被告人经过几周的审讯后终于妥协了。

周四

第一次审讯时我没有挨打。负责审问的调查员巴布什金只是做了些笔录。他还问我是否承认参与了沃罗宁教授组织的阴谋，并且说，坦白认罪可以让我省去很多麻烦。我否认了所有指控，巴布什金只是若有所思地在一旁听着，看上去很疲惫，那一刻我甚至觉得，他真是人如其名③。

---

① "中间实验"指的是新的技术成果在通过实验检验以后，还未直接进入生产以前，需要通过一定的试验装置、试验车间或试验场地，对其技术可行性、生产合理性以及经济效果进行研究和验证，以取得某些更接近生产实际的数据。
② 捷尔任斯基因其强硬手段被称为"钢铁的费利克斯"。
③ 巴布什金（Бабушкин）在俄语中意为"老奶奶的"。

审讯结束后，他们把我送去漆黑恶臭的牢房。我在敞开的牢门前踟蹰了一下（眼前的景象实在触目惊心），旋即被一把推进了牢房。不知什么东西让我绊了一跤，摔倒在地。我在地上趴了好一会儿，紧闭双眼，却阻拦不了屋里的臭味钻进鼻子，双手所及之处全是软烂得接近腐朽的地板。它们也曾是树木的一部分，却被潮湿和污浊摧毁了灵性。我纹丝不动地趴在地上，仿佛还可怜地希望眼前的一切只是一场梦——因此必须屏气凝神，一动不动，关键是不能在这场梦里醒来，以免梦境瞬间成为现实。

我的希望落空了。最后我还是爬了起来。先是四肢匍匐，然后挺直身体。我隐约辨认出狱友们的轮廓，至于长相实在看不分明。其中一位冷冷地指了指分配给我的床铺。没有人提问，我便什么都没说。躺到床上，这次我真的沉沉地入睡了，一夜无梦。半夜我不知被谁的呻吟惊醒了一次，但很快又睡了过去。早上被铃声叫醒的时候，我甚至不知自己身在何处。

第二次审讯的时候，巴布什金开始殴打我。大概前一天他的确不在状态，这回决定不再敷衍了事。也可能昨晚他有其他事情缠身，今天则精力充沛，时间充裕。他把我的手脚捆在椅子上，撸起袖子，使劲扇我的脸。我能感到鼻子里淌出血来，顺着嘴唇和下巴滴落。我连人带椅子翻倒在地，他顺手脱掉我的鞋子，拿木棍狠抽我的脚后跟。这能让我极度痛苦，又不会导致重伤。或许，即使他的部门也不允许把犯人弄残。

巴布什金撸起袖子把我绑起来的时候，我并不害怕。我以为他只是吓唬我而已。但事实并非如此，他甚至乐在其中。他一言不发。我也沉默以对。我在此后的人生中见证了无数次拷打,它们往往伴随着惨叫和咒骂,但这次拷打由于出奇的沉默显得尤为特别。只问了一次,巴布什金便决定打到我开口为止。我的沉默并不是英雄主义作祟,而是由于我似乎陷入了昏迷之中,几乎不省人事,无法理解自己的遭遇。

发现得不到答案,他提出了第二个问题。

"您是怎么……"巴布什金在毒打我的时候还诡异地坚持对我保持敬称,"谋杀自己的邻居扎列茨基的?扎列茨基曾经写信给我们说您威胁要杀了他,但没有引起我们的重视。"他在我面前挥舞着那封信,但依然徒劳无获。

第三次审讯时,我的脚肿得没法自己走路,不得不由两名警卫拽着胳膊拖进审讯室。靴子已经穿不上了,赤裸的双脚在走廊的石板地上拖行。这次审讯,巴布什金向我宣读了阿维里亚诺夫的证词,详细描述了我在沃罗宁的反革命阴谋中扮演的角色。也是在这次审讯中,我承认自己参与反革命阴谋,并谋杀了扎列茨基。

周五

盖格尔给我带来了《忏悔大典》。我读了整整一天才慢慢停下。

我该从何开始哭诉我罪恶的一生?

我的主啊,我该如何开始哭诉?[①]

[①] 这句话出自前文所说的克里特岛的圣安德鲁的《忏悔大典》。按照东正教习俗,人们会在复活节念诵这篇忏悔词。圣安德鲁所作的忏悔词里还有一篇献给拉撒路的。拉撒路是死后四天被耶稣复活的圣徒,同样在本书中有着重大的象征意义。

周日

今天是复活节。夜里，我和盖格尔去了一趟弗拉基米尔大公教堂①，是我以前常去的地方。起初盖格尔不想带我去，害怕那里密集的人群会让我染上什么病毒，但我坚持要去。街道被汽车塞得满满当当，我们只好把车停在一个街区之外。确实人山人海。

警察在教堂外努力维持秩序，我们好不容易才挤进去。教堂里面同样摩肩接踵，让人喘不过气。教堂里一切如初，只是圣像黯淡了许多。等盖格尔买好蜡烛，我们便努力穿过人群往前挤去。这比想象中困难。我们加入了一条细细的人流，时不时挪动几步。它移动得实在太慢，以至于我们在原地站了好几分钟后才明白过来这是一条队伍。熔化的烛泪滴落在我的指尖，但并不烫手。我凑近闻了闻——不是蜂蜡，是石蜡②。

我回想起另一个复活节——我们手里没有蜡烛，甚至不在教堂，而是站在开阔的野地里。开阔不足以形容我们的所在——天空万里无云，漫无边际，极光在头顶摇曳不定。在我的记忆里，那是我们这些囚犯唯一一次在夜间被放出营地，聚集在教堂的墓地旁。我从未见过这样的复活节，或许以后也不会再见到了。整个教堂都快被主教们填满了，以至于守烛人和其他信徒几乎没有立足之地。

我们站在覆盖着残雪的坟茔间，努力侧耳捕捉教堂里传来的

---

① 东正教复活节前夜，教堂彻夜开放，信众会前往祈祷。
② 古代的蜡烛由蜂蜡制作，19世纪欧洲发明了提炼石油的方法后才逐渐改用石蜡。

布道声。空气已经透露出春天的气息,风也是暖的,棺中之人①就躺在我们脚下。来到这座岛上数个月来,我们的灵魂第一次感到释然。我们很清楚,在这个无眠的长夜过后还有痛苦的劳作等着我们,但谁也没有回到营房里去,因为此刻笼罩我们全身的幸福如此可贵。就连那些刚刚开始他们漫长劳役的新人,都开始相信解脱近在眼前。它就在那极光照亮的夜空中,清晰可见。

周二

昨天,万众期待的新闻发布会终于到来了。说实话,期待它召开的人不是我,急不可耐的也不是我。我只是惴惴不安:别人会怎么看待我?发布会的前夜我彻夜未眠,过后也依然失眠。直到今天白天我才沉沉睡去。一觉睡到现在,窗外天色暗沉,已经是晚上了。那股熟悉的不安再度袭上心头,今夜注定要再度无眠:现在我该怎么自处?过去,我的寂寂无闻就像白雪一样掩护着我,但现在呢?如今全世界人都记住了我的脸,我出名了,只可惜这非我所愿。如果我出生在这个年代,那我应该会为此欢欣鼓舞,沉浸其中沾沾自喜。可我对他们来说就像个天外来客,怎么在他们之中站稳脚跟?他们看我的眼神就像看着一条水缸里的热带鱼,只有好奇。我感觉茫然无措。就如同小时候站在大厅中央被众人推上舞台时一样,他们只会对我说:勇敢向前走。

我哆嗦个不停。走进演播厅前,我透过门缝瞅了一眼——

---

① 一个复活节赞美诗中常见的表达,这些诗歌主题都是赞美上帝将复活"棺中之人"。

屋里人山人海，挤满了长枪短炮。他们告诉我还有好多人没能挤进来呢。我忽然认出了这间大厅。上大学时我曾来过这里。说不定这里就是大学？既然我记得这间大厅，是不是意味着我上过大学？真像个大学生会提的问题。幸好我还没疯狂到贸然向身边的人求证……不一会儿我就弄清楚了，这里不是大学。无需我提问就有人热心地介绍，这是科学院大楼。在宏伟的楼梯尽头（他们指给我看），挂着罗蒙诺索夫①的马赛克作品《波尔塔瓦战役》。莫非我前世是位院士？

在科学院副院长的陪同下，我和盖格尔走进大厅，四周顿时掌声雷动。副院长说，在他看来，这掌声既是对俄罗斯科学院强大科研能力的赞美，也是对我本人大无畏精神的赞赏。听到大无畏这个词，我羞愧地垂下了眼睛，因为冷冻的事情我其实根本不大记得了。更说不上什么大无畏。

盖格尔接下来的发言稍稍给我提供了一些线索。他对听众介绍道，我的冷冻手术是由遭到流放的穆罗姆采夫院士团队在索洛韦茨基劳改营②的一个特别医疗所完成的。我瞟了盖格尔一眼，他一边继续发言，一边坚定地朝我点了点头。之前我们聊到穆罗姆采夫院士的时候，他并没提到索洛韦茨基劳改营。实际上，我早就该猜出来了。

盖格尔又讲了许久，在谈到我身上的人体保存技术和冷冻

---

① 罗蒙诺索夫（1711—1765），俄罗斯科学院和莫斯科国立大学创始人。精通文学、教育学、自然科学，同时也对马赛克艺术深有研究。《波尔塔瓦战役》是他留下的 40 幅马赛克中最好的作品之一。
② 索洛韦茨基群岛位于俄罗斯北冰洋沿岸，奥涅加河口附近，离北极圈不远。岛上自公元前三千多年起就有人类活动痕迹，公元前 5 世纪起成为修道士们的活动场所，岛上保存着众多教堂。其中 1429 年兴建的索洛韦茨基群岛修道院在十月革命后于 1926 年改建成索洛韦茨基特别监狱，成为苏联劳改营原型。

手术细节时做了些停顿，但我早已神游天外。巨量的记忆碎片在我脑中逐渐拼合——岛屿、痛苦、严寒。那里的严寒独一无二——宇宙般浩荡无边，无可抵挡——只会愈演愈烈，而我，看来最终正是死于这样的严寒。

由于担心影响到我刚刚康复的身体，盖格尔禁止记者追问我的过去。他们只问了问我的现状。回答头几个问题的时候，我一直带着鼻音，不时还要清清嗓子。我敢保证自己没有发烧。血压也正常。嘴唇不时碰到麦克风凹凸不平的表面，自己的声音听起来异常陌生。每次停顿，耳边便响起此起彼伏的快门声。我说不出太长的句子，自己也为此羞愧不已：一只刚解冻的狒狒这么说话无可厚非，但一个来自白银时代①的人可不行。

"据说您在解冻后的头几个星期，身体都恢复得不大顺利。现在您感觉好些了吗？"

"好些了……"我努力试图挣脱语言的枷锁，"好些了，至少比在液氮里好。"

掌声响起，仿佛在说：他真是好样的，不仅在液氮里挺了过来，还颇有自嘲精神。我感觉自己的脸涨得通红。

"您和勃洛克②交谈过吗？"后排一个记者大喊道。

盖格尔立刻起身不满地摇了摇头。

"我已经提醒过大家……"

---

① "白银时代"指19世纪末到20世纪头二十年，俄国文坛的一个兴盛时期。这段时间随着西欧现代主义传入，俄国文坛尤其诗歌重新兴盛，主要文学流派有象征主义、阿克梅主义和未来主义，代表文学家有蒲宁、勃洛克、别雷、阿赫玛托娃、曼德尔施塔姆、马雅可夫斯基等。
② 勃洛克（1880—1921），"白银时代"的知名诗人，俄国象征主义诗歌代表人物，代表作包括描写十月革命后社会氛围的《十二个》等。他是土生土长的圣彼得堡人，因此众人会问因诺肯季是否与勃洛克交谈过。

"我在诗歌之夜见过他，"我答道，"但没说上话。和列米佐夫[①]倒是聊过两句——在领物资的队伍里。他就住在第十四街[②]……"

"你们聊了些什么？"

盖格尔拿铅笔敲了敲话筒，仿佛在警告记者。

"记不太清了，"我努力忍住笑意，"我常去第八街排队买食品，他也会在那儿排队。那时我并不知道他就是列米佐夫，后来才从照片上认出来。"

我咧开嘴唇挤出一个微笑，整个大厅的人便跟着我微笑起来。接着我放声大笑，他们也开始哈哈大笑。旋即我转而号啕大哭，他们却沉默了。盖格尔赶紧冲向我（甚至咣当撞翻了自己的椅子），抓着我的肩膀冲出后门躲进后院。一辆汽车正在那里等着我们。我浑身打战——几十年的寒意渗进了骨髓。我感觉自己再也不会暖和起来了。

周三

当年的我真的很想和勃洛克聊聊天。尽管我现在已经对他没有什么记忆，但还能背出他的一首诗，名叫《飞行家》。这首诗的开头是这样的：

飞机得到了自由，

[①] 列米佐夫（1877—1957），和勃洛克同为"白银时代"诗人。他是莫斯科人，1905年迁居圣彼得堡。

[②] 指瓦西里岛上的第十四街，列米佐夫于1916—1917年曾在此居住。

摇转自己的螺旋桨，

一溜烟儿滑向天空，

像海怪落入水中一样。①

他们甚至给我搞来了勃洛克的电话号码，但我始终没有拨出那通电话。我只是日夜在心中默念那串号码，直到现在还能背出来：6-12-00。

周四

载着我们离开凯姆②的是驳船"克拉拉·蔡特金③号"。密不透风的船舱里，伸手不见五指。这群囚犯中，我是最后一批登船的，只能蹲在紧靠出口的楼梯上。楼梯上人不算多，还能吹到从甲板缝隙里钻进来的海风。这救了我的命。许多最先被塞进船舱的人，最后都因为拥挤或窒息丢了性命。

从凯姆启程大约一个小时后，我们遭遇了暴风雨。白海的海浪不及大洋上的凶猛，但更叫人难挨——或许正是因为浪头不高，颠簸才更加厉害。我们中最孱弱的那些，从第一波海浪来袭起就开始没完没了地呕吐。像罐头里的沙丁鱼一样塞满船舱的囚犯们，不仅吐在自己身上，还会吐周围人一身。即使平

---

① 这首诗作于1910—1912年。译文引自《勃洛克传》第十三章，译者郑体武。
② 1886年由俄国沙皇亚历山大二世建立的小城，位于芬兰湾沿岸，临近圣彼得堡，位于克米河白海入海口。到索洛韦茨基岛得从凯姆乘渡船，这里设有中转监狱，关押准备发配到劳改营的犯人。
③ 克拉拉·蔡特金是德国国际妇女运动先驱。苏联曾有"克拉拉·蔡特金工厂"。

时不晕船的人也遭不住这样的折磨。

更糟的还在后面。随着船只开始剧烈地左右摇摆,凄惨的尖叫声便响彻耳畔。那是站在船舱两侧的人被压死时的哀号。

我也吐了——把胃里的东西吐了个底朝天。心里对溺死的恐惧只在船只刚开始晃动时一闪而过,很快就消失殆尽。一种冷漠的情绪取而代之,砌出一道冰冷透明的深渊,在这里我不再呕吐,听不见濒死之人绝望的哀号。也没有押送队的存在。在那惨绝人寰的几个小时里,我没来由地觉得,即使沉入海底,我们中也无人能够逃脱黑暗和恶臭,即使沉入最深的海底,"克拉拉·蔡特金号"生锈的舱门仍将紧紧闭锁,我们只能生生世世在自己的粪便和呕吐物里漂浮。

船终于开到了安宁港①,卫兵们拿脚踹着我们,将我们赶上码头。那些无法动弹的人被同伴拖出船舱。不管是能动还是不能动的,感觉大抵相似。我们为自己的幸存感到庆幸,"克拉拉·蔡特金号"的子宫是我们人生中见过的最可怕的所在。至少当时我们是这样以为。

上岸后,我们被命令排成横队,开始学习如何向长官问好。我们声嘶力竭地对班长、连长和营长大喊"您好"。营长诺格捷夫在队伍前醉醺醺地踱来踱去,对我们不够友好的语气深表不满。经历过海上的风波,我们已经筋疲力尽,睡意沉沉。为了抵挡睡意,我一口接一口深深呼吸那来自往昔自由世界的海风。这样便能安慰自己,至少还能留下一点属于那个世界的事物。

我们不知重复了多少次"您好"。海风把我们的声音吹遍了

---

① 索洛韦茨基岛上的港口。

小岛，但情况并无好转。诺格捷夫认为我们的"您好"不够振奋，的确如此。我们实在没有足够的力气喊出一句合格的"您好"。窃贼、院士、主教和沙俄将军们都扯着嗓子喊叫，却总也喊不齐。我站在第一排，紧挨着米勒中将[①]。他是一位经历过第一次世界大战的勇猛将领，还很年轻。海鸥在我们身边盘旋，我侧耳细听——它们也在大喊您好，显然比我们喊得都好，因为诺格捷夫对它们没有丝毫抱怨。我大概还是睡着了一小会儿，都做起梦来了……

睁开双眼时，诺格捷夫已经径直朝我们走来。我很确信他是冲着我来的。一定是我烂泥扶不上墙的样子点燃了他的怒火，现在他要来收拾我了。但我错了：他不是冲我，而是冲着衣着整齐、精神抖擞的米勒中将走去。凭着一双老练的眼睛，诺格捷夫立刻发现了自己永远无法企及的对手。身穿皮夹克的长官像踩着弹簧一般吊儿郎当地走过来，边走边掏出了手枪。

"你在长官面前是怎么站的?!"诺格捷夫怒斥道，"还敢拿眼睛瞪我，狗娘养的！"

米勒冷冷地看着诺格捷夫。他扶了扶肩头的行囊，既没有惊慌，也没有恐惧。诺格捷夫用枪口抵住中将的额头，绷紧的皮衣发出咯吱咯吱的响声，他迟疑了几秒钟。那一刻，我几乎以为他已经放弃了谋杀的企图。他眯起眼睛。高耸的颧骨刮得干干净净，一缕刘海垂在眼前。在这种时候，迟疑就等于放弃。

但诺格捷夫还是扣动了扳机。

[①] 叶甫盖尼·卡尔洛维奇·米勒（1867—1939），沙俄中将，俄国内战中的保皇党领袖之一，1919—1920年领导俄国北部白军。实际上米勒流亡法国多年，后来被关押在莫斯科的卢比扬卡监狱，死于1939年。

两名看守拽着死者的双腿，把尸体拖去岗亭，顺便拿走了他的行李袋。米勒中将的身体凝固成一个僵硬的姿势——侧躺，一只手弯折成诡异的角度，双眼圆睁。海岸上发生的一切都逃不出他那双依旧平静的眼睛。

接下来，我们开始学习转体。向左转，向右转，向后转，温热的夏日的风包裹着我们的身体，即使在索洛韦茨基，夏天也是温暖的。风中混合着松木和浆果的香气，以及大海的清新气味。白海闻起来和南方的海不同，那股沁人心脾的气味能渗透进每一粒细胞。北境永不沉没的太阳照耀着海面，给海浪勾出一条金边。我们背朝海港，但每次向后转，波光粼粼的海面就浮现在眼前，让我欣喜不已。它让我想起在阿卢什塔①郊区度过的日子，1911年我们全家度假的地方。

周五

没错，阿卢什塔。那年我们借住在律师贾钦托夫位于教授角②的别墅里，他曾是我父亲的论文导师。1911（大约是？）年夏天，贾钦托夫决定带全家去尼斯度假，于是他便邀请自己的老学生去他克里米亚的老宅子里小住。我们就这样来到了阿卢什塔——没错，的确是1911年。

从教授角走到邮局要半个钟头。也可以花十戈比坐公共马车去，但我们几乎从不坐马车。散步去邮局是我们每晚的固定节目。我们穿过柏树、橄榄树和杜松灌木丛，尽情呼吸潮湿芬

---

① 乌克兰城市。
② 阿卢什塔近郊的度假小镇。

芳的空气。彼得堡的空气也很潮湿，但它的湿冷令人不快，要我说，甚至有些冷漠。我那时还不能像现在这样清楚地阐述自己的感受，但阿卢什塔的空气让我身心舒畅。

海滩。我痴迷海滩。海浪的声音盛大而厚重，恍若乐池里回荡的男低音。在沙滩上扑腾得浑身透湿之后，我一头扎进海水，最后带着灌满海水的耳朵回到沙滩上。喧哗的人声和击打排球的砰砰声近在咫尺，搅动耳道里的积水，却始终无法穿透水的屏障，因此听起来无比遥远。我弯下腰，侧身甩动脑袋，一道看不见的气流冲出耳道，终于松动了水做的耳塞，声响重新变得清晰刺耳。太阳高高挂在天空中。我透过指缝注视太阳，阳光仿佛点燃了手掌，在手指的边缘镶上玫瑰色的金边。

堆沙堡。湿漉漉的沙子从中指的指尖流下，堆成炮塔的形状。面朝大海的沙墙用鹅卵石加固。海浪懒洋洋地涌来，激起的泡沫慢慢在沙墙下堆积又消散。海浪的冲击下，这堵墙支撑不了多久，我们还需要在城墙前面挖出一条护城河。拥有一座沙堡其实是件麻烦事。

沙堡的主人有两位——我和莫斯科知名外科医生之子米佳·多恩。我们不断地加固城堡，为的是提防可能（当然是）从海面上来袭的野人。野人是残暴的，他们说话时满是喉音，惹人生厌。他们吃人。他们会乘着独木舟，一路上吃掉所有遇见的生人。而我和米佳则在这座安全的小小绿洲上怡然自得。远处的塔顶冒出几根柏树的枝丫，在风里优美地招摇。

偶尔也有巨浪来袭。潮水漫过我们的防御工事，不仅会破坏壁垒，还会不断地冲刷磨平它们的轮廓，让城墙看起来像是老了几百岁——就像不远处隐入密林的阿卢什塔堡垒。我在心中默念"阿卢什塔"这个词,惊讶地从中发现一些新的特质。它湿漉漉、亮晶晶的——和阳光下水灵灵的西瓜一模一样。阿卢什塔……米佳·多恩盯着不停嚅动的我的嘴唇,但什么也没问。

我们穿着沙滩裤和衬衫,戴着巴拿马草帽,沿着海滩漫步。儿童款的巴拿马草帽让我们很不好意思,但米佳的父亲解释说……我压根没听见他说什么,疲惫感和海滩上的迷雾一同在脑中弥漫。我看着他毛发浓密的手臂在空中飞舞,那对手腕骨节突出,十根细长的手指仿佛为手术而生——他正是用它们挥刃、下刀,切开血肉之躯。手指上的毛早就晒得褪色了,只有沾上水时才能勉强看到几根。

背后的衣衫下面逐渐析出盐粒,摩擦着皮肤。低下头,火辣辣的太阳就晒在后脖子上。刚从冰凉的海水里爬出来,热烘烘的阳光很让人愉悦,我就这么低着头朝前走。脚下踩过小石子、柏树枝,偶尔还有甲壳虫和毛毛虫。我把小虫们捡起来,放在手掌上,它们便会一动不动地装死。我知道它们在耍滑头,但也假装相信了它们的把戏,小心翼翼地把它们放回草地上。后来我无数次想要这样装死,希望那些人把我扔在草地上不再理会,却骗不过他们,他们要我死得确凿。

周六

我已经接连在电视上看了好几周美国人轰炸塞尔维亚人的新闻。为什么,出于什么目的?我本来想等盖格尔来的时候问问他,但却忘了,因为盖格尔给我带来了瓦伦金娜决定辞职的消息。她的丈夫希望她把心思放在他们即将出生的孩子身上。

而不是放在盖格尔身上——我在心里默默补充道。

"那她的毕业论文怎么办?"我问,"为什么她从没跟我提起过自己的家人?"

"您嫉妒了?"

不,我不是嫉妒。只是每当有人从我生命中消失,我都会心口一痛。和我同时代的人早已离我而去,现在又多了个瓦伦金娜。

对了,盖格尔还说他在为我的平反收集文件。我没精打采的反应显然出乎他意料,因为他立马开始给我解释其中的细节。据说要为我平反,首先得消除我的犯罪记录,尽管他也明白,我本人根本不需要任何平反。说真的,我需要吗?

周一

今天他们带我去了电视台。电视台在彼得格勒岛上,离石岛大道不远——原来电视里的神奇电波就是从这儿发射出来的。如此奥秘的所在就藏在一个平平无奇的地址里,真叫人奇怪……驶过石岛大道时,我认出了几栋世纪初建成的老房子。其中一栋我在被捕前不久去过,我是去替沃罗宁教授还书的。想想也怪:人已经不在了,但书本依然活着。

一到电视台,他们就开始给我化妆——一会儿往我脸上扑粉,一会儿用一只小铁罐给我喷发胶。在我们那个时候,这种小铁罐叫高压喷射器,现在叫喷雾器[①]。喷雾器,当然更短小精

[①] 现代俄语中的喷雾器一词直接音译自英语"spray",是一个外来词。

悍。英语里有许多这样的词——就像乒乓球一样小巧清脆——方便又省事。只不过从前的人不爱在遣词造句上做减法。

演播室里，我被摁在麦克风前。我们告诉我接下来的访谈会录像，但不是现场直播（我居然不打磕巴地说出了"现场直播"这个词！），叫我别紧张。说实话，我压根不紧张——录像就录像。面对着一大群现场观众说话才叫人紧张，他们会盯着你，要么赞许附和，要么打断——但这儿呢？鸦雀无声。静得像一潭死水。主持人礼貌地跷着二郎腿坐在对面。我在屏幕上见过她很多次，这是她的标志性坐姿。她手里攥着一支仿佛会自个儿打转的圆珠笔。笔杆在射灯的照耀下闪闪发光。她纤长的手指戴满了戒指。用这么一双手转笔，一定颇有满足感。

"您每天都会找回一些新的记忆吗？"

"每天如此。"

"那您今天想起了什么？"

她的裙子很短，膝盖露在外面。我尽量在回答时不去看她腰部以下的部分。

"我想起了石岛大道上的房子。路过那里时，我认出了一幢房子。您知道吗，那房子的楼梯扶手很有意思……是螺旋形的。上面还装饰着铸铁雕刻的百合花——美得恍如仙境。我在被捕前不久去过那里，上楼时还摸过那木料。不知为何，我至今还记得那光滑的触感，它仿佛留在了我的指尖。我走进一个房间——是去还书的。按了一下门铃。门咣当一下开了——不是嘎吱，不是吱呀，就是咣当一下——只有子母门上的小门才会发出这种声音。走进房间，一股藏满书的房间独有的气味扑面而来。一个跛腿的女孩为我开了门——不知为何我立马就知道她的腿有问题……或许是因为我本来就知道？她的脸窄窄长长，眼眶深陷——这也是彼得堡人的一种典型长相。她肩头搭着一条披巾，带头走在我前面，毫不为自己腿部的缺陷感到难为情。身边书本环绕，我又给这间屋子带来了四五本书。谢谢，我说。喏，这是别人叫我转交给您的。我是不是说了太多闲话……"

"不，您说什么呢，简直太有意思了，"她手里的笔转得更快了，"关于十月革命，您还记得些什么？"

"其实我几乎一点儿印象也没有。后来我才明白你们说的是哪一天的事，然后才慢慢回想起来。那天，如果我没弄错的话，下着雨夹雪。更准确地说，一开始是雨，后来变成了湿漉漉的小雪。我出门的时候忘了戴围巾，只能任凭雪花在我脸上渐渐融化，我能感觉到它们在我温热的皮肤表面化成水滴。还刮着风，正是极夜刚刚来临的时节，您也知道，对彼得堡来说，那也是最糟糕的时节……"

我兀自说个不停，但很快左手边就有了动静：盖格尔开始给主持人打手势，示意该结束了。她提完最后一个问题，就结束了录制。我觉得有点遗憾，可能是因为盖格尔提前打断了她，可能是觉得自己的回答不够好。更可能是后者：我觉得主持人似乎没有听到她想要的答案。

录制结束后，他们问我是否还能找到自己去过的那间屋子。我觉得没问题——既然我能认出那栋房子，就没道理找不到那个房间……盖格尔询问他们原因。节目组答道，他们想捕捉我与往日重逢的画面。他们似乎想给这档节目取名叫"往日重逢"。盖格尔说，他绝不会让我上一个名字如此低级的节目。他们又提出了另一个名称，但盖格尔仍在犹豫。他不敢确定，这样的重逢对我来说是好是坏。准确地说，他觉得我需要为此做好充分准备。但电视台的人还是设法说服了他。

当我们来到那栋房子的大门口时，我差点没能认出它来。原来厚重的橡木雕花门不见了，取而代之的是一扇板条钉成的破木门。它被风吹得摇摇欲坠，吱呀作响。一个制作人伸手拍了拍门板，说这是"三夹板"，随后便走进了黑洞洞的门厅。另一个制作人提议要拍摄我走向大门的画面。我被带到墙角，重新走位，准备开门时却发现门把手不见了，取而代之的是一根长长的螺钉。我心中顿时生出一丝迟疑：这场重访旧日的戏码似乎从一开始就丢失了优雅的韵味。我用大拇指和食指捏住螺钉拽了拽，第一下没能拽开。我看了看自己的手指，螺丝钉在上面留下一道深深的印记。我再次捏住螺钉，加大力气。门开了。

打开门，首先迎接我的是浓重的尿臊味。周围一片漆黑，唯一的光亮来自摄影机上的闪光灯。刺眼的灯光直射我的眼睛，晃得我什么也看不见，只能摸索着踏上台阶。我向上一步，灯光也随着我上升一步，我跟跄一下，灯光也跟跄一下：我和摄影师在同一级坍圮的踏步上绊倒了。为了稳住脚步，我抓住了楼梯扶手。这个动作很符合节目效果，完美贴合"往日重逢"的主题，但我的手掌并没能顺畅地沿着扶手向上滑去。那种精心雕刻出的温润触感——我的手掌分明还记得它——消失得无影无踪，手心里只剩下一个光秃秃的铁架子。尽管几乎伸手不见五指，双腿还是把我带到了那扇熟悉的房门前。

盖格尔按了按门铃，门后一阵沙沙的脚步声逐渐靠近。声音越来越大，大到近在耳边时（里面的人显然趿拉着拖鞋），房门轰然打开。一个穿着破烂汗衫的男人出现在门口。他是个秃头，似乎还喝醉了。闪光灯迎面照在他脸上，他皱着眉头问为什么要拿摄像机拍他。节目组解释说我1923年来过这间屋子，现在想要故地重游。穿汗衫的男人并没表现出吃惊的样子，只是说今天不方便，家里有客人。叫我明天再来。

他说得有道理。对于一个等待了将近八十年的人来说，多等一天也无妨。不知为何，我在想象中勾勒出他的客人们——他们也和他一样穿着汗衫，不知在那张沙发上坐了多久。他们还会接着这么呆坐下去。我知道，我再也不会来了，否则脑中的回忆就会被这群穿汗衫的男人取代。他们会像占据这个房间一样，在我的记忆中占据故人的位置。我忽然想起了这间公寓旧主人的名字：梅谢利亚科夫一家。

盖格尔带头走出门厅。他抓着大门上的螺栓帮其他人把门，嘴里开始念叨，他去过许多国家，但无论当地发生过战争还是革命，至少旧门把手都能保存下来。彼得堡的门把手似乎也坚持了很长时间，应该是不久前才消失的，因为木料都朽坏了，一拧就烂。照盖格尔的说法，门把手的消失意味着正常生活的终结，说明生活开始一步步不可扭转地走向野蛮。

这家伙居然给门把手赋予了这么非凡的内涵。

周二

贾钦托夫教授的别墅。即使在克里米亚炎热的夏天，别墅里也清凉怡人。从海滩回家的路上我已经开始预想即将到来的快乐——沉浸在笼罩着别墅的暮色里,任它冷却我炙热的身体。这座别墅里的清凉和清新的空气毫无关联,更接近一种令人陶醉的霉味,来自数不清的藏书和这位法学教授不知从哪儿搜罗的一大堆海洋宝物。干枯的海星、贝壳、(挂在房梁上的)巨大龟甲、剑鱼的剑、针鱼的针、殖民者的软木头盔、土人的雕花面具全摆在架子上,散发出淡淡的咸味。说到土人,我对他们的领地一点儿概念都没有。说不定他们和鲁滨孙有什么联系呢——我当时满心如此希望。

我小心翼翼地挪开架子上的海洋宝物,抽出几本教授的藏书。有托马斯·里德①的,还有儒勒·凡尔纳的小说,它们全是远洋冒险故事,描绘着远方的异域风情——总之跟法学八竿子打不着。贾钦托夫教授把童年未竟的梦想珍藏在自己的克里米亚别墅里。这些东西跟他的生活轨迹相去甚远,也不会被收入《俄罗斯帝国法典》。在他内心珍爱的那些国度,连法律存不存在都是个问题。

我盘腿坐在黄杨木扶手椅上(黄杨木的香气也洋溢在房间里!),品读贾钦托夫的藏书。我右手翻着书,左手抓着一块抹了黄油和白糖的面包,边吃边读。糖粒在齿间嘎嘣作响。我不时把眼睛从书页上抬起来,思索人们是如何成为律师的。有人会从小就梦想当律师吗?恐怕未必。我一会儿想当消防队员,一会儿想当指挥家,但从没想过当律师。

---

① 英国19世纪作家,创作了一系列优秀的冒险小说,他的作品中有很大一部分是对亚洲、非洲、美洲的动植物的描述。

我又想象自己永远待在这个凉爽的房间里,像住在胶囊里一样,把革命和地震都隔在窗外,即使白糖没了,黄油用完了,甚至俄罗斯帝国都烟消云散了,我还是坐在这儿读呀,读呀……后来几年发生的事情证明,关于白糖和黄油我猜得没错,但静静地坐着读书的梦想却没能实现。新的生活不宜读书。

对了,还有件重要的事:贾钦托夫教授的书架上摆着一尊忒弥斯雕像——跟我们家的一模一样,唯一的区别是这尊雕像的天平还完好无损,因为贾钦托夫的家里应该没人去破坏它,更可能是下不了我那样的决心。现在想想,爸爸的那尊忒弥斯一定是贾钦托夫送给他的。这东西一看就符合贾钦托夫的口味。

周六

今天我问盖格尔:

"我妈妈死了吗?"

"她死了,"他答道,"1940年去世的。"

周日

今早我和盖格尔去了斯摩棱斯克公墓[①]。我们先到斯摩棱斯克教堂里去朝拜圣母(我独自进去的,盖格尔坐在外面等我),然后又去了圣克谢尼娅的小教堂。克谢尼娅似乎是不久前才被封圣

[①] 位于圣彼得堡瓦西里岛上的一座公墓。这里埋葬的名人包括后文的"圣愚"克谢尼娅,以及诗人勃洛克。

的①。但我记得当年和妈妈一起上小教堂的时候，她就已经深受敬仰：路过的信徒都会在她面前写下自己的心愿。妈妈说，"你也写一个"，我便也写了。我那时的祈愿是什么呢？

直到今天，那个春日里妈妈的样子还历历在目——紧系的头巾给她的面庞添上了一层严肃而悲痛的色彩。起初天空阴沉沉的，寒风阵阵，不一会儿，天空尽头就出现了一小块湛蓝的晴空。我们坐在父亲坟前，而那片湛蓝逐渐延伸，来到我们的哀悼处就停下了。天空不再风云变幻，我们就这样坐在灰色和蓝色天空的交界线下。我倒了两杯伏特加，她把面包切成薄片。她手背上布满了青筋，我以前从没发现。或许是冻出来的。又或者，那是她开始老去的征兆。

"她是怎么死的？"

我特地在前往妈妈坟前的途中提出了这个问题，以免到了那里还一头雾水。过去妈妈从不让我用第三人称指代在场的第三个人。现在她也算是在场，我却还是用了代称。这让我的问题听起来有些尴尬……

"她死于肺炎，"盖格尔用餐巾纸擤了擤鼻子，"他们说她就

---

① 东正教有崇拜"圣愚"的传统，教会会将一些能够施展奇迹的教徒封为圣徒受人膜拜。此处的克谢尼娅指圣彼得堡的克谢尼娅，生活于18世纪上半期，她丈夫是安德烈·费奥多罗维奇·佩特洛夫上校，是圣彼得堡圣安德烈大教堂的唱诗人。丈夫死后，克谢尼娅成为一名圣愚，将所有财产施舍给了穷人，在圣彼得堡的街头游荡了四十五年，通常穿着她已故丈夫的军服，称呼自己时用的是丈夫的名字。1762年，克谢妮亚在圣诞节时预言了伊丽莎白女皇的死。而在伊凡六世遇害前几天，她便哭泣并说道："血、血、血！"克谢尼娅的墓葬位于圣彼得堡斯摩棱斯克公墓，自1902年起，她的墓地建立起了一座精美的小圣堂。在封圣前她已经很受人敬仰。1978年9月24日，她于美国纽约由俄罗斯正教会域外教会在征兆之母主教公会大教堂封圣。1988年6月6日，俄罗斯正教会在本地的会议上将她封圣。

是在这儿着凉的。"

我们毫不费力地找到了妈妈的坟墓,就在小路旁。自从她入土后,这块坟地再没有发生任何变化。她是真的"入土"了——围栏里应该是两个墓穴,而盖格尔对我说,妈妈是直接葬在奶奶的棺材上面的。坟头仍立着那个父亲为奶奶立的花岗岩十字架。父亲死后,我们又在十字架上加上了他的名字。妈妈下葬时却没人替她刻上名字,因为她已经没有家人。尽管埋在无名的坟墓里,但妈妈确实就在这里。我能感觉到她的存在。

盖格尔从侧兜里掏出一只酒壶,一套装在皮套里的银酒杯。酒壶里装的是白兰地。

"1940年,她收到了你的死亡通知书,"盖格尔说着斟上了酒,"有趣的是,你的死亡证明上写的死因是肺炎。将你冷冻后,契卡还没忘了幽默一把。你在液氮里感冒了。所以才得了肺炎。"

我们没有举杯,各自喝下杯中的烈酒。

这份死亡通知书意味着妈妈失去了最后一个亲人,她无处可去,除了墓地。她常常一连几个小时坐在这里和亡者聊天,最后和我一样死于肺炎。这只是个巧合吗?直到见到她的坟墓前,我都不知道她的死因。我之前以为她可能死于大围困[①]——或许是因为我最近读了太多关于列宁格勒大围困的书籍。

"这个墓地里还有其他我认识的人。"我对盖格尔说。

他点点头,但没有说话,显然是在等我问出接下来的问题。但我什么也没问。没什么好问的。走出墓地大门时,我暗暗想:幸好妈妈没能活到大围困。

---

① 指二战中的列宁格勒大围困(1941年8月至1944年1月),当时圣彼得堡改名为列宁格勒。

阿纳斯塔西娅有没有活到那时候呢？

周二

得了伤风的父亲在浴室里漱口，我站在他身旁的小板凳上，想要亲眼看看到底爸爸的喉咙里是怎么发出那神秘的咕噜声的——从咕嘟咕嘟到呜呜咽咽——曲折婉转，是父亲平时从来不会发出的声音。我就像爬上火山口的博物学家，试图赶在火山喷发前看一眼沸腾的岩浆。在我的要求下，妈妈给我拿来一支蜡烛。烛光只能微微照亮父亲喉头翻腾的水流，但这种神秘感正是它引人入胜的主要原因。后来，等我自己也掌握了漱口的绝技时，我才发现原来漱口不一定要发出响声。但那感觉不好，因为咕噜能延长气息，让喉头的水流更加有力。不出声的漱口无力又可怜。

周三

木材。岛上的人把硕大的木材称作原木。我们的任务就是要在每轮换班时上交十三根原木。我们两人一组作业——也就是说，一共要交出二十六根。这几乎是个不可能完成的任务——至少对那些以前没干过的人来说过于艰巨。

我们不仅要砍倒树木，还得清除上面的枝叶，但首先必须先刨出树根——树根已经深埋在积雪里。没有铲子，连手套都没发给我们，只能徒手挖开积雪。手冻僵了，就只好用双脚接着刨——脚也近乎赤裸，所谓的鞋子就是用麻布条捆在脚上的草鞋。好不容易把树根清理干净了,再把双人锯抬过来,开始锯木头。开头锯齿总是一个劲地在冻得梆硬的树干上打滑,等它嵌入树干后,工作就轻松起来了。在单调乏味的节奏中,时间仿佛消失,我感觉自己落入了另一个时空。就这样半蹲半跪着,我们锯着木头,直到双手握不住锯柄。然后再起身,换个地方,也换把手。起身活动一下是必要的,哪怕只是为了稍稍暖和一下冻僵的双脚。

常常有人把腿冻坏,不得不截肢。但这并不意味着索洛韦茨基岛上的独腿侠会越来越多——他们通常活不了多久。截肢后的人要么死于虚弱,要么因为包扎伤口的破布不卫生而感染致死。

我的搭档瓦西亚·克洛布科夫就是这样死的。他从那天中午起就不停念叨,说自己的双腿失去知觉了,但契卡们对此充耳不闻。我看瓦西亚已经没力气接着锯树,甚至站立不稳,坐倒在树桩旁的雪地里。我试着独自锯断那棵松树,而他只是无力地挂在双人锯的另一头,压根抬不起手。临近换班的时候,我们只砍下了十棵树,一半都够不上。按照惯例,我俩被留在树林里彻夜完成任务。瓦西亚哭了,祈求契卡们允许我们回营房休息。他们没有松口,反而开始用枪托揍他,我也挨了几下。漫天大雪淹没了他们的责骂,连接踵而来的殴打仿佛也一并吞没了。

我们在树林里过了一夜,但再也没能多砍下一棵树。瓦西亚一开始躺在雪地上,后来被我搬到木头堆上。我脱下他的草鞋,用积雪摩擦他的双腿——他的腿冻得跟冰块一样,又冷又硬。漫漫长夜,伸手不见五指,暴风雪骤停的瞬间,我借着月光看见了瓦西亚的面庞。他脸上还挂着泪珠,但已经看不出哀怨和苦楚——瓦西亚被冻成了一座冰雕。他的脸失去了悲泣和欢笑的能力，浮现出一种威严乃至庄重的神色。

我不时来回跑动取暖，但跑不了太久，因为实在没有力气。日出对我来说仅仅意味着新一轮的饥饿和无眠。他们给我分配了一个新搭档，让我接着干活儿。两个囚徒把瓦西亚拖回了营地，他们会在那儿截掉他的双腿。一天后，他死于血液感染。

一次我对盖格尔提起我们在零下四十度的严寒里工作的事情——没有衣服，没有鞋子，也没有食物——他对我说，简直难以置信，人怎么能在这样的条件下活下来？

的确，没人能活下来。

周四

我告别了医院。出院是迟早的事：盖格尔认为继续在医院娇生惯养地待着对我有害无益。整个星期我都在准备搬家，所以没办法写作。我说的没办法，就是连时间都挤不出来，更别说其他写作必需的条件了。

最重要的是我接下来的去向：我要搬回自己的旧公寓去了！就是中央大道和泽维林斯基大街拐角处的宅子，我又要回到那里居住了。原来，在医生们（其实就是盖格尔）的坚持下，市政府买下了我住过的那套公屋，进行了翻修，然后把我安置在那儿。我和母亲原来住的屋子被分给了照顾我的医护人员（主要是安吉拉护士），我住在客厅里，而扎列茨基的房间被当作客房，给偶尔来访的盖格尔使用。这一切都是为了让我尽快适应新环境。

搬进新居的第一天，我是独自度过的。我猜测这是为了让我的记忆尽快与这座房子产生联结——我对此深表感激。我依次巡视房间。一切都变了样——地板、房门、窗框。就连为了欢迎我而特意添置的老式家具看起来都不是过去的款式。我打开厨房的水龙头——水流声也变了。二十年代的水龙头会像敲鼓一样猛烈地冲击铁皮水槽,发出声声巨响,现在巨响消失了。水槽也不再是铁皮做的。似乎只有房间的面积没变,但即使这一点我也不大确信。照他们的说法,这些年来这间公屋经历了多次改造,想要寻找过去的蛛丝马迹纯属白费力气。

但熟悉的痕迹依然存在。在摆着旧家具的新房间里,这些似曾相识的痕迹以一种独特的方式凸显出来。比如,我能很准确地说出从窗户走到门边的步数。我闭着眼睛都能说出每一扇窗外的街景。最重要的是,只要闭上眼,我就能听到故人的声音在耳边萦绕。这是我第一次清晰地意识到,曾经活生生的他们已经离我而去,永别了。

我躺在床上,合上双眼,多么想要就此消失,放弃自己的存在,再次进入封冻,永不醒来。我沉入浑浊泥泞的梦乡。梦境不停地将我往下拖拽,我找不到出路,以至于分不清自己是在梦中走进了公寓的幻影,还是在真实的房间里清醒地游荡。我知道,这样的情况下,必须要有足够强大的意志和力量才能逃出梦境,但我无法下定决心,因为我不知道梦境和现实哪一个更可怕。这心情似曾相识,我在岛上也曾经历过。

一阵门铃声惊醒了我。原来是盖格尔——来得正是时候!如果不是他,我不知道什么时候才能醒过来。他是来拜访我的,顺便带来了一瓶白兰地。盖格尔沉静的声音和白兰地安抚了我。现在我已经不想睡觉了,只想坐着聊聊天。

我问盖格尔,我能不能独自出去转转。他说这其实很有必要。他从口袋里掏出钱包递给我，给我解释了好半天钞票的优点和用法等等。我没记住多少。我们聊了好几个小时，直到凌晨两点，随后盖格尔便给家里打了个电话，说他要在我这儿过夜。我忽然发现，自己对他一无所知——无论是他的家庭还是他的业余生活。我不禁思索，今天这场促膝长谈，是他的工作还是业余爱好？

盖格尔在事先为他布置好的扎列茨基的房间里睡下了，但我仍然精神炯炯——白天睡够了。我坐在房间里奋笔疾书，不时侧耳倾听隔壁床垫弹簧的吱呀声。幸好，隔壁睡着的是盖格尔，而不是扎列茨基。

周五

我该从何开始哭诉我罪恶的一生？

周六

傍晚，我站在窗前。我在窗台上发现了盖格尔留下的白兰地，瓶口敞开着。起初我俯视着车水马龙的街道，随后开始欣赏天空。天上飞过几架飞机，但跟我见过的飞行器截然不同。我，飞行家普拉东诺夫，喝下盖格尔的白兰地，想起了早已不在的司令员机场。万事万物便是如此运转的——不是吗？整个世界怎么会这样被连根拔起，连同那些悲伤、喜悦、发现，偶尔还有期待或者烦闷，以及雨点敲打在空荡长凳上的点滴声，和夏日空旷原野上飞旋的尘土一道，被整个带走了？

那个世界去哪儿了？穿着漂亮的连衣裙给飞行家献花的姑娘们去哪儿了？把帽檐压到鼻梁上的男人们去哪儿了？挂着拐杖、叼着烟卷的男人们又去了哪里？站在停机坪旁的我们，怎么就跟着亚特兰蒂斯①沉入了海底？不断吐出飞行器的机库大门上硕大的"俄罗斯航空飞行联合会"字样又去了哪里？

我对那些飞行器了如指掌，闭着眼睛都能通过引擎的声音分辨出不同的机型。我能分清布莱里奥单翼机和双翼机，瓦赞双翼机和法尔曼式双翼机。每个飞行家的脸都那么熟悉：佩格、普埃尔、加罗斯、涅斯捷罗夫、马采耶维奇。倒不是他们每个人我都亲眼见过，但他们的照片全挂在我房间里。那些肖像照都去哪儿了？

他们也都不在人世了，这就是为何我在这儿痛饮白兰地，喝完以后又写下这些字句。前几天有人问我："您为何如此执着地想要成为飞行家，是因为您对天空的向往吗？"啊呸！我想成为飞行家不只是为了天空，还有其他美妙的事物——比如飞行家的头盔、护目镜和小胡子。当然，还少不了亲爱的烟卷。以及皮夹克和皮裤。有件事我必须强调：飞行家是货真价实的偶像群体，是精英。

尽管偶像也难免有瑕疵。比如，飞行家身上总散发着用来润滑发动机的蓖麻油的味道。皮草尤其容易沾上这种味道。而他们大多数都是穿着皮草开飞机的：高处不胜寒。但那里正是他们的目的地。有一次，我看见一个飞行家滑行到跑道尽头却没能成功起飞。他再次尝试，仍然失败。大家都哄笑起来，手

---

① 亚特兰蒂斯是传说中位于直布罗陀海峡附近大西洋上的岛屿，拥有发达文明，后来沉入海底。曾在柏拉图的《对话录》中被提及。

里的香槟洒了一地。四次失败的尝试后,调度员朝他挥舞着小旗,把他赶回了机库。

梦想就是这样的东西。当然,我心里的确有着对天空的向往。和它(天空)比起来,站在机场上的我们如此渺小:

> 这里,在震荡的热浪中,
> 在草甸上盘旋的雾气里,
> 机库、人群,地上的一切——
> 仿佛都被碾入了尘土……

我们这些地上的人,都仿佛碾入尘土的渺小蝼蚁。而天空之中,一切都截然不同。

周日

今天是我第一次独自出门。我沿着中央大道朝杜奇科夫大桥的方向,从地下通道穿过亚历山大大道——过去这条街以亚历山大二世命名,现在改名叫杜勃罗留波夫①大道了,顺便说一句,杜勃罗留波夫早期也是个体面人,研究过古罗斯文学……

---

① 现今圣彼得堡的杜勃罗留波夫大道原名亚历山大大道,是以俄国沙皇亚历山大二世命名的,而杜勃罗留波夫是19世纪中期的俄国文论家、革命民主主义者。杜勃罗留波夫生于神父之家,在浓厚的东正教氛围中成长,后来转而撰写犀利的文学、哲学和经济学评论,主张文学的意义在于服务社会。他和别林斯基、车尔尼雪夫斯基、涅克拉索夫等文坛人士因其民主革命思想,在后来的苏联广受推崇。但杜勃罗留波夫的文学批评也受到过一些争议,如陀思妥耶夫斯基曾认为他的文学批评忽视艺术性。街道名反映了当权者的价值取向。此处因诺肯季言下之意是暗讽杜勃罗留波夫,认为他后来的文学批评"不够体面"。

桥上刮着大风，我开始裹紧（盖格尔给我的）大衣。行至桥中，我停下脚步，转身走向桥栏俯身往下看。漆黑的河水在桥墩上撞击出浪花，和七十多年前一样。在索洛古勃①的妻子切博塔列夫斯卡娅②死后，我也曾来这座桥上朝下看过河水——感觉惊心动魄。那时和我一样前来观瞻的行人不少。

随后我走上瓦西里岛的小街③，穿过一条条横巷。时过境迁，街景当然有所改变，但仍能依稀认出往日的样貌。在第十七街右拐，穿过街区，就到了斯摩棱斯克公墓。熟悉的街景告诉我：我没有记错。走进墓园大门的那一刻，心脏开始怦怦跳得厉害，甚至让我不得不停下脚步稍事休息。沿着墓园正中央的小道经过教堂时，我又驻足了片刻。

我努力回忆着墓地的方位。妈妈的墓朝前直走。我的墓穴也在同一个方向。而阿纳斯塔西娅的妈妈的墓，在哪个方向？我们分明一起去过，而且不止一次。应该是左拐。我离开小道，踩着满地枯枝，从挤挤挨挨的墓碑中间穿过去，一路读着墓碑上的名字。索洛古勃，切博塔列夫斯卡娅……我刚才还想起过她，在这儿遇见也没什么可大惊小怪的。

沃罗宁娜……我恐慌起来，恐慌得无以复加，只能转开眼睛，随后像正在奔跑一样猛地扭头扫了一眼。安东尼娜·米哈伊洛夫娜·沃罗宁娜。她名字开头的那个字母"A"几乎夺走了

---

① 索洛古勃（1863—1927），俄国白银时代诗人、作家。
② 切博塔列夫斯卡娅（1876—1921），俄国白银时代作家、社会活动家。十月革命发生后，俄国文艺界人人自危，1918—1921年勃洛克、古米廖夫等人接连去世，切博塔列夫斯卡娅感觉自己的丈夫也即将遭受厄运，认为自己的牺牲可以拯救丈夫。1921年9月23日，她从杜奇科夫大桥跳进丹诺夫卡河自杀。
③ 此处指瓦西里岛上大、中、小三条主干道中的一条。瓦西里岛的街道呈网格状，三条大道串起一条条数字命名的横街。

我的呼吸，差点让我没有勇气看下去。深吸了一口气之后，我接着读道：安东尼娜，不是阿纳斯塔西娅。看来，这块墓碑不是阿纳斯塔西娅的。但这又如何呢？恐怕什么也证明不了。但至少阿纳斯塔西娅不在这方墓穴里，我已经很高兴了。

走出墓园时，一个乞丐迎面走来。只不过他手里没有枯黄的树叶——多半不是当年那个乞丐。话说回来，现在是五月，这儿怎么会有黄叶？我不由想到，如果此时我回头，她会不会出现在我身后……怯懦的我没有回头，只是扔给他一点零钱，请他为阿纳斯塔西娅和因诺肯季祈祷。

"是为他们祈祷健康长寿，还是永远安息？"他问道。

淅淅沥沥的雨点开始飘落。

"不知道……我也不知道该怎么说。"

可惜，刚才我没有回头。我错过了那个充满一切可能性的时刻。

周一

1921年的五月天，我是和奥斯塔普丘克一起敲打着木头宣传板度过的。登记员问他：

"您叫什么名字？"

他答道：

"伊万·米哈伊洛维奇·奥斯塔普丘克。"

登记员用嘴巴润润铅笔头，把被风掀动的登记表垫在一块宣传板上，记下他的名字。笔芯里不知有什么化学物质，将她的嘴唇和舌头都染成了紫色。她的金发用红色的头巾扎起束在脑后。太阳一大早就高高地挂在天上。无关紧要的小事接连发生，不知为何全刻在了我脑海中。

宣传板是用来张贴海报的。在日丹诺夫卡河滨街的木工车间里加工宣传板是我们的义务劳动任务。我们压根不知道上面会贴上什么海报，拿去做什么宣传，只是机械地从木料堆里抽出一块块废旧木板，锯成合适大小，仔细平放在地上，再把两根钉成十字的木条扔上去，固定在木板背面，最后翻过来，钉上圆木条做的边框，就得到了一块广告牌。

奥斯塔普丘克把外套和衬衫一股脑脱了下来。我对他说：

"您会感冒的。今天很冷。"

"没事儿，"奥斯塔普丘克说，"晒着太阳呢，不会着凉。难得有机会，偶尔也要让身体感受一下阳光。"

奥斯塔普丘克的身体的确白得令人发指——白得让人产生不适感，就像一只夜行动物。

"况且衬衫和外套糟蹋了多可惜，"几分钟后他补充道，"我要是穿着它们干活儿，肯定会弄坏的。"

我不明白奥斯塔普丘克的担忧：老实说，他的衣服本来就不算上等货。但我没吭声，也没脱衣服，仿佛是预感到了日后的劳改营生活。我那时就在潜意识里觉得，人应该穿得越多越好。

午休时间，车间给我们每人拿来一片面包、一块方糖和一杯胡萝卜茶①。奥斯塔普丘克倒掉了自己的茶，还提出把我的也倒掉。我犹豫不决，他却依然坚持。奥斯塔普丘克像一个永远知道自己要做什么的人那样固执己见。于是我也倒空了杯子里

---

① 在20世纪二三十年代，物质匮乏的列宁格勒人民没有茶叶，便用胡萝卜泡茶。胡萝卜茶是那个时代匮乏生活的象征。

的茶。随后,奥斯塔普丘克从扔在木板上的背包里掏出一瓶浑浊的液体。从他那双狡黠地眯起的眼睛中,我领悟出来他在等待我的赞赏——那杯倒掉的茶有什么好可惜的!就算是胡萝卜茶也没什么了不起!尽管和奥斯塔普丘克一起喝自酿酒算不上天大的乐事,但我还是顺从他的意思夸赞了两句。

"这是我老婆娘家的乡下亲戚送来的,"我的酒伴儿说,"您有乡下的亲戚吗?"

没有,我一个亲戚也没有。我连老婆都没有。

奥斯塔普丘克开始往两只杯子里倒酒。他娴熟地操纵酒瓶在两个杯口间来回移动,瓶口紧贴杯沿,一滴也没洒出来。空气里泛起一股杂醇的刺鼻气味。

"愿我们的宣传工作大获成功!"奥斯塔普丘克说。

他的鬼脸告诉我,他压根不信自己说的鬼话。酒杯叮当中,我们边喝边吃,我吃完了自己的面包,又吃掉了那块方糖。奥斯塔普丘克只吃了面包。至于糖块,他舔了几口就小心翼翼地塞进了口袋。

余下的休息时间,我和他一块儿躺在木板上发呆。奥斯塔普丘克絮絮叨叨地说起他的故事,而我则看着天上的白云发呆。它们变换着形状和颜色,飞快地飘过天空,一会儿从车间的围墙后面冒出来,一会儿又躲到隔壁的屋顶背后。每一朵云都变幻莫测,跟奥斯塔普丘克的人生截然不同。他一辈子都在普尔科沃天文台[①]当看门人,现在天文台关门了,他也没什么可看守的了。

[①] 普尔科沃天文台,即俄罗斯科学院总天文台,位于圣彼得堡以南19公里。由沙皇尼古拉一世下令修建,1839年投入使用,是俄国第一座天文台。

木板的气味，五月的天气，甚至是奥斯塔普丘克的故事，都让我产生一种近似幸福的感觉。我在这一天所见所感的一切，都清楚地说明一个事实：我的生活才刚刚开始。如果生活中最简单的小事都如此新鲜有趣，那接下来还有多少卓尔不凡的事情在等着我啊，简直难以想象。那就是我彼时的感受。

周二

谢瓦对我说：

"加入布尔什维克政党吧！"

六月时节，阳光明媚。彼得罗夫公园①里，阳光穿过橡树树叶的间隙落到脸上。我们踩着去年的橡子，沿着小道往前走。

我什么也没跟谢瓦说。或许换个情景，我会跟他谈谈，但现在我不想。这个夏日对我来说弥足珍贵，我是那么喜欢涅瓦河上飘荡着的汽笛声和我俩在小路上的漫步。谢瓦——我在他身边默默想——很软弱。我对他的心思洞若观火。他之所以加入那些在他看来强大的人，是希望能从他们那里获取一点力量。但他们什么也给不了他。那个瞬间，一个念头一闪而过——如果谢瓦成了暴君，那么我一定是他第一个要消灭的人。

谢瓦，你现在在哪儿呢？在某座坟茔里吗？

周三

---

① 彼得罗夫公园位于日丹诺夫卡河边，是一座建成于 1830—1840 年的公园。

早上出门扔垃圾的时候，我看到一个埋头在回收箱里翻垃圾的人。尽管名字变好听了，但垃圾堆就是垃圾堆，可惜人们还是和从前一样毫不犹豫地一头扎在里面。眼前这人同样丝毫不觉得脸红。他把所有中意的东西都拣出来，放在垃圾箱盖子上仔细检查。他叫我把手里的垃圾也给他看看。仔细翻拣完我拿来的东西过后，他出其不意地问我：

"您真的是解冻以后活过来的？"

我把这件事告诉了盖格尔。

"这是一种荣誉，"盖格尔说，"也是一种认可。"

周五

今天盖格尔给我拿来了一副眼镜。镜框硕大，镜片普通——这样戴上后就没人能认出我了。他说他本可以给我买一副墨镜，但一是不方便，二是墨镜本身就容易引人注意。那场新闻发布会过后，我的确渐渐会被路人认出来了。

"这个造型务必保密，"盖格尔说，"上电视的时候千万别戴眼镜。"

我不会的。下午电视台的人来拍摄的时候，我就摘下了眼镜。他们花了很长时间，又是调试机位和灯光，又是往我脸上扑粉。访谈本身也持续了一个半小时。这段时间里我一直没戴眼镜。

"您觉得，您生活的时代和现在有什么不同？"

炫目的灯光下，记者的面庞模糊不清。在对方的脸都看不清的情况下，我很难自如地谈话。

"您要知道,那个时代就连声音都和现在截然不同——我说的是街道上随处可闻的声响。比如马蹄声如今已经彻底退出了生活,就连发动机的声音也变了样。那时候的马达都是一顿一顿地突突响,现在则是平滑的轰鸣。喇叭声也截然不同。还有很重要的一点:现在没人会在街上高声喊叫。过去你总能听见收破烂的、锡匠、挤奶工随处吆喝。生活里的声音发生了翻天覆地的变化……"

"我想声音只是一方面,人们的遣词造句也变了,这才是主要的。现在的语言跟您那时候大有不同吧?"

"可能吧,"我答道,"可能也变了。只是要适应新的词汇并不困难,但要适应新的声音和气味,则要困难得多。"

"我一直想引导您谈谈历史话题,"记者笑了起来,"但您却跟我一个劲地说声音呀气味这些东西。"

我感到一股血气猛地涌上脑袋。

"难道您还不明白吗?值得一提的变化只有我刚才说的那些。词汇,您可以在历史课本里读到,但当时的声音您是读不到的。您知道一夜之间失去这些声音是什么感觉吗?"

我深吸了一口气。只有独自一人,或者与盖格尔独处的时候,我才能保持平静。他理解我的心情——我被迫失去了自己的时代——因此不会多嘴多舌。他谅解我歇斯底里的情绪。这不,现在他就开始温柔但坚定地驱赶摄制组了。走廊里传来一阵阵唉声叹气的声音。

等所有人都离开后,我戴上了眼镜,在镜子里久久地凝视自己。

周六

我百思不得其解，同一个名称竟可以指代两种截然相反的事物。索洛韦茨基岛上有个契卡，一个百年难遇的混蛋，他居然也叫沃罗宁。怎么会这样？为什么？难道人如其名是一条子虚乌有的法则？我无时无刻不在心中诅咒这个沃罗宁，尤其是在工作到筋疲力尽的时候。在想象中对他穷尽折磨，能给筋疲力尽的我注入一些力量。我想要问问上帝，能不能把他写进永世不能超生、不得宽恕的名册，但又害怕这会连累阿纳斯塔西娅的父亲沃罗宁教授。在诅咒沃罗宁的时候，我总不禁想起扎列茨基，正是因为我的诅咒，他才丢了性命——我为此感到羞愧难当，因为扎列茨基身上其实还人性尚存，而这个沃罗宁却全无人性。我不打算写下沃罗宁的所作所为。

他们一次又一次地问我是怎么在劳改营活下来的。他们说的不只是生存，更是在问人性层面的问题。

周日

住在别墅，常会有早醒的清晨。其他人都还在梦境中酣睡。为了不吵醒别人，你得踮着脚走上露台。每一步都小心翼翼，可木地板仍在脚下吱呀作响。好在那声音平缓轻柔，不会吵醒熟睡的人。你尽可能静悄悄地打开窗户，但窗框滞涩，玻璃被摇晃得叮当作响，弄得你开始为自己轻率的打算懊恼。可窗子一打开，心情立刻雀跃起来。窗帘一动不动，没有一丝微风。醇厚的空气浸满针叶林的香气，让你惊奇不已。一只蜘蛛从窗框上爬过。你胳膊支在窗台上朝外看（陈旧的漆面翘了皮，粘在皮肤上）。草叶上的露珠闪闪发光，清晨的阳光下，叶片上的阴影明暗分明。这里静得像天堂。不知为何，我总觉得天堂应当是寂静的。

实际上，这里就是我的天堂。屋内，妈妈、爸爸和奶奶还在酣睡。我们深深爱着彼此，平静又快乐地生活在一起。只要时间停止流动，这份业已存在的美好就不会受到侵扰。我不想要任何新的事件发生，就让已经存在的继续存在下去，这还不够吗？如果任凭时间继续流动，我就会失去自己所爱的人。那些在房间里静静安睡的人就会死去。他们对即将到来的命运毫无知觉，不知道我们的幸福实际上垂挂在一条可怖的深渊上空摇摇欲坠。他们一旦醒来，演完命运安排的剧本，就不得不谢幕。这条轨迹的走向昭然若现，是我早已既定的命数。但可能，奶奶会比其他人都更早走到终点，尽管现在我还看不出她眼中的惊惶。她或许隐约猜到，我们的幸福只是有朝一日终将破灭的幻影。

天堂，就是时间之外的所在。如果时间能停下脚步，不幸就不会到来。只有那些非线性的事物能留存下来。比如下半截棕黑粗糙、上半截光滑如琥珀的松树。还有篱笆旁的醋栗。大门的吱呀声，邻居家孩子隐约的哭声，第一颗雨滴落在露台顶棚上的声音——这些都不会因为政府更迭、帝国倾覆而改变。它们的存在超脱于历史现实，永恒而自由。

周一

盖格尔来了一趟。离开前他忽然说,阿纳斯塔西娅还活着。阿纳斯塔西娅——还活着。

今天是 1999 年 5 月 24 日。阿纳斯塔西娅还活着。

周二

一夜无眠。我一大早就打电话给盖格尔,想要他陪我去见阿纳斯塔西娅。他清了清嗓子,生硬地答道:

"她在医院里。"

"哪家医院?"

"第八十七医院。这不是重点。关键是现在太早,你得再过一两个小时再给医院打电话。"

我看了看墙上的钟——现在是早上六点,难怪他的声音听起来睡意蒙眬。

八点半,盖格尔主动给我打了电话。

"探访得推迟了。阿纳斯塔西娅·谢尔盖耶夫娜暂时不能接受探视。"

我没有说话。甚至不知道接下来该问些什么。她就躺在第八十七医院里,却不想见我。

"她说自己没做好准备,"盖格尔嘟囔道,"您也知道,她的心情可以理解。女人嘛……"

我不理解。我不是怪她,也没有生气的意思——只是单纯的不理解。中午,我又给盖格尔打了个电话。

"她或许还没意识到要去看望她的人是我——这可是我呀，她都九十三岁了，是不是老糊涂了？"

"她的记忆的确不太清楚了……"盖格尔说话又含糊起来，"但想要探望她的人是您，我觉得她是明白的。"

那我就更不理解了。她这是怎么了——害羞吗？二十年不见，还可以害羞，三十年不见，也可以理解——但我们六十多年没见了。这很可能是我们最后一次活着见面的机会，谁还在乎自己看起来怎么样？况且在我看来，到了这把年纪，是男是女都没什么意义了。可阿纳斯塔西娅却不这么觉得，真没办法！

周三

我知道她近在咫尺，却无法和她相见。这叫我如何自处？我还要等待多久？除了想念她，我什么事也做不了。之前我还拼命读书、看电视——尝试了解所谓的社会现状。现在我除了阿纳斯塔西娅，什么也思考不了，而且不只是回忆，还努力想象她如今的模样。一边想象，一边恐惧。我不是为自己感到恐惧，而是为阿纳斯塔西娅，她生怕惊吓到我的心情反过来也让我害怕。

我记得她说过想要永生——至少她仍活着。我也记得她想永葆青春——或许她真的没有衰老？这不大可能……我故意没向盖格尔打听她现在的模样。她秃了吗？还是掉光了牙齿？秃顶倒是不一定，但牙齿肯定没剩几颗了。

她的头发曾经那么光滑柔软……仿若丝绸。我本不想用丝绸这个比喻，只是遵循常见的用法，顺手写了下来。但她的头发的确如同丝绸，和那些促膝长谈的夜晚里，我不止一次触碰到的丝绸睡裙一模一样。丝绸质地本就容易下垂。甚至可以说是垂落。我的头发就很坚硬，一会儿缠成团，一会儿打成卷，一会儿支棱起来，但就是不可能垂下来。因为它们不是丝绸。我把脸埋进阿纳斯塔西娅的发丝里，轻声问道——您的头发为何如此垂顺？这道小麦色的瀑布宁静、鲜活，在她的肩头随性蔓延，它们哪来这样与生俱来的美妙特质？我问她：如果这些头发归我所有，那么它们美好的特质是否也归我所有了？当然了，她答道，毫无疑问，我们两人的特质会合而为一，为我们共有。我把她的发辫放在掌心，托起那道发瀑，贴近自己的发根。我问她，这么看起来它们是不是就像我的头发了？只有这么放着的时候才可以说有点像，她答道。

她躺在第八十七医院的病房里。我忽然想知道这家医院的地址。

周四

今天盖格尔给我讲述了阿纳斯塔西娅的经历。我知道这个故事可能让我心痛，所以并没求他告诉我，但我并没有打断他。

阿纳斯塔西娅等了我许多年——直到 1932 年，之后她嫁给了波罗的海造船厂的首席设计师波兹杰耶夫。1933 年他们的儿子因诺肯季出生（盖格尔意味深长地看了我一眼），由此可见，她直到那个时候还记挂着我，但已经放弃了等待。

1938 年，波兹杰耶夫被指控通敌罪，旋即被判处死刑。在列宁格勒大围城的第一个冬天，因诺肯季死了。正如阿纳斯塔西娅后来常说的那样，这个名字联结了两位她失去的挚爱之人。因诺肯季死后，她不只丧失了与命运抗争的斗志，就连求生意志也没了，她就那么躺在自己的孩子身边，想和他一起死去。最后人们在空荡荡的公寓里发现了她，把她送去了医院，最后疏散到喀山。

战后，阿纳斯塔西娅嫁给了昆虫学家奥西波夫教授。她在1946年生下了儿子谢尔盖（这次用的是她父亲的名字），但这段婚姻没能持续太久。阿纳斯塔西娅失望地得出一个结论：奥西波夫——和他的研究对象一样——只是个虫蚁之辈。最后，阿纳斯塔西娅带着自己的儿子离开了他。

显然这对怨偶之间的分歧过于巨大，以至于那个小男孩儿最后随了母姓沃罗宁。也可能原因不在于她和丈夫的矛盾，而在于阿纳斯塔西娅对父亲无私的爱。谢尔盖·沃罗宁小时候见过奥西波夫两三面，还模糊记得父亲的样子。但等他长大后，父亲却不在人世了：奥西波夫在一次前往中亚的探险中猝然离世。

谢尔盖·沃罗宁在某种程度上复制了他陌生的父亲的命运。不管这有多令人难以置信（或许并不难理解？），他也成了一名昆虫学家。他同样晚婚，又很快离婚。当然，他的人生与父亲也有些不同之处。首先，沃罗宁的妻子生了个女儿（1980年），他自然而然地给她取名为阿纳斯塔西娅。第二个重大的区别就是，这位昆虫学家没有死在中亚：受他的研究对象所限，他甚至从未踏足过那片土地。

在八十年代的变革中①,他去了美国,从此定居大洋彼岸。他的前妻留在了彼得堡,但女儿并不愿意跟随母亲生活。小女孩儿十四岁时(因为和母亲争吵不断)搬去了奶奶家,两个阿纳斯塔西娅住到了一起。三个星期前,老阿纳斯塔西娅进了医院。

阿纳斯塔西娅年事已高。我们分离时,她17岁,我23岁。现在她93岁了,而我才30岁不到——如果盖格尔说得没错,这就是我的生理年龄。我被封冻在液氮中,而她却长大,成熟,枯萎,衰老。她显然在这个过程中性情大变,和同事们成天吵架(真好奇,她后来做了什么工作?),管自己的丈夫叫虫子。但谁叫她嫁了个昆虫学家丈夫呢?不然还能怎么称呼他?

但至少她仍姓沃罗宁娜。不知为何,这让我心里好受了些。

我真的想见她吗?

周五

想见。

我很想见她。

周六

我一早就爬起来喝了杯咖啡,在"黄页"里找到了第八十七市立医院的电话,打了过去。如我所料,医院离市中心很远,我

---

① 指戈尔巴乔夫上台后的一系列社会改革。当时苏联自由化思想盛行,许多人向往西方,移民西方。

很难独立前往。我叫了辆出租车。我感觉今天必须去见她,但没告诉盖格尔。我必须独自一人前往。

我坐在车里,一路向南。在老城区里穿行的感觉还不错,但到了郊区库普奇诺,我的心就沉了下去。这个地带毫无彼得堡气质。我们在医院门口停下,医院大楼看起来残破潦倒,和周边的风格倒是很相称。房子破破烂烂的。窗户上粘着纸条,有些地方没有玻璃,只能用胶合板挡起来。老房子即使在破败的状态下也不会如此令人沮丧,它们即使无人照管,也保持着风骨。但新近的建筑总是脆弱不堪,没有真材实料,一眼就能看出是拙劣的仿制品。

两个穿白大褂的男人站在遮阳棚下面抽烟,懒洋洋地往地上吐唾沫。两人都是笨重的大高个儿。我绕过他俩,来到问讯处。一个老妇人坐在窗口,胸前的绳子上挂着一副眼镜。

"请问,阿纳斯塔西娅·谢尔盖耶夫娜·沃罗宁娜住在哪间病房?"

她戴上眼镜,用沾了口水的手指在名单上查找。来之前我忘了在电话里问清来访时间。也忘了问要不要换鞋,要不要穿罩袍。

"四楼,407 室。"

"探视时间呢?"

"您爱什么时候去就什么时候去。"她眼皮都没抬一下。

我嗫嚅着问:

"她现在是什么样子?"

"谁?"

"沃罗宁娜。"

她没有答话。或许我最好还是问问罩袍。或者鞋子。

"对了,您门口站着两个傻大个儿,"我指了指入口处,"您看那边,别看我。"

我沿着楼梯爬上楼(电梯坏了),头顶的电灯时明时暗。在昏暗的灯光下,我差点撞上楼梯间的假花。我在新生活中已经见过好几次假花,政府部门的大楼里尤其爱摆假花。在我看来,它们的美值得商榷,但好处在于不需要阳光。相反,它们更适合没有阳光的地方:光线越昏暗,它们看起来越美。真奇怪,此时此刻,我还能思考假花的问题。多半是由于不安。

我现在写下的这些全是出于不安,由于我那还没完全解冻的思绪像忽明忽暗的电灯一样闪烁不定。我不知道为何要写下这些:其实我今天哪儿也没去。我在黄页上找到了医院的电话、地址,甚至一张医院的照片,但没有动身,只是打了个电话,要到了她的病房号——407,却始终没能下定决心。

周日

和昨天一样,我起了个大早,喝了一杯咖啡,然后叫了出租车。我还是决定去一趟。医院的窗户封得严严实实,门口有两个抽烟的傻大个儿——和照片上一样。问讯处的老巫婆也和照片里一样,脖子上挂着眼镜。

四楼到了。我沿着走廊,看着房门上的菱形号牌往前找——有的号牌完好,有的已经破损了。"407"三个数字是用铅笔写在木门上的。我敲敲门,心脏也怦怦狂跳起来。(过了一会儿)病房里有人应声叫我进去——是一个女人的声音,却和男人一样粗鲁。我推了推门，没推开——门卡住了。那声音叫我多使点儿劲。终于，门颤颤巍巍地开了。我的身体颤抖起来，即使现在，写下这些字句的时候，我还和当时一样浑身颤抖。

走进门，一股刺鼻的尿臊味扑面而来。房间里一共八张床，分别排在两侧。八位老太太，七个躺着，靠窗的那位半坐着。显然刚才答话的就是她。我脑子飞转，试图猜出哪个是阿纳斯塔西娅。

"您找谁？"坐着的老太太问。

的确是她，声音跟刚才的一样刺耳。难以想象，谁能和这把声音过一辈子……

"我是来找阿纳斯塔西娅·谢尔盖耶夫娜的。"

"找沃罗宁娜？您是她什么人——孙子？还是亲戚？"

好问题，关键是她还给出了选项。逆着光，我看不清她的脸，只能听见她的声音。

"我只是她的一个亲戚。"

床上躺着的老太太们纷纷动弹起来，有些甚至支着胳膊坐起了身。一只不锈钢水杯从床头柜上滚了下来，我赶紧把它捡起来。杯沿上还沾着干结了的燕麦粥。

"既然是亲戚，就帮她料理料理，"那声音说，"你家老奶奶都在屎堆里躺了一天了，一个人影儿都没见着，"她突然压低声音说，"没人愿意给她擦身子。"

没人愿意。我的眼睛终于习惯了房间里的灯光，开始辨别说话的老太太的样貌。她看起来并不凶神恶煞，和平常的农村老太太一样长着一只扁平的短鼻子，深深的皱纹从鼻梁延伸开去，头巾下露出灰白的头发。

"你,卡佳,别嚷嚷了,"另一张床上有人插话了,"人家第一次来,你就这么不依不饶。"

"你之前去哪儿了?"卡佳好奇道。

"不管他昨天在哪儿,反正今天来了。(这话出奇地准确)昨天不是还有个她的孙女来过?是来过吧。话说回来,擦洗身子这事儿,护士也能干。"

卡佳咬了咬嘴唇,仿佛在思考这种可能性有多大。

"你就在这儿傻等我们那位护士小姐吧,"她听起来似乎有让步的意思,"不给张票子,她一根手指都懒得动。这会儿她恐怕正在医生的休息室里咕咚咕咚喝酒呢。"

我仍没认出这间病房里到底哪个是阿纳斯塔西娅。她们都觉得我能自己认出她来,所以没人告诉我。好不容易,卡佳邻床的老太太朝旁边一张病床挥了挥手:

"我们的话别往心里去。快去看看自己家奶奶吧。"

我终于知道该往哪儿去了,迈出了第一步。其实我从一进门就猜出了哪个是她,只是不敢确认。现在有了答案,我便走上前去。我没有抬眼看阿纳斯塔西娅,只是盯着她的床头柜看。上面放着一瓶矿泉水,一管乳霜,和一只泡着假牙的杯子。那是阿纳斯塔西娅的假牙。

阿纳斯塔西娅。她双目紧闭躺在床上。双唇半张。呼吸粗重。喉咙里不时呼出气泡又噗地破裂。搭在毯子上的左手捏成拳头,仿佛在恐吓什么人。她要恐吓谁呢?我握住她的左手腕,抬到唇边。我曾多少次这样轻轻虚握住她的手啊,研读着她臂弯的每根线条,触碰着她手背上半透明的细小绒毛。但如今那只小手已经面目全非,被我的泪水沾湿。她渐渐松开了拳头:

现在恐吓已经太迟。敌人已不知去向。

"您最好还是……给她洗洗。"

卡佳说。

"我本就想帮她擦擦身子。只是不知道该怎么弄。"

"没人天生就会。我们可以教你。"

她这样的人在索洛韦茨基也能活下来。

我听从她们的指示,从床垫下面抽出防水垫布,在床上摊开,然后扶着阿纳斯塔西娅的肩膀让她侧躺起来(她的身体很轻),将垫布铺在她身下。阿纳斯塔西娅穿着一条纸尿裤(应该是这么叫的吧?)——我看电视上的小孩儿穿过。

"别怕,"卡佳命令道,"万事开头难,以后就习惯了。"

我不怕。我想起自己曾多么渴望一窥阿纳斯塔西娅的胴体。我朝她的脸上瞥了一眼。阿纳斯塔西娅微微睁开了眼,但眼神涣散。这样也好。

"把这个脱下来。现在孙女知道给她买这玩意儿了,挺好,一开始都是用包布。"

我解开纸尿裤。伴随着撕拉声,尿裤从她的身体上分离下来。一股异味。毫不添油加醋地说,我只能说那是一股浓烈的臭气。那又怎样,臭算得了什么?在索洛韦茨基岛上,我什么没闻过,什么没摸过?眼下这世上的最后一位我亲近的人就躺在面前,既然事已至此,那就接受事实。光是她的存在,光是她活到我醒来的这一天,就已经是莫大的幸福了。我把纸尿裤卷起来,小心翼翼地放在地上。

"现在把床底下的便盆拿上来,搁在垫布上面。托着奶奶的腰,把她的屁股放在便盆上,"卡佳坐起身来,探着脚在地上找拖鞋，"她孙女一个人就能行。你还得学着点儿。"

卡佳走出病房，片刻之后拿回来一只水勺和一块海绵。勺子里的水是温热的，看颜色加了高锰酸钾消毒片。神奇的是，卡佳高高在上的口气反而帮了我大忙，让我一刻也不敢放松。我左手小心翼翼地慢慢用水冲洗阿纳斯塔西娅的大腿沟，右手用海绵轻轻地擦拭。

"把她腿掰开一点，不然擦不干净。"

别停嘴，卡佳，千万别停嘴。如果没人说话，我还真是难以为继。在水流的冲击下，结块的粪便终于从她身上脱落下来。

我用毛巾给阿纳斯塔西娅擦干身子，擦干净垫布，扔掉纸尿裤，洗了便盆。卡佳又指挥我给她全身都抹上身体乳，以免皮肤受到刺激。我把管子里的乳霜挤到手上，轻抹她的私处。我能感觉到自己的双手颤抖得厉害。曾几何时，这里就像一颗娇嫩的花苞，叫我心驰神往。

周一

五月的最后一天，明天便入夏了。我在夏天的第一个夜晚写道：说实话，夏天已经来了。白天去探望阿纳斯塔西娅的途中，我想起了过去的夏日。

我常常在石岛大道和瓦西里岛大街的转角处和她偶遇。您上哪儿去？回家。我也回家。我和她并肩沿着街道迎着夕阳往家走。木头鞋底敲打着路面，咚咚直响。她尽量小心迈步，可脚步声还是震耳欲聋，没办法，木头鞋就是这样。走到奥尔吉纳尔街转角处，突然蹿出来一辆四轮马车。紧急关头，我伸手拽住了阿纳斯塔西娅。她柔软的胸部撞上了我的双手。我的大脑短路了片刻——既是因为这一下亲密接触,也是因为后怕——她刚才差点就被卷进车轮下面。今天阳光明媚。波罗的海上吹来温暖的海风。她却可能倒在桥面上,任凭微风吹动她的裙摆,双腿扭曲成古怪的角度,露出磨损的木头鞋底。我总忍不住为她担忧:她这样轻灵脆弱,怎么经得起变故?但她比我想的要坚强。生活造就了她。

快到病房门前时,我撞见了娜斯佳。其实我在上楼时就看见她了,一眼便明白了她的身份。我走在她身后,和她近在咫尺,心脏跟昨天一样疯狂跳动。虽然还未细看,但我敢断定她和奶奶是一个模子里刻出来的:两人的头发和步态都一模一样。或许,我早就料到了她们的相似,甚至期待着亲眼确认,只不过直到她回过头,我才意识到她和奶奶如此相像。

"您是——因诺肯季?"

我点了点头。担心自己开口发不出声音。

"我是娜斯佳,"她递来一只手,"我一在电视上看到您,立刻就猜到您一定会来的。"

直到她朝我露出微笑,我才发觉自己一直握着她的手。她的手微凉,纤细,骨节分明。

"是我的主治大夫告诉我阿纳斯塔西娅在这儿的……"

"我知道。是我告诉您的大夫的,"她把自己的手从我手里抽回去,"我想,这对您来说非常重要。"

重要……她的微笑也和阿纳斯塔西娅如出一辙。人们都说孩子的长相不随父母,随祖辈。

病房里的臭味不似昨天那么刺鼻。尽管并没完全散去,只是不大明显了。阿纳斯塔西娅和昨天一样依旧没有意识，但我还是觉得她的状态比昨天好得多。她的眼睛睁开了。没有焦点的目光漫无目的地在房间里游走，但至少在游走。

我和娜斯佳一起帮阿纳斯塔西娅洗了头发。首先得拿走枕头，然后用毛巾包住她的耳朵，这样水就不会灌进去。接着我拿来一只盛着温水的水盆。我们小心翼翼地把水盆放在枕头的位置上，开始清洗。我抬着阿纳斯塔西娅的脑袋，娜斯佳把洗发露挤在手心里，按摩似的搓揉她的头发。她的头发短得像只小刺猬。这副发型加上一动不动的眼神——让她看上去有种彻头彻尾的疯狂。当我端着水盆缓缓给她冲掉泡沫的时候，阿纳斯塔西娅眨了几次眼睛，但眼神没有丝毫变化。

"我记得她过去是长发。"我没来由地对娜斯佳说。

"住院的时候他们给她剪掉了——这样方便洗头。"

接下来我们把垫布和毛巾铺开，用海绵给她擦洗身子。娜斯佳给她剪了指甲。阿纳斯塔西娅没有反抗，也没有主动配合。

"几天前奶奶还算正常，"娜斯佳说，"甚至住院的时候也还好。甚至亲自拒绝了和您见面。现在，唉，如您所见……"

我们离开病房时迎面撞上了一帮记者。数不清的闪光灯让我不由得眯起了眼。

"几十年后见到自己的爱人，您感觉如何？"

我把眼睛闭得更紧了，再也没有睁开。小时候我也常这么干，仿佛闭上眼睛就能逃脱。于是，我紧闭双眼的照片就这样登上了晚间新闻。

周二

清晨下起了小雨。雨滴飘落在玻璃上，仿佛有人在控制着水流的方向。我的公寓正对着街角：风向不停变换，一会儿朝左，一会儿朝右。我躺在床上，看着一股股透明的水流沿着窗玻璃流淌。玻璃上的水波反射出不同的颜色，我好奇地爬起来查看。原来是楼下停了一辆警车，出车祸了。此情此景让我想起另一场事故——同一个地方，同样在雨中，两辆拉货的马车相撞。我也是这样站在窗前——那是哪一年？世上没有新鲜事……我额头抵着窗玻璃往下看。这次是两辆小汽车相撞。车祸并不严重，只是撞坏了前灯。两个司机站在雨中——西装革履，毫发无损，光顾着吵嘴。就和当年的马车夫一样。

盖格尔来了一趟，给我带了些钱。他不是第一次给我带钱，但我从没问过他钱从哪儿来。我心底希望这些是政府给我的补助金——来自杜马[①]，来自总统的授意。真有意思，他们会有冷冻人专项补贴资金吗？今天这笔钱有点意思，和从前相比少了许多。下次我得问问盖格尔的钱是从哪里来的。

安吉拉护士来了一趟，帮我擦了地板，打了针。她在我的请求下不再每天上门了，所以地板现在干净得恰到好处。但是在我看来，打针纯属有害无益，不定期的注射能有什么用？她不过是为了给我屁股上扎一针，好叫我别太得意。一开始我只是提议她不要在我这儿过夜，后来干脆叫她少来几趟——她自然是生气了。我倒是想知道，盖格尔派她来扮演什么角色？她着实让我恼火。

[①] 俄罗斯的议会。

下午一点左右，我叫了一辆出租车。今天我和娜斯佳说好在医院门口碰头，约定两点见面，等她学校下课之后。娜斯佳在大学经济系读书。一个姑娘学这个专业，在我看来有些不同寻常，但如今的社会已经发生了天翻地覆的变化。话说回来，我对当下的生活所知寥寥，有什么资格说三道四？

　　一点半我就到了医院。我围着大楼溜达，试图猜出哪扇窗子属于阿纳斯塔西娅。我记得她的病房窗玻璃有条裂缝，用几根纸条封了起来。但用纸条修补过的病房窗玻璃实在太多——怎么猜得出来？我忽然想起安徒生的童话里的士兵，他为了掩人耳目，用粉笔挨个给每户人家的大门都画上了十字架①。奶奶总在睡前给我讲这个故事。随着故事的深入，奶奶的声调逐渐含糊，随后声音也消失了。奶奶总是比我先睡着。

　　娜斯佳正好两点赶到，非常准时。她身上散发着微妙的香气——细微含蓄，若隐若现，和过去女人们身上的气味不同——我怎么会忘记阿纳斯塔西娅的发香呢？或许是我落伍了，但她身上那股扑面而来的清新让我有些恍惚……我似乎把她俩混淆了。

　　我想说的就是这个。我们坐在长椅上穿鞋套，娜斯佳轻轻后仰着把这只奇怪的鞋子往自己的凉鞋上套，后脑勺正对着我的脸：我居然从娜斯佳的发丝中闻出了阿纳斯塔西娅的发香！就在我不由自主地靠近她时，她突然回过头来，仿佛后脑勺上长了眼睛，把我逮了个正着。我涨红了脸：她发现了，她逮住

---

① 安徒生童话《打火匣》中，士兵让大狗偷出熟睡的公主，看管公主的婆婆跟踪大狗，在他家门上用粉笔画了个十字。为了不被找到，士兵就在全城所有门上都画了十字。

我了。她很可能会误解我的举动。

医院给我和娜斯佳送来一个惊喜：阿纳斯塔西娅被搬到了单人病房。那位跟在我们身后走下楼来的主任医师把我们带去了新病房。他个头矮壮，长着一颗大脑袋。我暗暗想，好在他没有罗圈腿。他把白大褂套在西装三件套外面，脖子上挂着听诊器——我不禁好奇，他在自己的办公室里能给谁听诊呢？

"我是本院的主任医师。"他说着指了指自己白大褂上的名牌，上面写着"主任医师"。

他身上弥漫着浓浓的咖啡味，还夹杂着烟味，透露出他刚才被打断的活动。一想到他听见有人叫自己下楼，便匆忙把烟蒂摁灭在烟灰缸里的样子，我忍不住觉得好笑。为什么要叫他下来？为什么要把阿纳斯塔西娅送去单人病房？他们是否把照片上我紧闭的双眼理解为对医院简陋条件的不满？

"尽管条件有限，我们还是给沃罗宁娜提供了一间单人病房。这是理所当然的事情，考虑到……"

他基本上一直对着我说话，只是偶尔转向娜斯佳。我点着头，其实根本没听他说话，而是全神贯注地盯着一扇扇从我们身边掠过的房门。一扇门打开，我们见到了阿纳斯塔西娅。她躺在一张全副武装的高科技病床上，那甚至不能叫床，而是一台被手柄、按钮和轮子武装起来的自动化机器。她躺在雪白的床单上，静卧在房间正中央。

眼前的场景实在可怕。当阿纳斯塔西娅躺在人满为患、恶臭扑鼻的病房里的时候，她还属于日常生活的一部分。可以说，那时她仍在日常的洪流里漂流——尽管病弱，但尚属自然。现在她已经从周围的环境中被剥离。就像其他被从生活中摘取出来的东西一样,站在了日常的对立面,成了广场中央的纪念碑,神殿中央的棺椁。在肉体层面,阿纳斯塔西娅也被异化了。当娜斯佳拿出干净毛巾准备给她擦洗时,他们说,我们不用再给奶奶擦澡了,他们会帮她清理的。

清理奶奶。

周三

一觉醒来,阳光明媚。打开窗户,暖风和煦。将近十一点时娜斯佳打来电话,提议我们一小时后在体育馆地铁站①见面。地铁站就在我家旁边,靠近弗拉基米尔大公教堂。我来到地铁站的时候,娜斯佳已经在那儿等我了。她背着灰色帆布包,包上面搭着一件衬衫。领口敞开着,头发也披散着——就像将近一个世纪之前阿纳斯塔西娅在深夜溜进厨房的样子。我(绅士地)从娜斯佳手里接过背包,看到她肩头留下了一道红色的压痕,周围有些隐约可见的雀斑。或许当年的阿纳斯塔西娅身上也有过这样的斑点——可惜我没见过她赤裸的肩膀。不对,就在前天我还见过。

我们走进地铁站,娜斯佳买了两个地铁币。

"我从没坐过地铁……"

"这不算多大的损失。"

一条流动的楼梯送我们下到站台,坐上一列地下列车,再下车,换乘,然后就到了目的地——这就是我第一次坐地铁的

---

① 圣彼得堡的体育馆地铁站设在彼得格勒岛通往瓦西里岛的桥边,过桥就是瓦西里岛。

经历。没坐过地铁似乎的确不算什么大损失。四面八方咋咋呼呼不停播放广告的大喇叭尤其令我烦躁。海报看腻了可以扭头不看，但声音要怎么躲开呢？我不禁捂住耳朵，惹得娜斯佳大笑起来。

离开地铁，我们来到一条混凝土小路上。这是我第一次用自己的双腿丈量这段路途。左手边是一排没上漆的车库，右边是一行行小白桦。在这片铺满轮胎印的干涸土地上，这些脏兮兮的小白桦并不好看。它们活着就是受罪。那副可怜的媚态比车库门上的锈迹还要凄凉：至少车库没有强颜欢笑。这是我从未见过的彼得堡。走了大约二十分钟后，医院大楼出现在我们眼前。

阿纳斯塔西娅被收拾得干净齐整，但一如既往地面无表情。她偶尔微微睁开眼，仿佛就要开口说话了，但终究什么也没说出来。从她干瘪的唇间流出的只有艰涩的呼吸。我们刚到那儿的时候（病房里回荡着金属和玻璃在托盘里相撞的清脆声响）还有个护士在忙活，但她不一会儿就离开了。我们坐在阿纳斯塔西娅左手边的椅子上。我牵起她的手，轻轻握了握。阿纳斯塔西娅睁开眼，很快又合上了。她的手留在我掌心里。我的手指轻轻插进她的指缝，十指相扣——我们过去总爱这么牵手。

每天早上，确定其他人都出门以后，我就会溜进她的房间坐在她床边。她当然能听见我进来搬动椅子的声音，我也看见她的眼皮在轻微抖动。我们都心知肚明，她已经醒了，但我们都万分珍惜她那双湛蓝的眸子睁开前的这一刻。我们都希望她睁开眼看见的第一个人就是我。我俯身亲吻她的眼睛，双唇拂过她的睫毛。阿纳斯塔西娅从被子里面伸出手，半睡半醒一般慢慢把手伸向我的方向。她那只血管分明的瘦削的小手，像一条寄居于床榻的青蛇。我们的手指合二为一，紧紧相扣——甚至紧握到生疼，只有大拇指还能自由活动。尽管疼痛，或许正是出于疼痛，我用仅剩的这根手指轻轻摩挲起阿纳斯塔西娅的小手。

"奶奶说过，全部灾祸都始于一个叫扎列茨基的人，"娜斯佳轻声说，"所有悲剧都是因他的告发而起。"

"也可以这么说……"

我感觉到了她的目光。

"难道还有别的原因？"

"不排除另一种可能，祸端早在那之前就埋下了。只是不知道具体什么时候埋下的。"

在去地铁的路上，娜斯佳牵起了我的手。我很高兴。

周四

今天我和娜斯佳照例在体育馆地铁站碰面，一起去了医院。我忘了戴眼镜，在地铁里被人认出来了。他们找我要签名，甚至叫我一次多签几个。我们赶紧在最近的一站下了车，我在包里翻找了半天，总算找出了眼镜。到达医院时，电视台的人已经恭候多时，娜斯佳大老远就发现了他们。我赶紧摘下眼镜，以免暴露自己的伪装。我们从一大帮记者中间穿过，我全程一言不发。我们都走进医院大门了，又有一个举着话筒的黑发姑娘迎面而来。我本可以和之前一样目不斜视地走过去。但她脸上的某种东西吸引了我。

"您和从前一样爱她吗?"她问道。

没错,她有一张漂亮的小脸。长了一张这样的脸,自然只能提出这样的问题。那些站在外面的记者也冲进了接待室,将我们团团围住。

"我爱她。"

和从前一样吗?

周五

醒来后我才发现自己病了。关节钻心地疼痛,颧骨像碎了一样。眼睛泪汪汪的。我给盖格尔打了个电话,说我可能感冒了。盖格尔觉得的确是流感。他没让我出门去找他。大约四十分钟后,他带着药来了。

"很明显,"他告诉我,"您的地铁探险该到此为止了,因为您对现代病毒还没有免疫力。不过这也是您必经的阶段。最主要的是暂时别去医院——这对您和阿纳斯塔西娅都很危险。甚至对她来说可能更危险。"

我还没有免疫力,而她显然是有的。盖格尔走后,我想给娜斯佳打个电话,但她没在家。我在老时间来到教堂旁的地铁站。娜斯佳果然站在那儿等我,我踉跄着走向她,甚至侧身捂着嘴。她老远就看见了我,有些惊讶地看我走过去。她用大拇指把一缕头发撩到耳后(动作有些犹疑)。走到离她两三步的地方我就停了下来,给她解释了情况。她明白了,和我约定回家通电话。

迎接我回家的只有孤寂。早上盖格尔的造访不算数：他对我的关心只是出于医生的职责。没错，他出于本职的要求，对我尽职尽责，甚至像个朋友，但那和我坐在阿纳斯塔西娅床边照顾她的心情无法相比。我甚至躺在她身边，给她读《鲁滨孙漂流记》，她则会拉着我的手。现在，我们穿越整个永恒再度相见，双手重新交织。阿纳斯塔西娅和当年一样，躺在床上，生着病。没错，她的病（是病吗？）不同了，毕竟阿纳斯塔西娅也变了。变了不少。

但光是她存在这件事情，就让我轻松了许多。她在这颗星球上的存在，就证明我过去的人生不是痴人说梦。躺在床上，我可以闭上眼幻想着此刻阿纳斯塔西娅走到我身边，拉起我的手，与我分享她微凉的体温。也可以想象她从病床上坐起来，来到我的房间里牵起我的手。人只要活着，就没什么不可能——只有死亡会扼杀一切。况且即使死亡，也不一定能扼杀所有可能。

周日

昨天一整天我都头昏脑涨。盖格尔忧心忡忡——他没料到我的流感如此严重。

"这是你在为几十年无病无灾的生活付出代价，"他对我说，"得有个适应过程。"

棒极了……

护士每天上门三趟。来的不是安吉拉，而是一个无聊的老阿姨，简直是病人梦寐以求的护士。她给我量体温，喂药。偶尔打针。盖格尔不停地给我打电话（每次我都能听见他在电话那头用蚊子样的声音唉声叹气）。他现在成了每晚必来的常客。

我上一次生病还是在岛上——那儿的医疗条件和这儿比自然天差地别。晚上我在医师那儿量了体温——39.5度。

"求求您给我开张假条吧，"我祈求道，"让我明天休息一天。"

"不行，"他答道，"病假名额用完了。你就挑点儿轻松的活儿干吧。既然都烧到39.5度了，我帮你求求情。"

早上我竭尽全力才从床上爬起来，棚屋里昏暗的灯泡在眼前影影绰绰。天还黑着，十一月，五个小时以后才会日出——可这里的太阳是什么样的呢？可能还不如那只灯泡。派班的时候，我简直不敢相信自己的耳朵：我的任务是挖沟。我连走路的力气都没有，甚至没有力气反抗。我感觉糟透了，尽管可能还不及伤寒严重。

我站在齐膝深的水中。草鞋从套鞋里滑了出来，但穿着草鞋行动更加艰难，所以下沟作业前都会把它脱掉。双腿冰冷彻骨，可身体的其他部分都在发烫：烫得离奇，我几乎觉得自己能把腿边的冰水烧开。我一步一滑地在泥泞的沼泽地里跟跟跄跄地往前走，一铲一铲把沼泥甩出去。泥浆啪嗒啪嗒地落在外面的地面上，仿佛在和自己的巢穴告别。一铲一铲，稀泥如黑色黏液般流淌。我再也坚持不下去了，一头栽倒在沟旁。

沃罗宁。我看见沃罗宁拎着左轮手枪走过来，但我连动弹一下的力气都没有。他大概马上就会朝我开枪。对我来说这一切很快就要结束了——泥沟、起床号和稀粥。扎列茨基倒是落得轻松——他没有经历过这些糟心事，径直被重物敲碎了脑袋，甚至没感觉到一丝痛苦。我却饱受拷问摧残，在"克拉拉·蔡特金号"的船舱里几近窒息，最后筋疲力尽地在泥沟旁死去。只要一声枪响，我就会消失。生病时奶奶给我念的故事，希维尔斯克的别墅，阿纳斯塔西娅，全都会烟消云散。这就是我要随身带走的全部回忆。或许它们最后会在宇宙的一个角落（不一定在我的脑海里）找到避风的港湾，永远留在那里。

沃罗宁狠狠踹了我一脚，我惊讶地发现自己并没感到疼痛。或许是因为我已经与自己的身体失去了联系。这不，他还在踹我……不知谁告诉沃罗宁我病了，他又踹了我一脚。我想要闭上眼，装作晕过去的样子——我为什么还没闭上眼睛？还是说我实际上已经失去意识了？意识清醒的情况下，这些折磨实在难以忍受。

沃罗宁依然我行我素。他转而拳打脚踢地逼迫另一个劳改犯往杯子里撒尿，然后把杯子端到我面前，叫我要么喝下去，要么就去干活儿。接着他把手指放到扳机上，开始倒数……

我会把这段日记交给检察官、警察，或者最高法院——让他们审判沃罗宁的所作所为。我一边写，一边感觉自己的体温往上蹿。脑子里闹哄哄的。我要把他送上末日审判[①]的被告席。但比起欺辱和谋杀他人的罪名，我更想控告他盗用了我心中最珍贵的那个姓氏。彼岸的世界，也会承认每个姓氏自有其特定意义吗？

当时我确实失去了意识。这让我逃过了子弹，我醒来时已

[①] 此处指基督教教义中的"末日审判"，即世界末日之时神会出现，将死者复生并对他们进行裁决。

经躺在了卫生所里。刚刚康复，我就被送去了战斧山[①]上的惩戒牢房，罪名是拒绝劳动。

周一

今天盖格尔告诉我，安吉拉护士不会再来了。合情合理。我心里明白他们送她来我这儿的用意，但不代表我认可他们的做法。我不需要这么艳俗的护士。

周二

今天我发现有个电视台在播放关于我的纪录片。影片由我上次的采访片段剪辑拼接而成。我的采访画面和一些苏联影像剪接在一起，配上了忧伤的背景音乐。音乐声完全盖过了旧影片中的声响和语句，显然制作人认为它们缺乏音乐性。尤其是那些语句。

有人说，不完全的真实就是谎言。那部旧影片之所以虚伪，甚至并非因为它完全是格别乌授意下粉饰太平的无稽之谈——毕竟我在劳改营里从没见过干净的内衣，休息室里也没人看报纸或者下象棋。但索洛韦茨基是有声音的：卫兵闯进棚屋，抓住犯人的头发把他的脑袋咚咚地往床架上抡，直到打累了为止；指甲掐死跳蚤，虫子发出噼啪的爆裂声。那里还有各种气味。被碾死的臭虫有气味。肮脏的身体也有气味——我们每天工作

[①] 索洛韦茨基岛上的制高点。

到筋疲力尽，却几乎没有机会洗澡。这一切又和一股四处弥漫、令人绝望的气息、色彩和声响混杂在一起，深埋在心灵深处感官无法触及的角落。

当然，岛上也有森林的喧嚣，有蕨类植物摇曳的身姿，有松果散发的清香，还有天空。如果圈起手指假装双筒望远镜举在眼前，遮住周遭的环境，便能欺骗自己那不是索洛韦茨基岛的天空，而是一片巴黎或者至少是彼得堡的天空。这些自然的存在尽管不能让我产生改变（未知）命运的希望，但至少证明这个世界仍残存理性——即使人类身上找不到，也可以在自然中找到。这里能听见门扇在风中摇动的吱呀声（先是无精打采地缓缓咿呀，随后砰地来一声振奋的巨响），也能在伐木场上闻到篝火的气味。你看看篝火，又往里添了一块木头，心里仿佛轻松起来。火焰如常燃烧。人类的律法可以推翻，但自然的律法不容更改。

我跟随纪录片的镜头（伴随着象征性的嗒嗒声），辨认出不少地点。我认出了岛上的神圣大门——第一次踏入那扇大门时，我的心脏一阵狠狠发紧。其实我在走下驳船踏上码头的那一刻起就已经进入了劳改营，但直至走进那扇大门，我才意识到自己被关进牢笼的事实。刚才我错把"牢"写成了"灾"①，其实这么写也不赖。我从屏幕上认出了劳改营的管事人，混蛋诺格捷夫。说到混蛋：我似乎还看到沃罗宁的身影在镜头里一闪而过。那真的是他吗？

说回沃罗宁——他现在怎么样了？如果没被烧成灰的话，

---

① 俄语中关进牢笼（заключение）和灾殃（злоключение）写法相近。

大概是一把白骨吧。那时的他全然是一个恐怖的化身,而现在只是屏幕上一个灰蒙蒙的影子。我现在仍叫他混蛋,仍然憎恨着他。只不过如果当初的一切发生在当下,我憎恨的就是现在的他,被揭穿了真面目的他。那么我憎恨的究竟是谁?如果我的憎恨终究只是针对当年的他,那么就意味着他直到现在还没有灰飞烟灭?或许,留在我记忆里的沃罗宁已经成了我的一部分,而我恨的是自己身体里的那个他?

周三

娜斯佳打来电话询问我的身体状况。她的关心让我很是受用。原来我心里一直在默默牵挂她。我转而向她询问阿纳斯塔西娅的情况。我没法称她为"奶奶",虽然娜斯佳一向这么称呼她。她说奶奶一切正常,也就是说没有好转。

娜斯佳说,全部灾祸都始于扎列茨基。但和沃罗宁不同,我对扎列茨基却没有一丝怨恨,只为他感到可怜,或许其中还掺杂了一些蔑视,但可怜终究占了上风。但凡见过他狼吞虎咽地塞下香肠,噎得直翻白眼的样子的人,都只能生出满心怜悯。我已经无从得知他那不灵光的脑子出了什么毛病,为什么要告发教授……到头来最关键的是:他并非天生的食人魔。和沃罗宁那样的人不同。他的惨死是一件可怕的事情。

看完电影,我又接到两通请求采访的电话——我一一回绝了。上电视后的头几个星期,所有采访我都来者不拒。但很快我就发现,记者的问题都大同小异。我开始尽可能用不同的方式回答问题,但情况越来越糟糕。我和盖格尔谈了谈。他说就算重复回答也没什么可羞愧的，名人大多如此，放胆去做就行。照他的理解，如今的媒体建立在广告传播的原理之上——重复次数越多越好。他给我细细解释了一遍这套理论，其中要义便是：受众对新事物的渴望总是比不上对旧事物的依恋。这一点似乎在儿童身上尤为明显，他们总是更愿意重读旧书，而不愿意接触新书。或许正因为如此，我才那么爱看《鲁滨孙漂流记》……但我还是逐渐开始拒绝采访。

周四

今天"冷冻食品"公司给我打了电话。他们想和我签订广告合同。我挂掉了电话。

我照例在电脑上练习打字，敲了几页《鲁滨孙漂流记》的选段。比起打字，我写字的速度还是快得多。

周五

到今天为止，我已经病了整整一周。身体似乎在好转。没有发烧，体温37度左右，但我感觉虚弱得很。盖格尔清早便来了一趟，坚持叫我卧床休息。话说回来，没有他的告诫我也一直卧床在家，因为压根没力气起床。我给他讲了冷冻食品公司的事情，他捧腹大笑。他告诉我，现在是个务实的时代，拒绝之前最好三思。临走时，他再次建议我慎重对待广告邀约，我从他脸上分辨不出这究竟是不是玩笑。

娜斯佳的电话反而加剧了我的孤独。她语带关切，但我猜她的来电完全出于礼貌。我能从她的话音里听出来。可难道我还有什么多余的期待？不，我并非妄想和她有什么特殊关系，不是那个意思。我只是觉得自己身边充满了陌生人。他们各有自己的生活，自己的说话方式、行为模式、思考方式。他们看重的东西也与我不同。倒不是要拿他们拥有的东西跟我的比个孰优孰劣，只是我与他们格格不入。对于现代人来说，我仿佛来自另一片大陆，甚至另一个星球。他们对我充满好奇，像打量博物馆里的展品一样打量我，偏偏不觉得我是他们的同类。

孤独并非总是一种糟糕的感受。在岛上的日子里，我整日梦想着独处。熄灯后，我总是倒头就睡，但在完全陷入梦境前，总会有几分钟处于意识模糊的边界，那是我的幻想时刻。

我把自己想象成沿着海岸线跋涉的鲁滨孙·克鲁索，从我的岛屿来到他的小岛，即使我无法和他易地而处（他有什么理由想来我的小岛？），至少让我代替他在那座天堂般的无人小岛休憩片刻也好。我赤裸着双脚，踏在热带森林里地毯般厚实的绿草地上。那片草地即使酷暑也鲜嫩依旧，即便寒冬也绿意不减，因为那里四季如春。我把硕大似长柄勺的树叶拽到嘴边，心满意足地将盛满其中的夜雨一饮而尽。雨水从摇摇晃晃的叶片上泼洒出来，灌进我的鼻子和眼睛里，飞溅的水珠在空中拧成了一条闪闪发光的发辫。

除了鹦鹉，我没有其他聊天对象，它们也只会对我说些我爱听的话。这里没有强迫劳动，没有凶残的看守，甚至没有那些与我一样被关押、羞辱、虐待的狱友——没有任何不人道的生活方式，也没有目不忍视的惨状。鲁滨孙给周围的一切赋予了人性，让它们成为自己生命的延伸。索洛韦茨基的暴徒摧毁了一切关于文明的记忆,而鲁滨孙却仅凭自己的记忆,在荒芜之地培育出文明的土壤。

周一

我不知在哪里读到,希腊人最初创造的忒弥斯女神是不蒙眼的,手里也没有天平和利剑。我们现在熟知的忒弥斯是继承忒弥斯之位的罗马女法官[①]。罗马人就罗马人,女法官就女法官——总之我喜欢她如今的模样。即便她蒙住了双眼,但我爱看她一手高举天平(尽管我的那个忒弥斯手里已经没了天平),一手执握利剑,爱看她曳地长裙的褶皱和袒露的左胸。少年的我在她面前怎能不心神激荡。

有时我会从架子上取下忒弥斯的雕像,将她放在我的写字台上,轻抚她曲线完美的身体。我将她握在手中,惊讶于她与我的掌心如此贴合:我的手指恰好能嵌进她长裙的褶皱里,她举着天平的手恰好能当作支点卡住我的手掌。我忘情地欣赏着她完美的身体带来的触感。如此想来,或许正是她让我走上了艺术家的道路……

艺术家!这个问题已经在我心头萦绕多时——记忆若隐若现。就像有时你在梦里想起某事,却怎么也不敢相信那是真的。此刻我忽然确信了:我的确曾是一名艺术家……好吧,不能说我曾是,但至少我曾想要成为艺术家。在回想忒弥斯的瞬间,

---

[①] 希腊神话中的忒弥斯是负责维护秩序的女神,手持权杖和托盘。她和宙斯的女儿狄刻是正义的化身,手持利剑追逐罪犯。罗马人后来创造的正义女神朱斯提提亚的造型糅合了希腊神话中忒弥斯、狄刻等多个女神的形象。

"我是什么人"这个问题的答案忽然浮现。它如此清晰地浮现在我的脑海中。忒弥斯。形体。完美。而我——是艺术家,是美术学院的学生。河滨路上的斯芬克斯像。①花瓶,马匹,阿波罗。在纸张上沙沙摩挲的铅笔。为什么我之前没想起来?

我找来铅笔,决定画点什么。比如花瓶或者马匹……但没能画出来。显然,是我激动过头了。尽管已经深夜,我还是给盖格尔打了个电话,对他讲了我的新发现。

"没错,"他说,"您在艺术学院上过学——而且成绩优异。但由于某些众所周知的原因,您没能完成学业。"

听着他没精打采的声音,我意识到自己打断了他的美梦,但并没愧疚,反而有点幸灾乐祸。弄清自己的身份这件事,不仅让我喜悦,还让我生出一丝愤恨。我觉得盖格尔应该早些给我点提示,甚至也照实对他说了我的想法。他(迟疑了一下)答道,他自己也很犹豫到底该不该对我隐瞒,但最终还是决定闭口不提。而我现在自己解开了这个谜团,也证明他的决定是正确的:我生活里最重要的事情,应当由我自己回想起来。

话是这么说。但如果我想不起来呢?

周二

一大早,盖格尔就拎着装满水彩颜料、画纸和画笔的箱子来找我了。看来他还记得我深夜的那通电话。他仔细检查过我

---

① 前文的美术学院当指圣彼得堡的列宾美术学院,1932 年前名为帝国艺术学院。列宾美院的教学楼位于涅瓦河畔,门前能看见涅瓦河畔亚历山大二世时期建造的一对巨型斯芬克斯像。

的身体后,才同意我出门。我立刻给娜斯佳打了个电话。我们在运动场站碰头,一同乘地铁前往医院。阿纳斯塔西娅的状况几乎没有丝毫变化。我说"几乎",是因为这次我们离开前,她半撑起身子叫出了娜斯佳的名字,但眼睛却空洞地盯着天花板,不知到底有没有看见娜斯佳。

返程途中,我提议找个地方吃午饭。我们走出地铁站,来到如今改了名的叶卡捷琳娜运河旁①。娜斯佳带我去了一间能望见喀山大教堂的小餐厅。花岗岩河道横亘在我们与大教堂之间,河水在我们目不可及的河床底部静静流淌。

"顺便把我的菜也点了吧,"我请求道,"我上次下馆子已经是将近一百年前了。"

"也就八十多年吧。"娜斯佳纠正道。

"我这不是开玩笑嘛。"

我们在窗边相对而坐,宏伟的教堂填满了整个窗框。它张牙舞爪地俯瞰着我们,仿佛在提醒我,它曾无数次目睹我和阿纳斯塔西娅手牵手从它脚下走过。我们曾并肩坐在河边的花岗岩阶梯上,即使在夏夜,石阶也渗出丝丝凉意。我脑海中留驻的最后一幅图像,是一个秋日,一张废报纸疯狂地在教堂高高的石柱间飞舞。夕阳的余晖下,报纸仿佛一只中等个头的幽灵,而我和阿纳斯塔西娅只是默默盯着它看。那时候的我们和大教堂都比现在年轻八十岁。

现在教堂又看见了我和娜斯佳。我真想对它说,事情不是

---

① 这里所说的地铁站就是今天的涅瓦大街地铁站,位于涅瓦大街和格里鲍耶多夫运河的交叉口,紧邻喀山大教堂和滴血教堂,是圣彼得堡市中心最重要的地铁站。1923年以前,格里鲍耶多夫运河叫叶卡捷琳娜运河。

它想的那样,但没能说出口。我嘴里塞满了娜斯佳给我点的牛排,但问题不在于牛排——我也不明白自己到底怎么了。我喜欢娜斯佳吗?当然喜欢。和她相处轻松又愉快。这两种感觉我在劳改营从没体会过,更别说之后的几十年了。我是否觉得自己在某种意义上背叛了阿纳斯塔西娅?不,我不这么认为。坐在临窗的餐桌前,这个问题的确忽然扰乱了我的心绪,但回到家后,我渐渐平静了下来。我想明白了,这是个荒谬的问题。

目光落在盖格尔送来的颜料上——他一大早上哪儿买齐这些东西的?莫非不是今天买的?难道他早就买好了,只是等着我想起自己身份的这一天?

周三

用帆布遮挡的橱窗。各类古代雕像的石膏复制品。有米开朗琪罗的《奴隶》《掷铁饼者》,还有古希腊的《擦汗污的运动员》[①],他的头部角度微妙,同时向前和向右侧微伸,这让作画者在使用透视法缩放的时候难度剧增。还有一些基本的几何体:球体、立方体、圆柱体、棱锥、圆锥、六棱柱、三棱柱。以及大卫[②]脸上的零部件:鼻子、眼睛和嘴唇。

昨天我花了大半夜的时间尝试用颜料作画,但一无所获。

---

① 古希腊的知名青铜雕塑,作者为利息普斯。原作已丢失,现存为古罗马时期的大理石复制品。
② 《大卫》也是米开朗琪罗的代表作之一。

周四

我收到一本颇受欢迎的杂志的邀约，请我写一篇关于 1919 年的彼得堡的文章。来得正是时候。画画不顺利，说不定写文章能行？况且他们给的报酬不少，我甚至没料到能有这么多。同时我也提前告知编辑，我不会写任何具体的人或事——那些不用我讲，他们也都知道。我关注的是那些最细微的日常，那些现代人觉得理所当然，不值一提的事情。它们就像背景板般无处不在，但又从不被人书写，最后默默销声匿迹——仿佛历史发生在真空里一样。

他们朝我点点头——写吧，他们说，就写您说的那些。但我已经停不下来，接着滔滔不绝：它们就像留在岩层里的贝壳——千千万万只贝壳躺在海底，贝壳的形状一眼即知，但我们却无法想象它们在岩层之外，在史前阳光照射下的海水里，在摇曳的海藻中的生活。史书不书写海水。您——编辑大笑道——是诗人。不——我借盖格尔之口反驳他们——我是个纪实作家。

周五

我在两个看守的押送下登上战斧山，整个胃部都因恐惧揪成一团。我为自己的胆怯感到羞耻，因为我从没如此害怕过——即使在前往索洛韦茨基的路上都没有。看守的性格都相当冷静，更准确地说，是冷漠，不过以劳改营的标准，冷漠就是至高无上的优秀品质。他们没有催促，几乎没有斥骂我，但也没对我的命运表现出太大兴趣。甚至两人之间都没有交谈。显然,他们也厌倦了劳改营的生活,正在尽量节省体力。集中营不只让囚犯筋疲力尽。

爬上山顶,眼前豁然出现一片令人叹为观止的天地。金黄的树林。湛蓝的湖泊。地平线尽头,是一片铅灰的大海。仔细回想,树林并非金黄得那么纯粹,一丛丛冷杉像青绿色的斑块点缀其中,清晰可见,仿佛有人将两种颜料倒在一起却没有搅匀。我忐忑不安起来。我将此等美景视为死亡的征兆。在我眼里,这般美景只可能在死前出现,作为恩赐让将死之人享受一番前所未见的视觉盛宴。尽管看守们也能欣赏,但他们并没朝那个方向张望。

他们把我带到教堂里的惩戒室门前,拿枪托敲敲门。门里丁零当啷响起开锁的声音——就像童话里的大灰狼在磨牙,仿佛要马上生吞了我一般。他们命令我进去,自己留在了门外。我跨过门槛,回头目送他们离开。我感觉自己像个被父母领到孤儿院的孩子,他们离去的背影在我眼中沉重又孤独。面对近在咫尺的死亡,就连这些看守都恍如亲人。

我被带到教堂二楼,照命令脱了鞋,衣服也脱得只剩下内衣。看到水泥地板,我请求他们不要让我脱掉袜子。但他们只是给我脸上来了一拳。我赤着脚,穿着内裤,满脸血迹地走进自己的新牢房。挨一下揍倒也不错。这让我心里轻松了不少。

周六

今天去见娜斯佳的时候,我提前半小时就到了地铁站。这并非偶然的失误：出门的时候我就已经意识到时间还早。在碰面的地点，我靠在栏杆上暗忖：我这是怎么了——等不及要见她了？我甚至耸了耸肩膀。不，我一定只是不乐意坐在家里傻等。在家里和我作伴的只有一群过去的鬼魂，太可悲了。

我开始观察身边的铺路工如何给车道铺沥青。他们灰头土脸，醉醺醺的，穿着脏兮兮的（原本可能是橙色的）背心，用铲子把滚烫的沥青抛在路面上，再拿滚筒压实。他们的表情狰狞，比当年在圣三一桥上铺木板的工人有过之而无不及。天上下起了小雨，一开始淅淅沥沥，后来渐渐大了起来。雨水落在油光闪闪、热气腾腾的柏油路面，积成一个个水洼。在灰尘和蒸汽的包裹中劳作，真是份地狱般的工作。在这样的雨天，由这些表情狰狞的工人铺成的柏油路，能结实耐用吗？

我老远就认出了娜斯佳——瘦削的她举着一把小雨伞，活像一尊雕像。体态是我（作为一个艺术家）在女人身上最看重的特质。见我已经来了，她加快了脚步，几乎小跑起来，因为我眼看就要淋个透湿。经历过漫长冷冻的人，现在还要被淋湿，实在可怜。她跑过来把伞遮在我头上，然后从口袋里掏出一张手帕纸，给我擦了擦脸——我感到一阵惬意！就在这时，雨停了。娜斯佳抖了抖雨伞，伞立刻像凋零的花瓣一样蜷缩起来。她抓起那把落汤鸡似的雨伞，认真地把它折叠起来的翅膀整理妥帖。

我们下到地铁站里。多亏娜斯佳，我已经掌握了在下行电梯上平衡身体的技巧——只要站在她下面一级，回头面对她就行。她头发上的雨水闪闪发光。雨伞上的水洇湿了纸袋，水痕扩散开来。

"您知道吗，娜斯佳，我想起自己的职业了，"我故意停顿了一下，"我是个艺术家。初出茅庐的艺术家。"

她带着淡淡的好奇看着我。她压根不知道我为了想起这件事花了多长时间。

"那您找到当时的作品了吗？"

我遗憾地摇了摇头。娜斯佳让我转头面向电梯行进的方向站好，和我一起走下电梯。

"没关系，您一定能画出新作品的。不是吗？"

她对我露出微笑。

"我不记得该怎么画画了。娜斯佳，您知道吗，我不记得了⋯⋯"

周日

昨天我花了一整天在脑中构思文章。很轻松，没有任何压力。我可是个艺术家——艺术家，不是历史学家。我不在乎事情的先后顺序，只在乎它们的存在本身。我顺着记忆的线索，写下毫无逻辑的要点。

那个时代没有全新的物件——所有人都穿着旧衣服。那是个艰难时代，这说法听起来甚至有些雅致，是那个时代最受欢迎的箴言。我们深谙度过艰难时代的秘诀：旧衣穿到破，新衣从不穿——即使有也不穿。要变着花样地穿旧衣服。

废报纸不要卖掉，攒起来堆在墙角。工人阶级爱读报纸。这些旧报纸能用来和他们套近乎。

买卖食品务必秘密进行。公开交易是禁止的。

水压不够，自来水到不了高楼层。住在高层的人都把水存在浴缸里。他们浴缸里的水满到快溢出来，自己却在脸盆里洗澡。

还有一个关于衣服的细节：大家的衣服都皱巴巴的，因为天冷的时候只能和衣而睡。

灯开着的时候不如关着的时候多，一天只有两小时送电。人们都用自制煤油灯。

冬天下水管会结冰。所以没人用厕所，而是往院子里的茅房跑——通常是去倒夜壶。但并非家家院子里都有茅房。

电车很少见，往往不得不步行。即使碰上了电车，通常也是人满为患。

还有一个奇观：冬天的烟囱里从不冒烟。那时我们没东西可烧。房子上所有木头的部件都拆成了柴火。房间中间的隔门也拆下来烧了。有一次阿纳斯塔西娅生病，我从看门人那里借了五十块木柴，接下来一个月都在头疼该怎么还回去。最后为了还这笔债，我不得不把祖母的银盐罐抵给他。真可惜。

各式各样的票证。购糖证，面包证。我还凭工卡给自己买了一双胶鞋。

在彼得格勒劳动公社①领煤油，得排上几个小时的队。

人们吃土豆皮做的烙饼。喝胡萝卜茶或桦树茶。说到吃的：一次一匹马死在了海军大街和涅瓦大街的路口，马尸在那儿躺了很久，马屁股上少了一块肉。

1919年最受欢迎的礼物是：火漆、纸、羽毛笔、铅笔。我送了阿纳斯塔西娅一罐糖浆。

---

① 彼得格勒劳动公社是1918—1919年圣彼得堡当局建立的苏维埃机关。

我试图重建那个永远消逝的世界，结果只捕捉到一些可怜的碎片。我还有种感觉——不知道怎么描述才恰当……旧世界里的我们虽然各有不同，甚至常常相互为敌，但回头看却也有相似之处。我们共享过一个时代，这已经算是不小的共性。它将我们紧密联结起来。如今我却感觉自己置身陌生人的包围中，惶惑不安。全是陌生人，除了阿纳斯塔西娅和盖格尔。现在我只有他们两个同伴，而过去我曾拥有整个世界。

周一

今天我问盖格尔，为什么我花了这么长时间才想起来自己曾是个艺术家？以及为什么（说到这里我抬高了嗓门）我现在什么都画不出来？

"这与负责相关功能的大脑区域有关，"盖格尔说，"显然，你解冻后这部分区域的功能没有恢复。"

"但这是我的主业……"

"或许正因为如此，这些细胞才没能复苏，"他沉吟片刻，接着说，"但您文笔不错。换句现在流行的话，上帝给您关了一扇门，但又给您开了一扇窗，您的创造力获得了新的表现渠道。用文字描述各种事物，不就相当于速写吗？"

真是优雅得体的回答。

周二

今天我又想起了战斧山。面对那样的场景，无论是文字还是画笔都苍白无力。什么样的笔才能描绘出那昼夜不分的严寒或饥饿？每个故事都有结局，而在这里，只有骇人的永恒。一个小时过去，身体依旧冰冷，又一个小时，再一个小时，十个小时过去了，人还是瑟瑟发抖。那样的寒冷和饥饿无人能够习以为常。二楼惩戒室里，劳改犯们光着脚，只穿内裤，接受坐杆的刑罚。房间里没有暖气。严禁交谈，严禁活动。长凳高得恰好让脚尖够不着地面。几个小时后，双腿就会肿胀到无法站立。折磨看不见尽头，仿佛一把钝刀子在割肉。要如何才能形容这种痛苦？我可能要花上很长的时间去描写，与受折磨的时间等长。几个小时，几天，甚至几个月。

少有人能在这样的环境里坚持几个月——他们会疯掉，但更常见的是死去。一大早便坐上高高的板凳，用悬空的脚掌感受贴着水泥地吹过的穿堂风。狭窄的木板嵌入臀部的肌肉。等双腿失去知觉，整个身体便开始酸痛难忍，再也坐不下去了。你悄悄地把手掌塞进大腿下面，试图把大腿垫起来，哪怕稍微活动一下也好。

看守在铁门上的小窗口后面死死盯着看。他们一发现你把手掌偷偷塞到屁股下面，抬起膝盖，双腿比身边的人稍稍高出一点，便会拎着一根棍子开门进来劈头盖脸地暴打一顿。你被他们拖上楼梯，扔进"灯笼"里。也就是教堂顶层的灯塔。只是那里没有灯，也没有玻璃。只有山顶那不知停歇、全世界最猛烈的寒风。你抵抗了一阵子便放弃了。时间仿佛也消失了——那线性的无法描述的存在，此刻也无影无踪。你在风的意志下俯首称臣，它会治愈你的伤口，把你带去正确的方向。你飞起来了。

周四

今天在医院里,阿纳斯塔西娅叫出了我的名字,"因诺肯季"。尽管和之前叫出娜斯佳的名字时一样,只是无意识的呼喊,但她总算闪现出片刻的意识,并至少还记得一些人。比如我和娜斯佳。

周五

阿纳斯塔西娅再次叫出了我的名字。

我俯身贴近她,说:

"我在这儿呢,阿纳斯塔西娅。"

我将这句话慢慢地、一字一顿地重复了好几次。

我问她:

"您想跟我说什么?"

她躺在病床上。双目紧闭。呼吸粗重。

她听见我的话了吗?

周六

他长得很像卡尔·马克思,只不过多戴了副眼镜。只见他右手拄着手杖,左手捏着金属教鞭,用教鞭末端的粉笔在黑板上写写画画。他在讲解眼睛的构造。眼球像个苹果,上下两面被眼皮包裹。要将看不见的线条勾勒出来,似有若无地表现出体块结构。

我忽然产生一种想法,或许真正的马克思以及他的许多追随者当了画家会更好。他们可以对着米开朗琪罗的《大卫》速写,用干面包擦去冗余的线条,还可以去普里奥斯写生[①]。那样的话,我想这个世上的苦难会减少许多。作画的人,总是比不画画的人在某种程度上更高尚,更柔软。他们能欣赏并珍惜这个世界的各种样貌。

我与盖格尔分享了这些见解。他撇撇嘴,陷入不置可否的沉默。我直截了当地询问他的看法,他说,这种假设无法验证。他还知道一个举世闻名的大恶人,年轻时也是画家呢[②]。这又如何解释呢?画笔的感化作用毕竟有限。

周一

今天去探望阿纳斯塔西娅只有我一个人。娜斯佳在准备最后一门期末考试。我打电话叫了辆出租车前往医院。坐地铁是不可能的,戴着眼镜也没用,人们还是能轻而易举地认出我来。就连出租车司机也认出了我。他从后视镜里看了我好半天,然后问道:

"不好意思,在冷柜里的时候您会有感觉吗?怎么说呢,会不会有什么欲望?"

"欲望还是有的,就是想被解冻。"

他顿了顿。

---

① 俄国19世纪风景画家列维坦曾在伏尔加河畔小城普里奥斯度过三个夏天,创作出200多幅名画。他的名作《傍晚·金色的普里奥斯》描绘的即是普里奥斯的美景。因此普里奥斯也被视为写生胜地。
② 此处当指希特勒。

"我非常理解。"

阿纳斯塔西娅依旧以沉默回应我,一整天都未发一言。她(布满黄褐色斑点)的手垂在床边。我坐在床边的椅子上,握住她的手。我感觉她的手掌似乎对我有些回应,轻轻回握了一下。或许换了别人的手,她也会有同样的反应吧。那只是单纯的肌肉收缩。

我凑到阿纳斯塔西娅耳边,轻声问她是否还记得我们十指相交的感觉?记得那些前尘往事吗?她的眼睑轻颤了一下,但没有睁开。我对她诉说起我们的回忆——我们如何一同装饰圣诞树,如何从抽屉里拿出礼物,拆开哗哗作响的包装纸。我如何揪出挂饰的吊绳,把它捻开,递给阿纳斯塔西娅。众目睽睽之下,我的指尖划过她的掌心。装饰圣诞树的任务交给了我俩,这给了我可乘之机。

装饰圣诞树是平安夜的事情。第二天早上我去沃罗宁家的时候,整棵树已经焕然一新。(淋了雨水,挂满玩具的)枞树在十二月苍白的阳光下闪闪发光。气窗开着,树上的装饰被风吹动轻轻作响。我握着阿纳斯塔西娅的手悄声说,的确存在一些细微的声音,尽管难得一闻,却世上独有。比如微风里的饰带窸窣作响的声音——饰带轻脆得近似玻璃——阿纳斯塔西娅还记得那声音吗?我是如此珍爱它,如今还时常想起。

我又喃喃自语地对阿纳斯塔西娅说起许多其他珍贵的回忆。比如她曾握着我的手,说想看看我的生命线。她的指腹顺着我手掌上错综复杂的纹路滑动,嘴里喃喃说着什么,我只感觉皮肤上起了鸡皮疙瘩,却听不清她的话,因为耳朵已经罢工了。浑身上下所有感官都集中到掌心,感受着阿纳斯塔西娅的触碰。

后来我研读了自己手掌上的每一个起伏,每一条纹路。最长的那根是生命线。我想知道的是,这条生命线把我冷冻的年岁也算进去了吗?

周四

我在卫生所里醒来。不像过去那间破旧的板房,这是一个整洁明亮的房间。周遭的一切——地板、天花板、桌椅、床铺——全都雪白如新,让我莫名地安定下来,仿佛经历过惩戒室的殴打,我直接进入了天堂。

但这里不是天堂,这里的陈设不像天堂。那把白色维也纳咖啡椅的油漆痕迹很是粗暴,铁床架上留下了油漆滴落后凝结的痕迹——天堂的油漆匠不会这么马虎。整个房间都是纯白的,却很接地气。我从床上探出身子,终于看见了不是白色的物品——一只蓝色的水桶,桶沿上搭着一块棕黄的抹布。桶上用红油漆写着几个大字"拉撒路"①。

房间里其他的装饰也并非纯白。比如地板,实际上是浅咖色。我躺在床上惊讶不已,要知道片刻之前地板在我看来还完全是另一种颜色。而现在不只是色彩回到了我的世界,还有气味。我敢肯定房间里弥漫着一股药物的气味,而那个带着神秘缩写的水桶则散发着漂白剂的味道。我想不论前者还是后者,在天堂里都没有用武之地。

一位护士走进房间,我立刻闭上了眼睛。这是在劳改营养

---

① 此处几个字母均为大写,是后文实验室名称的缩写,又恰好和《圣经》中圣徒拉撒路的名字拼写相同。

成的习惯——假装自己并不在场。一听到有人靠近就立即装死，让自己与黑暗融为一体。我什么也看不见，谁也看不见我。

擦完地，护士便拿着抹布离开了。转而传来一个男人的脚步声。我眯缝着眼，透过睫毛看见一双鞋踩在半干的地板上。我已经不记得上一次在劳改营里见到真正的鞋子是什么时候了。鞋面上是他卷起的裤边。接着眼前纯黑的长裤切换成了纯白的大褂。他弯下腰，叫出了我的名字。

他的到来让我想起盖格尔第一次出现的样子——尽管我大概把顺序弄反了，应该是盖格尔让我想起了这个男人。不过众所周知，时间是双向流动的。总之，我睁开了眼睛。这个陌生的男人注视着我，一言不发。他的小胡子和眼镜颇有教授的派头。我也一言不发，因为该说话的人是他。终于，他开口了：

"因诺肯季·彼得洛维奇，您的首要任务就是尽快康复。"

他这句话让我不禁想问第二个任务是什么，但没问出口。余光瞥到水桶，我问他：

"'拉撒路'是卫生所①的缩写吗？"

"是另一个名称的缩写，"他露出微笑，"'冷冻及再生实验室'——您恐怕未必听说过。"

我听说过吗？可以说听过，也可以说没有。索洛韦茨基岛上有好几座实验室，但它们都神秘莫测——它们从事的研究，甚至它们的名称都是谜团。但其中一个实验室的人——我渐渐回想起来，就是这个实验室——被劳改营的人叫作"拉撒路"。

---

① 俄语中的"卫生所"拼写近似"拉撒路"。

有一次我甚至找个人问了问为什么要叫他们拉撒路，但没有得到回答。

我在码头上见过几次拉撒路们。从驳船上走下来的他们给人一种劳改营里少见的富足感——衣冠楚楚，穿戴齐整，而且一脸从没挨过揍的样子（我在这里掌握了准确辨别那种神情的技能）。和我的同伴不同，拉撒路们穿的不是草鞋而是靴子，就连他们的靴子也是富足的象征。我还记得大索洛韦茨基岛上的拉撒路们都是从安泽尔岛过来的。要离开也是回安泽尔岛①。

"我们现在在安泽尔岛上吗？"我问道。

对方的眼神里透出惊讶。

"是的，在安泽尔岛。"

周六

今天是从娜斯佳的电话铃声开始的。她的电话来得很早，才早上六点。她说刚刚接到医院的通知（我的心猛地一沉），阿纳斯塔西娅恢复意识了。娜斯佳说她马上乘出租车来接我，叫我二十分钟后在大门口等她。我提前十分钟就下了楼。中央大道上行人寥寥，车辆也很稀少。从彼得保罗要塞后面升起的太阳照在屋顶上。这幅场景我似曾相识。

那是1911年初夏的一个早上，我们一起等待前往火车站的马车。太阳、屋顶，还有微凉的晨风都那么相似。我穿着背带短裤，膝盖上冻得起了鸡皮疙瘩。我不停原地跳动，想要暖暖

---

① 索洛韦茨基群岛由大索洛韦茨基岛、大穆萨尔玛岛、安泽尔岛等岛屿构成，安泽尔岛与大索洛韦茨基岛之间有海峡相隔。

身子。说实话我并没觉得多冷，更多的是担忧。我担心等不来马车，那样我们就没法去阿卢什塔了。凉鞋啪嗒啪嗒地拍打着鹅卵石路面。不一会儿，我的脚步声就渐渐被一阵马蹄声盖过。我喃喃自语：幸福，幸福来了！马车到了。

出租车到了。我钻进后座，坐在娜斯佳身边。窗外，交易所大桥和冬宫桥依次掠过①。这不是阿卢什塔的方向，但我感觉总体也是向南：车里比外头暖和。我摇下车窗，把胳膊肘搁在窗框上，手软绵绵地搭在窗边，强劲的风穿过指间——手指像水底的青荇一样无力又忧伤地摇动。我该对阿纳斯塔西娅说什么呢？她又会对我说什么？

在病房门口，我们被护士拦了下来。阿纳斯塔西娅恢复意识后立刻要求护士替她叫一位神父，现在神父正帮她做临终忏悔。大约十分钟后，神父双手举着圣体血②走了出来。随后护士又进屋忙活了一阵子，出来后告诉我们只能待五分钟——阿纳斯塔西娅的时间所剩无几。我看了看娜斯佳，她点了点头。娜斯佳察觉出了我的惊惶，在门口轻轻推了我一把。我打开了房门。

一进门我便遇上了阿纳斯塔西娅的目光。我如同在黑暗中迎着灯盏一样迎着她的目光，小步走向病床。我感觉到娜斯佳的手搭在我的肩头，但她的抚慰无济于事。甚至可以说，有些适得其反。或许我该独自前来的。千言万语都哽在喉头，我一

---

① 交易所大桥是连接瓦西里岛与彼得格勒岛的大桥。这里说明他们的出租车从彼得格勒交易所大桥桥头的地铁站出发，开到瓦西里岛，再经冬宫桥开到主城区。
② 东正教在"领圣体"时的"圣体血"，指葡萄酒和面包。耶稣在最后晚餐时，拿起饼和葡萄酒祝祷后分给门徒说："这是我的身体和血，是为众人免罪而舍弃和流出的。"《哥林多前书》中说，耶稣指示门徒以后应当常这样做，以纪念他。

步步走到她床前，却一句话也说不出来。我单膝跪下，额头贴上阿纳斯塔西娅的手背。我能感觉她把另一只手放在我脑后，几乎轻若无物。她的手和当年一样轻颤着摩挲着我的头发。就像我们还住在中央大道的公寓里的时候，妈妈、沃罗宁教授、甚至扎列茨基都还活着的时候一样。连扎列茨基都还活着。仿佛他们都出门办事去了，我和阿纳斯塔西娅独自留在家里，因为她身体不舒服，我才来看望她。我把额头放在她手心，她轻轻抚摸着我。这一切那么真切，我好像在说话，把自己的白日梦说了出来。他们全在默默听我说——阿纳斯塔西娅、娜斯佳和护士，都在听。忽然，阿纳斯塔西娅打断了众人的沉默。她说出了一个名字：

"扎列茨基。"

她的声音听起来像生锈的铁门在吱呀作响，又像钉子在玻璃上刮擦。这些年过去，她改变最大的甚至不是容貌，而是声音。我抬起头。阿纳斯塔西娅却盯着护士。

"扎列茨基——是我做下的孽。"

护士点点头，但显然是出于礼貌。她不大可能知道扎列茨基是谁。

"你说什么呢，奶奶？"娜斯佳听起来不像知道答案的样子。

"我把他……现在怎么说的来着？我把他做掉了……对，做掉了！就是这么一回事儿，作孽啊。"

"奶奶！"

"这就是你的奶奶。作孽啊……"

阿纳斯塔西娅忽然猛抽一口气，剧烈地咳嗽起来。护士用手掌拍打她的后背，把她扶起来靠在枕头上。她背着阿纳斯塔西娅悄悄对我们打了个手势，叫我们离开。她的谨慎纯属多余，阿纳斯塔西娅已经什么也看不见了。她喘着粗气，双目紧闭，半倚在枕头上。我们只好离开。

没过几分钟，阿纳斯塔西娅就被推出了病房。以医院的标准衡量，病床可以说是在飞驰，但我们还是紧随其后。迎面而来的路人都慌忙靠墙躲避。病床全速冲进抢救室敞开的大门。随后，那扇门就在我们面前关上了。

一小时过去，急救医生走了出来，对我们说，阿纳斯塔西娅陷入了昏迷。我们仍久久站在抢救室门口不愿离开。又过了一会儿，有人给我们搬来两把椅子，我们就在椅子上坐到晚上。十点左右一位护士过来说，根据医院规定，必须请我们回家了。我甚至没意识到已经十点——外面天还很亮。我和娜斯佳心里清楚，这不是规定的问题，只是我俩坐在这儿让人心疼。于是，我们离开了医院。

周日

早上，我们又去了一趟医院。没有任何进展。

晚上，盖格尔打来电话。我才知道，原来昨天是我苏醒半周年纪念日。

请让阿纳斯塔西娅也苏醒过来吧！

周一

一切照旧。对于现在的我们来说，没有消息就是好消息。

周三

从昨天到现在,整整两天我们都在医院度过。我们久久地呆坐在走廊里。他们问我们,左右也进不去抢救室,坐在这里有什么意义?我们说,陪伴本身就是意义。

昨天主任大夫把我们叫去办公室,告诉我们,他的属下已经尽了最大努力。他请我们一起喝白兰地。两口酒下肚,他的脸色泛起潮红,也少了拘束。他说其实已经没有希望了。说完又给我和娜斯佳各递了一张名片——我记得这已经是他第二次给我们发名片。送我们出门时,他整理了一下肩头起皱的白大褂。听娜斯佳说,他白大褂里面那套西装可是价格不菲。可惜扣上大褂以后,那身漂亮的西装被遮得严严实实。白大褂里面的西装让我想起了穆罗姆采夫院士。但除此之外,这位主任医生和院士先生再无任何相似之处。

穆罗姆采夫。他的西装和皮鞋,以及最主要的,他的说话方式,都跟索洛韦茨基岛格格不入。他每天来给我进行一次例行检查——有时候带着主治医生,有时候独自前来。渐渐地我意识到,他对我的兴趣只是部分出自医生的职责,其实很大程度上是针对我个人的。而且我没花太长时间就猜出了这种兴趣。有一次,穆罗姆采夫吩咐护士出去让我们独处,然后,怎么说呢,对我吐露了内情。

在院士拒绝冷冻捷尔任斯基的尸体后(1926 年),冷冻和再生实验室("拉撒路")全体职员都遭到了逮捕,从列宁格勒发配到索洛韦茨基。尽管实验室以人体冷冻技术尚不成熟为由,试图辩白,但无济于事。穆罗姆采夫给党中央写了一封信,详细说明了冷冻大鼠的实验结果和拒绝冷冻捷尔任斯基的原因，也没能力挽狂澜。根据审查穆罗姆采夫的调查员的说法，斯大林亲自在那封信上作了批示，认定院士的决定是完全错误的。批示中要求按照之前冷冻大鼠的手法处理捷尔任斯基的遗体。

不过与此同时，这封关于冷冻技术的信件显然也给斯大林留下了深刻印象。在穆罗姆采夫看来，"拉撒路"的员工们正是因此才幸免于难。他们不仅逃过了处决，还得到了（按照劳改营标准）非常人道的安置条件。来到索洛韦茨基岛后，"拉撒路"的工作人员才得知那份批示的作者显然对他们正在进行的实验有一些个人化的兴趣。尽管并非他所有的敌人都已俯首称臣，但他知道那一天总会到来，到时候就该考虑永垂不朽了。

在斯大林给穆罗姆采夫打来的一通电话里，他明确表现出了这种兴趣。他问院士是否有大鼠从实验中幸存。得到肯定回答后，斯大林提议继续用活人进行实验。院士没料到领导人会对他的学术研究提出指导建议，冒昧提出了反对意见，因为在用溶液取代血液的过程中，试验对象的是死是活并不重要，反正在冻结过程中他的生理机能都会中断，主要是，上哪儿能找到参与试验的活人呢？

斯大林在电话里沉默了片刻。他着实不理解院士为何提出这个问题——劳改营里不有的是活人吗？领导人让院士把电话交给劳改营的负责人，命令他去找几个活人来。负责人将领导人的意思理解为在怪罪他虐待劳改犯，赶紧战战兢兢地保证，一定给院士找几个活人来。当然，事后他没有为虐待犯人受到任何责难。

他们在战斧山的惩戒室里找到了几个活人。在劳改营负责人看来，这些人早已屈服于命运。他们对自己余下的时日没有过高的期待。和其他活人比起来，他们的优点在于愿意主动参加冷冻试验。被选中后，他们就不必再遭受非人的殴打了，否则会干扰试验结果。就这样，他们从战斧山运了几个活人到安泽尔岛上，经过几个月的精心照料后，将他们用于试验。

穆罗姆采夫还讲了许多别的事情（后来他又多次邀我去散步），但渐渐地，我对他的话越来越不在意。我们并肩走在海岸上，我在他停顿的时候点头附和，在他笑起来的时候跟着大笑，脑子里却想着自己的事情。有时我甚至什么也没想，只是呆望着海岸上脏兮兮的泡沫随风飞舞，望着安泽尔岛锋利的礁石将远去的浪花撕裂。我和穆罗姆采夫相处得不错。从某种意义上说，我们也算是共事的同志，但一个无法改变的事实逐渐疏远了我们的关系。那就是穆罗姆采夫能活下去。而我早已做好了赴死的准备。

周五

今天从医院回家的路上，娜斯佳邀请我去她家做客。准确地说，是去阿纳斯塔西娅的家里做客——那是一间离圣母显圣教堂旧址不远的老旧公寓。出乎我意料的是，教堂已经无影无踪。取而代之的是一座地铁站：天上之国败给了地下之城。[1]

---

[1] 圣母显圣教堂是为《圣母显圣》圣像而建，建成于1768年，位于圣彼得堡市中心涅瓦大街和利戈夫斯基运河的交会点。当时教堂旁的利戈夫斯基运河今已成为一条大街，教堂也于1941年被拆除。教堂所在的圣母显圣广场于1918年更名为起义广场，1955年教堂旧址建起了起义广场地铁站，今天的地铁站口还挂着一块纪念教堂的铭牌。

到了她家我才发现，娜斯佳为我的到访精心准备了晚餐。第一道是红菜汤，第二道是红酒炸猪排——美味得令人难以置信。当然，这几个月来我都吃得很好——盖格尔每天命人定时给我送盒饭——但饭盒里的菜终究比不上娜斯佳亲手端上来的热饭热菜。前者是公事公办，后者则充满家常味道……在吃饭的事情上花了这么多笔墨，我都有些不好意思了。

"难道这全是您特地为我准备的？"我问道。

这个"您"字听起来多么愚蠢。她笑了：正是她亲手做的。特地为我准备的。收餐盘时她轻轻碰了碰我的大腿。我和她之间的"您"，没有和阿纳斯塔西娅之间的那种炽热感情。也许是时代变了：过去我们珍视的东西，在今天看来似乎古板又滑稽。我得想个办法对娜斯佳改称"你"了。但怎么做才能不露痕迹？

打量着书架上的藏书，我忽然看见了……那尊忒弥斯像。那尊来自我童年的，举着断裂天平的女神雕像。放着忒弥斯的书架脱颖而出，仿佛飘浮在房间中央。原来我一勺接一勺地吃着娜斯佳做的红菜汤的时候，忒弥斯一直站在我背后。我想伸手，却又收回了手。娜斯佳发现了我的动作。

"这是奶奶的雕像。那个时候留下的老物件没几样了，这是其中之一。您认出来了吗？"

忒弥斯旁摆着我的照片。想必阿纳斯塔西娅继承了我母亲的遗产。话说回来，我的母亲还能把遗物托付给谁呢？那张照片是父亲去世前不久给我拍的。

希维尔斯克，1917年，我抱着胳膊倚在桥栏上，应父亲的要求目视远方。脚下是湍急的奥列杰日河，水草在水流里飘摇。看得久了，便会产生一种错觉，仿佛它们全是顺水游动的河蛇

（有这种蛇吗？）。身边弥漫着河水和松树的清香，森林深处传来杜鹃鸟低沉的啼鸣。

"为什么要看远方？"我对父亲说，"这多不自然，好像我假装没看见你的镜头似的。"

"不，"躲在三脚架后面的父亲说，"这象征着对永恒的展望，因为相机能捕捉到你的现在和过去，可能还有未来。对现实的讥讽是有裨益，但有时候，"父亲站直身子，若有所思地盯着我说，"也不用羞于表达悲悯，因为嘲讽的作用总是有限，它无法反映崇高的事物。"

随后爸爸架起相机，让我也给他拍一张站在小桥上眺望远方的照片。毫无疑问，他的目光中比我的包含了更多永恒。那一天，距离父亲走入永恒只剩下几周时间。在华沙车站，命运已布好了它的棋局。

周六

而我走入永恒前的最后一段旅程，应该是在索洛韦茨基群岛。在和穆罗姆采夫的谈话中，我逐渐明白自己在试验后并没有生还的机会。散步的时候他总是一如既往地友善，尽管他对我并没有私人的兴趣——更像是想对这次的冷冻的对象有个大概的了解。

得知我是个虔诚的信徒后，院士对我说，同意接受冻结手术并不算自杀。我要是返回战斧山才更像是自杀。

"您一共只有两条路可走，"穆罗姆采夫的口气波澜不惊，"而且两条路似乎都通向死亡。"

他至少很坦诚。我耸了耸肩:

"人生每条路的尽头都是死亡。"

"如果您决定当个拉撒路,就能舒舒服服地过上几个月好日子。在我看来,死也要死得体体面面,酒足饭饱。不过说到底,决定权还是在您。"

于是我做出了自己的决定。我成了一个拉撒路。

周日

阿纳斯塔西娅死了。我乘车赶往医院和娜斯佳会合。

阿纳斯塔西娅死了。

周一

今天我们一直在筹备葬礼,这让我稍稍从她的死亡带来的悲痛中抽离了一会儿。在我们忙着下订单、谈后事的过程中,我恍惚觉得阿纳斯塔西娅尽管已经不在了,但也没有完全离去。她参与着所有围绕她展开的讨论,只是一言不发。

昨天还发生了一件与阿纳斯塔西娅有千丝万缕联系的事情。离开医院后(我们赶到时阿纳斯塔西娅的遗体已经不在病房了),我们准备回家。娜斯佳担心我的状况,提议送送我。我确实有些力不能支。阿纳斯塔西娅的离去是意料之中,一个自然而然的结果,在娜斯佳身上它只唤起了浅浅的忧伤,却对我产生了截然不同的影响。

我浑身发抖。仿佛声带不听使唤一样,我语无伦次地狂呼乱叫，不时还发出公鸡似的啼鸣。走出医院大门时我仿佛稍稍平静了一点，但坐上出租车后，我忽然又失去了控制，对着司机大喊大叫起来。最令人称奇的是，我对自己的每个举动都记得一清二楚——甚至和司机的争执都记得，心里还暗想，一会儿我要为此羞不可当了。

回到家，我瘫在扶手椅里失声痛哭起来。阿纳斯塔西娅走了，带走了连接我与前世的最后一根线索。娜斯佳坐在椅子扶手上。我感觉到她把手放在了我头顶。我抓起她的手，轻吻她的手背。一次又一次地亲吻。娜斯佳轻轻抽出了手：

"别这样。您要的只是她，对吧？"

我忽然心里一紧，生怕连娜斯佳也要失去。

"如果您是她就好了。"

我们的初夜就这样发生了。进入娜斯佳的那一刻，我就笃定地知道，她今天必定会怀孕。清醒的意识撕下了笼罩在真实感受上的迷雾，让它们尖锐得难以忍受，刺穿我的身体，把我撕成碎片，一片片洒落到她的身上，我不禁狂喊出声。那一刻，我已经难以分辨面前究竟是娜斯佳还是阿纳斯塔西娅。我和她再也不是互称为"您"的关系了。

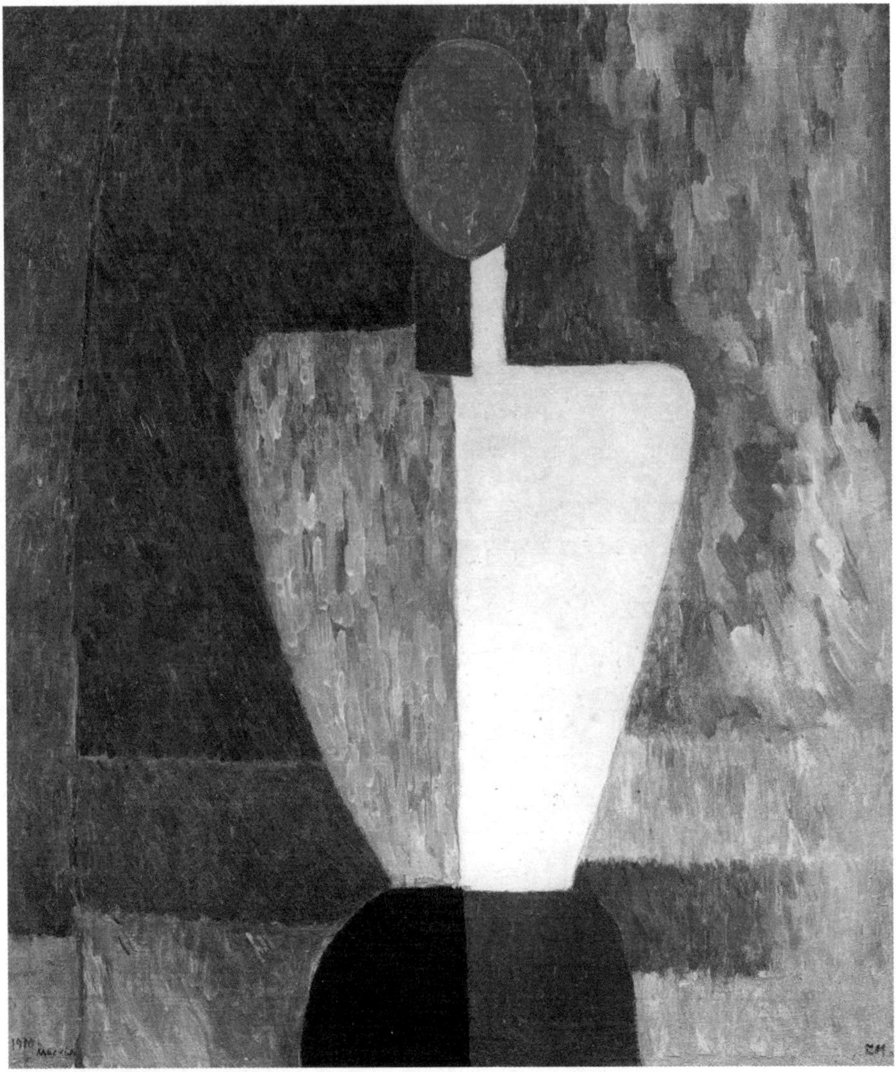

第二部

周五〔盖格尔〕

几天前,因诺肯季仿佛不经意地告诉我,他已经有两个星期没有写日记了。

我当然知道他没写。只不过不是两个星期,而是近一个月。但就像我们欧洲人的一个老笑话里说的那样,"谁会给您掐着算呢?"[①]

我还是没忍住,指出了他已经一个月没写日记的事实。他回敬了我一句"德国佬",哈!紧接着他又笑着补充道,在他那儿这个词算是赞美。我也笑了,他紧接着说,abgemacht[②]。我说,那我就当它是赞美了。

总而言之,重点是我没有放过这个话题,继续说服他接着写日记。为此我不得不保证娜斯佳也会跟他一块儿写。我也会。不然,按照因诺肯季的说法,他就会觉得自己活像一只试验用的小白鼠。原来是这个缘故……

没办法,只好大家一块儿写——我们先在各自的电脑上写作。然后再把内容整合起来。

---

① 笑话大意是一个女主人端来蛋糕招待客人,一位客人说"谢谢,我已经吃过一块了",女主人说,"就算您吃了四块又怎么样,谁会给您掐着算呢?"此处盖格尔调侃自己不会强求因诺肯季的日记数量。
② 德语,意为"就这么定了"。——作者注

我莫名相信，对因诺肯季而言写作是件愉悦的事情，可以当作绘画的替代品，弥补他失去的乐趣。他暂时的停笔，只是因为眼下生活对他来说比创作更重要。

我的情况则截然不同。我既笨嘴拙舌，又不擅文辞。既不讲究生活情趣，也缺乏创作能力——满脑子都是科学研究。所有我笔下和因诺肯季有关的内容，基本都可以放进观察日志。

也许，并非全部？

周五［娜斯佳］

每个人都要写日记！刚开始这个主意让我觉得很奇怪，但转念一想，为什么不呢？这种三人日记的形式本身就很有意思。

第一件我要写的事情，当然是最要紧的重磅消息，我怀孕了！我猜是在我跟普拉东诺夫第一次过夜时中招的。他那晚的状态甚至有些让我害怕。中间有那么一两次，我都以为他失去了意识。我明白，他对我怀着双重的爱意，一份是对奶奶的，一份是对我的。这并不让我觉得困扰。甚至恰恰相反。

让我困扰和担忧的却是一件小事——那不是我的初夜。对现代人而言这个问题不足挂齿，但对我的爱人来说却非比寻常。我们共度的第一个夜晚，他把对我的称呼改成了"你"，但对奶奶，他直到最后都没有改变称呼。盖格尔在谈到普拉东诺夫时曾引用过蒲宁[1]的说法，说他是"现世的局外人"[2]。在过去的时

---

[1] 伊凡·亚历克塞维奇·蒲宁（1870—1953），俄国作家，俄罗斯首位诺贝尔文学奖获得者，代表作为《安东诺夫卡苹果》《米佳的爱情》等。
[2] 出自蒲宁1914年的短篇小说《圣徒》。文中的主人公阿尔谢尼奇给孩子们讲圣徒的故事时称自己是"现世的局外人"。

代,女孩的贞洁事关重大——绝不可轻易失去!尽管我这位礼貌的朋友压根没有问及此事。但我还是看出了,或者说觉出了他的介意。

自从我跟着他搬进中央大街的公寓后,他每天对我说的都是甜言蜜语。当然,我早就猜出了他对我的感觉,但那时候他什么都不能跟我讲。现在,他开口了。我也坦白了,因为我很爱他。普拉东沙[①]聪明又温柔。而且,他在床上的表现也很棒:根本看不出是个被冷冻过的小伙子。他真的很棒,我常跟他强调这一点。他总是报以微笑。灿烂的微笑。

亲爱的,尽情微笑吧!

周六〔因诺肯季〕

继续创作我的生活手记。准确地说,这些已经不能算是手记。因为现在必须在电脑上写作,于是我提出了一种新的表述,"刻记"。我把这个提法告诉盖格尔和娜斯佳,他们只是意兴阑珊地点了点头。看来他们不喜欢,很不喜欢。觉得不好听。说实在的,我也有同感,但没有流露出来,想借此试探一下朋友们的耐心。

目前为止,他们还能耐住性子。盖格尔沉浸在看到我再度(用前工业时代的说法)挥毫的喜悦中——算起来,我竟足足一个月没有写东西了。我不知为何厌倦了自己以前写的玩意儿,想要就此放弃,经盖格尔敦促才重新捡起来。实话实说,我不太情愿。

---

① 普拉东诺夫的爱称。

盖格尔一再用来说服我的理由是，日记是一种古老的体裁，符合我的天性。因为我，借蒲宁的话说，是"现世的局外人"。既然已经顺畅地写了半年日记了，为什么不继续下去呢？他以前就提起过"现世"这个表达。这个词语如此响亮，深深刻在了我脑海里。说老实话，我只读过蒲宁的早期作品，不记得见过任何类似的表述，但我理解盖格尔的苦心。对他来说，把我大脑中发生的一切事无巨细地记录下来至关重要。那对我来说呢？正如盖格尔所说，我已经写了整整半年，难道这还不够吗？

我对他解释说，这些手记让我感觉自己与其他人格格不入，只是个试验对象，活像只小白鼠。与此同时我却还要融入新生活，何况（想到这里我尴尬得咯咯一笑）——现在我有了位年轻的妻子，晚上忙得没时间写东西。盖格尔反驳道，小白鼠不会写日记，而且也没人（他瞥了娜斯佳一眼）妨碍我融入新生活。直说吧，他的态度非常坚决。

盖格尔继续劝我，他说我的康复进程必须符合科学规律。至于我觉得自己像小白鼠的问题，他提出的解决方案就是把我、娜斯佳和他自己放在平等的地位上。他认为，如此一来，我的日常生活便会以三重视角立体呈现。三人一同写日记这个办法，应当能抚慰我的心情，不再让我感觉自己是个特例。总之，我被盖格尔说服了。

最后，还有个重要消息：娜斯佳怀孕了。

周一〔盖格尔〕

我很好奇，因诺肯季是怎么看待娜斯佳的？她进入他的生活时，我并不在场。在我看来，她的入场称得上成功。真正美好的事情不能人为安排，只能自然而然地发生。

就说娜斯佳吧。首先可以肯定，娜斯佳是爱他的。而且是爱他的全部，甚至包括他对阿纳斯塔西娅的感情，包括他在劳改营的经历，也包括他如今的声名。

在我看来，娜斯佳的主要注意力都在因诺肯季的名声上。她全身心地沉浸在这份光辉中。情有可原：娜斯佳毕竟还很年轻。

但娜斯佳并不笨。对因诺肯季这类人来说，这一点十分关键。而且她情感丰沛。也许过分情绪化会招人厌烦，但放在娜斯佳身上就成了她的特色，或者莫如说是优势。她正是用这份活力把因诺肯季拽进了自己的新时代。

俄罗斯女性都出奇地富有生命力。我作为一个德国佬非常喜欢她们这一点。

娜斯佳还格外地现实。既不是吝啬惜财，也不是sparsam[①]——而是实用主义。刚才说到我是个德国人，我所说的这种品质自然也是相当德国的。实用主义体现在她的一言一行之中。

例如我们在街上碰到一个卖西瓜的摊贩。自然而然地，因诺肯季想买个西瓜。娜斯佳则会告诉他，旁边超市里的西瓜更好，也更便宜。关键在于，因诺肯季就想在此时此地买西瓜。他喜欢任生活的丰富画卷随机展开。而特地上超市买西瓜——不好意思——就变味了。逛小摊是偶然的拾趣，去超市则是精

---

① 德语，意为"精打细算"。——作者注

明的盘算。

娜斯佳的实用主义没什么坏处,只是和她的年纪和气质有些不符。这份理性是怎么与她丰沛的感情共存的呢?

也许,这便是新时代的风格?这是个充满律师和经济学家的时代。

那么我们不禁要问,梦想去了哪里?

自由的飞行又去了哪里?

周二 [因诺肯季]

阿纳斯塔西娅去世的时候我问过自己,我和娜斯佳的关系是否属于背叛。我说的背叛不是基于男女关系,而是基于人性的裁定。开诚布公地说,这个问题早在阿纳斯塔西娅去世、我和娜斯佳发生关系前就出现了,只不过我不敢深想。甚至暗自偷想都不敢。因为我已经猜到了事态的走向。即使问题已经摆在眼前,尽管已经无法再拖延下去,在阿纳斯塔西娅去世后的头几个星期里,我还是不敢给出答案。

难以付诸行动的事,有时诉之笔端会容易许多。照我目前的情况,应该说录进电脑里要容易得多。所以如果现在有人问,我和娜斯佳的同居生活是否属于对阿纳斯塔西娅的背叛,我会给出一个坚定的回答:不是。

支持这个回答最有力的证据,就是娜斯佳的怀孕。我和阿纳斯塔西娅本应有一个孩子,但那已经不可能了。娜斯佳是阿纳斯塔西娅的骨肉,意味着某种程度上,我和她未来的孩子也是我和阿纳斯塔西娅的骨肉。如果不是那段历史,那么现在的娜斯佳会是我和阿纳斯塔西娅的孙女。可我们经历的一切都是历史造成的吗？能把所有事情都一股脑塞给它吗？

我发现如今的俄罗斯人爱上了一句箴言，"历史没有如果"。跟我生活的时代一样，如今箴言依然层出不穷，有的用得恰到好处，有的牛头不对马嘴。要知道，历史是没有如果的……或许的确没有，即便有，也不过是假装把第二次机会放在你面前。这可以说是历史重演，但同时又不是往事的简单复现。

否则，怎么解释命运给我再活一次的机会？直言不讳地说，这称得上是复活吧？又怎么解释阿纳斯塔西娅挨过了那么多艰难险阻，一直活到与我重逢的这一天？怎么解释我与娜斯佳的相遇和相爱？所有的这些难道纯粹是孤立事件抑或巧合吗？当然不是。我和娜斯佳（以及阿纳斯塔西娅！）的遭遇，都是一幅巨大拼图中的组成部分。当所有的巧合事件拼凑成一幅完整的图景，它便自然获得了合理性。

我还是无法独自前往阿纳斯塔西娅的墓地祭拜。我害怕反复回想起她已离去的事实。

周三〔因诺肯季〕

生活逐渐步入正轨，无论我做什么，日常生活的点点滴滴都渗透着幸福感。事实上，日常本身就是幸福：去任何想去的地方，读任何想读的书……到头来，光是活着就是幸福。当然，最大的幸福来自娜斯佳和她腹中的孩子。每天晚上和娜斯佳并肩坐在沙发上时，我总忍不住抚摸她的肚子。她的腹部已经有了细微的变化。但娜斯佳却说那些我看来明显的迹象不过是我的臆想。好吧,她说了算,毕竟她的肚子她自己最清楚。

我没法不去想这小家伙,我刚才写的是"小家伙"①,好像暗示他是个男孩。但并非如此。实际上我更想要个女孩。她的名字可以顺着阿纳斯塔西娅、娜斯佳的思路取……只是我没想好她该叫什么。全家用同一个名字可不太方便。②

周三〔娜斯佳〕

孩子是普拉东沙最爱谈论的话题。我有些意外……一个男人身上哪来如此强烈的母性?可能称之为父性更对,但总感觉有些不顺口。一到晚上他就开始摸我的肚子,弄得我发痒。他问为什么他一碰我就绷紧身体。我耸耸肩,其实我知道原因:因为我怕痒得笑出来会惹他不高兴。我还担心自己会放屁。怀孕以来我一直被胃胀气折磨,尤其是在晚饭以后。我的肚子变大多半是胀气的缘故,但我的普拉东诺夫坚持觉得那是孩子长大的缘故。

我们最近在商量是住在我家还是普拉东诺夫家比较好。最后决定选择后者。这个决定是我和盖格尔作出的,亲爱的普拉东诺夫压根没有插手。盖格尔的理由是刚解冻的人最好待在熟悉的环境里。在冷冻人的问题上他才是专家,最好别跟他争论。当然这件事也没必要争论:中央大街的公寓条件更好,也更方便。我们打算把我原本的房子出租出去,何必空放着呢?尽管盖格尔已经为普拉东沙争取到了国家补贴,但现在看来,光靠

---

① 此处的"小家伙"用的是阳性。
② 娜斯佳是阿纳斯塔西娅的昵称,实际上是一个名字。

一点补贴并不足以支撑我们的生活。不知为何我们国家的补贴总是给得有气无力。

接下来普拉东诺夫会有很多新开销,他可是我们家的大名人,很快就会变成社交明星——现在谁不想认识他呀。但我希望他能变得更好,成为一个真正的风流人物,而不是珍宝馆里的展品。我和孩子只要做他的家属就好,别无他求。

周四〔盖格尔〕

我读到一个说法,日期属于线性时间,而星期属于循环时间。

线性时间是历史性的,而循环时间则是一个闭环。甚至不算是时间。

可以把它称为,永恒。

原来我们三人叙述的历史不会流向任何方向。也就是最可靠的历史。

或许甚至不是历史。

周五〔因诺肯季〕

"马克斯"是我们的素描老师。他相貌堂堂,长得和《资本论》的作者惊人相似。作为绘画专业教授,他不可能没发觉这一点。难道他指望自己这张脸孔能让新生的政权望而生畏?他的造型是个玩笑,还是某种抗议?我怎么也想不起他的名字,为什么不干脆叫他马克斯呢?

他摇摇晃晃地在画架间穿梭,把拼花地板踩得嘎吱作响,用肥嘟嘟的手指捋着下巴上的胡子,口中道:"图形浮在纸上。必须从全局出发处理形状,在其中建立一个世界。"

"建立一个世界"。他的声音含混而低沉。仿佛有另一个灵魂在他体内操控这具身躯。

周六〔盖格尔〕

今天我去拜访了普拉东诺夫夫妇。尽管他们还未正式成婚,但我决定今后就这样称呼他们。这称呼无可挑剔,尤其是里面还暗含"柏拉图"①,平添一股睿智。

这对夫妇是否真的具有柏拉图式的智慧呢?某种程度上说是的。因诺肯季的智慧来自他复杂的生活现状和过去经历的种种磨难。娜斯佳的智慧则是与生俱来。

并不是说娜斯佳是个智者,这样评价一位姑娘有点滑稽。我的意思是她把他们的同居生活安排得井井有条,很有女性的智慧。

智慧往往首先来自经历,当然是那些被充分理解吸收的经历。如果无法吸取教训,那么多少鼻青脸肿的经验都没有意义。

我一说出自己的观点,因诺肯季立刻反驳了起来,他认为人不一定非得撞得鼻青脸肿才能吸取教训。作为一个背负着沉重过往的人,他的话拥有毋庸置疑的分量。但我只是不明白,

---

① 普拉东诺夫(Платонов)的俄语拼写中包含了古希腊哲学家柏拉图(Платон)的名字。

没有跌撞,该拿什么反思呢?因诺肯季最终也没给出解释,我也不打算追问。

闲谈过后,我们享用了一顿美味晚餐——而且是烛光晚餐。烛台是娜斯佳从家里带过来的。她说这是奶奶留下的老物件,还问因诺肯季有没有认出它们。他回以一个模棱两可的手势。我感觉娜斯佳很希望他能认出来。

他完全可以顺着娜斯佳的意思说。哪怕只是为了表达对这顿盛宴的感谢。

晚饭后,他俩坐在沙发上,我则在扶手椅上坐下。因诺肯季的手一刻都没离开过娜斯佳的肚子。我据此猜测,娜斯佳怀孕了。我半开玩笑地问及此事,他们很严肃地答道:没错,她怀孕了。

我高兴极了。真的。我衷心地祝贺了他们。

在因诺肯季的提议下,我们开始玩洛托游戏[①]。这游戏在他那个时代很流行,现在已经没什么人玩了,但有什么关系呢?何况这游戏又有趣,又闲适。

我边玩边想,因诺肯季比任何人都值得这份闲适。

我还想,如果我是俄罗斯总统,我会要求民众每天晚上都玩洛托游戏。在政府当前可能采取的所有措施中,我觉得这是最明智的一条。

[①] 又称为俄罗斯洛托游戏。每个玩家面前摆 15 个随机数字,每人轮流从一个布袋中抽出带数字的筹码,与谁纸板上的数字相同,便摆在谁的纸板上,先摆满者为胜。也可用图画代替数字,类似"宾果"游戏。16 世纪始于意大利,18 世纪开始在俄罗斯流行,20 世纪在苏联是广为流传的家庭小游戏。

周日〔因诺肯季〕

昨天我们和盖格尔共度了一个美好的夜晚。得知娜斯佳怀孕的消息,他格外振奋。可不是嘛,试验对象又增加了一个,哪个自然科学工作者能不高兴呢?这只是句玩笑话,我和盖格尔的关系首先是普通人之间的情谊,然后才是医患关系。自从我出院后,这一点愈发明显了。他表面上可能有些无聊,但我了解他。他会以自己的方式热心待人。

至于盖格尔对普世真理的热爱,又是另一码事了。准确地说,是对公式的热爱,甚至可以说是对箴言的热爱。例如"喝完咖啡后血压会增高"或是"犯罪必受罚"。但我最近读到一篇文章,说咖啡与血压并没有必然的因果关系。更别说罪与罚的关联了。

不久前盖格尔对我谈到娜斯佳,他认为即便以现在年轻人早熟的程度来衡量,娜斯佳也算是务实得出奇。旁人大概会认为这是一种赞美,但我对盖格尔已经有了一定的了解。在他看来,娜斯佳身上的特质是一种悖论,他并不喜欢悖论,一向敬而远之。我甚至能想象出他用"青春就是天真烂漫"之类的箴言作为开场语的场景。而娜斯佳将浪漫与务实集于一身的能力让他深感不安。

盖格尔是个循规蹈矩的人。他钟爱箴言之类的东西,是因为它们能划定规则,而他从规则中汲取力量(而且是绝对可靠的力量)。但他的弱点也正在于此:他恐惧例外。我敢肯定,盖格尔也明白真正的生活比任何规划都复杂,但他依然重视规则。对他来说,这是事关整个世界有序性的问题。但是在俄罗斯,例外就是唯一的规则，只是盖格尔不理解，或者说不接受这一点。

昨天我们谈到了人生中的磕磕绊绊和鼻青脸肿，盖格尔认为它们似乎能自动催生出经验。准确来讲，他的意思是对伤痛的反思就如同氧化的淤青，会让人吸取教训。但我不这么认为。在我看来，伤痛可能带来经验，也可能不会。拿自己来说，我最主要的人生经验就与伤痛本身没有什么关系。尽管无论从肉体还是精神上来说我都遍体鳞伤。字面意思上的遍体鳞伤。

周一［娜斯佳］

今天我终于谈妥了奶奶房子的租约。过程很快，没有什么争议。我告诉普拉东沙我很克制地没有抬价，作为对我的奖赏，他吻了吻我的鼻子。可他的眼神心不在焉，毕竟他对这些细枝末节的事情向来不甚关心。我用鼻子蹭了蹭他的下巴。

"小傻瓜，你明白吗？这下我们手头就能宽松些了。"

"活着是头等大事，"他答道，"其他的事情都会船到桥头自然直。"

"但要想让船'自然直'，也是需要努力的。"

原来我才是负责养家糊口的那个。我会因此埋怨他吗？才不会呢！要是普拉东沙也把精力放在赚钱上，那才是真正的灾难。我们的关系之所以稳固，正是因为我们性格互补。这才是完美的婚姻。我负责把他的生活安排得舒适妥帖，而他只需要弥补自己在冷冻中错过的时光。

他书不离手。我们的床头总是堆着两摞书，他那头一大摞，我这边一小摞。我昨天翻了翻他的藏书，历史、哲学、文学，应有尽有。非同小可。相比之下我看的书就有些不像样了，都是些侦探小说呀，言情小说①之类的。大多是女性向作品。全是国内作家的书。

我随时可以中断阅读，甚至彻底放下书本，但普拉东沙不行。哎……我真嫉妒那些书本。我钻到他的胳膊下面轻声说：

"因诺肯季·彼得洛维奇先生，您这会儿很忙吗？"

他笑了起来。请求我的原谅。他开始热烈地求爱，我则欲拒还迎地抵挡。事实证明我的吸引力终究比一本甩落在地板上的书要大。那本封面朝天敞开着躺在地板上的书，就这样静静观赏着我们水乳交融，直抵高潮。途中我不经意地瞥了它一眼，与封面上的阿诺德·汤因比②四目交汇。这让我稍稍有些泄气。但最叫我感动的是，没过一会儿普拉东诺夫就从我身上爬过去，捡起书看了起来。就在我写下这些文字的时候，他正在看一本关于苏联征服太空的书。真是令人意想不到的画面。

对了，我大着肚子还这样折腾，会不会出什么问题？得去问问医生。

周二［因诺肯季］

今天我读到一本有关索洛韦茨基的书，提到了凯姆的中转监狱。那正是我最后一次见到表弟谢瓦的地方。这件事我不想细说。

---

① 此处提到的体裁叫作 Lavburger，由弗拉基米尔·别列津 1995 年提出，指女性写的女性向短篇小说，一般是模式化的爱情故事，且都有个大团圆结局。
② 阿诺德·约瑟夫·汤因比（1889—1975），英国著名历史学家。

周三〔盖格尔〕

因诺肯季告诉我他接到了一个自称"什么别尔科夫"的政府人员打来的电话。他们聊了很长时间。

不言而喻,此人正是热尔特科夫,那个家喻户晓(只有因诺肯季不认识)的大人物。他表示可以给因诺肯季提供一切可能的援助,还留下了电话,以便因诺肯季有需要时和他联系。他还承诺来彼得堡的时候定将登门拜访。

Sehr demokratisch.[①]

周三〔娜斯佳〕

热尔特科夫代表政府给我们打了通电话。我敢肯定,是热尔特科夫亲自打来的。他说可以为我们提供一切可能的援助。肯定有人会说,听到"提供一切可能的援助"这句话,就得好好想想了:这很可能是张空头支票。不过我想,热尔特科夫能在我们身上捞到什么好处呢——面对无欲无求的普拉东沙,他能提供什么援助呢?

普拉东诺夫表现得很不错,他在电话里表现得波澜不惊,足够沉着冷静。没有大喜过望,甚至一点儿按捺不住的迹象都没有——平静得如一潭死水。我在他眼前挥了挥手,要他稍微给点反应。但其实心底里,我真为我的普拉东诺夫骄傲——给他打电话的可是国家首脑,他居然还能慢条斯理地应对。真男人。

---

① 德语,意为"十分民主。"——作者注

周四〔因诺肯季〕

盖格尔实际上并没有像我最近形容的那么直率。我说他直率，是因为他说娜斯佳实用主义。意识到我被他的看法冒犯以后，他再也没提起过这事儿。盖格尔，你最好管好嘴巴……尽管我在日记里对某些内容做了夸张处理，但基本如实记载。盖格尔是个聪明细致的人，对某些社会理念深信不疑，他的种种言论都透露出自己的政治倾向，尤其是一些引人注目的宣言。正如我刚才说的，盖格尔对各类社会理念如数家珍。他总是仿佛不经意地提起它们，但我知道他内心对它们颇为看重。

他不明白的是，人们已经厌倦了这些漂亮的宣言，开始充耳不闻。留下的只有零碎的箴言，被扭曲了原意胡乱使用。假使盖格尔生活在那个年代，聪明如他也会跟其他人一样对眼前的现实百思不得其解。在那种环境里，他如何让自己的宣言成为现实呢？

还有他关于人生经验的那些论断——我也翻来覆去思索良久。也许鼻青脸肿的经历的确会让人得到教训，但我相信它并非经验的主要来源。比如小时候，我经常在教堂里看到死者——如果愿意的话，也可以看到尸体上的淤青。但如今回想，这些尸体并没有让我学会敬畏死亡。我仔细地观察尸体，甚至敢于伸手触碰。有一次我还用手抚摸了一个老人的额头，感觉到了他冰冷粗糙的皮肤。妈妈吓坏了，赶紧把我拉开。而我却不明就里。

直到多年以后的成年之际，我才重新发现死亡的真相，并对之感到深深的恐惧。但这不是因为见多了死者，而是由于我的内在发展成熟，形成了自己的逻辑。

周六 [盖格尔]

我们的因诺肯季着实对"人生经验"这个话题入了迷。我们后来又就此有过一次讨论。他说，塑造他的不是劳改营里的经历，而是其他与之毫不相干的事情。比如希维尔斯克的蝈蝈叫和茶炊煮开的气味。

我试图向他解释，人生经验和这些因素也不无关系。归根结底，你受到的任何影响都要基于这些背景发生。但他只是摆摆手，说，蝈蝈和茶炊就是对他产生主要影响的人生经验，不是无关紧要的背景。

"好吧，"我问道，"您承认历史就是由一连串事件构成的吗？"

"我同意，"因诺肯季答道，"问题在于如何定义'事件'。"

看来因诺肯季的历史不单单超越时空。它还有一个特点，那就是由现象而非事件组成。

或者这么说吧：因诺肯季眼中的历史，包括这世间所发生的一切。显然也包括蝈蝈和茶炊。为什么呢？因为不管蝈蝈还是茶炊都传播着宁静与和平。这就是它们的历史角色。

周一 [娜斯佳]

新的一天是从失望开始的。我们的意向租客打电话来，提出要取消租约。我问他们缘由，他们回答说是出于个人原因。

我向普拉东诺夫公民报告了这个情况，但他反应平平。而我则觉得很遗憾。我花了九牛二虎之力才找到一对没有孩子的已婚夫妻——哎呀！现在全都要从头再来了。我忍不住觉得自己倒霉。这让我想起普拉东沙小时候卖玩具的小贩唱的顺口溜"澳洲小人潜海底，为全人类找幸福"。现在我们就需要一个澳洲小人。

巧合的是，就在今晚，我们参加了澳大利亚领事馆的招待会。我头一次参加这样的活动，真有意思。首先出场的是领事，他代表澳大利亚人民向大家表示欢迎。中间还有个人出来讲了一番话，他并不是澳大利亚人，讲话的内容也出人意料：他开始解释对塞尔维亚实施轰炸的必要性。最好笑的是，他长着一双鼓鼓的青蛙眼，说的话听起来也像是小贩那首顺口溜的翻版。

演说结束后是冷餐会。不时有人走到我的普拉东诺夫面前，对他的英雄气概表达赞赏。他放下手上的蛋挞，礼貌地回应他们，并表示自己只是别无选择。我尽情欣赏着自己翩翩有礼的伴侣。但我们直到最后也不明白为何会得到领事馆的邀请。可能今天这里举办的是勇敢者的聚会吧。

周二〔盖格尔〕

因诺肯季变了。他身上已不再有那种对新时代事物的恐惧。实际上，我们的时代，现在也是他的时代了。他已经完全融入了新生活。

他的表现已经不只是自信，而是平静自如。我看他已经完全进入了社交名人的角色。

邀请函纷至沓来，人人都想见到他。我听到他在电话里不住地回复"谢谢……""我得看看我的日程表……"

因诺肯季的确已有日程。那就是娜斯佳。

娜斯佳是最享受这种生活的人。她简直身处极乐世界，毫不掩饰自己的快乐。偶尔想起自己有孕在身，她的脸上亦会倦意难掩。但即便如此，也掩饰不住那种幸福的光辉。

我对此也很高兴。我得多找一些这样的正能量。它们对我的病人来说非常重要。

周四〔因诺肯季〕

在安泽尔的日子，可能是我的索洛韦茨基生涯中唯一一段活得像人的时光。但不能称之为幸福，因为随着时间流逝，我的身体一天天康复，离开人世的日子也就逐渐逼近。我对自己悄声说，祝我忌日快乐，因为无论是我还是其他拉撒路都对冷冻的结果不抱任何幻想。穆罗姆采夫竭尽全力延长我们在安泽尔逗留的时间，但在死亡的结局面前，几个星期的恩赐又有什么意义呢？

我们感觉自己像是圈养的肉畜，唯一的区别是我们知道自己的下场。我们的生活确实也和牲畜一样，依靠麻木不仁的心态，避免堕入绝望。就好像有人把你的头按进水里然后突然松开，这时你只会大口呼吸空气，不会去想接下来的后果。此时此刻，你满心都是重获呼吸自由的欢喜。

穆罗姆采夫为拉撒路们争取到了完全的行动自由。我们持有特别通行证，可以不受限制地在岛上活动。每天（格外丰盛的）早餐后，我便出门散步，穿着羊皮短大衣，戴着狼皮制的帽子，脚上蹬着柔软的军靴，路上常常遇到衣衫褴褛的囚犯推着独轮车，我不久前也是他们中的一员。他们总会沉默地目送我离开：和拉撒路交谈是严令禁止的。最后，我会来到海边，沿着海岸散步。

尽管在岛屿的腹地，尤其是树木茂盛的地方，已经有了积雪，但开阔的海滩上还几乎没有雪花的痕迹，只有些雪块零碎地挂在灌木上，若有若无地彰显着自己的存在，而且这些不起眼的积雪还和沙子混杂在一起，让人难以发觉。安泽尔拥有令人惊叹的沙滩。即使隔着靴子我也能感受到沙粒的柔软，不由得想起南方的海滩：夏日，巴拿马草帽上被汗水浸湿的帽圈和粘在汗湿的手指间的沙砾。

我尽量不去看那片海水，因为它和夏天毫无关系。这里的海从未见过蔚蓝的天空，因此无处去借取相似的色彩。沙地倒完全是夏天的模样。尽管它实际上凉意侵人，但没关系，反正我也没有伸手去感受它的温度。

现在我正读一本关于太空探索的书。原来最先进入太空的动物是两只狗，真有意思。

周五〔盖格尔〕

今天因诺肯季跟一家冷冻食品签署了广告合同。这笔业务能谈下来，要多亏业务员把电话打到了娜斯佳那里。

因诺肯季以前也提起过他们的来电。但他把电话挂断了。换作是我，可能也会挂电话。

但娜斯佳没有。她煞有介事地和对方聊了聊，询问了对方开出的价码，立刻被他们的慷慨深深震撼到了。

从某些方面讲，她是对的。政府拨给因诺肯季的补助完全不敷使用，还总是有一搭没一搭。我不得不在诊所搞起付费咨询业务。这种生意算是灰色地带，但收入可以用来补贴我的病人。

有意思的是，我是从娜斯佳那里听到因诺肯季签订合约的消息的。她不无得意。但因诺肯季对此拒绝置评。是因为觉得尴尬吗？

如果能和冷冻食品公司持续合作下去，我就可以不做付费咨询了。

周五［因诺肯季］

娜斯佳似乎变了。和阿纳斯塔西娅生前相比，现在的她有些不同。每天我都会发现她崭新的一面，这让我感到莫大的满足。

她和阿纳斯塔西娅究竟有多少相似之处呢？

周六［娜斯佳］

下周我们有一场大型记者招待会。我起初以为这次活动是由新闻通讯社发起的，但对方透露说活动由一家蔬菜公司全资赞助。好巧不巧（嘻！）就是那家请普拉东诺夫做广告的公司。太有意思了：这家蔬菜公司不仅给自己的白菜打广告，还热心地给为他们推广白菜的宣传大使做广告。真是考虑周全。

话说回来，我的普拉东诺夫跟他们签订的是系列广告合同。签约后，他们立刻把带他去制片厂拍摄第一支广告短片。他无精打采地拒绝说，自己没穿上电视的衣服，诸如此类，他们却说，不用穿什么衣服，恰恰相反，他需要把衣服脱了。我低声安慰他说，不必担心，他的内衣是新换的。但他的心情似乎并没得到抚慰。

我们来到摄影棚。房间当中立着一只巨大的银色罐子，表面有上百个锃光瓦亮的铆钉。容器的边缘糊了一圈浸满胶水的棉花，模仿冰块的造型，罐子底部喷出气体，模拟氮气制冷的样子。普拉东沙被人扒得只剩下内裤，然后塞进罐子里，只有头和肩膀勉强露出来。画外音问普拉东沙：

"是什么支撑您在这里熬过了几十年漫长岁月？"

他拿出一包冷冻蔬菜，举过头顶：

"靠这个！"

整个摄影棚爆发出一阵狂笑。

我突然为他难过起来。

周日〔盖格尔〕

因诺肯季和娜斯佳向我讲述了拍广告片的过程。

一方面这挺有意思的。另一方面，这支片子也削弱了他命运的悲剧性。尤其是从因诺肯季的角度看。

意思是他在铁罐里的数十年一直靠吃冷冻蔬菜过活。

真是庸俗至极。Schrecklich①！

周一［因诺肯季］

前两天我去拍了一支广告片——娜斯佳跟代理商谈的是系列广告片合同，那是其中第一支。这事儿蠢到不可思议，提起来都叫我尴尬，但对方出手大方至极。我永远想不明白，那种蠢事怎么能赚这么多钱。

最近我读的书大都和我被捕后国内发生的事情有关。当然，我当时也多少从新来的囚犯那儿听到了一些消息，另外还要多谢穆罗姆采夫，他和首都的联系一直没有中断。但我万万没想到恐怖席卷的范围如此之广。

穆罗姆采夫是个直率的人，甚至在某些方面有些过于漫不经心。我总觉得他这种人多亏是在索洛韦茨基，不然肯定惨遭不幸。众所周知，风暴中心反而是最平静的地方。光凭散步的时候穆罗姆采夫跟我说的那些话，都够他在外面被枪决三十次了。不过做好了躺进氮气罐的准备的我同样开始口无遮拦——不只在穆罗姆采夫面前，在其他人面前也是一样。我的言论很可能传到了劳改营管理层的耳朵里，但他们毫无反应。他们清楚，我的所有言论都会跟我一起进入冷库。永不再见天日。

其他拉撒路在营地里则表现得谨小慎微，这让我非常诧异。难道他们真的相信未来自己会被解冻，害怕到时候遭到指控

---

① 德语，意为"可怕，糟糕"。——作者注

吗？他们的畏缩使我感到沮丧。

有时穆罗姆采夫会请我去他的公寓（他有一间单人公寓！）享用白兰地咖啡。他的嘴唇碰到咖啡杯时，那微微抖动的胡梢儿垂得格外低。看得出来，平时它们得到了相当精心的打理。他的腮帮子上也点缀着些许胡须，薄薄的圆形镜片闪闪发光。但他脸上最漂亮的还是下巴上那撮小胡子。他的小胡子和白兰地咖啡让人心生希望。似乎只要世上还有这样的人，那么生活就还有回到正轨的希望。

周二［娜斯佳］

热尔特科夫早上打来电话，被我接到了。准确地说，是他的顾问打来的。一听我说普拉东诺夫不在，热尔特科夫立刻亲自接过了电话，并表示他不在更好。

"我们想和您通个气：为您的丈夫办一场惊喜茶会。我们等到一切安排妥当后再邀请他。"

"您在彼得堡吗？"我问。

"那您呢？"

听筒里传来笑声。我也跟着他笑起来，但更多是出于礼貌。我们约定今晚见面，随后道了别。热尔特科夫是个出类拔萃的男人。幽默风趣，平易近人。照他的说法，因诺肯季·彼得洛维奇早就想办这么一场茶会，就差开口了，现在我们是在帮他实现愿望。这点谎言无伤大雅，甚至让我对他的印象又加了几分——我们毕竟是活生生的人，谁都会偶尔撒点小谎。完美无缺的人就没有人味儿了……

糖果店里有各式东方风味的甜点，我和普拉东沙买了一些馅饼。晚上六点，门铃响起。我们打开家门。打头的是两个（耳后挂着耳机线的）警卫，紧随其后的是几个穿着"北方"糖果店①制服的家伙，随后才是热尔特科夫。他身后又跟进十来个负责摄影师和电视记者。这还不算完，末尾还有两名警卫殿后。我们迷茫地退回客厅，而访客们（就跟进攻的军团一样）朝我们涌过来。

我们喝了十来分钟茶，刚好足够摄影师们架好机器，拍摄画面。老实说，我们没来得及说什么知心话。在这样的场合谁说得出体己话呢——尽管所有人都大喊着"请坐"，最后在桌旁坐下的只有我、普拉东诺夫和热尔特科夫。剩下的人全站在墙边，咔咔地按着相机快门，忙着用对讲机传话。我们刚刚每人抿了一口茶，整个团队便在一阵杂乱的脚步声中闹哄哄地散了。临走时他们留下一个大茶壶，上面有"俄罗斯联邦政府赠"的字样，另有三个"北方"牌蛋糕，他们匆忙得很，只在一个蛋糕上面印上了政府字样。

热尔特科夫总是这么喝茶吗？

周二〔盖格尔〕

娜斯佳打来电话，跟我讲了今晚热尔特科夫的意外造访。

---

① 1936年萨莫伊洛娃第一巧克力糖果厂在圣彼得堡开办了自己的第一家糖果店"北方"，售卖工厂生产的糖果，还有现烤蛋糕和馅饼。这是圣彼得堡最早的糖果店之一。1936—1946年间，商店停业。1951年，为了抵抗西方文化，糖果店名称从来自拉丁语的"北方"（Nord）改为俄语里的"北方"（Sever）。此处用的是Nord，老圣彼得堡人依然习惯这样称呼它。Nord被看作白银时代的遗产，象征着俄国人对外国文化的向往。

而我已经知道了。电视上到处都在转播。因诺肯季·普拉东诺夫和解冻人的庇护者热尔特科夫。

但她来电的目的不是讨论热尔特科夫,而是为了解决馅饼和蛋糕:它们很好吃,但他俩吃不完。所以她邀请我明天去喝茶。

我当然同意。

周三〔盖格尔〕

我们一起喝了茶。我不是热尔特科夫,没法速战速决。我在他们家待到一点半才打车回家。

让我意外的是,因诺肯季主动谈起了独裁和恐怖,并称之为人民的灾难。(娜斯佳默默地对我指了指馅饼。)

"民意不大可能选择死亡。"我说。

"是有可能的。这叫作集体自杀。您想过没有,鲸鱼为什么会成群结队地冲向海岸?"

"这种观点只是在给恶人脱罪,毕竟,一根绳子能有什么责任呢?"

因诺肯季摇了摇头:

"不,恶人仍要承担罪责。"

周五〔娜斯佳〕

今天我起得比普拉东诺夫先生略早一些。我像个土耳其人一样盘腿坐在床上,观察我熟睡的丈夫。他脸上惯常的平静不见踪影，满面痛苦，嘴唇和眼皮连连颤抖。梦中的他为何如此痛苦？要知道他经历了那么多命运的摧残，失去那么多珍贵之物，才得到如今的美好结局。他找回了自己的一切：公众的关注（着实是一份巨大的荣耀！），金钱，甚至在我脸上寻回了曾经失去的阿纳斯塔西娅。

我多么想叫醒他呀，但终究没敢。那样我就不得不给他解释清楚，说刚才的一切都是梦境……类似的解释可能给他造成创伤。盖格尔屡次警告我小心伤着他。所以我一直没有惊动他，只是默默地端详。他一只手搁在毯子上面，皮肤下透出细密的血管，他半透明的身体仿佛刚出世的孩子。但转念一想，这可是百岁老人的手。是每天爱抚我的那只手。

在接受一家女性杂志采访时（他们采访了我！），我曾被问到因诺肯季·彼得洛维奇作为一个男人表现如何。真是粗鲁！我说这问题太无礼了，但还是忍不住说，因诺肯季·彼得洛维奇男人极了，令人惊叹！

我坐了一会儿，又钻回了被子里，开始东想西想。比如昨天上次那个广告代理商又找到我，给我带来一个大型家具厂商的邀约。他希望普拉东沙帮他们做宣传，让大家都知道全国家具价格即将飞涨，而他们家的定价已经三年未变，就像待在冷库里一样。依照他们的设想，电视观众会开始争相购买他们的家具。只消替他们小小地说句好话，普拉东沙就能拿到比上次还多半倍的酬劳——值得考虑。更何况，家具比蔬菜要体面一些。

周六〔因诺肯季〕

"马克斯"敲着他的手杖对我说:

"线稿是造型的基础。您连构型都没完成,研究光影还为时过早。"

显然我已经过早开始研究光影效果了。不过,为什么呢?

周六〔盖格尔〕

有人通过娜斯佳请因诺肯季去主持一场活动,地点在一家制冷设备工厂。这是娜斯佳亲自告诉我的。她想要征求我的意见。

我抓住她的肩膀,建议她控制一下事态发展。

娜斯佳没有反驳。她说自己之所以向我求助,就是因为觉得这次的提议有些可疑。

嗯,她还知道怀疑,不错。娜斯佳的活跃已经引起了我的不安。因诺肯季也发觉了这一点。

"您可能觉得娜斯佳非常现实⋯⋯"几天前他跟我说,"或者用俄罗斯人的说法——贪便宜。"

"不,我不这样认为。我觉得她身上还有股孩子气。只不过是一种现代人的孩子气。"

因诺肯季盯着我看了半晌,然后说:

"您知道吗,其实我也是这么想的。"

我们一齐笑了出来。

但有件事情让我实在笑不出来。那就是在电视上看到因诺肯季的广告。我一般不看电视，只在吃晚饭的时候打开一小会儿，听听晚间新闻。但新闻节目结束后，装在罐子里的因诺肯季突然出现在了屏幕上——连同液氮和蔬菜，还有那句古怪的广告词……

我真的很想和娜斯佳严肃地谈谈。随后又想通了，也许她的做法也不无道理？毕竟他们真的需要钱。金钱啊，Geld①。

周一［因诺肯季］

我注意到，娜斯佳的行为惹恼了盖格尔。但和我谈及此事时，他自己又将她的行为定义为孩子气。没错，这确实是孩子气。这种解释有助于让我接纳娜斯佳那些在我看来十分陌生的举动。但娜斯佳的孩子气——无论以何种形式表现出来——都令我深受感动，有时甚至几近落泪。可另一方面，我有时也会因此感到恐惧，因为它们属于另一个世界，与我的世界、我的经历截然不同。

我害怕自己永远不能和她相互接纳，因为我的经历——就像我已经说过的那样——并没有塑造我的人格，而是摧残了它。现在我常读苏联相关的书籍。我在沙拉莫夫②的书里偶然读到一个观点，那就是经历过劳改营的人，不应再谈论那段生活：因为它超出了人类的经验范畴。

我所见过的一些事情，如同烈火灼烧着我的内心，找不出

---

① 德语，意为"金钱"。——作者注
② 瓦尔拉姆·沙拉莫夫（1907—1982），苏联作家，其作品《科雷马故事》系列突出表现了自己在劳改营的所见所闻和亲身经历。

言语能将它们形容。我见过被捕的妇女刚送到劳改营就遭到看守的蹂躏。我目睹过这些，从此再也无法将它们从记忆里清除。我所见过的惨象，将我与娜斯佳彻底区分开来，仿佛来自两个不同的星球。我们要如何带着这样无边无际的巨大差异生活在一起？她的生活是春日的花园，而我的则是无底的深渊。我深知生活的可怕之处，但她却懵然不觉。

周二［娜斯佳］

普拉东沙的新闻发布会就在今天。我的丈夫看上去比从前自信得多。我在会场就注意到了这一点，在晚上看重播时更加确信了。我就不重复发布会的内容了，反正《晚报》上都有。

周二［盖格尔］

晚上我在电视上看了因诺肯季出席的盛大新闻发布会。

他坐在一块巨大的广告牌前面，让活动染上了浓厚的商业气息。

因诺肯季变自信了，已经能够平静自若地回答提问。

他手里一直转着一根铅笔。后来娜斯佳告诉我，那支笔是蔬菜公司的公关部门拿来的（至少不是速冻胡萝卜），为了帮助他塑造出自信的形象。要是换了娜斯佳坐在台上，肯定用不着一支笔来凸显自信。

这场活动自然也少不了那些生活里随处可见的小意外。当因诺肯季回应国家补贴的数额问题时（大厅里满是扫兴的嘘声），摄影机忽然捕捉到了广告牌上"祖国有限责任公司"的字样。

除了主办方，其他人也注意到了这家爱国企业。一家报纸的记者指着广告牌问因诺肯季，他是否认为"祖国"实际上就是一家"有限责任公司"。但这句玩笑话没有立刻得到回应。因诺肯季并不知道这个词语的意思。

旁人给他解释过后，他仍然没有笑，而是严肃地解释说，让祖国承担有限责任不是什么坏事。每个人都应当对自己负责。只有个人的责任才可以是无限的。

然后他又接着说，把个人的苦难归咎于国家或历史是没有意义的，只能归咎于自己。

记者们都觉得有些扫兴。有人问：

"您不怪罪国家把您送到劳改营吗？您不怪它把您变成一团冰块？不怪它无缘无故地把您的人生变成一场苦刑吗？"

"无缘无故的苦刑是不存在的，"因诺肯季回答说，"只要仔细想想，就一定能找到缘由。"

真是有趣的逻辑。它以一种诡异的方式和格别乌的逻辑不谋而合。

周二〔因诺肯季〕

我一直在问自己，娜斯佳究竟像不像阿纳斯塔西娅。当我第一次见到她时，觉得很像，但现在似乎又不敢肯定了。我说不清娜斯佳身上究竟发生了哪些变化。她变得更自由奔放了？更自信了？有人说，只有在婚姻中才能看清女人的真面目。尽管这是一句俗套又流行的箴言,但是否就能说明它是错的呢?

没错,在我们同居之前,娜斯佳就已经出现了些许变化。但既然我们的关系有了发展,如果还像从前那样客客气气说话,岂不是非常古怪?如今我们早已赤裸相对,难道还要像以前一样客客气气地说话?我跟阿纳斯塔西娅只是没有机会走到这一步,不然她也会变的。不该再拿她与祖母相比较了。娜斯佳是完全独立的个体,不是克隆羊多利,也不是她祖母的克隆人。我为什么要用他人的标准来评判她呢?

周三〔娜斯佳〕

半夜,我被轻微的呜咽声惊醒。打开灯,发现是普拉东沙发出的声音。他在睡梦里哭泣,泪水浸湿了面庞。他想要说些什么,但张不开嘴,只能发出孩子一样尖细的声音,所以听上去才像是呜咽。通常双眼紧闭的脸上不会有表情,但此时的他却满脸痛苦⋯⋯那不是一张脸,而是一张映射着他悲惨前世的面具。要叫醒他吗?还是别了?我想立刻把他从忐忑不安的梦境里拽出来,又怕这会把事情弄得更糟。我吻了吻普拉东沙的眼睛,尝到了他咸涩的泪水。他睁开眼,但没有醒来;然后又闭上眼,无声无息地睡了过去。

可我却再也睡不着了。白日里的琐事涌进脑海。我想起今天终于谈妥了租房子的事情,甚至还收到了定金。我开始思考哪些东西可以留给租客:家具、餐具,还有其他一些日常用品自然是要留下的。要带走的包括我最喜欢的书,所有私人物品,还有奶奶的物件。通常需要列个清单,但我现在不想起床,免得把普拉东沙吵醒。

周四［因诺肯季］

几个格别乌在诊疗室里强暴一个女孩儿。我隔着木板墙听到了响动，但怎么也站不起来。我大声呼叫医生，却无人回应。我开始敲墙，但谁也没注意到我。我继续敲，直到其中一个强奸犯走过来把我拖下床扔到地板上，狠狠踹了几脚。我失去了意识。

唤醒我的是隔墙另一边的哭声。随之传来的还有医生的说话声和器械叮当声。随后医生朝我走来。

"我可以指认刚才在隔壁的格别乌。"我说，"他过来揍了我一顿，我记得他。"

医生小心翼翼地把我扶到床上。

"您真的记下来了？"走到门口的他回头说，"如果我是您，我会尽快忘记。"

神奇的是，我知道隔壁的姑娘是谁。她是我曾在彼得格勒岛上的公寓里见过的姑娘，一个形而上的人物。镶着铸铁百合花的扶手，房间里的书香味。她走在我前面。一瘸一拐。我跟着她缓缓在书架间穿行。对，她的腿是瘸的。头发向后梳成发髻，肩上搭着一条披巾，身边书山环绕——瞧，活脱脱一副图书管理员的样子。我又给她带来几本书，是沃罗宁教授从他们家借走的。这家人姓梅谢利亚科夫：他们家的姓氏被用来给街道冠名，因此才保存了下来。梅谢利亚科夫家族是什么来历？我却怎么也想不起来。

我甚至不知道她的名字。是不想知道吗？因为我觉得她是秘密的化身,本就不该有姓名?

我们来到藏书馆里(其实这里所有房间都是藏书馆)。圆桌两侧各有一把扶手椅。她转过身,站在稍远处那把椅子后面,双手搭在椅背上。这是我第一次抬眼看她:不,她不是图书管理员,绝对不是。

"给。"我把书递给她,"这是他们让我转交的书。"

见她沉默不语,我接着说:

"谢谢。"

她笑了。她有一张惊人的面庞,带有浓重的哥特风格,双眼凹陷,脖子上每一根纤细的静脉血管都清晰可见。可她却是个瘸姑娘……她答道:

"不客气。"

她没有给我倒茶,因为无论什么茶叶也配不上她——难道她是那种会在煤油炉上烧开水的姑娘吗?她甚至没有请我坐下,仿佛一位女王。我静静站在原地观察她,幻想着与她结合的幸福感。不,和她结合产生的不可能是幸福感,恐怕是痛苦的甜蜜。她的独特气质让人不禁心驰神往。无人能够抗拒。难怪那帮格别乌要在诊疗室里凌辱她。民族舞团的舞蹈演员已经不能满足他们。他们这些畜生,居然还想染指超然之物。

在那个卫生所的夜里,其他人离开后,她来到了我身边。一瘸一拐地,匍匐着挪了过来。彼得堡的一面之缘也让她记住了我,并在这里认出了我。她在我床边坐下,又因为支撑不住躺了下来。我抚摸着她的手,抚摸着她那在血污中结成硬块的头发。沉默。我知道在她面前必须保持沉默。但我们的肌肤相亲远比话语深沉。天蒙蒙亮时,她把嘴唇贴在我的耳边悄声道:

"谢谢……"

我想要回答,但她轻轻捂住了我的嘴。

"不然我已经不在了。"

她的手掌散发着药味。

躺在我身边时,她仿佛就是阿纳斯塔西娅。她离开时,我已经下定了杀死那个格别乌的决心。如此一想,心里立刻轻松了许多,我就这样睡着了。

周五〔盖格尔〕

昨天斯莫尔尼宫①的人联系了我。他们说州长邀请因诺肯季前去会面。考虑到多亏州长出面因诺肯季那间公寓的问题才能妥善解决,所以我答应他们一定会请因诺肯季赴约。

我给他打了个电话,他没有反对,而且相当平静地接受了。

今天十二点不到我们便到了斯莫尔尼宫。我们不得不等州长结束上一场会面。走进会见厅的时候,我们发现记者们已经就位。参会者陆续在圆桌旁落座。

州长照着稿子念了几句话。但我除了最后一句什么都没记住。那句话是这么说的:因诺肯季应当比任何人都明白独裁和民主的区别。

因诺肯季向他表达了谢意。我想这就足够了,但他决定要对这句话作出回应。说实在的,有何不可?

因诺肯季说,每个时代的罪恶浓度都大致相当,只是存在

---

① 位于圣彼得堡东北部的一座宫殿,原为贵族女子学院,现为圣彼得堡市政府办公楼。

不同的表现形式，有时它以无政府状态和犯罪的形式，有时以强权的形式出现，而他作为一个痴长几岁的人，对这两种情况都有所领教。

州长沉思片刻，转而问因诺肯季的身体感觉怎么样。

他又给出了一个不大官方的答案，给州长讲了一通如今温度和气压的变化。这答案当然出人意料。Aber schön。[①]

周六〔因诺肯季〕

昨天某个政党打来电话，说是邀请我入党。我故作犹豫。对方向我解释说，他们是本届执政党，所以如果我有什么诉求……我都有娜斯佳了，还能有什么诉求呢？我谢绝了他们，挂掉电话。随后盖格尔就打了进来，向我转达州长的邀请。我立刻同意赴宴，但莫名对他隐瞒了那个政党的电话。大概是因为正好撞上了州长的邀请。他们想从我身上得到什么？让我帮忙做宣传吗？难道他们看上了我的速冻蔬菜广告？

今天去州长那儿做客的时候，我终于得到了近距离观察他的机会，并借此一窥权力的样貌。老实说，他看上去平平无奇，没有任何超凡脱俗之处：高高的额角光秃秃的，面部保养得当，略有皱纹，皮肤上依稀可见些许斑点。我望着他暗自思忖，与他如此近距离的接触居然没能给我带来丝毫兴奋，仿佛此刻他仍是电视里的人物。这个形容十分精准：明明清晰可见，但却无法触及，因为对方坐在屏幕里面。

[①] 德语，意为"不过，干得漂亮。"——作者注

而我的生活却在屏幕外面。

周日〔因诺肯季〕

不行,我还是要写写谢瓦表弟。写写在凯姆的中转监狱遇到谢瓦的事情。写写那个穿着皮夹克,戴一顶绣着红星的大檐帽的谢瓦。

我们这些劳改犯排队等了三个小时,终于等来了那个执掌我们命运的长官。准确地说,是我们各自的命运,因为即使已经同处此地,我们的未来也各不相同。长官姗姗来迟,居然是谢瓦。几名契卡护卫着他向我们走来。见到他我并不惊讶——即使在刚发现是他的那个瞬间,我的心情也很平静。莫如说根据我对他的了解,这一幕完全在意料之中。他终于找到了自己一直追寻的力量,终于可以借它之名大胆行事。

他起初并没注意到我,而是先在桌边坐下,拿起玻璃水瓶给自己倒了一杯水。喝完水,抬起头,他发现了我。我觉得他微微笑了一下,但那只是我的错觉。他的脸上不是笑容,而是抽搐。他慌忙低头看向桌上的文件,挠了挠鼻子,开始宣布名字和发配地点。尽管他努力装出严厉的口吻,但却藏不住声音里的颤抖。随着名单接近字母"P",他的嗓音也几近失控。

"普拉东诺夫!"

谢瓦的目光里满是恐惧和恳求。毫无疑问,他害怕自己会因为和我的血缘关系而受到株连,担心契卡会把此事如实上报。

"到!"我应声道。

我和谢瓦,两位飞行家。再次在海上重逢,在比儿时更北的海域。只不过这次他是掌舵人，所有的风筝线都握在他手中。我们要飞向何方？

"在我下达特别指令前，暂时留在波波夫岛①！"他的声音已经完全嘶哑。

"是，留下！"

我死死盯着脚下的地板。地板上油漆脱落的部分像是一头躺卧的骆驼。骆驼的日子真舒服，它们生活在温暖地带，可以随心所欲地吐唾沫。即使不看谢瓦的脸，我也能感到他如释重负：因为我没有暴露出自己和他的关系。我足够机敏，知道中转监狱不是和表弟相认的好地方。

从那一刻起，我心里就燃起了微弱的希望，或许他能把我放出劳改营，或是让我留下来做一份轻松的工作。我期待着不出两天他就会想办法来找我，或是干脆把我叫去谈话。先让我振作起来，然后——谁知道呢？——说不定他会拉我一把。

但我的期待完全落空了。谢瓦既不想频繁碰见我，也不希望我长期在他身边逗留。考虑到他多疑的性格，我猜他觉得这对自己来说太过危险。

十二小时后，谢瓦的特别指令下来了。我被分到索洛韦茨基劳改营第十三特殊作业连，索洛韦茨基最可怕的地方之一。谢瓦是铁了心要干掉我吗？我不知道。我只能相信，他签署这份指令时也曾痛苦挣扎。

---

① 波波夫岛位于凯姆附近海域，也是中转监狱的所在地。后来改名为红岛、十月革命岛，现名为劳动岛。

周二〔盖格尔〕

州长没有邀请娜斯佳一同参加会面。因诺肯季事后才向我表达了不满。

他以前从未有过类似的抱怨。看来怨言直接来自那位未受邀请的客人。因诺肯季请我下次遇到这种事的时候,务必要单独提一提她。

她整天面色苍白。看来怀孕的滋味不好受。她的神经质或许也与此有关。

再说两句跟州长会见的事儿。在等待州长接见的时候,因诺肯季告诉我这几天他读完了一本讲述太空英雄的书。在众多航天英雄之中,贝尔卡和斯特雷卡[①]给他留下的印象最深。说起这两位英雄时,他激动不已。

周二〔娜斯佳〕

普拉东沙和盖格尔去见了州长,却没有人邀请我。倒不是我有多需要见州长,其实他对我来说无关紧要——只是依照礼节我作为妻子也该陪同出席。盖格尔恐怕压根没想到这茬儿,但连因诺肯季·彼得洛维奇都忘记就太不应该了。起初我没说什么,但后来我们做爱的时候,我还是说出了自己的想法。他说:啊呀,这事弄得太尴尬了,我没反应过来,根本没想到。

你没想到,太遗憾了。好了,今天就写到这儿吧。

---

① 贝尔卡和斯特雷卡是苏联于1960年送上太空并成功返航的太空犬。它们平安从太空返回地球后,都受到英雄式的待遇,经常到育儿院、孤儿院亮相,成为当时苏联儿童们心目中的偶像。

周四［因诺肯季］

我仔细调查了那个格别乌强奸犯的行动路线。其实根本没怎么调查——我怎么可能跟踪一个在营地里自由活动的人呢？——我只是恰好在他们经常经过的维修车间旁工作。那个格别乌的姓氏（我很快就打听出来了）很简单，叫帕诺夫。他的行踪也很简单：每天他都径直走向车间后面的军官澡堂。

帕诺夫通常会在周六的时候和同班次的家伙一起出现，偶尔也会在周中过来。起初我以为澡堂是这帮家伙和女人厮混的据点，后来我查清楚了，他更爱把约会安排在家里。他上澡堂只是因为喜欢蒸汽浴。看来他钟爱各式各样的肉体享受，但泡澡尤甚。我们在空间上的交集（仿佛冥冥中的安排！）在我看来并非偶然。它让我坚信自己最终一定能干掉帕诺夫，正如我谋划的那样。

我甚至不需要特地去找：他就那样从我面前经过，我透过车间灰扑扑的窗玻璃看着他。有一次我特地提着桶和抹布去擦窗户。大家都笑了，他们问我为什么这么做。（我说）因为忍不了窗户上的污垢，这还是在家养成的老习惯。既然是家里的习惯（他们还是哄堂大笑起来），那就另当别论了。这样我便能更清楚地监视帕诺夫，看他在窗前来来去去。有时候他返回时是独自一人，说明他是最后一个从桑拿房里出来的。

有一回，等（低着头，掏着鼻孔的）他疲倦的身影消失在窗口后面之后，我从后门溜出车间，避开大路，潜入了澡堂。更衣室里漆黑一片。浴室的门锁上了。我很快在门口的木栅栏下找到了钥匙，但没去动它。重点在于我获知的情报：帕诺夫会在澡堂里一直待到劳改营规定的关门时间之后。这时候澡堂员工都下班了，他们把钥匙留给帕诺夫，让他自己锁门。

我可以走了。但临走前我再次抬起了门口的木栅栏。栅栏钉得马马虎虎，板条之间露出粗大的缝隙。我从裤腿里抽出一头磨尖、另一头用粗布包着的锯条，把锯条塞进两根板条间的缝隙中，天衣无缝。我用两根手指把锯条完全压进缝隙里，只露出一个小尖头方便取出。事先不知道的人，是不可能注意到它的。只有我知道它藏在这里。这个秘密让我的生活轻松了许多。

周五〔盖格尔〕

总统办公厅打来电话。他们郑重其事地通知，总统邀请我和因诺肯季前往莫斯科受勋。

我这才想起来几个月前他们给我打的电话。他们问我，除我以外，还有谁有资格为这场英勇的科学试验受到表彰。我回答说，首先我不知道自己够不够资格。他们礼貌地打断了我，请我无论如何认真考虑一下。Wahnsinn①……

要说这场试验里还有谁称得上英勇，那只有因诺肯季。我说出了他的名字。

这回换电话那头质疑了。他们的顾虑在于，因诺肯季·彼得洛维奇在某种意义上属于……试验客体。

"不！"我异常激烈地反对，"不，大错特错！"

如果非得借他们那套说辞来定义，那么他是一个真正意义

---

① 德语，意为"荒唐"。——作者注

上的试验主体。他是在完全清醒的前提下加入试验的,毫无疑问是能够自我主宰的主体。

事实证明,总统办公厅居然也能听进别人的意见。我和因诺肯季都得到了嘉奖,只不过我得到的是荣誉勋章,而他的则是英勇勋章。他们在他身上最看重的品质还是"英勇"。我在打电话告诉他获奖消息时,一再强调英勇也会为他赢得荣誉。

因诺肯季心平气和地接受了这个消息。他只是问娜斯佳有没有受邀参加颁奖仪式。没有,他们没有邀请她。而且这次我恐怕帮不上忙。

周五〔因诺肯季〕

盖格尔给我打电话说了些勋章之类的怪事。我并不是不相信(复活后还有什么事是不能相信的呢!)——我只是觉得这枚勋章与我风马牛不相及。此外盖格尔还得知,克里姆林宫没有邀请家属出席。娜斯佳又要生气了。也许盖格尔被人耍了,根本没有什么勋章?我读到过类似的事情。

周五〔娜斯佳〕

明天租户就要搬进我的房子了。今天我带着两位勋章得主去做一些收尾工作。所以我们叫了一辆出租车:后座右边是"荣誉",左边是"英勇",我这个无名小卒坐在前排,没名没分。要不干脆给我个"母爱"勋章吧——我能成为一位英雄母亲吗?没问题,轻轻松松。

因为我没接到邀请,他俩一副坐立难安的样子,我已经尽力安慰他们了。我打心底不想坐特快列车。大着肚子去斯莫尔尼宫是一回事,在人生地不熟的城市里忍受堵车是另一回事。让我欣慰的是,这次他们没把我忘了。我多么爱他们两个呀,包括烦人精盖格尔!

我们把房子大致收拾出眉目,把四袋不想留给房客的东西带回了中央大街。我认为其中最有价值的是普拉东沙的母亲留给我奶奶的忒弥斯雕像。这尊忒弥斯的天平早就断了,据说是我丈夫的杰作。我故意当着他的面,不紧不慢郑重其事地把雕像取下来,可他毫无反应。等我把忒弥斯放到餐厅的柜子上,他才没精打采地点点头。

"正义高于一切!"我故意大喊,试图调动他的情绪。

他想了想,然后说:"大概除了怜悯。"

盖格尔走后,他才告诉我自己头疼得厉害。当然,这和正义毫无关系。

周六〔娜斯佳〕

昨天普拉东沙确实不太舒服,我让他躺下,他立刻就睡着了。过了一会儿,我就给盖格尔打电话报告普拉东沙的状况,顺便告诉他,就连童年最爱的玩具也没法激起他的兴致了。

"他写到过,"盖格尔想了起来,"忒弥斯像与他绘画生涯的开端存在某种关联。可以说正是忒弥斯雕像激励他拿起了画笔。但在关于这件事的回忆上,他似乎陷入了僵局。根据你说的话,忒弥斯或许也是造成僵局的原因之一。"

"那我该拿她怎么办?"

"什么也不做,就让她摆在那儿吧。说不定雕像能打开他的心扉。"

就这样吧。先摆在那儿。

周一〔因诺肯季〕

我总在想,那时的自己是怎么下定决心要干掉帕诺夫的?在劳改营里,类似的冲动总是消散得很快。不是没有力气的问题(当然我确实没有力气)——而是看不到复仇的意义。在那里,感觉会悄然蒸发,留不下丝毫痕迹,最后全都化作自保的本能。就像后来在安泽尔等待接受冷冻试验的日子里那样,我体会不到任何痛苦和愤怒。饱受殴打、欺凌和折磨之后,一切感觉都会烟消云散,只剩下疲惫。

直到那个宁静的夜晚,把锯条藏在浴室门口的栅栏里之后,我才松了一口气。随身携带这类利器很不安全,也毫无必要。只有在这儿我才用得上它,接下来只需等待合适的时机即可。

我等来了时机,却还是没能杀死帕诺夫。

发现帕诺夫独自留在浴室里的那个夜晚同样宁静。所有与帕诺夫有关的事都发生在宁静的夜晚。我溜出维修车间,摸索着靠近浴室。远远就能看见更衣室里亮着灯,让我想起瘸姑娘被强暴的那个晚上。我试着让自己进入状态,随时准备一记重击。甚至不是重击,而是捅刺、剖开。用精准优雅的动作挥动锯条,切开帕诺夫的肋骨。我并不想折磨他,只想杀死他,把他这恶臭的造物从人世间抹去。

我悄悄抬起栅栏，取出锯条，在太阳的余晖下欣赏它锐利的尖端和迷人的光辉——我不知多少次用大大小小的锉刀反复打磨，才让它变得锐不可当！同时还要费尽心机掩藏痕迹，以免它被车间里的人发现。"普拉东诺夫……"我停下手里的动作，拽着对方的胳膊把他带走，远远领到墙边。"普拉东诺夫，你打磨这锯条是为了对付谁？"其实没人查问，也没人察觉。其实在那个晚上，欣赏着刀刃的光芒的我并不太担心被帕诺夫发现。他无论如何都逃不出我的手掌心——我已经沉醉于这个念头。

开门之前，我来到更衣室的窗边先行查看。帕诺夫纹丝不动地躺在木头长凳上。他仰面朝天，双臂从身侧垂下，身上像尸体般苍白，没有任何生命迹象。我开始观察他的腹部，试图捕捉到细微的呼吸起伏，但他没有丝毫动静。

屋内的画面让我忽然想起一个似曾相识的景象：它和我在停尸间指认扎列茨基尸体时的场景一模一样。当时我看着那具名叫扎列茨基的尸体，以为正义获得了胜利。但很快我就意识到，这场胜利不值得欢欣鼓舞。我多么希望扎列茨基还活着啊。

帕诺夫的手忽然一颤，挠了挠胸口。我深深吸了一口气。至今我仍说不清当时内心的感受究竟是欣喜还是失望。只有一件事是确定的：我不再打算杀死帕诺夫了。

周二〔因诺肯季〕

今天我们乘飞机飞到了莫斯科。盖格尔教我说，这里可以省略"乘飞机"。就算不提，大家也明白我们坐的不是"航天飞机"。同理,也没必要说"用电话机通话",直接说"打电话"就可以了……现在我们已经在酒店餐厅吃过晚饭,各自回房休息了。

和盖格尔医生不同的是,飞行家普拉东诺夫今天是第一次飞上天空——他真是一位特殊的飞行家,从不恣意滥飞。就连今天,我人生中唯一的一次飞行,也差点功败垂成。当飞机在跑道上加速的时候,我忽然感觉不适,喘不过气,恶心想吐。盖格尔(他说我的脸苍白得厉害)帮我打开座位上方的排风扇,让我稍微舒服了一些。直到飞机爬升到高空,我才终于放松下来。

我脑海中闪现出最后一次和父亲去司令员机场的画面。八月末。飞行表演,雨,打着伞的人群。排成一行的飞机中,最靠近我们的是飞行家弗罗洛夫的座驾。观众抱着难以言说的复杂心情期待着他的飞行。因为今天他将表演前所未有的特技。

弗罗洛夫站在自己座驾的机翼下,嘴里叼着一根未点燃的香烟。他把飞行服上浑身的口袋都拍了个遍,想找火柴点烟。他找着了,划了一根。但火柴在雨中受潮了。我忽然冒出一个念头:如果弗罗洛夫今天不幸失事(毕竟是高难度特技表演),那么就意味着他在临死前连这个小小的心愿都没能实现。

我替飞行家感到难过,于是问父亲要来火柴,穿过跑道去找他。横穿跑道是禁止的,调度员赶紧对我吹起口哨,但我一心想要把火柴交给飞行家,没有停下脚步。而对方似乎已经明白了我的意图,微笑着向我走来。我直直地伸着胳膊举着火柴盒向他奔去。终于碰头了。飞行家接过我手里的火柴,点燃烟卷,刚吸一口,整张脸就笼罩在了烟雾里。告别时他用力地握了握我的手。我险些被捏得大叫出来,但努力忍住了,飞行家的握手——就是如此有力。为了回到观众席上,我不得不再度横穿机场跑道,但调度员没有吹哨,而是扭头不再看向这边。

我就这样站在父亲身侧,翘首望着飞行场地。下一个就是飞行家弗罗洛夫。他早就抽完了那根烟,坐进驾驶舱。螺旋桨开始转动。在八名机务人员控制下的机身猛地一抖,剧烈颤动起来。随着飞行家发出信号,机务松开机翼趴伏在地。终于,飞行器从最后一道束缚中解放了出来。两只轮子轮流在地上弹跳着助跑了一小段,便仰头冲上了半空。随后猛地一下,甚至有些过于突然地爬升至高空。

飞行。飞机像只大鸟一样在天空中滑行。到头来我也没弄明白它是怎么让自己浮在空中的。要说物理法则和飞行动力学,我其实都懂。但它翱翔的身姿中那份孤独感,却让我茫然不解,甚至感到讶异,并为坐在机舱里的人提心吊胆。

我的担心并非杞人忧天……绝非如此。悲剧发生在他完成了所有复杂的特技动作之后。弗罗洛夫驾着飞机从远方折返,准备降落。忽然,他平稳顺畅的盘旋被打断了。后来所有报纸都不约而同地写道:飞机仿佛一只被击中的大鸟向下坠落。直到今天我依然认为这是唯一可能的解释,尽管这种说法天真得露骨,但它和我亲眼所见的景象完美吻合:飞机的右翼像鸟的翅膀一样折断,机身飞速自转着冲向地面。

事后我看到的报告里写道:因为连接机翼的钢索突然断裂,所以机身结构的稳定性遭到了破坏。但那个瞬间,没人知道飞机出了什么状况,只知道一场灾难近在眼前。如果不是看到这片几乎完全脱落的机翼在空中乱舞,观众完全可以把眼前的奇景当作飞行家表演的顶级特技,坚信他能马上漂亮地中断俯冲——但折断的机翼摧毁了所有希望。

机场上的人群不约而同地陷入了沉默。每个人都已经明白，飞行家正在飞向他的死亡。短短数十秒变得难以置信地漫长，飞机的姿态愈是滑稽，愈是可怕。机舱在空中翻滚，每当座舱面对观众时我们能清清楚楚地看到驾驶座上的弗罗洛夫，每次他的双手都摆出不同的姿势，也许他正在疯狂地挨个拽动拉杆，试图让飞机改出螺旋轨迹。他停留在空中的时间不断拉长，久到我的思绪开始蔓延：现在他的生命仍在延续，眼前的他还活着，但片刻之后他就要死了，而每个人都知道这一点——包括正在拼命扯动拉杆的他和哑口无言的我们……我集中精神，准备捕捉那生死交替的残酷瞬间，当然，最后一无所获。

在飞机一头扎进地面的瞬间（伴随着木制机身噼里啪啦的断裂声），人群的沉默被千百种不同的哭喊打破了。人潮从四面八方涌向飞机，就像一杯打翻的咖啡瞬间淹没了整条跑道。他们早就做好了助跑准备，只等飞机撞击地面，发令枪响。我也随着人群一同飞奔，一边遥望扭曲变形的机翼，一边猜测飞行家的生死。我边跑边喊，不知不觉间放慢了脚步，掉出了冲向残骸的第一梯队。脚步越慢，我的哭喊就越发响亮，仿佛想用绝望的哀号弥补自己在前线的缺席。

终于看到弗罗洛夫了，他的样子并没有我担心的那么可怕。他的额头裂开了大口，嘴里吐出鲜血，折断的手臂扭成怪异的角度。不久前他正是用这只手接过了我的火柴，把我的手握得发痛。现在这只手什么也做不了了，哪怕是最轻柔的握手也不行。后来读到勃洛克的名句时，我又想起了他的手：

晚了：平原的荒草中
只见翅膀扭曲的弧线……
在乱成一团的电线中
他的手要比手柄更凉……①

比手柄更凉——我知道这个细节背后的代价。

周三〔娜斯佳〕

我在电视上收看了克里姆林宫的报道。我的朋友们今天火了。在授勋典礼上，获奖人普拉东诺夫巧妙地提起了贝尔卡和斯特雷卡，我觉得很合时宜，同时展现了他对自然的热爱。盖格尔表现也不错——他丢下一句"谢谢"就回到了自己的座位上，看都没看最高领导人一眼。他不太喜欢那位大人物，好吧，说不定等他了解总统以后就会喜欢上他了？总之，我很为两位获奖人骄傲。

周三〔盖格尔〕

今天我和因诺肯季从莫斯科返回彼得堡。这次坐的是卧铺火车——我们觉得还是坐火车较为稳妥。

他不太能适应飞机。他似乎想起了一位飞行家的坠机事故，而且是他亲眼所见的事故。

我在车上写日记。

---

① 同前文，出自勃洛克的诗作《飞行家》。

因诺肯季在细细研究勋章。他面前放了两个盒子，一个装着"荣誉"勋章，另一个装着"英勇"勋章。他若有所思地咬着嘴唇，一副大惑不解的样子。观察他真是件有趣的事情。

今天一大早，我们这些等待受勋的人就来到老广场①，集合准备前往总统府。这些即将获得勋章的人我全部认识——或者说几乎全都认识。

很快我们就被装进了一辆巴士，送往克里姆林宫，接着在一间低矮的大厅里等候典礼开始。中途吃了点馅饼，喝了点果汁。

礼宾部派来的调度官在大厅里东奔西走，提议大家把给总统准备的礼物悉数交给他，因为我们不能直接把任何东西交给总统。

调度官也来到了我们面前，但我和因诺肯季只是摊了摊手。我们没给任何人准备礼物。调度官的脸上闪过一丝失望。

他来邀请大家前去参加典礼时，因诺肯季恰好去上厕所了。这更加剧了他的失望。

我们两人中先被叫到的是因诺肯季。总统瞥了一眼手上的讲稿，开始夸赞他的勇气，继而把他比作加加林。

"恐怕我不配和加加林相提并论，"因诺肯季带着淡淡的忧伤回应道，"因为我的英勇是被迫的，反倒更接近贝尔卡和斯特雷卡。我和这两只小狗一样别无选择，所以把我类比成它们会更合适。"

大厅里掌声雷动，总统不自然地笑了笑，和众人一同鼓

---

① 克里姆林宫附近的一个广场，在古莫斯科建筑群"中国城"城墙旁，原为古城的商业中心。

起掌来。他明显没有预料到因诺肯季会提到"贝尔卡和斯特雷卡"。

因诺肯季将两枚勋章都戴在胸前。我透过矿泉水瓶看着他胸口的两枚勋章。看上去很合适。

周五〔因诺肯季〕

昨天我和盖格尔从莫斯科回到了彼得堡。我一路回想这段特别的旅程。走在克里姆林宫里时我不禁想,如果我在二三十年代来到这里,说不定会遇到某个人物……

我们所有的希望,所有的仇恨,都如同蒸汽升腾起来,汇聚到这个世界之巅。在这里,他们张开鼻孔贪婪地吸入我们的爱恨,用它取暖。如果当年我真的来到了克里姆林宫,我一定要看着他们的眼睛,说出我对生活的全新认识!这想法当然荒唐:实际上我肯定一个字都说不出来,甚至嘴都没法张开。但哪怕只是一瞥,能看他们一眼就足够了。即使因此心碎而死也无悔。

可如今望着克里姆林宫,我的心却平静如水,丝毫波动都没有。倒不是说它不好,只是因为这不是我的时代,不是我生长的土壤,那层隔膜如鲠在喉,让我无法融入其中。我对当下正在发生的事漠不关心,只能产生一种抽象的兴趣。就好比他们介绍我认识的是津巴布韦的总统一样:没错,他是个总统,对,有意思,但我内心没有丝毫触动。我完全可以对他畅所欲言,却提不起兴致。单纯不感兴趣而已。

授勋典礼后,主办方邀我们一起去喝杯香槟。一口克里姆林宫的香槟下肚,我突然产生一种念头——何不把它当作权力之水?我总会冒出类似的想象。在我的脑海中,香槟带着一股战无不胜的威力流进我的喉咙,更重要的是还带着一份对于国家的责任感——它能将官僚变成统治者。有了这份责任感,国事将化为私事,国家随即也成为"自我"的一部分。

我与盖格尔分享了自己的香槟随想,但他并不认可我的思路:
"有优秀官僚的国家不需要统治者。"
漂亮。不愧是欧洲人的视角。我举杯敬盖格尔一杯:
"那请问您在俄罗斯什么地方见过优秀的官僚?"
我们碰了碰杯,酒杯忽然从我手中滑落。我盯着它像慢放一样缓缓坠落,脑中已经预演出片刻之后的场景:杯中美酒泼洒一地,玻璃碎片四处迸裂。如我想象中那样,酒杯在空中划出一道弧线跌落在地,碎片飞溅。我成了一个特殊时刻的目击者——不是当下的瞬间,更不是过去的瞬间,或许是一个未来的瞬间?毕竟在酒杯落地前,我已凝视它许久,仿佛经过了一个永恒。几名工作人员慌忙跑来,告诉我不要放在心上。说实话,我一点儿也没放在心上。

周六〔盖格尔〕

我回想起我和因诺肯季的这趟旅行的整个过程。

尤其是关于香槟的讨论,他把香槟比作权力之水,这种联想太奇怪了!他说这杯饮料可以把官僚变成统治者。

我不知道现任总统喝些什么(恐怕是别的饮料),但他既不是官僚,也没变成统治者……

不过因诺肯季还是让我颇感意外。一个遭受过最恐怖暴政的人居然轻易说出了"统治者"这个词。Unglaublich[①]……难怪杯子会从他手里掉下来。

周日〔因诺肯季〕

计算机里有个可以自动更正错误的编辑程序。我莫名其妙地感觉，有时候它会走火入魔地自作主张，作出些多余的修正：要不添添补补，要不删删减减。我坚信它擅自加了太多戏份，反而让我成了局外人……我把这个发现告诉了盖格尔。他哈哈大笑着说，自己早就不在意这些鸡毛蒜皮了。这不过是电脑常见的任性。

周一〔娜斯佳〕

盖格尔给我带来一摞手稿。是普拉东沙醒来后前半年做的笔记——已经全部按照日记的格式在电脑里排版打印出来了。他说把这些交给我，是为了让我更深入地了解自己的丈夫。不用看这些，我也对我丈夫很了解。这些笔记真正让我惊奇的是，他对细节的描述是那么详细，而且越是久远的事物，他就越是偏爱！我跟他提起这事儿，他说这是他为恢复世界和平写的企划书。我亲爱的普拉东沙真爱开玩笑。

有趣的是，在这样一份计划中，普罗大众（比如我）的回

---

① 德语，意为"不可思议"。——作者注

忆和普拉东沙的回忆，价值是同等的吗？但是谁想知道我的过往呢？以历史的尺度去看，它不值一提，甚至够不上"过往"，而属于"现在"。比照普拉东沙的笔记，我能写些什么呢？

比如，幼儿园里跟军队一样可怕的晨练。还有令人伤心的早餐。眼前结成块的麦糁粥混着过堂风吹来的厕所漂白粉味，叫人作呕。我坐在粥碗前，用勺子小心翼翼地挑出结块的麦糁，但总有漏网的小小硬块偶尔碰到舌尖。这时我便会一口吐出来。

连我自己都不喜欢这些细节，又有谁会感兴趣呢？但还是需要有人爱上它们，记述它们，不然世界就会失去完整性。也许我也得被冷冻一次，这样一百年后我就懂得珍视它们，并想把它们呈现给后人了？

周一［盖格尔］

我们收到了因诺肯季的平反文件。

上面写着"缺乏犯罪要素"。也就是说他没有参与反革命活动，也没有谋杀扎列茨基。事实本就如此，没有人怀疑过。

但有份正式文件拿在手里总归是好的。在俄罗斯这样的官僚国家，你必须时刻准备好证明自己的清白无辜。

因诺肯季对这份文件无动于衷。我甚至感觉到他眼中闪过一丝不满。难道他真的如此鄙视这个国家，以至于连平反都不愿意接受？不，我看并非如此。

也许他觉得相对于自己遭受的苦难而言，这张纸实在太过轻飘飘了？

我问他：

"您承认国家有权宣告您无罪吗?就算不认可,我也理解。"

他耸了耸肩:

"只有上帝才有资格宣告无罪。国家的所作所为,并没那么重要。"

瞧,这就是他的看法。

周二〔因诺肯季〕

每个拉撒路的生命都会迎来这个时刻:注射一剂安眠药,然后被送进冷冻舱。对试验对象而言,这一针是生命里最后的隐秘恩惠,穆罗姆采夫院士就是我们的恩人。高层认为,试验对象不仅应当是活人,而且要在手术时保持清醒。院士却秉持公正,指出睡眠也属于生命活动,因此选择违背命令,拉撒路们为此对他心怀感激。不管怎么说,在睡梦中进入零度王国要轻松得多。接受注射之前,拉撒路们总会想起那句俄罗斯谚语:"睡梦无法阻碍死亡"。从穆罗姆采夫的角度看,这句话有些大言不惭,却以一种奇特的方式坚定了院士使用安眠药的决心。

意识逐渐模糊时,我想起了拉撒路的故事[①]。他的经历是我唯一的希望。如果一个死去四天,已经腐烂发臭的人都可以活过来,那么以适宜人类生存的方式冷冻起来的我怎么就不可能复活呢?我很清楚,我被活着解冻的可能微乎其微,但仍不愿

[①] 拉撒路病危时没等到耶稣的救治就死了,但耶稣一口断定他将复活,四天后拉撒路果然从山洞里走出来,证明了耶稣的神迹。

意带着绝望离开。耶稣在拉撒路死后的第四天施展了神迹。那么我会在什么时候被复活呢？会有人来复活我吗？我努力说服自己，会的。

回想自己的复活，想到自己等待了那么多年，我不禁自问：这是否标志着一代人的复活？毕竟我现在回忆起的任何细节都会自动成为那个时代的特征。或许关键不在于细节，而在于那个时代的整体面貌？我和娜斯佳说到这里时突然脱口而出，我所见证的一切是不是刻意安排的？毕竟我亲眼见证并牢牢记住了一切，现在正将它们一一付诸笔端。

周四〔娜斯佳〕

最近几天我一直像个养尊处优的大小姐。犯恶心，懒洋洋，赖在床上不愿起来。但是不行，还有一堆事等着我去处理，其中最重要的就是给普拉东沙做饭。他不挑嘴，吃面包皮也能将就，但这反倒给了我动力。他对我说：

"冷冻蔬菜的广告我都拍完了。不能用这笔钱雇个保姆吗？"

当然可以。但我只是不喜欢外人破坏我们的二人世界，在房子里逛荡，那还不如我自己做饭简单。我说简单，意思是我很享受这件事。而且普拉东沙多么需要我呀：他可不是随处可见的凡夫俗子，他是独一无二的世纪之子，需要精心照料。

写到这儿我笑了，他的确有点迷糊。昨天他在浴盆里滑倒了。幸好浴缸是塑料的，不是铸铁的，所以摔得不厉害，只是把我吓了一跳。我一个箭步冲进去一看，他正躺在浴缸里，不好意思地朝我笑。

"我刚把一条腿挪出来,"他说,"里面那条就打滑了。"

老天爷呀!老头儿才会说"挪腿",他可是个年富力强的男人!尽管他的确年近百岁了,但是,哼,这对他一点儿影响都没有。我把他摔倒的事告诉了盖格尔,他皱了皱眉头,叫我对普拉东沙再注意点儿。我还能怎么注意呀……

没错,受勋英雄普拉东诺夫的平反文件是盖格尔张罗的。他说这可能很重要。文件来得出奇地快,多半是由于普拉东诺夫现在的名望。可我们的英雄本人却对此表现得漠不关心,漠然得有些奇怪。我明白,严格来说他不需要任何人为他恢复名誉,这一纸文书不抵他痛苦的千分之一,但里面也没什么不妥之处呀。可他看着盖格尔的表情却像是生气的样子。

周五〔因诺肯季〕

我真蠢,前两天在浴缸里摔倒了,闹出好大的响动,引得娜斯佳激动地冲了进来。尽管撞得生疼,我还是努力装出若无其事的样子。我跟她说自己只是脚底打滑了一下,但其实不能叫打滑,而是那条腿突然瘫软无力,才让我摔了一跤。最糟糕的是,这不是头一次了。上周我过马路的时候,那条腿挂在马路牙子上差点摔倒。第二天我去买牛奶,又直接在商店台阶上摔了一跤。我挥舞着双手,眼中瞬间闪过一丝慌乱——年轻人当众摔跤尤其让人难堪。我还不老,但要说年轻——唉!——百年只在弹指一挥间。大家七手八脚地把我扶起来,争相安慰我——但我最讨厌的就是变成人群中的焦点!这种厌恶显然遗传自我的父亲。最诡异的是,躺在商店台阶上的时候,我想起了自己的父亲，想起他安静地躺在波罗的海火车站①门前的样子。

频繁的失足开始让我困扰，还有在克里姆林宫摔破玻璃杯的事情。我不知道该不该把这情况告诉盖格尔，他整天为我焦心，要是告诉他，那就可以跟我平静的生活告别了，迎接我的将是一连串检查和禁令。

我猜测这种症状始于娜斯佳把忒弥斯雕像带回到我们房子的那天。忒弥斯让我想起在绘画上的挫败，想起被捕前发生的悲惨往事。不排除这些全是我心理作用的可能性。盖格尔也说过，至少一半疾病都是由精神问题诱发的。它们自然也能通过精神抚慰治愈。所以要适当地进行自我调整。我决定试着自己克服困难。

[娜斯佳]②

我的英雄有个新梦想。他想要弥补自己在冷冻舱里错过的时光。现在他叫我陪他一起收集三十到八十年代的艺术创作，主要是电影——撇开里面苏联式的瞎编乱造不谈，它们还是准确地保留了当年的时代风貌，例如时尚潮流：五十年代的阔腿裤和卷起的衬衣袖子、六十年代的女式瘦腿裤和尖头鞋。普拉东沙戳了戳我的腰：

"你看他们脸上的表情，这才不到五十年，如今的人跟他们已经完全不同。"

---

① 前文说父亲死在华沙火车站。波罗的海火车站与华沙火车站毗邻，线路相连，几乎可以看作同一个车站。波罗的海火车站主要运行开往城郊的线路，当时父亲往返于圣彼得堡与远郊之间，准确的死亡地点应该在波罗的海火车站。
② 从本节开始小标题逐渐发生缺失，属作者有意设计。

"嗯，好吧，是有些不一样……可现代人的脸又是什么样的呢？"我问。

"你看不出来吗？现在的人都紧张又愤怒，脸上的表情仿佛在说'别碰我！'虽然不是所有人都这样，但大多如此。"

我轻轻碰了碰他的耳朵："这么说你更喜欢苏联气派？"

他耸了耸肩。应该是不喜欢的意思吧。

周一〔盖格尔〕

因诺肯季最近看了不少老电影和纪录片。他说这是为了填补自己的时间断层。

我昨天和他一起看了一部五十年代的纪录片，内容很有意思，仿佛发生在另外一个星球。

看到屏幕上出现一个女共青团员的特写镜头，他按下了暂停键。那是一张富有表现力的脸。顺带一提，我发现时代特征在女性脸上往往体现得更为鲜明，或许是因为她们的脸部肌肉更加灵活。

"劳改营里还关着数百万人，而她脸上却洋溢着由衷的幸福。发自心底的幸福！"因诺肯季走到屏幕跟前，"不管出于什么原因，她怎么能这么幸福？啊？"

娜斯佳朝我做了个鬼脸。没错，女性的脸部肌肉着实灵活。

"那为什么瘾君子闻不到毒窝里的臭味？"我说，"为什么乌托邦比现实更招人喜欢？"

"我可不喜欢乌托邦。"因诺肯季拿起遥控器，从录像带切到电视频道，不停地换台，"现在大家似乎都得到了自由，可脸上却满是酸涩！我以前曾经坚信，快乐会随自由而来。"

"你的意思是，"娜斯佳推测说，"在乌托邦中享受幸福，要好过在自由中品尝悲伤。"

因诺肯季摊摊手。遥控器啪的一声掉在地上。

我本来不想提这件事，但我实在太为因诺肯季担心了。他的健康状况不妙，运动机能出了问题。我暂时还没弄清楚到底是怎么回事。

娜斯佳给我讲了普拉东沙在浴室摔倒的事。我也在克里姆林宫亲眼看到他失手打碎玻璃杯。当然，偶尔摔个跤，砸个杯子，掉个遥控器都是正常的，但这几件事背后的共同点很让人忧心。

我开始更用心地观察因诺肯季的身体。他的步伐不太稳当，尽管需要仔细观察才能看出来。但他以前可从不这样。

周二〔娜斯佳〕

昨天我们接到一位名叫秋林的企业家打来的电话。他就是这么自我介绍的：我是秋林，一名企业家。他似乎是搞石油的。普拉东沙打开了免提，好让我也能听见（我们普拉东沙的适应能力突飞猛进）。秋林说，今晚他会在耶拉金岛[①]安排焰火表演，特来邀请我们参加。我突然想起来了：我的妈呀，我在福布斯十大富豪排行榜上见过他！他是个莫斯科人，彼得堡可没有大富豪，在他挖石油的西伯利亚也没有。如果我们能抛弃对故乡

---

① 圣彼得堡的一个岛屿，位于涅瓦河入海口，岛上有一个大公园。

的偏爱，那不得不说财富、前程和其他人们追求的东西，都聚集在莫斯科。这是毋须思考、无可争辩的事实，根本不用像我这样分心细想。

大企业家秋林说，事情是这样的，他今天上彼得堡来，突然兴致大发，打算在晚上办一场焰火表演。他担心自己作为一个陌生人猝不及防地贸然打扰，会让我们感到冒犯。普拉东沙同意了一半——他是个陌生人，但我们不觉得冒犯。秋林说，生活就应该无拘无束：如果你想今晚在耶拉金岛看烟花，那就去放。这话就连那个在我们家垃圾堆里翻东西的流浪汉听见了也会点头称是。流浪汉只是不知道日子该过成什么样，要不然肯定也会在耶拉金岛上安排焰火表演。

普拉东沙强打精神应付秋林，我却兴奋地给他递了个信号，让他沉住气。我知道今晚前往耶拉金岛的全是些自私又市侩的商人……但我还是很想去。我写了张"我真的很想去"的纸条，然后把它递到普拉东沙眼前。

"好吧，"普拉东沙回答对方，"我们会赴宴的。"

不必我们赴宴，秋林直接派来了一辆加长礼宾车……我刚写到这儿，我们家的男主人从背后凑过来偷看，看到"加长礼宾车"这个词，他忍不住笑了。

"停，"他说，"快别再写加长礼宾车了。"

你说什么都对，亲爱的……但我还要讲两件事。首先，烟花放完后他们又放了一通礼炮，每一轮都各有名头。第一轮自然是献给秋林的。而第二轮则是献给普拉东沙的。第二件事更让我意外。我发现秋林手上的宝石戒指异常漂亮，便当着大家的面大加赞赏，好让他面上有光。秋林立刻摘下戒指递给了普拉东沙，说这戒指更适合他，还朝我使了个眼色。普拉东沙拒绝了，可秋林坚持把戒指放在他的掌心，合拢了他的手指。那姿态非常动人，现场一名记者称之为加冕时刻（我今天已经在好几份报纸上看到这个镜头了）。尽管秋林更像个商人——我再强调一遍——而不是国王。可那枚戒指实在惊艳——我今天整个早上都捧着它反复端详。普拉东沙这个小傻蛋却压根不想戴上。

[因诺肯季]

尽管跟拉撒路不同，我沉睡的时间并不是四天，但"拉撒路"实在是个为我们量身定制的缩写。我见过描绘拉撒路复活的圣像：复活的拉撒路走出墓室，众人纷纷掩鼻。好吧……据盖格尔说，他们把我从液氮中抬出来时，我的样子也不太好看。但并不难闻。

拉撒路的第一次死亡不是突然发生的——他病了，病得很重。跟我接受冷冻时一样。我们都有充足的准备时间。那么我们面对死亡时想法大概也是一样。后来他被上帝复活了——那么他是怎么接受这个事实继续活下去的？毕竟即使是被区区盖格尔唤醒的我，到底也无法估计此事会有多大的影响。我能想到的唯一可能，就是上帝借盖格尔之手复活了我。

拉撒路复活之后又过着什么样的生活呢？众所周知，据说他又活了三十年，做了塞浦路斯某个城市的主教。但我在意的不是那些传记式的细枝末节。我关心的是他重返人间后的感受。

一个人的回归——无论从何处归来——都不可能是偶然。

必定是最初的决定发生了改变，或者事态自然发展所致。每一次重返，都必有充分的理由。一个人若不是从随便什么地方，而是从另一个世界重返人间，那么他一定背负着特殊的使命。拉撒路死而复生的四天，见证了上帝的全能。

那我又是来见证什么的呢？归根结底也和拉撒路一样。除此以外，大概还要见证故事开始的那个时代。生活在彼时的人们不知道要为后代留下些什么见证，不知道几十年后的人需要看到什么。但我知道。这在一定程度上帮助了我，但也只是稍有帮助，因为无论怎么样，我的见闻都是无援的孤证。不过如果它们有助于复活我的时代，也是桩好事，哪怕只是片面的复活。

我最近愈加频繁地思考复活这个话题。我联想到了娜斯佳的名字。有时我会觉得娜斯佳是复活后的阿纳斯塔西娅，她们两人密不可分，仿佛是上帝特意为我融合而成的特殊生命体。但有时这种想法又让我觉得自己疯了，因为这等于否认生命的独一无二性。只有一点我很肯定，我对她们两个的爱意是相同的。

周四〔娜斯佳〕

一家油气公司邀请普拉东沙去为他们主持一场活动。他拒绝了。老实说，听到酬金数额时我吓了一跳。但我对他一句责备的话都没说：他是个男人，这是他的决定。可那些油气工人不肯放弃，又设法联系到我，解释说他们正在北极钻探实验井，在那样天寒地冻的地方，他们格外需要因诺肯季·彼得洛维奇的鼓舞——不惜一切代价。并表示如果他不愿意当主持人,也可以只是作为嘉宾出席,而且报酬不变。因诺肯季·彼得洛维奇唯一要做的,就是戴着"英勇"勋章向公司总经理(以及他的夫人)举杯,祝大家在天然气勘探工作中取得成功。这就是另一码事了。当然了,什么总经理呀,敬酒呀,听起来都很荒唐,但至少不算麻烦,也不算丢人。普拉东沙同意了。

我请求普拉东沙一定要跟盖格尔说这是他自己的决定,与我无关。否则我们这位共同的好友恐怕会吃了我。有意思的是,盖格尔完全理解钞票的重要性,但一谈到怎么赚钞票,他就开始挤眉弄眼,东拉西扯,不停地嘀咕"娜斯佳,你看……"之类的。我也不想在他俩面前显得特别势利,我也想当汉密尔顿夫人①,但总得有人张罗衣食住行吧。奇怪的是,德国人一般不会扮演这样的角色。

总之我们就这样顶着炎炎烈日去参加活动了。活动地点在尤苏波夫宫②,大门口和楼梯上站着穿制服的黑人迎宾员(哇!),屋里摆满了鲜花。大厅里有董事会成员、议员、电影演员、黑帮大佬、苏联打扮的怪人、平面模特、记者、职业捧场人——一言以蔽之,世上所有热爱天然气的人。

前来迎接我们的是公关部门负责人瓦季姆。他搂着我们俩的肩膀,连寒暄都没有一句便亲热地大声耳语起来:

"我最喜欢的是那个女记者贾布琴科。我们千真万确只给她一个人发了邀请函。你们知道她干了什么?猜猜看?"

---

① 即艾玛·汉密尔顿夫人(1765—1815),是英国历史上著名的交际花,主要靠当上流人士的情妇周旋于社交圈,过着富裕的生活。
② 尤苏波夫宫位于圣彼得堡莫伊卡运河边,19世纪时被尤苏波夫大公家族买下,20世纪90年代改为文化中心。

"不知道。"我们异口同声地说。

"她把邀请函给她丈夫用了,半个小时后自己才来,说她在名单上,还出示了护照,保安看了名单后,自然放她进来了。"

普拉东沙不禁问:"她的丈夫也姓贾布琴科?"

"这就是关键。谁看到这个姓氏,还去检查名字首字母缩写①呢?妈的!对不起……"

瓦季姆迷人地朝我们笑了笑。一分钟后他已经和别人热火朝天地聊起来了。服务生给我们拿来香槟。我跟普拉东沙打趣道,香槟或许会影响他的致辞。他笑着拍了拍上衣口袋,那里有一份打印好的祝酒词,也是那个瓦季姆给的。上面写道,从冰雪囚牢中解放出来的普拉东沙,向勇敢挑战北极冰层的维塔利和柳德米拉·萨夫琴科夫妇致敬,为他们的健康干杯。尽管在场人人都知道,这对冰雪斗士压根没离开过涅瓦大街,但大家都认为作为一种修辞手法这种表达无可厚非。

普拉东沙在尤苏波夫宫时看上去有些疲倦。他一直在微笑——他笑起来真好看!——但实在笑得勉强。他喝得不少,要我说有点太多了。但他的疲倦跟酒精无关。自打走进会场的那一刻他就浑身充满了疲惫。

比如,宴会的上菜方式让他不大满意:二十几个服务员先是端着烤乳猪在大厅里转悠,紧接着又端来鲟鱼,还有些连我也叫不上名字的菜品。我问普拉东沙他是不是病了,可他说自己只是稍微有点不太舒服。

---

① 访客名单通常由名和父称首字母缩写以及姓氏全称组成。贾布琴科这个姓氏跟一般的俄罗斯姓氏不同,不分阴阳性,所以女记者和她丈夫姓氏相同,仓促之间保安没有细看。

跟我们一桌的有一位退役海军军官,是位慈祥的大叔。他始终紧盯着酒杯,监督大家每次举杯都务必把杯中酒喝个干净。半小时后,普拉东沙问了他一次,听说有一大把空闲时间的人,就跟退休的海军上将差不多,是不是真的?海军军官微笑着露出雪白的假牙,说千真万确。很快普拉东沙又问了一遍,接着问了第三次。但和善的大叔每次都跟第一次一样友好地回答。

遗憾的是,我们没能照工人们期待的那样在晚宴开始时说出预先准备的祝酒词。但普拉东诺夫的祝酒毕竟应该是晚宴的高潮,所以我们在接近尾声时站了起来。当普拉东沙提议为冰雪斗士贾布琴科夫妇[①]干杯时,大厅里甚至没有出现多少质疑。我甚至不确定是不是所有人都听到了他的祝词。有意思的是,坐在大厅最尽头比谁都吵闹的贾布琴科夫妇却听到了。在混入宴会的丑事被发现后,他们居然压根没觉得有人向他们敬酒是件奇怪的事情。祝酒词里冰雪斗士之类的字眼也没让他们大惑不解。他们欣然起身,朝大家鞠躬致意。

而我们还是收到了酬金。

[因诺肯季]

在以前的旧房子里,我有时会感觉自己身处孤岛——被困在陌生生活的汪洋中。仿佛一个可怜的鲁滨孙·克鲁索。

---

① 此处普拉东诺夫搞混了贾布琴科夫妇和萨夫琴科夫妇。

[盖格尔]

我越来越担心因诺肯季了。

他的行动越来越不稳当。有时他走着走着就会微微趔趄一下。

如果不留意是不会注意到的。而我一直在留心观察。我在猜测事态发展的方向。

我认为,他不单有日常行动的问题,短期记忆力也出现了损伤。如果说话时突然走了神,他常常会忘了自己刚才要说什么。

我暂时不想跟他,也不想跟娜斯佳谈及此事。我不想吓着他们,只能暗自希望他的症状是暂时的。

还有那个油气公司的活动。我知道他可能是因为喝多了酒才说错话,但那天发生的事情还是让我很不舒服。他怎么能把头天背了一整晚的东西给忘掉呢?

至于那场活动,完全是娜斯佳弄出来的幺蛾子。不管他们怎么骗我说她跟这件事没关系都没用,我鼻子一闻就知道:这就是娜斯佳的主意。

我真想敲她的脑门,但还是忍住了。毕竟她也不失可爱。

周日 [因诺肯季]

今天我们去亚历山大·涅夫斯基修道院的墓地[①]散了会儿

[①] 这座修道院是彼得大帝下令修建的,修道院所属的尼科尔斯基墓地里埋葬了许多名人,如俄罗斯科学院创始人罗蒙诺索夫、作家陀思妥耶夫斯基、音乐家柴可夫斯基等。公墓始建于1861年,位于涅瓦大街尽头。

步。我总喜欢在墓地散步。可娜斯佳不喜欢。有一次我们在墓地散步时她说,有个念头总是不断折磨着她:我们的幸福总有一天会走到尽头。我答道,的确如此,那一天甚至可能很快到来。毕竟这世上什么都可能发生。刚说完我就后悔了:娜斯佳哭了起来,哭得我都快不认识她了。

昨天是个好天气,九月的阳光懒懒地洒落在肩头,地上金黄的落叶这里一团,那里一片,还没变成厚厚的地毯。娜斯佳挽着我的胳膊,脸颊贴在我肩头,因此我们只能慢慢走。我们逐个欣赏着墓碑上的铭文。老式的墓碑比现代人的优美得多,甚至胜过那些富豪的墓碑。他们用古俄语写就的墓志铭也隽永美好,现在的正字法根本无法与之相比:因为它们有灵魂,与俄国文学的黄金时代息息相关。

甚至我的青年和童年也与之息息相关,尽管我没有亲历过文学的黄金时代。"普拉东诺夫(老师抬起眼,从夹鼻眼镜上方看着我),俄语词根 ять① 是什么时候出现的?"我已经记不清她的容貌、身材或声音,但她从夹鼻眼镜上方射来的目光却历历在目。为什么我用的是"她"——毕竟老师也可能是一名男性吧?不,他就是个男老师。我记得夹鼻眼镜的挂绳是从他的常礼服口袋里垂下来的……我答道,ять 多见于源自古俄语的词,例如:ѣжать、бѣдный、блѣдный、вѣко、вѣкъ②……

我们来到一块花岗岩墓碑前,上面似乎有什么似曾相识的内容,但我一时没想出缘由。不,我知道。我明白了:我

---

① ять 即后文中的字母 ѣ,是历史上的西里尔字母和格拉哥利次字母,目前仅用于教会斯拉夫语。
② 这几个词分别意为:奔跑、贫穷、苍白、眼皮、世纪。

认出了那个名字，捷连季·奥希波维奇·杜布罗斯科洛诺夫，1835—1916。我还想起了那句话："勇敢向前走！"不知为何这句话没有刻在墓碑上，不过这世上并非所有东西都会被记录下来。

捷连季·奥希波维奇，勇敢地走向天国吧！躺在门边的毛熊玩具，飞奔着穿过一长溜房间的我，大获成功的诗朗诵。理论上讲，这里埋葬的也可能是另一位捷连季·奥希波维奇，但直觉告诉我，他就是我那位故人。他在风云骤变的前一年就去世了。他一定走得很平静，对即将发生的巨变浑然不觉。我愿意相信他是抱着对儿孙们未来安稳生活的希望，在家人的陪伴下安然离开的。

距离1916年已经过去了八十三年，想必捷连季·奥希波维奇坟墓里的遗物所剩无多：一具白骨，一枚结婚戒指，精美制服上的纽扣（制服本身也可能侥幸残存！），还有两个尖尖的胡梢。对，尽管只剩下一点微不足道的东西——但它们都属于那个捷连季·奥希波维奇，象征着那个在我人生的第六个年头，让我在艰难时刻振作精神的人。此刻，他就躺在我脚下两米处……

"如果挖开这座坟墓，"我对娜斯佳说，"你会看到一个人，我们最后一次相见是在1905年。"

娜斯佳定定地看着我。她用沉默表达了自己的态度。看来她并不想把捷连季·奥希波维奇挖出来。

"这只是我童年见过的一个人，"我解释道，"父亲把他的全名告诉了我，我就把它记住了。一件平常小事。但这是我记忆里留下的第一个姓名。你能明白我今天忽然在这里遇到他的心情吗？"

"没有比这更奇特的相遇了。"

娜斯佳更用力地靠在我肩上。她放心了，没人想把捷连季·奥希波维奇挖出来。

[娜斯佳]

今天的故事可以取名叫"一次奇特的散步"。今天我和普拉东沙去亚历山大·涅夫斯基修道院的尼科尔斯基公墓闲逛。顺便提一句，这不是我们头一回在公墓散步了。普拉东沙他，怎么说呢，对这种地方似乎情有独钟。我倒不觉得是负担，可另一方面，这样的散步也没法改善我的心情。那儿毕竟不是迪士尼乐园。可为了肚子里的孩子，我又需要多散散步。

就这样，走着走着，普拉东沙突然在一个墓碑前停住了脚步。那座墓穴里埋着一个名叫捷连季·奥希波维奇·杜布罗斯科洛诺夫的人——要是这样的名字都记不住，简直是罪过。捷连季·奥希波维奇是"勇敢向前走"这句名言的原创者，这句话是他本人在我丈夫小时候亲口对他说的。不可否认，话是不错，不逊色于捷连季·奥希波维奇这个名字本身，但单单一句话无法解释这块墓碑给普拉东沙造成的影响。

他向我细细讲述了这句话的来由，然后又说，如果把捷连季·奥希波维奇挖出来，他的坟墓里面恐怕除了白骨和制服外什么也没有。嗯，我同意，这种事上没必要夸大其词。可他又想了想，说也许还能找到他的胡梢。还有一些金属小物件。我忽然发觉他是在认真地、郑重其事地谈论此事。接下来就要挖开墓穴，找出那些物件。我们在这座坟墓前站了近一个小时。

散步的过程中最让我伤心的事情是：当我们走进修道院的时候，普拉东沙又崴了脚。他说大门口的路都是鹅卵石铺的，而他平时走惯了柏油路。我点了点头，可还是借着突然涌上心头的担忧，牢牢抓住了他的手臂，把头靠在他肩膀上，和他贴得越近越好。他的步子不知为何摇摇晃晃。我不确定该不该告诉盖格尔。他总爱过度保护，肯定会立刻拖着病人去做检查，但普拉东沙早已受够了医院的折磨。还是再等一等吧。

周二［因诺肯季］

在美术教室里，座位的选择至关重要。最有意思的是那些视角刁钻的座位。例如，观察米开朗琪罗《垂死的奴隶》的最佳角度是紧挨他脚下，四分之三偏侧面。这时你能看到他的头朝后仰到了极致，如果你的位置在前三排，还能看到一般观察不到的下颌面和鼻孔。人物的双眼被鼻梁遮住，额头也不见了。那些熟知透视法、擅长构建复杂的造型，并且善于观察和复现结构比例的人，总会想方设法坐到这些位置上。

另外，"马克斯"的真名是亚历山大·瓦西里耶维奇·伯斯伯利塔基。我在一本关于艺术学院的书里把他挖了出来。我先是在一张集体照片里认出了教授，然后在旁边的说明文字中找到了他的姓氏。他死在白海运河[①]。在我看来，他的外表太过惹眼，和一九一〇年代相称，却和三十年代格格不入。看来亚历

[①] 即白海–波罗的海运河，建于1931—1933年，是苏联第一个五年计划的重大成就。由北向西南经奥涅加湖、斯维里河、拉多加湖南岸的新拉多加运河、涅瓦河，同波罗的海相通。运河由波罗的海的劳改犯建成，创造了建筑速度的奇迹，但背后是无数劳改犯生命的代价。

山大·瓦西里耶维奇对风气的变化很不敏感。

〔盖格尔〕

这几个月来我一直在阅读因诺肯季写的东西,似乎已经学会了透过他的视角看待世界。

有时我甚至仿佛在用他的视角观察事物,用他的耳朵去捕捉声音。

手术刀扔进托盘的啪嗒声。

绷带撕开的咔嚓声。

地板洗完的味道,有时是柠檬味,有时是草莓味。如果味道不算甜腻,倒是可以稍稍改善我的心情。

那是变化的味道。只有闻到它,我才会意识到自己的生活发生了巨变。过去我的生活是消毒水味的,我还记得那些日子。

担任住院医师的时候,我还兼职打扫卫生,每天得用消毒水清洗地板。尽管那气味让人作呕,却与我的青春岁月密不可分。一听到那个词语,我就会心跳加速。

看来即便是让人作呕的东西,假以时日也可温暖人心,引起阵阵感慨。更别提那些美好的事物了。

我的时间没有断层,但仍会为逝去的时光如此感伤。

更别说因诺肯季了——他的两次生命就像一条大河的两岸。他仿佛站在现世的岸上眺望往世。

可那河却非他亲身泅渡。对他来说,压根不存在什么河流。只是一觉醒来,河流已在身后。往日的道路化作了河床。而那条漫漫长路,他从未用双脚丈量。

他曾经对我说过,他怀念那段自己错过的岁月。

周四〔因诺肯季〕

今天我读了巴赫金①的书。盖格尔偶尔会给我拿来一些——照他的说法——文化人必读或至少要初步了解的书。它们都是在我沉睡的年代里各行各业最出色的知识结晶。读着巴赫金我忽然想,鲁滨孙因为自己的罪孽被扔到了孤岛上,失去了自己熟悉的世界。我也因为自己的罪孽,失去了自己熟悉的时空。如果没有娜斯佳的话……

话说回来,原来娜斯佳也读过巴赫金,她把我这样失去时空感的人称为时空缺失者②。盖格尔笑得很厉害——尽管他对娜斯佳态度复杂,但还是很欣赏她。我却笑不出来。我突然想起了那些丧失了时空的人:他们都是死人。我明白了。原来我和鲁滨孙都是活死人。对于那些旧时空的旧相识来说,我们已经死了。

周六〔盖格尔〕

我打电话给因诺肯季,接电话的是娜斯佳,她说普拉东

---

① 米哈伊尔·巴赫金(1895—1975),苏联文艺学家、文艺理论家、批评家、世界知名的符号学家。其代表作包括提出"时空体"理论的《小说的时间形式与时空体形式》。在时空体的范畴体系中,时间与空间相互依存。时间是心灵体验的形式化,而空间是时间形式的空间化。这种时间形式的空间化是与现代社会中个体的危机意识相关的时间体验。换言之,与普拉东诺夫对自身所处时空混乱迷茫的感受遥相呼应。
② Хронотоплес 这个词是作者生造,前半截是巴赫金提出的"时空体",后半截是英文词尾"less",意为"没有时空的人"。

沙去斯摩棱斯克公墓了。她陪他去过好几次，但老去墓地散步（听筒里传来呼哧呼哧的喘气声）让她觉得身心疲惫。

"去墓园散步？"

"对，去墓园。这是他的新爱好，"娜斯佳顿了一下，"去找他过去的老熟人。"

我立刻前往斯摩棱斯克公墓，努力回忆着他母亲墓地的位置朝前走。几分钟后，我在小路尽头看到了因诺肯季。即使在黑暗中，他依然听从我的建议，戴着眼镜以免被人认出。其实即便如此，人家也能认出他。

他走得很慢，不时趔趄，手里拿着一个报纸卷的小包——用的是《晚报》。那包裹形状奇怪得很，以至于起初我光顾着看它，都没注意他踉跄的步伐。

我跟他打了个招呼，随即问他什么东西能捆在报纸里带到墓地来。因诺肯季涨红了脸，含糊地喃喃自语。如果早知道这个问题会让他这么窘迫，我就不问了。

"您也可以不说……"我笑道。

"没什么好隐瞒的。"

因诺肯季打开报纸。里面赫然是那尊忒弥斯雕像。真没想到。为什么他要把她带到墓地来？他要在这里伸张何种正义？

我忽然觉得有点可笑，但还是忍住了。为什么，为什么……显然他是来看望母亲的——他从不去阿纳斯塔西娅的墓地。他们母子明显和这尊忒弥斯有什么关系，而且是一件叫人羞愧的事情……

我们沿着小路慢慢向大门走去。我故意低着头，装出在沉思的样子，其实在观察他的步伐。

他的确有一条腿瘸了。

我得尽快着手彻底检查他的身体了。但我什么也没告诉他。

〔娜斯佳〕

我们都被普拉东沙的写作癖传染了。他老是说：再多写点！于是我发觉自己老是在思索该怎么更好地描述这样那样的事情。听说就连盖格尔也在细节描写上下功夫。不过，为什么盖格尔就不行呢？我凭什么觉得他没有艺术天分？要知道，"盖格尔"在德语中的意思就是小提琴家。

周日〔盖格尔〕

就拿晨会上的合唱来说吧。

我们中学有个合唱队。当然我不是队员——凭我这音感，根本没法唱歌！但我总是听得如痴如醉——每逢节日，他们就会在晨会上表演。

最令人愉悦的是新年晨会。

合唱队员（迈着轻巧的脚步）走上舞台上的木头架子。那架子我至今也不知道该叫什么。总之就是安装在舞台上的三层长凳。

据他们的队长说，这种设计可以最充分地发挥歌手的嗓音潜力。队员们在架子上排成特定的队形，歌声以某种特殊的方式飞上天空，直击灵魂。至少击中了我的灵魂。

姑娘们的声音尤其纯美，如同成色最高的纯银，晨会之美完全由她们定义。我悄悄将她们的歌喉形容为"清晨之音"。

现在我每天都会在车里听歌,包括合唱的歌曲。

如今鲜有歌手再用"清晨之音"歌唱。甚至可以说他们那压根不叫真正的歌唱。

尽管他们能发出悦耳又专业的声音,但偏偏没有那股魔力。没有清晨的味道。

[娜斯佳]

1993年,我和母亲在突尼斯。那是我们第一次去国外度假(也是唯一一次!)。第一个没有父亲的假期。尽管我们用的还是他从美国寄来的钱。他还没有正式离开我们,仍在寄钱给我们,但怎么说呢,他的事情已成定局。有一次他来看望我,我透过窗子目送他离开,结果看到有个年轻姑娘在我们院子里等他。倒不是他觉得没必要遮掩,只是根本没考虑过这个问题。一般人在意的事情,他压根不过脑子。一顿热吻过后,他们勾着小手指一块儿走了——洋派,我们那时候还不兴这样。后来我又在城里碰到过他们一次——这回父亲觉得尴尬了。而她,那个跟我父亲一起来的美国人,就住在酒店里。我猜白天大部分时间,他都和她一起在房间里鬼混。

我刚才想说什么来着?对了,突尼斯。我想好好描写一下突尼斯——我印象最深的城市之一。"迦太基必须毁灭!"[①],还

---

① 语出自罗马元老院议员老加图。当时罗马认为迦太基是一个巨大的威胁,老加图曾以大使团队一员的身份拜访过迦太基,回国之后此人在每次演讲的结尾均会明确喊出"delenda est Carthago!",即"迦太基必须毁灭!"迦太基位于今突尼斯北部。

有那位元老——他叫什么来着？——我已经忘了……海滩。热浪。与之形成对比的是凉爽的酒店大堂，以及"全包套餐"内的非洲水果和蔬菜。在突尼斯的第一个晚上我就受到了最高规格的招待（这也是"全包套餐"包含的内容）。

突尼斯的夜晚就像一首美妙的歌曲，清新美妙得仿佛根本不属于非洲，简直绝了……也许正是它让这片土地变得如此富有吸引力，引来了不同种族的侵略者——也包括我的母亲。我厌倦了跟她没完没了的争吵，因为没法改签机票，我只能度日如年地等着离开突尼斯的那天。我写这些干吗？问题又不在妈妈身上。

问题在普拉东沙身上。我感觉有什么不好的事要发生了，为此魂不守舍。我跟盖格尔谈过了，他也惴惴不安。他说的话就像一记耳光打醒了我。尽管其中一半我都听不懂，但听懂的那一半足够把我吓得目瞪口呆。

[盖格尔]

我们的程序员告诉我，电脑系统并不一定自动给每篇日记都标明星期。

我问是否可能给缺失的那几篇补上星期数。他说在虚拟世界中没什么不可以的，不过是要花多少时间和精力的问题。

我忽然犹豫起来：有必要吗？

周二 [因诺肯季]

趁娜斯佳去上课，我又去了一趟尼科尔斯基公墓。一看到那块墓地我便痛苦不堪——我还记得它饱受摧残之前的样子。小时候这里四处都是美丽的大理石墓碑,现在全都不见踪影。我问自己,他们要墓碑做什么——二次利用?铺设人行道?我们这些甘于去拆毁自己墓地的人民到底遭遇了什么?他们的遭遇,也就是我们的遭遇。

扫祭日,我和父母常来这里祭拜一位亲戚。我很喜欢这样的旅行,就像乡村郊游一般:这里有绿地和池塘,不像墓地,倒像个公园;距离涅瓦大街仅一步之遥,没有一丝忧伤的气息,甚至连死亡的阴影都感觉不到。多亏这片墓地,我甚至克服了对死亡的恐惧。怕还是会怕的,但至少不会恐慌。

还有一个地方能让我忘记对死亡的恐惧:索洛韦茨基岛。和尼克尔斯基公墓不同,死亡的气息在岛上无处不在。说死神是为了寻找牺牲品才常来我们的棚屋拜访并不准确:这里就是死神的巢穴。死亡的存在融入了日常,以至于无人再去关心。人们毫无畏惧地死去。

此刻,站在捷连季·奥希波维奇的墓前,我回想起他曾对我慷慨伸出的援手。他静静地躺在距离我两米远的地方——实际上只是一步之遥。他的坟墓夹在两座人工的土堆之间,好似惊涛骇浪中的一叶扁舟。

上次娜斯佳可能以为我真要把他的尸身挖出来。我真有这个打算吗?应该没有。尽管我并不害怕掘开他的坟墓。他怎么也不会比索洛韦茨基岛上那具蠕动的尸体更可怕。死去的捷连季·奥希波维奇估计和活着的时候差别也不大:他那颗脑袋活着的时候就跟骷髅头差不多。没错,我是很想见见他。如果我能穿透这两米厚的土层,我一定会走进他的墓穴。如果他从墓穴里对我说："勇敢向前走！"我一定会大步朝他走去。

[盖格尔]

因诺肯季需要立刻做个头部核磁共振。我们诊所的成像仪坏了，不得不另找一台。

这种仪器在城里一只手都数得过来。每台后面都排着一大帮等着检查的患者。

我试图给他们解释这位患者的特殊身份。他们同情得连连点头，遗憾地解释说，预约已经排到半年之后了。倒是有个加速的法子，能把排队时间缩短到四个月。想必这对于一个经受过冷冻手术的人算不了什么。O, mein Gott①……

我给他们塞了三百美元，预约到了后天的检查。

[因诺肯季]

我的记忆似乎出了点奇怪的小毛病，经常发生短暂失忆。

晨祷时常听人祈祷："请把我从酷烈的回忆中拯救出来吧。"② 我也如此祷告。但我的失忆却是另一种性质：有时我连一分钟前想要做的事情都忘记。

而酷烈的回忆却仍在原地徘徊。

---

① 德语，意为"我的天"。
② 这是一句常见的献给圣母的晨祷词，有祈祷排除杂念恶念的意思。

周四〔娜斯佳〕

普拉东沙去历史档案馆办了一张会员证。

"你想去那儿找什么资料?"我问他。

"我要去找自己的同辈人。"

"我也是你的同辈人,"我笑着说,"你还需要找谁呢?"

但他没有露出笑容。

"说得没错,那些形形色色的人,"他说,"跟你相比不足一提。他们只是我生命中微不足道的见证人。"

我靠向他,他在我额头轻轻一吻。我爱他在我额头的轻吻;也爱他亲吻我其他地方,但额头的吻有其特别之处——带着一种友情,甚至兄弟情的色彩。这样的情谊在最恩爱的情侣间也实属少见。现在我明白为什么奶奶那么珍爱额头的亲吻了。仔细想来,她一生都忠于自己的爱人。但我对他的爱意也丝毫不输给奶奶。过去我从不把这些想法说出来,哪怕自言自语都没有,更不会对他说。但今天临睡前,我全说了出来。说话时我半侧着身不敢面对他。他却把双手放在我肩头,让我转过身来与他相对。我们就这样默默良久。一言不发。

明天他就要去做脑部核磁共振了。不知为何,我内心惴惴不安。

周五〔因诺肯季〕

今天盖格尔给我安排了核磁共振。他觉得我的状况不容乐观(说老实话,我也有同感),因此我们才到诊疗中心来检查。

不知为何，盖格尔异常郑重其事。他说必须给我摸个底。我开了个玩笑，说我的家底早被自己挥霍光了。尽管我是想鼓舞士气，但这笑话听起来有些悲凉。盖格尔没有笑。给我做扫描的人一个也没笑。

正式开始前，他们问我有没有幽闭恐惧症。一个在冷冻舱里躺了那么多年的人还能有幽闭恐惧症？神奇的是，当他们真提出这个问题时，我反而自我怀疑起来。我一边思索一边脱鞋，直到躺在检查床上，还是没有得出结论。这是我第一次遇到这个问题。我的回答是"没有"。

但当铁罩在我头顶上合上，检查床缓缓滑进黑洞洞的管道时，我忽然觉得，我的回答应该是"有"。这过程实在太像火葬场里棺材缓缓滑进焚烧炉的样子了，我在电视上见过。仪器的盖子跟棺材一模一样。难怪医生叫我闭上眼。为什么我还大睁着眼睛？

在完全滑进管道前我看见的最后一幕是医生的身影消失在那道铁门后面。那门是铁的！在这条管道里，我不能移动。我开始把自己代入成果戈理，如果关于他的传说是真的，那躺在棺材里的他该是何种心情①……一阵寂静无声的恐慌忽然笼罩了我。我赶紧闭上双眼，想象头顶是一片星空，让心情放松下来。耳边先是有什么东西嗡嗡作响，接着是噼啪声，安静片刻，又嗡嗡了一阵子。一台智能机器就这样给我的大脑拍了几张照片。可爱的它会弄清楚我的双腿为什么弯曲，我的头脑为什么健忘。

---

① 关于果戈理的死亡一直有种种传说。1931年他的坟墓被搬迁到莫斯科的新处女公墓，由于人们发现他的尸体姿势古怪，棺材内侧有撕扯痕迹，便传说他是陷入昏睡后被活埋的。

它将平静而公正地给出报告。

我被推出了管道。系鞋带的时候，我看见盖格尔从医生手里接过片子，对着灯光查看。他的表情模棱两可，看不出对结果是否满意。他与我道了别，一头钻进自己的诊所，胳肢窝下面夹着刚拍的片子。

［盖格尔］

简直是灾难。

真不知道我是怎么在因诺肯季面前保持冷静的。一场彻头彻尾的灾难——只消扫一眼片子，我便全都明白了。

我回到诊所里仔细查看了他的片子，不由得抱住了脑袋。死亡的脑细胞不计其数。

最可怕的是，我对他脑细胞死亡的直接原因毫无头绪。

当然，笼统地来说肯定与冷冻有关，但病理是什么？病症发生的具体机制是什么？如果无法清楚地解释这一点，就无法进行干预。

而他一开始就被当成"成功案例"宣传……

解冻后，他的状况一切正常。在因诺肯季还没苏醒时，我们就给他做了核磁共振。那时候我们的机器还没坏……

现在最关键的问题是：我该怎么对普拉东诺夫解释？

还是干脆什么也别说？如果要说，是对两个人都说？还是只对其中一人坦白？

我又该对谁说呢？

[因诺肯季]

今天我泡在档案馆里。档案馆的人差点儿没对我夹道欢迎。他们对我有种莫名的亲切感：因为我本人就是一部档案。他们很好奇我究竟对哪个历史时期感兴趣。但我感兴趣的不是某个时代，而是时代中的人。此外，还有那个时代的声音、气味、说话方式、肢体语言、行为举止。有些我还记得，有些已经忘了，忘得一干二净。我一说明来意，他们全都尴尬地咳嗽起来，露出意味深长的笑容，或许是以为我的脑子还没有彻底解冻。他们向我询问了具体想要查询的年份。我说，我想查看1905年到1923年间彼得堡的资料，以及1923年到1932年间索洛韦茨基岛的资料。一位姓亚申的红发小伙子被派去档案库里帮我取"硬纸箱"了。

硬纸箱就是装着档案资料的大箱子。亚申搬来好几只分属不同时代的纸箱，每只里面都有一张清单。我打开第一份清单，立刻沉浸其中。里面列出了一长串机构名单及雇员名单、办公室档案、政府指示文件，甚至还有一大摞剪报。给我拿来这些东西的亚申就站在不远处，我能感觉到他同情的眼神落在我后脑勺上。

红发小伙儿的同情化为了行动。最后他居然走到我面前，提出要帮我一把。他问我对哪些名字最感兴趣。

"说了名字您也不知道……"我刚想开口，亚申就打断了我：

"写个名单给我，然后告诉我他们活动的主要年份。先列份十人名单给我吧。"

捷连季·奥希波维奇活跃的年份是哪几年呢？不过，捷连季·奥希波维奇的生平我大致是了解的——他的生命已经终结在尼科尔斯基公墓。那我的老同志斯克沃尔措夫呢？在饥荒的彼得格勒被赶出领煤油队伍的斯克沃尔措夫，也算是我的同代人。还有那个契卡沃罗宁？他的活跃期我可是充分地领教过，用身上的每一个细胞感受过。斯克沃尔措夫和沃罗宁，就像两只截然不同的鸟，都曾掠过我的生命……我写下十个人的名字，交给了亚申。

周二 [娜斯佳]

我满脑子都在担忧普拉东沙的健康问题，心绪不宁。白天我会觉得这些担忧实在可笑，夜里又忍不住忧心忡忡。到底是什么引起了我的担忧？不知道。我不知道！盖格尔有些疑虑，但愿它们不会成真。因为我着实被它们吓得不轻。

今天早上我假装去刷牙，把自己关在浴室里默默哭了一场。我打开水龙头，以免他听见我的哭声。甚至擤鼻涕的时候都没出声——只是静静擦掉了鼻涕——毕竟他一听见擤鼻涕就会知道我哭了。

真的，人一哭起来就要擤鼻涕。

[因诺肯季]

亚申打来电话，说找到了奥斯塔普丘克的资料。

"请拿支笔记下来。"

"我这就记。"

伊万·米哈伊洛维奇·奥斯塔普丘克。生于 1880 年。1899 年至 1927 年在普尔科沃天文台当看门人。

（我补充一下，1921 年，他曾和我一起在日丹诺夫卡河滨街 11 号加工木头宣传板。我们一起躺在层层叠叠的木板上喝过他妻子从乡下送来的劣质自酿酒。）

1927 年，他离开列宁格勒回到那个酿酒的村庄——杰文斯基村[①]——顺带一提，这个小村庄离希维尔斯克不远。我猜想他的逃离纯粹出于恐惧，显然，奥斯塔普丘克以为在小村庄里能更轻易地躲过恐怖的灾难。如果他真的这么想，那真是个重大的误解。

几个月后，他因进行反苏维埃鼓动宣传而在村里被捕。证据之一就是他曾在 1921 年 5 月一个阳光明媚的日子里，挥舞着锤子制作宣传板。后来那些宣传板被挂了出去，上面的海报被定义为反苏宣传。和他一起干活儿的我应该也进入了调查视野，但由于某种原因，我当时并没落网。难道是因为我已经由于谋杀入狱吗？不太可能。相反，如果我是调查员，肯定会把我这个反苏宣传分子锁定为杀人犯。

现在最有趣的地方来了：1932 年初，反苏宣传分子奥斯塔普丘克来到了索洛韦茨基岛。我们曾打过照面吗？理论上是可能的——如果奥斯塔普丘克也被送到了冷冻和再生实验室。但他没被送去实验室，我们的命运再度分道扬镳。1935 年，他回到列宁格勒，在熟悉的普尔科沃天文台找了一份工作，一直工作到 1958 年去世。

[①] 这个村庄和希维尔斯克同属于圣彼得堡郊区的加特契纳区。

这就是亚申找到的奥斯塔普丘克的所有信息，全部出自普尔科沃天文台的档案。这些资料还透露了奥斯塔普丘克的长眠之地——谢拉菲莫夫公墓①。天文台对这位员工生前的奉献评价甚高，在他死后也没有撒手不管。亚申说，在天文台的财务报告中，不仅留下了给奥斯塔普丘克修建墓碑的账单，还有给他的墓地送花圈和鲜花的记录。他们甚至每五年购买一次"镀银"油漆，说明墓地的围栏也有人定期养护。默默无闻的奥斯塔普丘克的墓碑右上角还刻了一行拉丁文：Per aspera ad astra②。

[盖格尔]

今天我和娜斯佳谈了谈。我给她解释了目前的情况。更准确地说，是给她解释了我目前了解的一切，因为有些事我也解释不清。

我不打算在这儿长篇大论地谈论医学问题。这些天来我已经在病历里写了不少，再多啰唆就有点愚蠢了。何况我翻来覆去讨论的都是那几个老生常谈的问题。

娜斯佳察觉情况不妙，惊慌失措起来。她的第一反应是紧紧抓住我的手，陷入了歇斯底里的情绪。

她能把情绪发泄出来，这很好。比埋在心里要好。那样她会更难排解。

我的心情糟透了。医生不该和病人建立这么亲密的关系。

---

① 位于圣彼得堡滨海区的一座公墓，位置比较偏远，与彼得格勒岛隔小涅夫卡河相望。
② 这是一句拉丁语名言：坎坷之路，终抵繁星。——作者注

这对双方都没好处。

但因诺肯季对我来说不是病人。我自从把他从液氮中解救出来,就把他当作儿子般看待。听起来可悲,但事实如此。何况我的确无儿无女。

我好奇的是,娜斯佳会告诉因诺肯季他的大脑出了什么问题吗?我并没有阻止她这么做。我甚至自己都不知道该不该对他说实话。

但如果他问起呢?如果他问了,那……我还是不知道该怎么办。尽管我已经对他有了深入研究,却还是无法预计他的反应。好吧,如果非要说,最好也是由娜斯佳告诉他。

我低头一看,手臂上出现了一块淤青——娜斯佳刚才抓住我的时候当真下了力气。没错,她也有认真的时候,尽管平时脑子里全是鸡毛蒜皮的小事。

周四〔娜斯佳〕

盖格尔和我谈了一场。其实我早有心理准备。我明白不会有什么好消息。我很难复述出盖格尔告诉我的细节,大意就是普拉东沙的病危及生命。他的脑细胞开始大规模"衰灭"。"衰灭"并不是说彻底死亡,而是指细胞的功能在迅速退化。在这个过程中许多细胞都会彻底死亡,只有一小部分能够恢复。在他看来,普拉东沙的右腿不跛了,就属于一定程度上的恢复。但总体来说,他的身体每况愈下——而且是急剧恶化。最近盖格尔正在研究普拉东沙的脊髓——他在那儿也发现了问题。

尽管现在我可以清晰地复述出这些话,但听到盖格尔说出来的时候，我就像疯了一样。现在想想还羞愧得无地自容。他对我的态度本来就有所保留（难道我看不出吗？），这下他肯定会彻底疏远我。我没有问盖格尔要不要把全部真相告诉普拉东沙，但我很快就想明白了，我应该自己做决定。一方面，让一个病人承担如此沉重的真相实在可怕；但另一方面，即使隐瞒也会很快被他发现，到时候只会让他的情况更糟。我思前想后，却还是下不了决心。但晚上一见到他，我立刻忍不住哭了出来，什么都说了。当然不是全部。我只是说了原本就打算说的那部分。总之，我还是对他坦白了。

他的态度很平静，对我说这都在他意料之中。液氮中度过的漫长岁月肯定会以某种方式对他的身体产生影响。

爬上床后，我又忍不住对他说：

"没有什么困难是我们不能克服的。只要不放弃希望。"

他抱了抱我，把嘴唇贴在我鼻梁上，喃喃道：

"当然。我一生都在努力抓住希望。"

[因诺肯季]

娜斯佳把 MRI 的结果告诉了我。最好还是叫它的全称——核磁共振吧，缩写听起来有些可怕，跟我的检查结果一样可怕。

今天我去了一趟谢拉菲莫夫公墓。从档案里我得知奥斯塔普丘克的墓就在教堂旁边。我毫不费力地找到了它：老远就能看见那行拉丁铭文。褐色碑石上的字迹好像也和围栏一样用银色油漆重新粉刷过。有趣的是，我和奥斯塔普丘克在那个难忘的日子里说了那么多话，偏偏没有提到过星星。那是我们初次相遇的日子，也是我们诀别的日子。

彼时我就隐约预感到，这就是我们的最后一面了，不过一次足够我们铭记一生。倒不是与奥斯塔普丘克的谈话有多么令人难忘，刻骨铭心的是那种即将诀别的预感。那个可怕的念头在我脑中挥之不去，因为每失去一个人，告别一件事，都是向死亡靠近一步。死亡意味着失去一切。

在这里，在谢拉菲莫夫公墓，我意外地见到了奥斯塔普丘克本尊，那个给我俩的酒杯里倒满自酿酒的男人。他真是个自相矛盾的人，一边为杂味频频皱眉，一边满心欢喜地咂摸那滋味。心疼衣服的奥斯塔普丘克不愿因为一点小事就弄皱衬衫，便脱了上衣，打着赤膊，坐在自己墓碑的底座上，用手指捏住鼻子（毕竟喝的是烈酒），扬起下巴，一饮而尽。我在旁默默注视着他的喉结上下滚动。

下面轮到我了：我拿出珍藏已久的伏特加，把它倒进从家里带来的银质高脚杯里——1921年的我们可没有这么奢侈的条件，但那时候穷苦对我俩都是好事。老实说，今天喝酒既是因为恰合时宜（毕竟这里不是钉木板的工场），也是因为我早就想和奥斯塔普丘克痛饮一场了。他就在两米开外——尽管不是身边，而是脚下——但确确实实近在咫尺。我想坟墓里的他应该穿着双排扣制服，或者其他庄重的衣服，如果他临终前没心疼衣服的话：埋在地下的东西总是腐朽得很快。

奥斯塔普丘克的陪伴并没让我感到恐惧。与他不同，尽管我的核磁共振检查结果很糟糕，但我说不定还能再活一阵子，还能四处溜达，比如乘着电车沿萨武什金大街来到公墓大门，买一瓶伏特加和其他七七八八的东西。最重要的是——我能活着离开这片墓地,与日夜长眠在美丽的铭文之下的奥斯塔普丘克有本质上的不同。尤其是夜晚,如果真如铭文所说,那么在冰冷的星光下,他也依然想要奔赴自己效忠的岗位。

周六〔娜斯佳〕

昨天普拉东沙回来的时候醉醺醺的。我问他:

"如果可以的话,能告诉我你去哪儿喝酒了吗?"

"当然可以,我亲爱的。我去谢拉菲莫夫公墓和奥斯塔普丘克喝了几杯。"

"这个奥斯塔普丘克是谁?"

"奥斯塔普丘克,我亲爱的,是一个故人。"

他吻了我一下,然后在电脑前呆坐了将近一个半小时。

〔盖格尔〕

我几乎无法解释目前的状况。

也无法做出任何改变。

我很害怕。

今天我梦见自己坐在一辆飞驰的汽车里。坐在方向盘前的正是我自己。倒霉的是,车里其实并没有方向盘。甚至连刹车都没有。梦境的含义不言自明。

对,我明白,细胞衰亡是长期冷冻的后果。但这说明不了什么。我依然不明白因诺肯季的大脑里究竟发生了什么。

为什么他解冻后半年细胞才开始衰亡?一个已经受损的细

胞压根就不会"醒来"。但它们却苏醒了,而且整整半年都在不眠不休地工作!

难道说细胞衰亡的进程从他醒来那一刻就被触发了,只是累积到现在才急转直下?也不可能:因诺肯季的健康状况一直处于我们严密的监控之下。

也可能是因为我们改变了他的康复疗法,因此引起了细胞的衰变。但我们并没改变疗法。没有!

我的脑子简直要烧起来了。

[娜斯佳]

普拉东沙被《时代》周刊评为了年度人物。这本杂志的名字和他正相称,文章的标题也很可爱,但现在我们都没心情为这件事高兴。要是一周前得到这个消息,我们肯定会欢欣鼓舞,甚至安排一场庆功宴,唉……

普拉东沙的眼睛从杂志封面上,从各个巨型广告牌和灯箱上投来凝视的目光:《时代》周刊的宣传手段无可挑剔。他们挑选了一张绝妙的照片,照片中的主角显然没有察觉镜头的存在,正和其他人谈笑。照片自然是黑白的,曝光度惊人地高,最可爱的是他微笑的脸上浮现的皱纹。封面上的普拉东沙看起来像个电影明星。

每当经过报刊亭,我都不由自主地停下脚步欣赏。漂亮。太漂亮了!我不禁要想,如此可爱的人怎么可能遭遇任何不幸呢?世间万事自有定律!一个眼神黯淡、饱受生活摧残的老人生病很好理解,而这样一个貌似花花公子(谁知道他并不是花花公子呢)、活像布拉德·皮特的人怎么会生病呢,他这张脸怎么会和"细胞衰灭"这个词联系到一起?

[因诺肯季]

起初我读了一会儿《鲁滨孙漂流记》,然后又开始读《路加福音》中浪子的故事①。

我曾对娜斯佳说过,仁慈高于公平。而现在我的想法却变了:不是仁慈,而是爱。高于公平的是爱。

[盖格尔]

下班后,我去探望了因诺肯季。

他独自在家。在确定他患病的消息后,这还是我们第一次见面。

娜斯佳在身边的时候,气氛不会这么沉重。她从不允许冷场,sprachfreudiges Mädchen②。

[因诺肯季]

涅瓦大街。飞行家弗罗洛夫的葬礼。我和谢瓦前来为这位

---

① 《路加福音》第十五章中讲了一个浪子的故事。一个富裕的农民有两个儿子,小儿子要了家产浪荡去了,后来财产散尽回到家中,父亲依然给他锦衣玉食,杀了一头牛来欢迎他,大儿子认为不公平而生气,父亲便对他说:"儿啊!你常和我同在,我的一切所有都是你的。只是你这个兄弟是死而复活、失而又得的,所以我们理当欢喜快乐。"对应下文,父亲的爱高于公平。
② 德语,意为"健谈的姑娘"。——作者注

勇敢的英雄送行。我的父母也为他深感哀痛，但没来参加葬礼，因为他们知道自己会忍不住在人前落泪。而我和谢瓦却无所谓，哭就哭吧。十二岁的我毫不脸红地坐在谢瓦肩头，希望多少能看到点儿东西——好多人都和我一样坐在别人肩上。我们说好了过会儿互换位置，但没能换成。大概是忘了。我双手箍着谢瓦的下巴，清楚地感觉到他的泪珠一滴滴落在我手背上。

就这样，送葬的队伍浮现在眼前，仿佛已是第无数次从我们身旁流过。我如此痴迷地凝视它，事后无数次在脑中回放，以至于这一幕在我的记忆中交叠成了重影。就像观看一卷倒放的录像带，队伍加速返回涅瓦大街的起点，再次庄严肃穆地踏上送别之旅。

打头阵的是举着十字架、旌旗和花环的军官们。举着十字架的走在正中间，举着旌旗的阵列在侧，举着花环的紧随其后。随后走来的是捧着死者勋章和奖牌的队伍，排成两列。最后是灵车，上面立着高高的华盖，从送葬队伍尽头都能看见。华盖之下就是灵柩。我们可敬的逝者就躺在棺材里。就像其中一个花环上写的那样，他是我们的伊卡洛斯[①]。

这一切缓缓没过我们。身边的哭号和私语都静止了，只能听见拉灵车的马匹经过时嗒嗒的马蹄声。我把脸扎进谢瓦的头发里，但他没有发觉。我试图把自己想象成躺在灵柩里的弗罗洛夫，环抱着圣像的双臂放在胸前，额前戴着纸做的花环。面色苍白如纸。唇间还残留着烟草的味道。那是他生前抽完的最

[①] 希腊神话中，伊卡洛斯是迷宫创造者代达罗斯的儿子。代达罗斯用羽毛和蜡给伊卡洛斯制作了一双翅膀，警告他不要飞得离太阳太近，否则翅膀会熔化。伊卡洛斯不听劝告越飞越高，最后坠落而亡。

后一支香烟,用我送去的火柴点燃的。

我们背对着圈楼①站在街道上,海潮般的人流经过我们,朝大修道院②涌去。黏稠的人海将所经之物都裹挟其中——无论是有轨马车、轻便马车还是街灯,一旦卷入便无法动弹。

我终于还是跳下谢瓦的肩膀,跟他一起汇入人流,反正只能朝一个方向走——去尼科尔斯基公墓。我们沿着涅瓦大街向前,经过叶卡捷琳娜花园、阿尼奇科夫桥③、圣母显圣广场——走呀走呀,终于走到了大修道院。真想不通,我怎么到现在还没去尼科尔斯基公墓拜谒过飞行家弗罗洛夫的墓。

这就是当时的景象。什么季节我已经记不清了。总之涅瓦大街上如果没有雪,就分不出季节。大街上几乎没有树木,人们穿的衣服也看不出时节。严格地说,彼得堡没有四季,只有冬天和不是冬天的时候,其他季节的界限都模糊不清。

[娜斯佳]

前几天普拉东沙说,我们应该办一场婚礼。我多少明白他的意思。他希望将我们的关系带进永恒的领域。他已经对时间失去了信任,觉得自己时日无多。尽管他没直说,但如果将他在不同场合的只言片语当成马赛克拼凑起来,就能听出他的意思。只有我能看清这一点,因为旁人不可能和他朝夕相处。或许盖格尔也能。对,盖格尔当然看得出来。

---

① "圈楼"是俄国商贸中心的通称,因为一般是一圈合围的房屋而得名。涅瓦大街上的圈楼始建于1758年,如今仍是商场。
② 指涅瓦街尽头的亚历山大·涅夫斯基修道院。
③ 涅瓦大街上的一座重要桥梁,跨越丰坦卡运河,上有四匹青铜马雕像。

尽管盖格尔还不知道婚礼的提议,但他很清楚普拉东沙的大致状况。我也能察觉出盖格尔的情绪。我猜他不比我们好受,但他从不提生病的事情——既不跟普拉东沙谈,也不跟我谈。我很想从他那儿听到几句安慰的话,但他始终没有开口。起初我为此心烦意乱,后来想明白了。盖格尔是个极度理性的人,同时又有种德国人的诚实。既然他还没弄清普拉东沙身上发生了什么事,自然也不知该怎么安慰我。我猜,在他看来,毫无根据的安慰一无是处,不仅没意义,也不道德。但在这一点上他真是大错特错。

另一边,普拉东沙也从来不提自己的病情,但他自有别的原因。他是个真男人,什么事都闷在心里,害怕伤害我。他倒是不怕伤害盖格尔,但两个人都觉得没有结论的讨论毫无意义,所以大家都缄口不言。每次我试图开口聊聊,他俩谁也不搭理我。

对了,热尔特科夫又来了通电话,祝贺普拉东沙当选"年度人物"。我给普拉东沙拼命打手势,想叫他请这位好朋友来喝杯茶。总统爱喝茶。但他没有开口。

[因诺肯季]

这周热尔特科夫来了两次电话——一次娜斯佳在场,一次不在。第二通电话我没告诉娜斯佳。总统在电话里说,他有个很有意思的政策提案想邀请我加入。他说我作为一个千锤百炼的人(他指的是我在液氮里经受的历练?),可能对提案很有帮助……我没等他说完就打断了。我说,我是个不参与政治的人。

"但您,"他反驳道,"还没听完我的计划呢!"

"没听完也好。万一这是个国家机密,我又不想参与,就得带着它进棺材了。"

"的确是个机密,"热尔特科夫嘟囔道,"好吧,不谈它了。我们还是一起喝喝茶就好,对吧?"

他又发出一阵熟悉的笑声,跟上次茶会时的一模一样。

娜斯佳怎么会觉得他的笑声很真诚呢?

[娜斯佳]

今天普拉东沙去盖格尔的诊所做血常规,我趁他检查的时候去了一趟弗拉基米尔大公教堂,路上穿过一个公园,据说以前是教堂墓地。小路纵横交错,落叶还不够厚实,零零散散地铺在地面上,多数是槭树和杨树的叶子。我忽然意识到,已经早秋了。秋意未浓,尚未迅猛地席卷一切。

我们一向是两个人一同上教堂,但这次只有我孤零零一个。我胸口忽地一紧。莫非总有一天,我要独自到教堂祈祷?如果只是脑子里偶然闪过这么个念头,我还可以把它赶走,但现在恰好又是秋天,这该怎么解释呢?秋天可是消逝的季节。我从教堂门口的乞丐们面前走过时,他们甚至没有伸手乞讨,只是默默目送我离开——看来我的样子凄惨到了极点。

教堂里正在举行晚祷——我不确定这说法对不对。整座教堂笼罩在昏黄的光线中,没有电灯,只靠烛光照亮。进门以后我朝左边走去,那里是供奉着治愈者圣潘杰列蒙的侧祭坛。圣像旁挂着献给他的祷文,我通读了一遍,随后俯身把额头贴在圣像外的玻璃罩子上,就这么久久站着。我对潘杰列蒙讲述了普拉东沙的经历,告诉他,尽管普拉东沙经历了那么多苦难,但现在我们即将迎来一个新的生命。不断有信徒来跟我一起向圣像祈祷,额头下的玻璃罩已经不再冰凉,我还在不停地诉说,无声地嚅动着嘴唇。微温的玻璃仿佛传递着潘杰列蒙的温暖。耳边喃喃的祈祷声抚平了我的心绪。

随后我又去"诸忧苦者之喜乐"圣像画旁的"非人手所造的救世主像"面前待了一会儿。我从没做过这样的告解,这还是头一次。尽管只有我在自言自语,但仍是一场真正的告解。作为回报,我得到了一份希望,它取代了原本的绝望,为我这个"苦者"赐予了喜乐。

我到家时普拉东沙已经回来了。尽管一开始并不打算告诉他,但他一问,我还是说了实话。我原本担心万一提起教堂,就会让他发觉自己的状况不容乐观。恐怕这会成为压倒他的最后一根稻草。但我怎么也没想到,祷告能让我获得这样的喜悦,以至于能鼓起勇气对他吐露实情。

他对我说:

"你整个人简直容光焕发。我只是担心,如果你的祈祷没有应验,我的情况没有好转,这份希望会将你反噬。"

说实话,我没料到他会有这样的反应。

"难道你觉得我会带着明知不可能实现的愿望去为你祷告吗?你还记得契诃夫写的那个神甫吗?他去求雨的时候总是随身带着雨伞,那才叫信仰。[①]"

"不需要什么雨伞。只要诚心祷告就好。"

[①] 指的是契诃夫小说《决斗》。小说中主人公的神甫叔叔信仰虔诚,每天早上去旷野里求雨,而且他相信上帝有求必应,所以总是随身带着雨伞。

他在我额头上轻轻吻了一下。我觉得他说得不对。不对!

[因诺肯季]

娜斯佳被急救车拉走了。她已经抱怨了好几天小腹发沉,但不让我喊医生来,今天情况忽然恶化,我们不得不把她送去医院。还好我们恳求医生把她送去了涅夫斯基妇产医院,她从怀孕起就一直在那里产检。真不懂,为什么我这个笨蛋不早点坚持送她去医院……其实我心里明白。她不敢留下我一个人。我也害怕独自在家。究竟有什么好等的呢?既然起了这个念头,就不该犹豫。早就该坚持的——抓起她的手,径直带她去医院。

赶到妇产医院的时候,我们已经难受得直犯恶心。我请求跟她去病房,坐在她身边陪伴片刻——就是不成!他们一个劲儿说,您怎么回事,亲爱的,这么晚才来!好像我们特地挑这时候来似的……但他们只让我留在休息室等待。娜斯佳则被放在推车上送进了病房。目睹挚爱之人被推车带走,真叫人肝肠寸断。唉!

我在休息室的沙发上枯坐了将近一个小时。大伙儿都跑来看我,估计整座医院的工作人员都在我的沙发旁签了个到。他们也就是看看而已,谁也没想任何办法帮我进去陪着娜斯佳。什——么——都——没——做。最后我不得不离开了那张沙发:医院夜里是要关门的。我一言不发地离开了。当然,我可以告诉他们我感觉糟透了,但找不到恰当的形容。

几分钟后,我来到了涅瓦大街上。我本该乘上地铁,甚至票都买好了,但没有上车。

"您上车吗?"站台的值班员问我,"我们快收班了。"

收班吧。一想到娜斯佳不在家,我就不想上地铁了。我走出地铁站,走向莫斯科火车站①,决定在候车室里坐一会儿。人,好多人,可我只想找个明亮清净的地方。我不想和他们交谈,甚至压根不想看见他们,更不想知道他们是什么人。和娜斯佳分别后,我满心希望世上其他人都不存在才好。他们的存在反而让我倍感孤独。我在火车站枯坐了一个半小时。

离开车站,我来到站旁的显圣广场——我记得这里原来有座教堂,还有一座完美的纪念雕像②。我想象着雕像上的帝王迈着坚定的步伐回归自己的王座。前方马路上的汽车没料到他的出现,纷纷打起双闪,连忙停车为尊贵的陛下让道。他的坐骑懒懒地迈着步子,蹄下火星四溅。既然我都回来了,沙皇为什么不能回归呢?我们都是历史的一部分。

我溜达着朝修道院走去。走累了,双腿发软。路旁的楼门前有一张被人扔出来的餐桌。我坐在桌子上。两腿轻轻敲在铁门上,发出沉闷的响声。我从未这样坐在涅瓦大道街头。坐在一张餐桌上。稍事休息后,我继续向前走去。

修道院的门大敞着,叫我吃了一惊。门口的人们仿佛在等待什么。不一会儿,一辆车身上写着"水管公司"的车开了过来,慢慢驶入修道院的大门。我不紧不慢地跟在车后。没人阻拦我:显然我看起来很像"水管公司"的员工。或许是因为我那心事重重的样子吧。跟水打交道的人总是心事重重。

---

① 莫斯科火车站是圣彼得堡市中心涅瓦大街上的主要车站,这里出发的车次都开往莫斯科方向。
② 1909年,俄国沙皇亚历山大三世的骑马雕像被安放在显圣广场,后被移至大理石宫。

稍作踟蹰，我决定去尼科尔斯基公墓转转。巧的是，那辆车也是去尼科尔斯基公墓的。它还是保持着缓慢的车速，几乎伸手就能碰到，车灯渐次照过沿路的树木和墓碑。它们在黑暗中变得异常高大，在灯光下像长了脚一样移动，失去自己影子的同时，又捕获一个新的影子。

尼科尔斯基公墓正在热火朝天地施工。探照灯刺眼的灯光下，我看见两台挖掘机正在挖土，乍一看像是将坟墓里面的泥土挖出来堆在旁边的空地上。不对，不是从坟里挖出来的。走近一看，原来挖掘机是从小路两头向中间对向作业，打算挖出一条沟渠。土沟旁黑漆漆的不仅是泥土，还有几副被翻出来的棺材。漫长的岁月中，有些棺材已经不再整整齐齐地待在原地，几乎跑到了路中间。它们显然会被刨开。

我忽然想起捷连季·奥希波维奇的坟也歪到了路面上，如果这么挖下去，那他也会被惊动——这样的念头一闪而过。我赶紧沿着土沟来到第二台挖掘机后面（找个合适的位置），停下脚步，整个人像被钉在地上了一样动弹不得：捷连季·奥希波维奇的棺材正静静地躺在一堆新鲜的泥土上。我无法确认里面是不是捷连季·奥希波维奇本人，但棺材正好就耷拉在他的墓碑上——除了他，里面还会是谁呢？

我走到棺材跟前仔细看。其中一块侧板脱落了，但探照灯的光没能照进里面。透过这个破洞我什么也看不见。不打开盖子就无法确定里面是不是捷连季·奥希波维奇。问题是，我该打开它吗？

犹豫间，过路的一辆车上放下来一根软管。原本盘着软管的巨大的轴盘，转动起来发出格外尖利的声音。所以水管公司才特地选在夜里施工，以免打扰别人。软管被小心地铺在土沟底部。工人们一个个都跟着了魔似的呆呆盯着它，等着看市政府在保证了活人的供水后，要怎么照顾死人。我趁着无人注意走到棺材面前，把手放在几乎腐坏殆尽的木头盖子上，感受着它的质感。盖子和箱体的接口处有一条细缝。我把手指伸进去扯了扯盖子。

费不了多大力气：盖子一掀便开了。我又偷偷看了看四周——工人都和之前一样盯着管道安置的工作，没人注意我。我一把抬起棺材盖子，推到一边。在头顶的探照灯的光线下，一具残躯显露出来。这就是捷连季·奥希波维奇。我一眼就认出了他。

他的头骨上还粘着灰白的头发，一身庄重的制服几乎没有腐坏，跟生前一模一样。少了鼻子，眼睛那里只剩下两个黑洞，但基本上捷连季·奥希波维奇还是保持着老样子。有那么一瞬间我甚至产生了错觉，他立刻就会从棺材里朝我喊，"勇敢向前走"。但我立马发现，他的嘴巴也不见了。

[盖格尔]

娜斯佳住院了。

他们今天没让因诺肯季探视，要他明天再来。他给我打了个电话抱怨，还请我帮他找一种飞机的资料，叫"法尔曼-Ⅳ"。

我问他：

"为什么？"

他说：

"既然我们要还原过去的完整图景,那就得把这部分内容加进去。"

把这部分加进去,不难。只要翻翻百科全书就行。

但我却隐约觉得不舒服,不知道该不该支持他的新想法。

算了……还是假装一切正常吧。

"法尔曼-Ⅳ"是一种双翼飞机——就是有两副翅膀的飞机。该机型生产于1910—1916年之间。双座机舱。65马力发动机,螺旋桨直径2.5米。自重400千克,载重180千克。机身材质为松木,机翼和方向舵有奶黄色麻布蒙面。Sehr raffiniert[①]。"法尔曼-Ⅳ"是弗罗洛夫(两个词像诗句一样押韵)的座驾。很遗憾,他最终正是驾着"法尔曼-Ⅳ"坠亡。

不知道我为什么要把这段话写下来。这些细节实在繁琐。但总比写因诺肯季的诊断报告要容易。

[因诺肯季]

昨天我写了一夜,直到在书桌前睡去。我梦见了弗罗洛夫的飞机。梦中我甚至想起了它的名字"法尔曼-Ⅳ"。这就是记忆的魔力——我居然连那个"Ⅳ"都记得,谁能想得到呢!我梦见他的飞机在跑道上滑行,但却怎么也无法起飞。飞行家看到自己皮靴下的草地、鲜花和树叶都融成了一片深绿。或许,他要是没起飞就好了……就这么跑呀跑呀,有什么不好?让机身在四个小轮子上蹦蹦跳跳,机翼也随之颤动。

[①] 德语,意为"非常精致"。——作者注

只不过我们爱的不是那样的他。

[ ]

今天我留在因诺肯季家过夜，一直聊到半夜三点。

他拿来一瓶伏特加——起先只倒了一杯，接着又是一杯。我没有反对——干吗要反对？我们把整整两瓶酒都喝完了。

其实我很怕他会问起自己的健康状况。但他没问。

他现在更担心娜斯佳的健康。他害怕孩子活不下来。

话题不知如何转向了如今的体制。因诺肯季用"无政府状态"形容。我则指出，威权统治常常紧随其后。这实际上非常可悲。

而因诺肯季——这位曾经的劳改犯因诺肯季！——说威权统治或许并没有无政府状态糟糕。

他把当今的俄罗斯人比作深海鱼：只能顶着看不见的重压生活。

我把他的发言归罪于过量的伏特加。

开场算不上愉快。在后来的闲谈中，因诺肯季好几次呛得咳嗽起来，明显是吞咽受损，而且问题不在他的喉咙，而是脑部疾病。

[因诺肯季]

今天我去了趟娜斯佳那儿。她感觉很难受，从脸上就能看出来——苍白得毫无血色，甚至面色发青。我从没见过她这副模样。因为她没有胃口,她的午饭几乎全被我吃掉了。主治医生说她是身体中毒了。

至于医院的饭菜,我就直说了吧,这里毕竟不是大都会饭店①。我琢磨,医院的厨子该不会是特地把饭做得这么寡淡无味的吧?他们压根不按规矩做饭,说白了,就是把食材全偷走了。不愧是我们俄罗斯人。真拿我们自己没办法。

盖格尔又要说了:这样的人民不能压迫,任何民族都不行。我昨天和他在民主优势的问题上争执了起来。不用他说,我也看得出民主的好处。在某些国家实行民主或许恰得其所,但在俄罗斯怎么也显不出好处。比如在盖格尔的故乡可以,在我们这儿无论如何都行不通。

我想关键在于对个人责任的认识。个,人。私人的责任。当人心里没有个人责任感的时候,就需要某些外部措施来施加约束。就像如果一个人脊椎有毛病,就得穿上硬邦邦的紧身胸衣。胸衣虽然难受,但能在脊椎不够坚强的时候支撑住身体。我要把这个例子告诉盖格尔。我刚给他打过一个深海鱼的比方,现在换个医学上的比喻。

[盖格尔]

这几天我一直在观察因诺肯季,发现他的四肢都发生了轻微的萎缩,原因是肌肉量减少。这说明他的脊髓有问题。

今天我们又给因诺肯季做了正电子断层造影②。情况不妙。

---

① 位于莫斯科红场附近,大剧院对面的高级大酒店,始建于20世纪初。
② 简称PET,是一种核医学临床检查项目。

我怎么会以为他的问题仅限于脑部呢？冷冻带来的后遗症自然会影响到整个身体，包括脊髓。但到底是怎么影响的呢？如果能弄明白其中原理就好了……

〖 〗

今天我们给娜斯佳办理了出院手续。她在住院期间做了 B 超。出院的时候我们得知了一个大消息：她怀的是个女孩儿。女儿。我一整天都在想这件事。不知为何我一直觉得我们会生个男孩儿。倒不是说女儿不好，只不过人总有些理所当然的想法。

一方面，我在男孩儿的成长中能够给出更多建议，因为我亲自走过这条艰难的道路。但另一方面，我的人生开始于近一个世纪前，我的经验还有没有价值实在难说。所以就经验而言，生男生女没有太大分别。作为一个男人，或许还是女孩儿更让我喜欢。何况细细一想，我生命中最美好的经历都与女性相关。

回头读读我写的话，简直一派胡言！显然，这个问题不适合空谈。我们爱的是具体的人，而不是男孩或者女孩。这个人出生了，就不再是抽象的人了，到那个时候……我还能等到那个时候吗？

〖 〗

我又回到家里了。我们又回到家里了！我们带着女儿一起回家了——我们刚刚得知我怀的是一个女儿。为什么他们不早说呢？担心乌鸦嘴吗？不相信我们会一切顺利？或者只是出自难以根除的对苏联的敌意？猜也没用，而且没什么意思。

我觉得这个女儿能把我们两个从各自的深渊中拉出来。坐在离开医院的出租车上，我对他说：

"普拉东沙，亲爱的，这下有两位女士仰仗你照顾了。你可不能马虎。"

他一直愁云密布的脸上居然出现了一丝微笑，惹得我差点哭出来。不过老实说，他不笑反倒好些。我紧紧靠在他身上，把头放在他肩头，紧紧抱住他。司机从后视镜里盯着我们看，我们不以为意，一路紧紧相拥。

［因诺肯季］

亚申打来电话，说找到了一样我会感兴趣的东西。我一到档案馆，他就给我拿来一袋表弟谢瓦的资料。这份资料是从检察院弄来的——亚申挖得真深……不愧是专业人士，我就是欣赏他这一点。戴着白手套的红发男孩儿灵巧地从档案袋里一张张把文件取出来。第一张纸上就有我的名字——在被送去第十三营的名单里。顶上头是谢瓦的签名。名单上有两个名字后面特别备注要严加看管，其中一个就是我。难道谢瓦真这么想除掉我？

多少次，我和他一起驾着风筝飞行，前座是我，后座是他！还好，在中转监狱时谢瓦也没有换到前座：他没有枪决我，没有仅凭自己的心意剥夺我的生命。他放任我自生自灭——如果力竭致死也算是自然死亡的话。我俩在海滩上奔跑，看到谢瓦快喘不上气了，我便放慢了脚步。双脚啪啪地踩在灰白的沙砾上,打着滑,溅起水花,风筝借着一股奇特自然之力威风凛凛地掠过海面——那力量不可能出自我们的奔跑,于是我们仿佛也和风筝一同飞了起来。我们脚下打滑的时候,风筝也会往下栽,但下降的幅度几乎难以察觉,仅仅像是被另一股气流抓住了一样。

谢瓦是怎么重重绊倒,连带着他的风筝也从天上坠落的?从亚申带来的资料看,我的表弟于1937年被处以枪决。文件里并没有直说他在调查期间受了怎样的折磨,但从审讯记录中零星出现的惨叫可以看出,他的确吃了许多苦头。惨叫,以及谢瓦断断续续吐露的特别消息,全都透露出这一点。稍有实质的对话大多出自第一次审讯。余下的内容——由于谢瓦实在招供不出什么——看起来都像是他在徒劳地猜测调查员的意图。

审讯记录通常惜字如金,但这一份却不吝笔墨,其中详细记录了谢瓦那些绝望的祈求和哭诉。他求调查员饶他一命,声嘶力竭地哭喊,冲上前去亲吻调查员的靴子。他显然为了活命绞尽脑汁,在最后几次审讯中,他甚至请求派他去乌兹别克斯坦的无人区开荒,还请调查员十年后去他的花园里坐坐,尝尝水果。谢瓦对调查员畅想起来,他们可以在暑气消退的傍晚坐下来喝杯茶。从记录的详细程度来看,可以想见他的话给调查员留下了极深的印象。想必筋疲力尽的调查员们自己也颇为向往恬静的田园生活。神奇的是,我读到这里心情也轻松了起来。

[ ]

今天是我们第一次和因诺肯季认真地谈起他的健康状况。

"准确地说,是我的健康问题。"他纠正道。不错,他还能开玩笑……

我想起一个笑话,一个胸前插着刀的病人去医院看病,"怎么,很疼吗?"医生问。"倒也不疼,"病人答道,"只有笑起来才疼。"

我把这笑话讲给因诺肯季听。他点点头,嘟囔了几句,好像这笑话讲的就是他一样。然后他抬起脸,眼中满是泪水。

提起这个话题的不是我,而是因诺肯季。他开始谈论一些自己发觉的迹象。要不是我很清楚因诺肯季从没读过医学方面的书籍,肯定会以为他是在一字一句地背诵书上的脑损伤症状。

总而言之,他感觉最明显的症状是短暂性失忆。他会忘记自己刚刚说过的话。还好不是全忘得一干二净。

与此同时,他开始毫不费力地回想起自己在世纪初的生活。

他开始出现间歇性的情绪失控,甚至我都有所察觉。在谈话中途,因诺肯季突然说他觉得接下来没有写日记的意义了。

"什么叫'接下来'?"我问道,"接下来跟过去几个月有什么区别吗?"

"您已经很清楚我的结局了。"

"我不清楚。很遗憾,现在没人知道你的结局。"

他定定地望着我。眼神里满是愤恨。

"您叫我接着写,无非是为了多一篇论文用来答辩吧?"

因诺肯季从没这样跟我说过话。我沉默了,因为我不知道说什么好。忽然,他走上前来抱了我一下:

"对不起,盖格尔。我简直荒谬得可怕。"

话说回来，我早就不需要答辩了。

[ ]

我又去了档案馆，继续挖掘谢瓦的经历。每当谢瓦筋疲力尽的时候，他口中那些荒野上的田园诗幻想，就会变成对审讯员和整个苏联政权的咒骂。有趣的是，谢瓦居然想起了我俩关于历史火车头的讨论。他把这段话说给折磨自己的人听：

"我万万没想到，这个火车头会带我落到这个境地。因诺肯季警告过我的：最好别上车。"

接下来的审问方向是查明因诺肯季的命运。谢瓦亲自将我——他的表兄——送到一个人间炼狱，被认为是一桩精心设计、复杂狡猾的阴谋的一部分。再三逼问下，谢瓦不只招供了一个，而是三个版本的阴谋，但都与我的经历牛头不对马嘴。谢瓦对我的遭遇毫不知情。

得知我被冷冻后，他提出了第四个版本。大意是他计划把被修正主义病毒腐蚀的我，通过冷冻的方式偷偷送去未来，毒害共产主义。在谢瓦的陈述中已经感觉不出灵魂，只剩下一具歇斯底里的身体。他什么也不想要，只想结束痛苦。他甚至连命都不想要了，因为他那些虚假的证词只能导向被枪决的结局。

我这位不幸的亲戚交代了更多细节，甚至要求把我解冻，追根究底地盘问。档案中的几页文件显示，他们进行了尝试，但调查人员的下场颇为凄惨。在弄清楚冷冻试验的目的后，解冻我的企图被解读为修正主义行为。我继续安然无恙地躺在冷柜里，而调查员却被送上了法庭。

[ ]

我和普拉东沙决定将我们的关系合法化——既在宗教意义上,也在世俗意义上。首先是世俗婚礼:要登记结婚,我们得在护照上盖个章。婚姻登记处总是排着长队,但盖格尔帮了我们一把。护照事务处的一个领导以前找他看过病。

"干护照业务以前,他也被冷冻过?"我问盖格尔。

"恰恰相反,"盖格尔答道,"他去了护照事务处以后才被冷冻。但有时候也会解冻,为了让你们插队盖章。"

看来盖格尔也有幽默感。我和他的关系好得前所未有。

然后我又去了一趟弗拉基米尔大公教堂,说定了婚礼日期。他们问要不要唱诗班。怎么能没有唱诗班呢?晚上我把这些事情都告诉了普拉东沙,包括盖格尔帮我们插队的事情。他说:

"如果盖格尔这么心急,那说明我的情况确实不容乐观。我们三个里面,他掌握的信息是最多的。"

我赶紧解释说盖格尔一点都不心急,可就在这时,电话铃响了。又有人来请普拉东沙接受采访。他拒绝了请求,挂了电话。放下话筒,他仿佛已经把我们刚才的谈话忘得一干二净,或者故意不想继续了。正如人们常说的,话头过去了。有时候陪在他身边并不轻松。

[因诺肯季]

我为自己感到羞愧。我无时无刻不感到恐惧,总是因此折磨身边的人,而且是我身边仅有的两个人。我为什么要这么做?这样做并不会让我轻松分毫。我担心我身上已经出现了一些隐秘的怨气,即使我走了,它们也会留在人世。如果的确如此,那我就要加倍为自己感到羞愧了。必须严格约束自己的行为。

前两天我还跟盖格尔说不想继续写日记了。但现在我忽然明白,其实内心深处我是想写的。为了自己的女儿。如果她无福与我相见,那至少能从文字中认识我,我写下的笔记能陪伴她度过一生。没必要写什么宏大的事件——她从别处也能了解那些事。我要写下历史中独一无二,能永存心底的瞬间。

例如窄轨铁路上半废弃的车站。车站和铁轨都早已被世人遗忘。我已经记不清那条铁轨通向何方——它真的能通向某个目的地吗?铁轨在草丛中延伸,生锈,几乎隐没了踪迹。我和一群孩子在残破的月台下玩耍,阳光透过月台的木地板钻进来。草丛轻轻地摇摆,蚱蜢唧唧啾啾,热浪扑面而来,清凉的风也穿过木板吹来。月台很高,能让我们在下面站直身子。我们两两成对,背靠背坐着。坐着很好,地面软绵绵的;月台下也长满了野草,尽管稀疏,还夹杂着一些苔藓。一个男孩儿落了单。他忽然说:

"暴风雨就要来了,我们要完了。"

天上没有丝毫风暴的证据,但确实无疑:在我们目不可及的小树林上空,一片铅灰色的阴云正缓缓靠近。与那个机警的小男孩儿不同,我们专注玩耍,什么也没发现。后来我的人生经历告诉我,孤独的人常常更加敏锐,能比其他人更早发现异变的端倪。那朵阴云带着暴雨、闪电、雷鸣甚至冰雹,闯入了灿烂的晴空。跟老话说的一样,雹子有鸽子蛋那么大。我没见过鸽子蛋,但冰雹确实很大。它们噼里啪啦地砸在木板上,我开始担心那些木板支撑不了多久。

我再多说几句,那天的闪电实在炫目,雷声甚至不是隆隆作响,而是仿佛地狱里的烈火在噼啪燃响。苍穹仿佛被劈成截然不同的两块(远处依然阳光明媚)。我以前当然也经历过雷暴,而且不止一次。以往雷电之间往往还有空隙,我和妈妈曾经一起默数过那短暂的几秒。可现在闪电和雷鸣似乎是同时袭来,这更加剧了它们的恐怖。我们还和之前一样背靠背挤在一起——不过现在是出于恐惧。冰冷的雨水透过木板的空隙漏下来,灌进我们的衬衫领子,流遍全身。在雷电稍息的片刻,那个落单的男孩儿大喊:

"天堂之电!"

我开始心疼他,对他的怜悯战胜了恐惧。我慢慢从自己同伴身边挪开,把位置让给了他。但他一动也没动。他享受着孤独带来的恐惧感和无所不知的感受。

[ ]

我盯着日历,想给我们的女儿起个好名字。按照医生的估计,她的预产期在 4 月 13 日。这一天是圣安娜日。我告诉了普拉东沙,他也很高兴。他说这个名字让他想起了我和奶奶的名字。我也很高兴——安娜是个美丽的名字,总不能祖孙三代都叫阿纳斯塔西娅。我决定再看看这一天还是谁的纪念日。结果发现这一天还是西伯利亚和美洲启蒙者、圣僧因诺肯季的纪念日①。真令人惊奇。

我们继续为婚礼做准备——主要是心理准备,因为我们不打算办任何仪式。要请的客人只有盖格尔。普拉东沙想请他记录婚礼的过程。盖格尔稍有犹豫,但没敢拒绝,毕竟普拉东沙已经为他写了半年日记了。

对,还有一件大事:我们登记结婚了(多么苏联的说法!)。我们穿着T恤和牛仔裤,去彼得格勒区婚姻登记处登记。一个老婆子噘着嘴走出来,想用亲吻迎接我们,但被普拉东沙拦住了。他平静地说,没这个必要。她立刻明白了,也没生气。她把自己的致辞删减到了几个字:"在这儿签字。"我们立刻照做了。

我们在附近找了一家酒吧庆祝,我喝的是无酒精的啤酒,普拉东沙喝的是未过滤的德国啤酒。总的来说,这几天普拉东沙的心情有所好转。他并不是变高兴了,只是更平静了,这已经称得上进步。

[ ]

我忘了说:那场雷雨稍纵即逝,太阳很快就探出了头。透过缝隙的阳光变微弱了些。我悄悄看着那个喊出"天堂之电"的男孩。他十指交握,脸上满是预言家般的悲悯。他身上有种超凡脱俗的东西。真有意思,他到底是谁,后来怎么样了?

我们又呆坐了一阵子,默默注视着雨水的反光。细细的水

---

① 因诺肯季大主教(1797—1879),致力于在远东和北美传教,1977年被俄罗斯和美国东正教会尊为圣徒。

流已经止住。雨水起初在木板间的缝隙上形成一张薄膜，很快便破裂了，化作大颗的水滴。我们走到开阔处，看见远方升起一道彩虹，生锈的铁轨从彩虹下穿过，仿佛穿过一条桥梁。

〔　〕

今天因诺肯季和阿纳斯塔西娅在弗拉基米尔大公教堂举办了婚礼。

头天晚上，因诺肯季请我替他记述婚礼的过程。我建议录像。他抓住我的手说：

"不，请用文字记录下来。文字才是最不可磨灭的。"

这个观点很有争议。我没说话。但还是照办了——毕竟我也请他写了不少东西。

问题在于，我并不是最称职的记录者。我对东正教的礼数很陌生。路德教会的我也不懂。尽管我接受过路德教的洗礼。

总之，他们办了一场婚礼。时长四十分钟——这是我唯一可以自信地写下来的内容。

其中大部分流程的意义我都不甚了了，只有少数例外。比如主教问他们是否自愿结婚。还有两人从一个杯子里喝酒。感人肺腑。

娜斯佳喝酒的时候，因诺肯季满脸讶异地盯着她。我说不出该怎么形容他的表情。那应当是崇拜的表情。对，崇拜。

如果现场有相机，应该可以捕捉到一幅动人的画面。镜头聚焦在因诺肯季的双眼上，娜斯佳的脸则虚化为背景。青铜酒杯反射出微光。或许之后真会有照片。现场应该有记者之类的人在拍照。

我脑子里冒出各式各样的傻话。比如,这位是1900年出生的因诺肯季,而这位是1980年出生的娜斯佳。他们的年龄可以说是颇为悬殊。

因诺肯季会喜欢我的描写吗?

我边写边想:说不定这场婚礼能让他走出低谷?

[ ]

婚礼那天晚上,我们一夜没睡,坐在床上静静偎着。一言不发。一个字都没说。我们紧紧牵着手,心意相通,直到天亮才睡下。一沾枕头就睡着了。

今天白天,普拉东沙看着电视忽然对我说:

"怎么能在这些肥皂剧、无聊的节目和广告上浪费这么多话语呢?话语应当是用来描绘生活的。是为了表现尚未被表现出来的事物的,你明白吗?"

"我明白。"我答道。

其实我压根不明白。

[ ]

遇见她真是我的幸福。

[ ]

喝茶的时候,我和因诺肯季聊了聊历史中个人的角色。我们的确该聊些医学以外的话题了。

他又重申了一遍他最喜欢的关于领袖的观点。他认为人们选出的领袖，就是彼时彼刻他们最需要的人。

我话里带刺地说：

"您想想看：所有人在1917年需要的都是同一个人吗？无论年老还是年少，智慧还是愚蠢，正确还是错误的人，他们想要的都一样吗？"

"您什么时候见过有智慧的人？更何况正确的人？"

真尖锐。我上次碰到这样一竿子打倒一片的指责，还是在普希金那儿。他说，"看看谁有理，谁有错，但两人都得惩罚一下"①。

这种精神状态与他的整体状况有关。他的状况在不断恶化。

[ ]

我和盖格尔起了争执。在我看来，他似乎有个奇怪的想法，好像每次都有人给俄罗斯人扔下救命的绳子，而不是我们自己亲手编出了绳子。他可真是俄罗斯人民的捍卫者……怎么，现在我们重生了吗？苏维埃政权都没了多少年了——我们活过来了吗？

苏维埃政权是怎么到来的，我记得很清楚。现在他们管布尔什维克叫"一帮阴谋家"。可"一帮阴谋家"是怎么窃取一个

---

① 出自普希金《上尉的女儿》第三章。这句话是上尉夫人说的，她听说要塞的伍长普拉霍罗夫在澡堂子里跟乌斯季尼娅·涅古琳娜为争一盆热水打了起来，便吩咐去弄清原委，各打五十大板。

千年帝国的王座的呢？这也就意味着，布尔什维克主义对我们来说并非完全的舶来品。

盖格尔仍不肯相信集体自杀现象，他觉得找不到其中的理性动因。其实人的动机往往是非理性的。凡是能带来死亡的万物，对一颗死去的心来说，都蕴藏着无法形容的喜悦……[①] 当然，这句话并非放之四海而皆准（盖格尔是对的），但对大多数人来说是适用的！这就足以把一个国家变成地狱了。我的表弟去当了克格勃，邻居告发了沃罗宁教授。沃罗宁的同事阿维里亚诺夫用一番骇人听闻的证词坐实了沃罗宁的罪名。这都是为什么？！

上帝保佑他，我的表弟，他是个软弱的人，他想确保自己的地位。而阿维里亚诺夫对自己的同事的嫉妒之情也很自然。但为什么扎列茨基会去告发呢——出于原则考虑？可他并无原则（我怀疑他也没什么考虑）。为了钱？可谁也没逼过他。一次他喝醉了也对我说过，不知道自己为何去告发。但我明白：是因为他身体里积攒了太多污秽。这团污秽在他身体内膨胀，等待一个合适的社会环境排出来。它总算等到了时机。

换个角度说，他当时告发阿纳斯塔西娅的父亲并没什么错？而是那时的社会错了？我猜盖格尔是这么想的。但告发教授的并不是社会，而是扎列茨基。也就是说，是他犯下的罪行，而他头上挨的那一锤子就是他的责罚。我得强调一下，他所受的惩罚是公平的，尽管少有人知道原因。考虑到处决他的人是谁，这个问题就更复杂了。他到底是个恶人，还是正义的工

[①] 出自普希金诗作《鼠疫时期的宴会》。

具？或是别的什么东西？我该怎么跟安娜解释这一切？

因诺肯季坐在电脑前问我：

"因特网上的信息都在哪里？"

我一开始没听明白。

"什么叫在哪里？在因特网上呀……"

"您可以准确地说出它们储存在什么地方吗？还是说，它们被均匀地铺洒在网络上？"

"有一些专门用于储存信息的电脑，分布在各个信息枢纽……"

他没等我说完便打断了：

"也就是说其中没有任何神秘力量，完全是一些特定的机器在保管这些信息，对吗？"

没错。我不明白他为何如此大惊小怪。

〔　〕

盖格尔对我解释了因特网的运作原理：网络上的信息都保存在一系列电脑中。仔细想想，也不该有其他可能，但我以前几乎确信它建立在一种凌驾于电脑之上的特殊系统上。近似于某种基于电脑通信方式本身形成的特殊事实。

转念一想，这也是一种社会生活模式。如果深究，它不是一种生活，而是幻影。深陷其中不无危险：甚至可能发现它是个没有水的游泳池。生活和现实都扎根于人类心灵的层面,是善恶之源。一切行为都取决于灵魂的触动。这件事大概只有牧师能办到。或许艺术家也能,如果我当上了艺术家的话。但我没当成。

[ ]

普拉东沙说,他现在整天都想着安娜——现在我们已经这样称呼我们的女儿了。我知道还早,不该如此,但既然她已经进入了我们的生活,还能怎么办呢?我们甚至能感觉出她的性格。当她用小脚丫咚咚敲我的肚皮时,我们就明白了,里头是个好斗的小丫头。普拉东沙要我一旦发现孩子踢肚子就要叫他。有一次我们甚至看见我的肚皮被安娜的小脚丫顶了起来!

他希望安娜能对他有个全方位的了解,所以打算把日记写得更仔细些。我对他说:

"别给自己找麻烦了,等她稍稍长大些,你可以自己给她讲。"

"不,"他答道,"我还是要写:纸上的东西更厚重,更可靠。口头的讲述总会被记忆冲刷殆尽,而写下来的东西是不会变的。重要的是,还可以时时重温。"

但我知道他究竟为什么要写日记!老天爷,他能瞒得住谁呢。他觉得自己活不到女儿出生的那天了。

有一次，我在希维尔斯克看一架飞机从修剪得坑坑洼洼的田地里挣扎着起飞。飞行家开始滑行，避开地上的坑洼，跌跌撞撞地弹跳了一段，忽地一下——噢，棒极了！——它飞上了天空。人们都目瞪口呆地望着飞机颤抖着掠过田地上空，说实话，谁也没想到他能飞起来。而飞行家确实办到了。对他来说，眼前再也没有坑洼的田地，没有嬉笑的观众——点缀着云彩的天空出现在眼前，斑驳得如碎布头一般的田地被甩在双翼之下。

不知从何时起，这幅画面就被我当作了人生之路的隐喻。我猜想，成功的人都有一个特点：遗世独立。当然，孤独不是人生的目的，但的确能帮助人达到目标。带着微弱的希望在众人怜悯的，或至少是不解的目光中起跑。一旦飞上了天空，便会发现从高处看，地上的人都微不足道。不是因为他们瞬间缩小了，而是因为俯瞰视角（素描基础课教的）让他们——那上百张望着你的小脸——成了黑点。他们看上去仿佛全都惊讶地大张着嘴。你朝着自己选择的方向飞行，在空中绘出自己喜欢的图案。地面上的人发出惊羡的感叹（可能还有些许嫉妒），但无力插手，因为在自己的领空，一切都在飞行者的掌控之中，取决于飞行家独自美丽的孤独。

[　]

普拉东沙给我讲了某个飞行家在希维尔斯克的飞行。一听他的语气我便明白，这不是飞行家的故事，而是关于他自己：他谈论别人和自己的方式截然不同，说着说着便会陷入沉思。

"你在想什么呢？"我问。

"我到底在哪个门槛上被绊倒了？为什么我没能飞起来？为什么我的绘画才能消失殆尽？"

我开始安慰他，他的才华不可能这样离他而去，一定会回来的。这不是单纯的安慰——我自己也很确信。他把自己比作飞行家，是很美好，但这比喻对他来说又不够好，像瘸了条腿。他抱了抱我说，他自己也瘸了一条腿。然后我们沉默着坐了许久，不时晃晃身子。

因诺肯季决定为了女儿写作，事无巨细地记录自己的生活。

与此同时他向我和娜斯佳提出了一个特别的请求：帮他一起写作。

"怎么帮？"我问，"怎么才能帮一个人描绘他的个人生活？"

"不是我的生活，而是一些外围事件。我只是担心自己一个人没法把所有事都写下来。"

就这样，因诺肯季开始布置他需要我们写的内容。

我们写的不是个人生活，而是整个社会生活。写那些每个人都共同经历的部分。

比如，希维尔斯克的蚊子。

他还提到了什么？理发店，泥泞小道上的自行车……

据我理解，他要描绘的是一幅宏大的画卷，因此要雇佣两个助手，帮他在背景上画些小人物……

"我不会拒绝帮忙，"我说，"但我可是个蹩脚的助手。写作不是我的专长。"

"恰恰相反,盖格尔,您的寡言少语和简洁明了正是我所看重的。"

"那我,"娜斯佳问道,"你看重我什么呢?"

因诺肯季想了想。

"我看重你身上毫无掩饰的矛盾气质。"

我知道是不可能推脱了。但我不明白该怎么理解他的意图。看作他的迫切需求吗?还是恶作剧?抑或他病情恶化的征兆?

最简单的解释就是最后一个,但我并不急于下结论。

真奇怪。普拉东沙请我和盖格尔帮他一起写作。好好好,我们自然是答应了。老实说,我不知道该怎么看待这件事。但如果非要问个究竟,那肯定要受委屈。到了晚上,我还是忍不住找他要个说法。普拉东沙丝毫没有动怒:

"你就当作,"他说,"在写传记。"

"给你写?"

"对,给我写。同时也是给整个社会作传。"

对于我提出的协助写作的请求,他们都十分惊讶——难道这提议真有那么奇怪?尽管我说什么他们都点头,但他们脸上,脸上的表情……当然了,我这一举动的背景有些不妙,毕竟我的脑部可能有病变,等等等等,诸如此类。但难道我的意图还不够明显吗？没错，每个人的回忆都各有侧重，但也有些事情属于集体记忆。政治、历史、文学——都是见仁见智的事情。但落雨的声音、夜间树叶的颤动——还有其他千千万万的事物——才是将我们紧紧联系在一起的东西。我们不会声嘶力竭地为这些事争个头破血流。它们对每个人来说都是生活的基础，也正是应当被记载的东西，所以我才请求身边亲近之人帮我将它们记录下来。就任凭他们的声音夹杂在我的文字中吧。它们不仅不会扭曲我的声音，相反，会让它更为丰富。

一直以来，我努力想要做到的只有一件事，那就是寻找通往过去的道路：有时候是通过见证人（随着阿纳斯塔西娅的离去，再也没有其他见证人了），有时是通过回忆，有时是通过我那些迁居地下的故人的墓碑。我试图尽可能通过多个角度接近过去，还原它的样貌。它是独立于我存在的，还是伴随我一路走到今天？在走进冰冷的梦境之前，我也拥有自己的过去，但它从未如此独立。我所记起的一切，都没能让我靠近它分毫。它就像一只被切断又接回来的手，虽然可以勉强活动，但已经不再属于我。

本质上讲，在液氮中度过的那些年并未改变我的过去。它们只是加剧了问题，但没有催生新的问题：这些问题一直存在。其实质在于，过去和当下割裂了，而且与现实毫无关联。当失去真实，生活会变成什么样子？是否意味着它只存在于我自己的大脑中？那个正每天都失去千万个脑细胞的，让亲近之人都产生怀疑的大脑？我必须赶紧让活着的人带着他们的回忆进入我的大脑……复活我们共同的回忆，他们或许能让那些只属于我的东西起死回生。

1900年代的希维尔斯克，是俄罗斯的别墅胜地，也是蚊虫之国，尤其是在六月。我猜现在那里的蚊虫也不少——即使把希维尔斯克改名为蚊子村也无妨——但现在我们有喷雾、防蚊贴和软膏了。所以呢？或许软膏真管用。但其余时候，还是篝火最厉害。就是篝火，用各个别墅里收集来的破抹布、树叶和各类杂物升起的篝火。只不过普拉东沙对各类技术细节都不大关心。

他只在意一些细枝末节的小事，比如一只昆虫如何小心翼翼地，甚至像直升机一样轻轻降落在他手上。蚊子跟苍蝇不一样，不会沿着胳膊爬行。它落在哪儿，就在哪儿开工，将它细长的口器扎进毫无防备的皮肤，开始吸血。你一巴掌拍下去，手上也会沾上自己的鲜血。小时候我听说过，如果在蚊子的犯罪现场拍死它，皮肤就不会发痒。我认为这是夸大其词，只不过是为了教育小孩儿：犯罪必将受罚。伸手就会被捉。可以说是以血偿罪。

最讨厌的是夜里没完没了的嗡嗡声，这比叮咬还可恶，堪比电钻：尽管还没有痛觉，但嗡嗡声已经把你钻了个对穿。你在睡梦中徒劳地反抗，或者干脆躲进被子里面，但不到一分钟就得爬出来，因为太闷了。整个房间里都闷热难忍：窗户紧闭，又是因为蚊子！真是双重痛苦——又是蚊子，又是闷热。最后你干脆掀开被子，把身体暴露在蚊子面前。至少不热了。有意思的是，蚊子并没有冲着你赤裸的身体一拥而上。或许它们被你夸张的动作吓坏了，或许是因为你的裸体把它们震住了。

普拉东沙会喜欢我的描写吗？

我突然产生了久违的作画欲望。我把忒弥斯摆在餐桌上，把书架清空，然后将书桌上的台灯拿来摆在书架上。效果不错——光影层次分明。接着布置画架，拿出一张纸和一支铅笔，开始作画。才画了寥寥几笔，我已经感觉出来，这幅画能成。在无数次尝试过后，今天我的手突然想起了那些熟悉的动作，每一次落笔，都能让它多汲取一点信心，我不必再费神思忖技巧——那只手成竹在胸。

画作完成之后，我打开房间里所有的灯，开始仔细观察这幅作品。它有很多缺点，但这并不重要。解冻后的几个月以来，我第一次画出了像样的作品。我最在意的是对阴影的处理。我记得老师教过，不要用黑色涂满阴影，也不要用笔触填满缝隙，而要虚实相生，即使在密实的排线之下，纸张也应当保留隐约的透明度。按照伟大导师"马克斯"的论断：过犹不及。这论断可以延伸到整个艺术领域。

我把画纸从架子上摘下来摊在桌上，走去厨房，打开盛面包的篮子。新鲜面包旁放着几片半干的面包。娜斯佳没把它们丢掉，打算留着喂鸽子。幸运的是，我在焦油坨子似的黑面包堆里找到了一片半干的白面包。我把它掰成小块按在画纸上轻轻地打圈，直到它们没法再吸收更多石墨为止。然后，我小心翼翼地用大排刷把发黑的面包块扫到地上，再把细小的碎屑一一吹掉。

线条保留了下来，只是颜色变浅了。我拿起铅笔，又勾了一遍线，现在画面的重点发生了些许改变。我因此更喜欢它了。

我感觉欢欣鼓舞，转念一想——不，不是一转念，而是单纯地恼火：难道在我的某些脑细胞大批量死亡的同时，另一些细胞却莫名其妙地恢复了？

1913 年 7 月。

柔和的暮光倾泻而下，理发店里，灰尘在光线中飞舞。

一号理发师是个秃顶的中年人，顾客也是中年人，但不秃顶。理发师先在空中咔咔空舞了几下剪刀，然后进入正题，发丝被切断的声音不绝于耳。

二号理发师也是个秃顶中年人。他点燃酒精灯，把锋利的剃刀放在上面燎了几下，接着用刷子清扫起顾客的面颊。

秃顶的理发师面对顾客的秀发，不会产生复杂或是妒恨的情绪吗？这是个问题……

两名顾客面对这个难题的态度都颇为积极。二号顾客面临的风险更小，毕竟他只是刮个胡子而已。理发师很难对他的形象造成什么巨大破坏，除非把脸颊划破。

两个理发师不停地闲聊。

他们关于食品价格的谈话总是极为冗长，甚至可能持续一整天。顾客无法参与其中，也许偶尔会对某几样食物发表一点见解，但始终没法融入整场谈话。

理发师们可以没完没了地重复对方说的词语，甚至句子。一副所有所思的样子，重复好几次。

顾客做不到这一点。要开口说话，他们得把握住剪刀挥舞的独特韵律，以及其中蕴含的独特安定感。这只有专业人士能办到。

写到这里，我接到了档案馆的亚申打来的电话，他说，沃罗宁还活着。

我一时没反应过来他说的是谁。回过神来以后，又感到难以置信——那个劳改营的混蛋沃罗宁居然还活着！那个世所罕见的恶棍还活着！

亚申第一时间把电话打给了我，而不是因诺肯季。他说这是特殊情况，必须由医生决定如何处理。

没错，情况特殊，尽管我不清楚需要如何处理。

盖格尔又给我做了一次例行检查。他让我闭上眼睛，伸出双手，轮流去摸自己的鼻尖。测试失败了。或者说虽然摸到了但速度不够快，根据我的理解，这样不算数。

"这不算数吧？"我问。

他勉强笑了笑。换句话说，他很高兴看到我精神抖擞的样子。实际上，他怀疑这是一种病态的振作，不能说他的猜想没有道理。

"我该从何开始为自己的罪行悔过？"娜斯佳在诵读忏悔诗。她读到一个奇特的句子：上帝意之所及，自然法则亦会折服。① 这句话我们反复念诵了很多遍。

---

① 这句话是讲述耶稣复活的事件的。

因诺肯季和我探讨起"至高正义"来。他很喜欢这个表达。

我们谈到他因为被栽赃了谋杀扎列茨基的罪名而被送去索洛韦茨基。在这场不公正的判决里,所谓的至高正义在何方?他的回答是,从至高正义的视角来看,不公正的裁决是不存在的。

话虽漂亮,但难以令人信服。这就是所谓的"两人都得惩罚一下"①……

话说回来:前几天那个格别乌的沃罗宁,一个人渣中的人渣,突然被找出来了。这个暴行累累的恶棍。

原来他侥幸苟活到了一百岁。这家伙顶着将军头衔退休,领着特供养老金,住在石岛大道的基洛夫楼②里。

因诺肯季知道此事会作何评价?他将会怎么理解"至高正义"?要知道,与作恶多端的沃罗宁不同,因诺肯季的身体正在悲惨地垮塌。

我现在能做的只是监测他的身体变化。而这些变化,唉,很多,太多了。

如果事态以这样的速度发展……

没错,我是给他做了一些干预,延缓了病情的恶化。但治

---

① 出自普希金《上尉的女儿》,参见前文译注。
② 指基洛夫故居,现为基洛夫故居博物馆。谢尔盖·米罗诺维奇·基洛夫(1886—1934),20世纪20年代至30年代联共(布)的主要领导人之一,历任列宁格勒省委第一书记等职。1934年12月1日在列宁格勒斯莫尔尼宫被敌人暗杀,葬于莫斯科红场。他的遇刺事件直接触发了被称为大清洗的恐怖镇压。沃罗宁作为大清洗中的刽子手,居住在此有种暗示和讽刺意味。此外,基洛夫的继任者是日丹诺夫,扎列茨基正是死于日丹诺夫卡河畔。

标不治本。病因仍然未知。

细胞衰亡的原因是什么——为什么偏偏是现在,偏偏是特定的细胞群在大规模衰亡?没有人能给出答案。

如因诺肯季所说,答案只有上帝知晓。而我跟上帝的关系一言难尽,他显然不会向我透露半点信息。

上帝意之所及,自然法则亦会折服。普拉东沙为我诵读《忏悔大典》时,我们发现了这个震撼人心的句子——不,用震撼形容它太过肤浅。这句话饱含喜乐与希望。它的含义我早就知晓,但就是没法如此贴切地表述出来。我当然也对盖格尔的医术抱有期望——他在医学上造诣颇深——但无论是我、盖格尔还是普拉东沙,都把更多的希望放在那个执掌万事万物(包括医学)的存在身上。

只有信仰足够强大,祈祷足够虔诚,我们才能得到他的垂怜。必须将康复的祈望和虔诚的信仰合二为一。不仅患者本人,连同他身边的人都要一起努力地祈祷,虔诚地相信。尤其是他身边的人,因为他们毕竟健康,力量更加强大,而病人自己往往萎靡不振。

下面说点别的。那个突然冒出来的沃罗宁,盖格尔已经联系过他了。首先,出人意料的是,我这位本家的头脑还很清醒。更出人意料的是,沃罗宁并不反对跟他从前关押的犯人会面——我原本以为他肯定会拒绝。据盖格尔说,对方没有什么特别的反应,只是淡淡地说:"那就让他来吧。"盖格尔现在打算去跟普拉东沙商量商量，小心翼翼地引导他，比如试探着问，"如果沃罗宁还活着……"

我不知道普拉东沙听到沃罗宁的消息会有什么感觉。可能性太多——他甚至会生出杀心。说起来可怕，但他有这种冲动再自然不过了。

我还是决定暂时不把自己的画展示给任何人看。我会再练习一阵子，创作出真正值得娜斯佳和盖格尔欣赏的作品。等我的手感完全恢复，我打算给扎列茨基画一幅画像：描绘一个在香肠面前卑躬屈膝的悲惨男人。我不会怀揣嘲弄，相反会满怀同情地去创作。即使对他没有爱意，起码也要带着怜悯。毕竟在他的葬礼上，没有一个人为他落泪。一滴也没有。

在我看来，一般当你动真格地去描绘一个人时，是不可能不爱上他的。就算他是世界上最恶贯满盈的家伙，也会变成你的造物。你会代入他的角色，开始对他这个人以及他的罪孽产生责任感——没错，在某种意义上，你甚至会与他共同背负罪孽。你会尝试理解他的罪，绞尽脑汁地为他辩护。但换个角度说，如果扎列茨基都不能理解自己的罪行，我又如何去理解他呢？

"您是无神论者吗？"因诺肯季这样问我。

"不，我不会这样定义自己。我更接近一个科学信徒，如果科学证明上帝是存在的,那么……"

"别扯远了。科学向来无法解释最重大的问题。那些问题,它一个也解答不了。"

"比如?"

"比如万物如何从一片混沌中起源?灵魂从何而来,又将去往何方?这样的问题不计其数,全都超出了科学的边界。"

"有可能。但我已经很难跨出这道边界了。"

尽管我偶尔也会迈出这道边界。

比如现在,在因诺肯季的事情上,我就破例了。

他给我念了一句忏悔诗里的话,意思是如果上帝愿意,就可以战胜自然规律。

对困境中的我和因诺肯季来说,科学像一副桎梏,前所未有地紧缩到了极限,几乎快要勒进我的胸腔,强行将一个颇有宗教意味的念头塞进我的大脑:只有那个他能力挽狂澜。

我和盖格尔谈到了上帝。他没有驳斥上帝存在的可能性,但强调自己首先相信的是科学事实。可事实是不需要相信的,只要了解就足够。无关紧要的事实一抓一大把,但都和根源问题无关。我有时甚至觉得,这些所谓的事实分散了我们对根源问题的关注。即便数百万个琐碎的事实相累加,也无法推导出一条放之四海皆准的真理。因为两者根本处于不同的维度。所以盖格尔傻等着量变引起的质变,完全是徒劳。A 能解释 B,B 能解释 C,我们可以如此无限推导下去,但用什么来解释这条无限延伸的因果链呢?

层出不穷的科学发现直到我那个时代还蒙蔽着人们的头脑,让无神论大行其道。即使在当时,我也觉得他们看上去就像在公路上爬行的瓢虫,不过向前爬了十来米,就沉醉在自己的成就里。在瓢虫看来,自己已经通晓了一切,其实它根本不知道这条公路从何处发源,又将通往何处。我把这个比方讲给盖格尔听,他眯起了眼睛:

"可瓢虫尽管傲慢,也是上帝的信使①。说明上帝是能包容不同看法存在的。"

狡猾的条顿人②,看来他绝不会束手就擒。

"瓢虫是上帝的信使没错,所以她才会被赐予翅膀。'虫儿只要飞上天空,漫漫长路尽收眼中。'您知道从前有这样一首儿歌吗?"

"为什么要说是从前?"他笑道,"现在也有。"

盖格尔最终还是把沃罗宁的事告诉了普拉东沙。经过周密的准备,他一点点向他吐露了实情。普拉东沙抬起眼睛,长久地凝视着盖格尔。我以为(生怕)他会立刻冲到沃罗宁那儿去。

---

① 俄语中瓢虫为 Божья коровка,意思是"上帝的小奶牛",一说是因为瓢虫会分泌白色乳液,一说是因为其斑点。古斯拉夫神话里,太阳神佩伦因为妻子的背叛而惩罚她,把她变成了红色的小虫,但仍然无法解气,就朝她射箭,在她红色的翅膀上留下黑色的斑点,也就成了瓢虫。根据俄罗斯人的信仰,瓢虫是上天的信使,杀死瓢虫会带来不幸。
② 条顿人是古代日耳曼人的分支,现用来泛指日耳曼人、德国人。

但他没有，而是平静地问我们什么时候去找他。

起初，大家觉得普拉东沙对这个消息的反应出人意料。但我觉得这在盖格尔的预料之中。照我对普拉东沙的了解，越是重大的消息，他越是沉默以对。尽管如此……盖格尔还是在临走前向普拉东沙伸出了手，希望他无论如何对这个惊人的消息做出一点回应。普拉东沙突然说：

"如果不太麻烦的话，盖格尔，就请您写一写摆在希维尔斯克车站的大炮吧。它们就放在露天的活动平台上。那是1914年秋天。天气是雾转小雨。"

1914年秋天。雾转小雨。

深绿色的炮筒高高翘起，逐渐从灰色的雾气中显现，若有所思地瞄准天空。磨砂表面闪着暗哑的光。

雨水沿着炮身流淌，重重地跌落在地。水滴顺着金属平台和轮子往下淌，在与铁轨相交处发出细微的闪光。

这是一座不动如山的金属王国——奉上帝的旨意，它们不能移动，只能以嗡嗡的响声和微微的抖动，回应着错身而过的军列。

但早晚会有那么一个时刻，人们会拔掉平台前轮的制动片，连上蒸汽车头。一切都将开始运转，踏上一路向西的悲惨之旅。

这些坚硬的金属将与柔软的肉体对峙，绞作一团，然后粉身碎骨。

这些火炮将失去它们沉静的思虑，甚至觉醒过来，不知疲倦地四面开火。其实,即使被雨淋湿,它们也可以照常开火。

娜斯佳去上课了,我在家看书,然后看了会儿新闻,很快就关了电视,接着从抽屉里拿出一张沃罗宁教授的照片端详起来。教授跷着二郎腿坐在椅子上,手肘支在堆满书的桌子上,另一只手里握着(平时从不随身携带的)拐杖。他的头发向后梳,还算浓密漆黑的胡须上点缀着两块对称的斑白,呈现出精美的学院派气息。我在教授的眼中寻找即将降临的苦难迹象——旧照片上常有这样的痕迹,日后总会被人发现——然而他的眼中似乎没有……难道他没有丝毫预感吗?还是听了摄影师的要求,忙于盯着镜头里的自己看?

革命前的照片总是这样呆板,蕴含着强烈的压抑感。我想娜斯佳从来都没见过她曾祖父动起来的样子。可我曾见过,而且他的样子在我脑中仍历历在目。我自如地穿入银质相框,注视着教授把手杖搁在一旁,缓缓从椅子里站起来。可能伴随着叹息,甚至还有僵化的关节发出的咯吱声——如在这张照片里纹丝不动坐了一个世纪。他的步伐有些微微外八。我可以把这段描述拿给娜斯佳看,但还是作罢了:不管我给她看什么东西,都会被她当作我自己的肖像。

我从书架上拿来一本索洛韦茨基群岛的图册,翻到第77页(我还记得页码!),找到那个跟教授同姓的男人的照片——沃罗宁。他的脸上看不出凶狠残暴的天性——我给娜斯佳过,她也证实了我的感受。我多么希望他脑门尖削、满口獠牙——正所谓相由心生——可事实并非如此：他有个开阔的额头，五官周正，发型熨帖，下巴光洁，且表现出强大的生命力——就跟所有的吸血鬼一样。他完全可以凭自己的长相当个教务主任，或者俱乐部经理之类的，那样没人会知道他的嗜血倾向。明天我就要和他见面了。我惊叹于自己的平静。或许正是因为这个消息过于不可思议。

同一个名字可以指向两个如此迥异的存在，我总是被这个事实震惊。原来"沃罗宁"既可以是这样的，也可以是那样的。他是如何获得如今的地位的？好问题。

晚上，普拉东沙、盖格尔和我一起出发去拜访沃罗宁。我只是陪同，因为约定参加会见的只有他们俩，再加上一个什么机构代表齐斯托夫。沃罗宁坚持要求这个齐斯托夫（听上去像个间谍的代号）出席。好吧，随便什么人处在他的位置都会这么做。但随便什么人都能爬到他那个位置吗？而这家伙到现在还在操心他那一文不值的烂命，王八蛋！奶奶是怎么说扎列茨基的事情的——她把他做掉了？扎列茨基那件事，我觉得是奶奶的胡话。但要是让我看到这个沃罗宁，也会把他做掉。我知道不该说这种话。但要是我知道在哪里，怎么样可以雇到杀手，一定会这么干。光是想想他怎么侮辱普拉东沙的，我就……

一起去沃罗宁家的路上，我不禁想：好家伙——沃罗宁娜正在向沃罗宁进发！我甚至忘记不久前自己已经改姓普拉东诺娃了……我稍稍落在后面，观察他们走路的样子。一路上狂风怒号——正是适合找各路坏蛋算账的好天气：这不，我来了！我的伙伴们身体前倾，对抗着被风裹挟的树叶和稀疏而硕大的雨滴。雨衣领子在他们指尖剧烈抖动。我心里暗暗想，他们看上去像是要去复仇，尽管他们压根没提过报仇的事情。

齐斯托夫早已在门厅恭候。我们一进门，他就从文件夹里取出一张纸请普拉东沙签字。这是一份普拉东沙保证放弃敌视和追诉沃罗宁的承诺书。齐斯托夫从口袋里拿出一支精致的钢笔，把它和承诺书一起放在文件夹上，顿了顿，把它们拿到普拉东沙面前。有那么一刻，大家都没有动。

"要是没有这个，因诺肯季·彼得洛维奇，"齐斯托夫解释说，"我就不能带您去见沃罗宁先生。"

因诺肯季·彼得洛维奇若有所思地拿起钢笔：

"笔里装的是什么？"

"喏，是墨水。"

齐斯托夫的语气里没有半点不悦。

普拉东沙在文件上签了字。齐斯托夫把它装回文件夹，把笔收进口袋里。

"您要知道，我十分理解您的心情，"他用依然平缓的语气说，"但也请您理解我。法律就是法律，您不能有任何过激行为。能保证吗？"

"我保证。"普拉东沙格外严肃地回答道。

然后他又重复了一遍：

"我保证。"

他们仨上楼了，我待在楼下的电梯旁。也许我们的党卫军分子①一看到普拉东沙立马就会翘辫子？这种过激行为我倒是很能接受。

和沃罗宁的会面。很奇怪。

我设想过很多场景，但从没想过是这样。

我以为双方会破口大骂，或者握手和解，可哪样都没发生。

我们进去时，沃罗宁坐在扶手椅上，双手捧着一个杯子，穿着保暖外套、长裤和拖鞋。光秃秃的脑壳只剩一层头皮，两鬓还有几根稀疏的毛发。

我猜测，他手里的杯子只是个用来避免尴尬的摆设。因为他害怕自己主动提出握手却无人回应。比方说我就不会搭理他，我无论如何都不打算跟这家伙握手。

也可能他压根不怕。我把他的心思揣测得过于细腻了。

屋里还有个穿便衣的文职人员，是沃罗宁邀请来的。进门后，他便斜靠在窗台边，跟不存在一样。真是个完美的同伴。他在窗边，而我和因诺肯季站在门口。

"我知道你复活了，"沃罗宁声音沙哑，"早就想要看看你了。"

他的声带快要萎缩了，但意志依旧顽强。他的意志将伴随他到生命最后一刻。

他想看看犯人普拉东诺夫——行，人送来了。而且全程处

---

① 此处指沃罗宁。

于监控之下。完整送达,并绝不多话。

"怎么样,我变了吗?"沃罗宁问因诺肯季。

"变了。"

"可你没有。"

一个女人走进屋里,从沃罗宁手上接过杯子。她留在了房间里,从头到脚晃荡个不停,踩得镶木地板吱吱作响。

一只苍蝇在窗边嗡嗡叫。

"抓住它,齐斯托夫。"沃罗宁吩咐说。

齐斯托夫的手掌缓缓地拂过玻璃,用一个干脆利落的动作把苍蝇抓进了手心。他对我们解释道:

"从背后伸手抓,它就看不见。"

他把苍蝇带出了房间。女人朝沃罗宁说:

"您还需要什么吗,德米特里·瓦伦蒂诺维奇?"

沃罗宁没有回应她,而是直勾勾地看着因诺肯季:

"别指望我会悔过。"

女人叹了口气,看了看手里的杯子。

"为什么?"因诺肯季问。

沃罗宁闭上眼睛,平静而清晰地说:

"我累了。"

哼,累了。齐斯托夫回到客厅里,给我们看了看时间。

我们离开了。

生活如此奇妙。我那个时代唯一一个尚在人世的见证者居然是沃罗宁。我一直在寻找死人来为我作证——即使他们不能说话，只能用自己的存在本身为我证明——现在我找到了一个活着的人。如今的他与其说是罪犯，不如说是我的证人。我觉出了这点。他也是。我们已不再彼此仇恨，反而产生了，对，没错，类似同盟者的情谊。就好像流落荒岛的人，就算跟原始人也会产生共同语言。某种意义上来说，我跟沃罗宁就单独留在一座岛上——一座来自我们时代的岛屿，岛上只有我们两人。来自沃罗宁的证明和来自死人的没有太大区别，但这是另一回事。何况他看起来跟死了差不多。

他说：别指望我会悔过。我多少次问自己，为什么？上帝让他活了足足一百年——难道不是为了忏悔吗？他是个十足的罪人，也许上帝拖延着没有让他离去，就是为了给他改过自新的机会。沃罗宁说他累了。于是大家一致认为这是会面结束的信号。但我觉得他只是在说自己的心理状态，如今的他已经没有怨怼，也没有悔恨。他的灵魂陷入了沉睡。

秋天是属于露台茶会的季节。人们用靴子扇动着残火。靴子很柔软，皮面上的褶子像手风琴一样；而且很干净，否则也不会放在桌上用来扇火。其实也可以在别的地方扇，只是桌边的人们想要观赏烧水的过程。茶炊很大，里面的水煮得很慢。所有人都在等待茶炊上冒出第一缕蒸汽。可目前在逐渐淡去的阳光里，还只有人们嘴里冒出来的热气清晰可见，但它们无法温暖任何人。清冽的空气里有河水和松树的味道。栅栏后，一只狗在吠叫，可以听到链子敲打在狗舍木板上的声音。它在链子上坐下，似乎松弛了下来，不打算汪汪叫了——不，不成。它又激动起来，务必要参与公共生活。

每个人——无一例外——都穿得很暖和，有的还戴着围巾。他们把手凑近茶炊：它已经可以用来取暖了。人们聊着天，滔滔不绝地从泰坦尼克号聊到费迪南德①，声浪起伏，时而安静，时而嘹亮，然后渐渐变成了喃喃低语（大家都有些累了），仿佛在预告茶炊的沸腾。好了，水开了。立刻就有人拿来茶壶，第一时间接在咕噜咕噜的茶炊龙头下面。稍等，让茶多泡会儿。茶碗络绎不绝。坐着饮茶的人，可以说是沉醉其中了。

这件事可以追溯到1914年，或是1911年。普拉东沙坚持要把他所有描述的事情都注上日期。我问为什么？他说标注是为了明确这些基本事件（比如在阳台上喝茶）发生的时间，来验证它们的普遍性。根据他的说法，这种精确标记日期的做法，既有益于验证这些事件的普遍性，也同样可以用来推翻它。而我觉得，连这个论证本身都是普适的。

就算是1907年的事儿吧。

孩子感冒了，咳得很厉害。

有人给他读《鲁滨孙漂流记》。

他咳得厉害，单靠读故事没法缓解。医生建议拔火罐。

---

① 指奥地利裔德国演员费迪南德·马利安（1902—1946），他主演的多部影片如《包法利夫人》等曾在苏联上映。

全家人都发动起来。奶奶负责念书，父母在床头柜上摆上罐子，准备拔火罐用的点火棒。

要给我拔火罐的是父亲。他总是承担最重要的责任。

病人只有七岁，他很害怕。这是他第一次拔火罐。

浸过酒精的点火棒被点燃的那一刻异常可怕。如果病人知道宗教裁判所是什么东西，肯定会产生糟糕的联想。

明火总是可怕的。

男孩趴在床上，双手环抱枕头，把脸埋在里面。片刻过后，他感觉到第一个罐子落在了背上。

并不像看上去那么痛。甚至压根不疼。

他小心翼翼地抬起头，看着父亲的手如何操作。

父亲把点火棒放进罐子里，然后把罐子盖在男孩背上，当然，会有点儿烫。

他感觉到皮肤慢慢被吸进罐子里。父亲朝他挤了挤眼睛。母亲拿毛毯盖住他扣着火罐的后背。

奶奶继续读《鲁滨孙漂流记》。加上火罐，书籍也能治愈顽疾。

新的恐惧之潮涌来——该摘掉火罐了。男孩觉得罐子们像凶恶的鱼群紧紧地咬住了他的后背，保不齐还是食人鱼。

父亲小心翼翼地把右手食指伸进罐子边缘下面，啪嗒一声，罐子脱落了。随后是一连串清脆透亮的啪嗒声，一共十五下。

我走路愈来愈不稳当，就像走在湿滑的苔藓上一样。每一次落脚都很小心，仿佛担心会一脚踩空。结局对我来说不再是个谜题：每天失去几千个脑细胞，我的结局已经无法更改。脑细胞不可能长久经受住这样的损失。

我给自己定了一条规矩，不要埋怨。即使对盖格尔也决不抱怨，别说在娜斯佳面前了。在搞清楚问题的症结之前，埋怨只会给他人带去悲伤。特别是考虑到……嗯，这不是我第一次从生活中退场。只是在拉撒路，死亡是一种解脱，而如今它意味着永别。离开那些我爱的人。离开我爱的世界。离开我已经书写了几个月的回忆。

今天我天没亮就醒了，一动不动地躺着，以免吵醒娜斯佳。我望着来往的车灯渐渐汇成一条河。过去中央大道上行驶的是电车和马车。我经常连续几个小时盯着它们看，试图弄清电车的动力来自何处。不知为何，电车比小汽车更让我着迷。或许因为它们个头大，笨重得很，声量也大，第一眼看上去并不像交通工具，更不像载人的工具。依我看，这样的庞然大物一旦移动起来，完全可以用于战斗防御，甚至进攻。想想几百辆电车在战场上齐头并进的样子，一定是个壮观的场面。

有时候为了测试电车的牢固度，我会在轨道上放一枚五戈比硬币。这个实验对我而言意义重大，以至于我由着自己的孩子气，完全忽略了可能造成的危害——更准确地说，是压根没想过。为了让我放弃这种可疑的实验，父亲杜撰出一系列可怕的后果。他提醒我，在铁轨上放硬币可能导致脱轨，温柔地劝我说，在决定开展危险的实验前，必须先权衡潜在的风险。

我还能说什么呢？那时的我已经知道，五戈比硬币不可能掀翻电车，电车压根不会察觉到它的存在。我每次都紧盯着那个庞然大物，看它碾过硬币时会不会产生轻微的晃动——但一次也没有过。但有一点父亲说得没错，随时做好应对损失的准备是实验者的必备素质，大人也不例外。我由此得出一个结论：大人只不过是年龄大些的孩子，正如我们不幸祖国的历史证明的那样，对他们来说，扯下一个活人的脑袋跟扯下一个洋娃娃的脑袋没有差别。

　　说回那段幸福洋溢的时光。我积攒了一大堆被碾平的、闪闪发亮的镍片。如果用指尖仔细触摸，还能感觉到上面残存的图案，但并不会破坏整体光滑的质感。对，光滑的质感，即使是被碾平的金属钱币的光滑感，也在我记忆中占据着特殊的位置。在我的童年王国，在那些无忧无虑的岁月中，它们就是货真价实的财宝。那惊人光滑的表面和我的食指仿佛恰为彼此而生。往电车轨道上放五戈比硬币这个游戏至少有一百年历史了[①]，我是先驱者之一。顺便说一句，我不是盲目跟风，而是完全自创的。

　　如果这一切没有被记录下来，那么恐怕便会湮没在岁月中，成为人类历史中一个扎眼的漏洞。但损失最大的，应该是我一直挂念的安娜。我已经事无巨细地为她写下了许多事情，但始终无法面面俱到。幸运的是，现在我有帮手了，工作推进得更快了。

　　1910年。三月初。邻近铁道的两层小木楼。冰雪在灿烂的阳光下开始消融。房子里人人都能听到水滴的声响。水滴钻开

[①] 20世纪初兴起了建设有轨电车的浪潮，当时城市里的小孩间便流行起在铁轨上放硬币的游戏。

冷硬的雪地，为自己开路，在大大小小的坑洞里发出不同的回响。到了夜里，融化停滞，雪坑封冻，一到早上，水滴的大工程又得从头再来。从零开始——当然，三月了，哪还有什么像样的积雪。雪地就像一张麻子的脸，凹凸不平，坑坑洼洼，狗、猫、乌鸦，每个在二层楼下走过的家伙都留下自己的痕迹。有时雪地会镀上一层厚厚的炉灰，即使新的雪花不停飘落也盖不住它。或许是因为新的炉灰不断飘来，仿佛出于对洁白的憎恶，故意追逐着飞雪，争抢着要将它掩盖。

铁道路基旁，一个个巨大的水洼连成了池塘。水洼在夜里也会冻上，但它们实在太深，来不及冻结到底——可它们真的有底吗？幼年时我总会担心它们都是无底洞。树木都被冻在冰壳子里，直到中午才能脱身。水洼里的水又冷又黑。一旦踏入其中，大脑便会停止运转。

即便身处地狱，亦当保持清醒，切忌绝望。[①]我随手翻阅着一本讲述阿索斯山[②]的书籍，不经意瞥到了这句话。我放下书，转头去做别的事情，但这句话如影随形，不断灼烫着我的内心。它仿佛是给我量身定做的。即便身处地狱，亦当保持清醒——讲的是我几个星期来的艰难处境。切忌绝望——正是我现在竭

[①] 这句话出自东正教圣徒阿索斯的圣希洛安（1866—1938），他于1987年被封为圣徒。他生前，也就是普拉东诺夫冷冻前还没被封圣，因此后文普拉东诺夫不知道他是谁。
[②] 阿索斯山位于希腊，是东正教圣山，至今仍是僧侣修行的圣地。阿索斯的圣希洛安也曾在此修行。

尽全力去做的。我捡起那本书翻找起来,却一时慌乱得找不到那一页,最后还是找到了。这句话是阿索斯的圣希洛安的启示。我不知道阿索斯的圣希洛安是谁,我甚至不确定这句话我理解得对不对,但他的话让我稍微振奋了一些。

我之所以将目前的生活称作地狱,是因为现在死亡对我来说比在岛上时要可怕千百倍。尽管我在岛上也拼尽全力地活下去,却并不畏惧死亡。即便生存空间开始朝塌缩的终点狂奔,死亡对我来说也近似解脱。我能感觉到自己疲惫的身体是那么渴望安息,只有内心在与求死的欲望斗争。我的内心,从未放弃斗争。

可现在我前所未有地惧怕死亡。我拥有了一切——家庭、钱财,还有莫名其妙的名声——但总的来说,这些我都享受不了太久了。显然,当死亡迫在眉睫,金钱和名声也就失去了意义。可我是那么害怕与亲近之人分离——滑稽可爱的娜斯佳如今看来与我仿佛已经相识一生;还有她腹中的安娜,我生命的延续。尽管我可能来不及见到她了。必须看清一切,同时在地狱中保持清醒。理智尤其重要:用理智才能理解生活。避免绝望则要借助别的力量。

1916年。雨后的土路上,自行车驶过。车轮发出轻微的嗞嗞声。

车轮扬起地上的污泥,抛溅到挡泥板上。泥浆在挡泥板上汇集成大滴大滴的污水,淌落到地上。

有时车轮驶入一个宽阔的水坑,哗啦啦劈开水面。两轮水波从中央向边缘扩散。

自行车偶尔轧上树根,颠得身上的工具包叮当作响,车座也在弹簧上蹦蹦跳跳。

暮色渐浓。

骑自行车的人把小电机按在车轮上。闪光,嗡嗡声。车轮化作飞转的光圈。

1916年有自行车灯这种东西吗?我不知道。

我觉得已经有了。

这不重要。

我的短时记忆越来越差,一分钟,一小时,或者一天前的事情越来越难记住。我在娜斯佳面前总是因为明显的记忆断裂而觉得尴尬——幸好,目前发生得还不太频繁。每当这种时候,我就会把话题引向久远的过去,说起世纪之初。好比一个聋子与其试图回答问题,不如抛出自己的问题。昨天,为了转换话题,我跟娜斯佳聊起了我们中学表演的《钦差大臣》①,我也是演员之一。娜斯佳立刻看穿了我的伎俩,但没有拆穿我。她说要把这件事当作我委托她写的记录里的重要情节。我自己也不禁思索:如果没有这个情节作为基础,凭借她对于我的所谓印象,她能描述我的一生吗?如果她能学会准确地找出并描绘能引起

---

① 俄国作家果戈理于1836年创作的著名喜剧。

我共鸣的事物,那么我的生命就可以借助她存续下去了。

中学里,学生排演的《钦差大臣》。玛利亚·安东诺夫娜和安娜·安德烈耶夫娜①来自隔壁的女子中学。她们从剧院带来的戏服簌簌作响。裙子上的樟脑味从剧院的化妆间一路飘进学校,看来气味并不会在搬运的过程中消散,反而会在新鲜空气里愈发浓烈。就像红酒的香气要在软木塞拔下后才开始释放,弥漫,沁人心脾。我不得不认为,所有从衣架上取下的裙子都有类似的魔力——当然,只要上面的樟脑丸味儿不过于刺鼻。

舞台上几乎没有任何装饰,大理石桌是从校长办公室搬来的,上面放着一根点燃的蜡烛。书架是从图书馆搬来的,摆放着精心挑选过的半世纪前的旧书。赫列斯塔科夫缓缓走向安娜·安德烈耶夫娜。舞台的木地板在他脚下吱吱呀呀响了起来,第一排能听得清清楚楚:难怪说艺术需要距离美。安娜·安德烈耶夫娜……赫列斯塔科夫说着轻轻碰了碰她的手。手在颤抖,声音也在颤抖。必须澄清的是,剧中主人公的心情并不忐忑,忐忑不安的是我们那位隔着厚厚的布料碰到女孩儿小手的主演。他还从没对人表白过爱意,只能借着台词,准确地说,是在台词中寻找……寻找什么?他在彩排时念得那么声情并茂。或许

---

① 此处的玛利亚·安东诺夫娜和安娜·安德烈耶夫娜和下文的伊万·亚历山德罗维奇·赫列斯塔科夫都是《钦差大臣》中的人物。赫列斯塔科夫是个圣彼得堡的十二品小文官,流落到一个偏远小城市,阴差阳错假冒钦差大臣招摇撞骗。玛利亚是小城市市长的女儿,安娜是市长夫人。赫列斯塔科夫先向市长夫人求婚未遂,又转向市长女儿。利欲熏心的市长替女儿答应了求婚。

他正是因为自己的语气而坠入了爱河。

中学的礼堂里，尽管敞着窗子却依然闷热——今年的六月很热。窗外杨絮飞舞，无风的天气里，树梢笔直地挺立着，就像画出来的一样。安娜·安德烈耶夫娜额头冒出了汗珠，伊万·亚历山德罗维奇也是，礼堂里的观众都发现了他们之间的端倪，偷偷用手肘互相推搡，等着看一场好戏。这份浪漫的柔情并非出自剧本，却呼之欲出。观众们看得一清二楚，什么也瞒不过他们的眼睛。他们全神贯注。这一幕结束，黑漆漆的观众席上响起了掌声。透过伊万·亚历山德罗维奇的身影，我看见了我的普拉东沙，但我怀疑1914年的安娜·安德烈耶夫娜早已化作一抔黄土。

我一夜未眠，想起了普希金的小说《射击》。西尔维奥把自己的复仇推迟了整整六年。直到对手已经结婚成家，过上了幸福生活以后，他才打出那一发迟到的子弹①……在岛上，死亡对我毫无触动。我对死亡无动于衷。但在我终于看到生活的希望时，死神却带着迟来的那颗子弹回来了。它蛰伏了太久。我应该将它的子弹视作复仇吗？

---

① 《射击》的主人公西尔维奥是个贵族，他视决斗为家常便饭，枪法百发百中，他在一次决斗时因为对手的轻蔑而离开了。六年后对手已经结婚成家，西尔维奥找到他要求重新决斗，最后仇人的妻子前来哀求，他放弃了复仇，因为他觉得引起对方的惊恐已经达到了复仇的目的。最后西尔维奥在希腊人民反土耳其统治的战争中献出了自己的生命。

因诺肯季的短期记忆能力每况愈下。

娜斯佳不断记录他的症状,时常提醒我。我自己也看出来了。

他常常会忘记自己做事情的动因,比如发现自己站在公寓中央,却不知要去往何处。

甚至一些最机械化的动作他也常常忘记。比如他会不记得自己有没有刷牙,有没有吃药。

我给他开了一大堆药。但说实话,收效甚微。它们压根无法阻止主要症状的恶化——他的细胞仍在不断衰亡。

我不知多少次重整思路,重新检查,但毫无进展。我一头扎进最近十年的文献,却一无所获。

从未有过的挫败感让我窒息。因诺肯季正在衰灭,这让我窒息。

或许我该送他去国外看看?比如慕尼黑。我不认为德国的医生就比我高明,但死马当活马医嘛……他山之石也很重要。

如果送他去国外,我担负的责任也能减轻一些,但我偏偏没有这类顾虑。我最大的责任就是他,其他的我一概不怕。

只有一件麻烦事。我能感觉到,给我们做决定的时间不多了。Zeit,Zeit[①]。

---

① 德语,意为"时间,时间"。——作者注

他问我：

"你怎么了？"

我说：

"我怕你会死。"

我们之前从没说过这样的话，尽管心里已经想过千万遍。那一刻，我失控了。他是我唯一的亲人，我唯一可以倾诉衷肠的对象。可这个最亲爱的人就要走了。我只能朝他抱怨。我的表现太可怕了。

我哭着扑进他怀里。

"对不起，我不该提死的事情。只是这份恐惧从里到外啃噬着我，现在终于藏不住了。"

"喏，首先，我还没死……"

老天爷，还有"其次"？

消瘦的他坐在那儿，白得像张纸。声音低得几不可闻。

他自顾自地接着说：

"不必将死亡看作永别。死亡只是暂时的分离，"他沉默片刻，"时间对逝者来说是不存在的。"

逝者。这个词就像从隧道里吹来的风。

"那活着的人呢？活着的人身上，时间依然流逝。"

他露出了微笑。

"那就在等待的时间里找点事情做吧。"

我们之间会横亘着多少时光啊。太可怕了。

我费了好大劲终于联系上了热尔特科夫。我向他详细汇报了因诺肯季的状况，请求他的帮助。

热尔特科夫开始嘟嘟囔囔，说些含糊不清的话。他显然失去了耐心。您看，我，呃呃，并不负责医疗工作……

我一下慌张起来，赶紧说，我们得把他送去国外看病，那些检查可不便宜。说白了，我们得付账单。很多账单。

但我们的热尔特科夫显然进入了半意识流状态，叫我措手不及。

难道是因为因诺肯季不肯考虑他的政治提案？

我和一个见多识广的朋友说了这件事——他一点儿也不觉得奇怪。他说，如果热尔特科夫突然对因诺肯季不感兴趣了，那说明他早就把我的病人忘在了脑后。下次，我可能连他的电话都打不通了。

我小心翼翼地表达了自己的疑惑：

"做人不可能这么垃圾吧！"

"瞧您说的！"我的朋友笑出声来，"有什么不可能呢。"

Scheisse[①]……

我对娜斯佳说，死亡带来的分离只是暂时的。我深信这一点——这是我的信仰决定的。只要你心里有想见的人，就总有一天能与他重逢。说实话，我担心我的安慰对她来说是杯水

---

① 德语，意为"该死"。——作者注

车薪。

　　真好奇，在那边除了人，还能遇见其他东西吗？那些琐碎的事物尽管并非生活的主要构成部分，却叫人难以割舍。比如圣诞树上的蜡烛噼啪作响的声音。比如，掰下松针小心翼翼地凑到烛火上，就能闻见的那种针叶树特有的明快香气，就和所有离别的味道一样。又比如夜里闪烁的火光和死气沉沉的巨大黑影。午夜梦醒，第一个念头就是圣诞树。穿着睡衣钻到圣诞树下。你几乎得摸索着前进——实际上是跟着穿堂风里的铃声往前走。赤裸的双脚被地板冻得冰凉。走到圣诞树旁，你赶紧把脚底板交替压在温暖的小腿上。彩纸屑沾得到处都是。你听到有人起夜，便躲进圣诞树宽阔的怀抱里，藏身其中。你想着等那人在厨房里忙完了再起来，便钻进棉花堆，陷了进去，一觉睡到天亮……即使我死了，也要爬起来看一眼圣诞树。当然，如果那个世界有圣诞树的话。

　　还有什么？哦对了，还有别墅露台上装满覆盆子的盘子。疏落的阳光折射出丰富的色彩。一只小虫随随便便地收着翅膀，沿着盘子边缘爬行。它不是甲虫，不是蚊子，也不是蚂蚁。并不是从没见过，只是一时叫不出名字。生活中常有这样的事：你半辈子都在同一个地方天天遇见一个人，比如在门廊或者书摊上，他脸上的每一根皱纹你都无比熟悉，却不知道他的名字。生活中常有这样的过客。等他们离开后，你才会开始想念他们那毫不起眼、谨小慎微的样子，怀念他们漫不经心收起的翅膀，和独特的步态。

　　还有，傍晚的篝火。奥列杰日河上铺下一条月光小径。人们有一搭没一搭地聊着天，全是零碎、简短、闲散的只言片语。

比如：我再拿点柴火来。或者：水烧开了。脚下半腐的树枝嘎吱作响。锅里的水突突冒泡。火中的木柴偶尔发出轻微的噼啪声。我多么想让时光静止啊，就像河流被水坝截停。希望天色永远不要变亮，也不再变暗。希望红色的悬崖永远矗立在眼前——我似乎已经写过它们了？泥盆纪的黏土。它也会在那边出现吗？

有时我不禁思索，到底谁才是病人，因诺肯季还是我？

要知道，现在我正听从他的指示，描写生活中的片段……我从没做过这种工作，也不觉得自己有这种天赋。我习惯了用诊断和处方说话。

但是。

老实说，我越来越喜欢写作了。

我们的集体写作，可以说是一种把经验传递给后代的尝试。这是人类在自己的历史中一直在进行的尝试。只是我们的做法比较特殊。起初他给我布置这份写作任务时，我还有点生气，但现在已经毫不介意。

因诺肯季传递的不只是他的人生经验。

娜斯佳说过他偷偷联系了一家广告公司请求合作。她也是偶然才发现的——对方上门来签合同时恰好被她撞见。她把对方从楼上赶了下去，回头去找因诺肯季问个究竟。

他像个霜打的茄子一样蔫蔫地窝在扶手椅里面。他问，如果我不在了，你们打算靠什么生活？

她沉默了，眼泪涌了出来。

因诺肯季自己也觉得不该这样跟她说话。我觉得他只是累极了，已经没力气再去斟酌措辞，所以直接说出了心里的想法。

他并不相信自己还会康复。这对于一个病人来说意味着什么不言而喻。

最可怕的是，连我也无法再给予他信心了。

报纸上开始出现一些小道消息，谈论普拉东沙的身体情况。我当然嗤之以鼻，但拦不住流言蜚语。他还是在报亭的橱窗里看见了街头小报的标题——图文兼备，标题写着"实验失败""普拉东诺夫生命垂危"。其中一家报纸还买了一张普拉东沙的大脑核磁共振胶片刊登在头版头条旁边，标题是"因诺肯季·普拉东诺夫大脑受损"。其实他们压根不需要花钱买什么片子，只要看看他走路的样子就知道了。他双腿难以直立，只能扶着我的胳膊行走。他不想用拐杖，觉得那太过夸张，等于招供了自己健康状况堪忧——相当于明晃晃地承认了（不是我说的）。但换个角度讲，他说的也没错：只要不承认，就不算明显。

我给盖格尔看了那份刊登核磁共振胶片的小报。他的脸立马涨得跟消防车一样通红，冲去兴师问罪。我听他满嘴脏话地对着电话咆哮了整整三分钟，最后以"祝你们被自己的卵蛋噎死"收尾。连骂三分钟，这可不容易——不知道对方怎么答复的。尽管没料到盖格尔会如此粗鲁，但说实话，我挺高兴的。

或许是因为这样的德式脏话我不大会说。

只是对普拉东沙而言，唉，这些都帮不上忙。他现在一意孤行，想在离世前为我和女儿多挣些钱。他说自己已经没有未来了，但至少可以为家人的未来做好保障。他说这些话的时候心平气和，一副理所当然的样子。他甚至还自己去联系了一家广告公司——这不是我以前替他干过的傻事吗？我立刻叫停了这件事。

那些错过的岁月让我心中燃起一阵阵灼烈的忧愁，仿佛一种幻痛。尽管我在那段时间里被封冻着，但毕竟依然存在！也就是说，那也是属于我的时光，我也对它负有责任。我认为整个20世纪都是我的世纪，没有一天能够例外。看苏联纪录片的时候，我有时会在背景中发现自己。难道这是偶然吗？不可能。相反，我在那些事件中的缺席才是偶然。

"可以这样理解吗？"盖格尔问我，"我们可以描写那些您并未经历过的事件？"

"完全正确。或许所谓没经历过只是我的一种错觉。就像有些看似不存在的事物，也是确实存在的。"

最重要的是，切勿过分强调历史事件的意义。它们并非人类的内在构成。不像灵魂，塑造了人格，终此一生都不会脱离肉体。事件与人并非不可分割。它们不是人的组成部分——相反，人是它们的组成部分。是人卷入了事件，就像卷入火车的铁轮，接下来就只能看看尸骨能残存几分了。

我常常问自己，到底什么才算得上大事件？对有些人来说，历史事件就是滑铁卢那样的重大时刻，但对另一些人来说，历史事件就是炉边夜话这样的日常。比如一个四月末的夜里，一场在昏黄的灯光下，伴随着窗外的汽车引擎声，悄声进行的谈话。至于说了什么，除了一些片段，或许全忘了。但说话时的语气却留了下来——平静得仿佛整个世界的安宁都在这个夜晚凝聚于此。当我想要获得慰藉时，就会回想起那个四月的夜。

不，不对，我还会想起在火车站的谈话。肯定是冬天，问题是哪一年的冬天？假设是1918年，也可能是1922年，那几年的谈话我还可能亲自参与。实际上，即使没有我在场，谈话也能顺利进行，所以哪怕它发生在1939年也无伤大雅。反正我只是个听众。但即使我不听，对话的本质也不会改变：就平和的程度而言，它与四月的那场谈话不相上下。从形而上学的维度来讲，这些谈话只意味着一件事：我们无比渴望宁静。

这才是重点。乍一看，一场平和的对话和滑铁卢战役根本无法相提并论。因为滑铁卢属于宏大的世界历史，而那场谈话似乎不值一提。但后者是我个人史中的一部分，而在我的个人史中，世界历史只是一个小小的部分，或者一段序曲而已。很明显，在这种情况下，我会遗忘滑铁卢战役，却永远不会遗忘那场美好的闲聊。

普拉东沙一直说着些可怕的话。我努力让自己顺着他说。

1939年，一月。火车站。

车站，一个极地车站：窗外的积雪堆到了窗边，冰凌从屋檐垂到地面。

下午四点，暮色已经降临。

窗外透进昏黄的灯光。街灯结了冰，仿佛变成了一只大灯笼，为行人指引铁道的方向。行人不多，停靠这座车站的列车很少。

候车厅里（老实说这能算大厅吗？）只有一个黯淡的小灯泡，但它仍用自己的光亮填满了窗子。墙角有个小铁炉。屋子里没什么布置，但还算暖和。木地板被融化的雪水泅湿了。

两个人坐在长椅上不紧不慢地闲聊着。

窗口的售票员竖起一只耳朵听他们聊天，有时候还会插两句嘴。

每隔一个小时，就会有一列货车或者长途客车经过车站。没有一列在此停留。他们只会给窗玻璃喷上一层雾气，留下车厢或货柜单调的撞击声。

每当这时，售票窗口里的椅子也会跟着摇晃起来。闲谈的两人屁股下面的长凳也在晃。他们安静下来，带着明显忍耐的表情等着火车离开。

他们用冻得通红的手指揪扯着搁在膝头的护耳皮帽。一个头发乱蓬蓬的，另一个的头发则被压得扁塌塌的。

同样的大皮帽对不同的人居然能产生截然不同的效果。

上帝为什么要复活拉撒路？或许是因为拉撒路参透了一些只有死后才能明白的道理？这种参悟让他再次降临人间。更准确地说，他获得恩准重返人间。

或许是因为他身上背负着沉重的罪孽，只有活着才能赎罪——因此才被复活？但他这样的人不太可能有什么罪孽。

众所周知，在复活之后，拉撒路再也没有露出过微笑。也就是说，他在那边见过的事情让尘世变得索然无味，再也无法激起他心中的波澜。

可被生活放逐的我，却什么也没有参悟出来。但我毕竟不是真的经历过死亡。

1958年。丰坦卡河边，夏日的清晨。阳光照射到玻璃上，以锐利的角度折射回来，扎进河中。穿着白围兜的看门人正拿着软管冲洗花岗岩河岸。他用手指按压着水管喷嘴加大水压，水流冲刷在粉红色的石材上，发出嗞嗞的响声。看门人的工作并没看起来那么轻松，甚至还有点儿危险。看门人放开喷嘴，心不在焉地看着自己充血的指尖，然后又看看虚弱无力的水流和它歪歪扭扭的痕迹，摇摇头，重新按住喷嘴，全神贯注地冲洗起来。水流从人行道路面转向栏杆，接着转移到装饰用的格栅上。金属栅栏将水流分割成晶莹的水雾，在阳光下化作一道彩虹。

刚浇过水的桥面上驶过一辆胜利牌敞篷轿车①。车轮压过湿漉漉的马路，发出柔和湿润的声响，带起一道扇贝状的浪花。方向盘后坐着一个戴眼镜的金发女人，她满脸笑意。副驾驶座上搁着一个用丝带扎起的文件夹。教授。这女人很可能是个教授。她正要去学校，或者公共图书馆。清晨的凉意一丝丝从天井中流出，悠哉游哉地迎接她的到来。院子很潮，夏天只占领了最上面的楼层，那里敞开的窗口摆着花盆，可楼下仍充满寒意和泥泞。我本想补充一句，"还有积雪"，但这么说就不对了。院子里只是寒冷泥泞。

在思考如何为家人的未来提供保障时，我发现自己已经不可能见证家人的未来了。那个未来里没有我的位置。唯一的办法就是把我的自我融入她们的身体。或者亲自进入她们的生活。或者折中一下，互相融合，把彼此记忆中的我合二为一。我和娜斯佳必须尽可能充分利用我所剩无多的时间，在对"我"的看法上达成共识。至少在一些重要的事情上，必须达到无我如有我的境界。这样我即使缺席也不必担心，因为即使我不在，娜斯佳也能独自做出唯一正确的决定。

今天我受到了巨大的震撼。

---

① 苏联高尔基汽车厂生产的一款中档轿车，出厂年份在1946—1958年之间。

晚上顺路去普拉东诺夫家的时候，我看到了因诺肯季的画作。那是一幅扎列茨基的画像。

我不知道他用的是什么画法，就叫它炭笔画吧。那是一种比铅笔更软的工具。

人物的轮廓线间或断裂，间或悄无声息地融入画纸中。

画中人低头靠在桌边，张开的十指深深插进一头乱发。

桌上摆着酒瓶和酒杯，伏特加已经见底。还有一小片被啃得参差不齐的香肠。

画面没有一丝夸张——脸部没有，抱住脑袋的姿态里没有，酒瓶和香肠里也没有——而是充斥着深深的悲剧感。

画中人显然正为某事哀痛（可能是为自己的生活），而伏特加和香肠就是仅有的见证者。他脸庞瘦削，肩胛骨高耸。

沉默不语的时候，他的样子就高贵了起来，或许正如他心里希望的那样。扎列茨基沉默不语。从画面里听不见他那些肮脏的絮叨。

你会觉得，此刻令他沉浸其中的思绪是崇高的。而香肠只是一件粗糙的必需品，用来满足肉体的需求。

他甚至没有看着香肠。目光的焦点落在房间之外的某个地方——在有形世界之外。

即使我对扎列茨基一无所知，这幅画也会让我感到震撼。何况我知道他是谁，所以画作带来的冲击是双重的。它解放了扎列茨基，把他从那个虫豸般的可怕角色中解救了出来。

这幅画对因诺肯季、我还有娜斯佳来说不啻救命稻草。它证明锁住因诺肯季的创造力的神秘封印解除了。他又可以作画了。画得多棒啊！

用我更熟悉的判断标准来说：这幅画证明他的某些细胞群复苏了。过程和原因依旧是一片未知。我只是陈述事实，并不打算找到解释。

普拉东沙简直是个天才。我和盖格尔看到的那幅非同凡响的肖像画……我本想点评两句，还好及时醒悟了过来，意识到我的评价听起来会很可怜。这就好比用自己的话复述《战争与和平》，或是哼唱第40交响曲。我只能说：因为听奶奶讲过扎列茨基的事情，就在昨天以前我还对他深恶痛绝，但看到这幅肖像画后，我原谅了他。几乎完全原谅了。普拉东沙的画就拥有这样的魔力，但我作为评论者有一个硬伤：我是他的妻子。哪个妻子不会觉得自己的丈夫是个天才呢？我生出一种热切的渴望，想暂时与他形同陌路，然后向全世界宣告：普拉东诺夫是个天才。可惜办不到。我们已经灵肉合一。

普拉东沙身体乏力。他出门的次数越来越少，总是在家躺着，要不看电视，要不就写东西。有时他会被突如其来的恐惧所裹挟。他害怕自己马上就要死了。或者怕自己在睡梦里死掉，来不及和任何人告别。现在我们经常整天开着落地灯——黑暗在他眼里是死亡的预兆。躺在床上，他总让我把手递给他，握着我的手入睡。但是他最担心的是我和安娜就此失去依靠。他已经把我们当成孤儿寡母了。我常常走进浴室，把自己锁在里面，打开水龙头，热水和冷水都开到最大。巨大的水压作用下，我们的水管会发出呜咽。我也呜咽起来。

我在读《往年纪事》①。编年史学家把年份依序列出。他是这样写的：创世某年②发生了某事。下一年，发生了某事。然后某一年"空无一物"。没有任何记录的年份被称为空白年。起初我很困惑，既然如此，记录它们又是出于什么目的？后来我明白了：这些人生怕遗失哪怕一点点时间。那些为永恒而活的人格外珍视时间。不，与其说他们看重的是时间本身，倒不如说看重的是连续性，务必要确保其中没有缺漏。他们认为只有认真度过自己的时间，真正的永恒才会到来。这点我也深有同感！我早就知道，绝对不能把冷冻的那几十年从我的人生中剔除掉。我没有想错。

总之，即使我试图把破碎的生活拼凑起来，但它仍在分崩离析。时间不断碎裂，停滞。即便身处地狱，亦当保持清醒，切忌绝望。可无论思考什么，都会让我的理智坠入地狱。这也是一种绝望。

我设法在慕尼黑为因诺肯季安排了一场检查。准确说，不是我的功劳，是一个我从前的病人帮的忙。

---

① 《往年纪事》是俄罗斯历史上最重要的史著之一，是古罗斯国流传下来的第一部编年史，约成书于12世纪初。史学界一般认为作者是基辅洞穴修道院的修道士涅斯托尔，而现存最早的版本为1377年弗拉基米尔修士拉夫连季抄写的手稿。
② 《往年纪事》采用的纪年是旧历（拜占庭历），即从《圣经》所谓的"创世"开始。它的元年相当于公元前5508年。

其实这件事的主要问题不在花费，而是背后的主观能动力。其实我直到现在才对自己承认，所谓的组织问题在某种程度上只是个借口。

这趟远行真有必要吗？直到现在我心里还是没底。

基于我发过去的数据，他们认为不排除需要手术介入的可能，但我不觉得这有什么用处。

因诺肯季的复活是我亲自一步步完成的。还有谁会比我更了解他的情况呢？

换个角度——也许，正是这种认识误导了我？也许在当下的状况面前，恰好需要新颖的视角？

说不准，到头来是那所谓的"对患者的情感依恋"妨碍了我做出正确的决定？

我打算出发前再告诉他慕尼黑的事情。没必要提前说。那只会让他和娜斯佳焦躁不安。

1969年，劳动节游行。清晨的空气很凉爽。不过中午也不热，毕竟还没到夏天。至于为什么说到温度，是因为我看到了一个巨大的温度计：它是用塑料泡沫做成的，由两个人抬着。上面写着的"36.6度"显然不是气温。有人问，那是什么的温度？未知的巨人？还是这场游行的温度？"36.6度"应该跟温度计上面写的"苏维埃国家"有关系。一个游行者说，这个国家已经病入膏肓，他们还拿一个假温度计来测量她的体温。他说话的声音很轻，仿佛在自言自语。不，完全就是在自言自语。

旗帜在风中飘扬——颜色各式各样，但大多数是红色。还有党和政府领导人的画像（画像没有飘扬）。游行者按照各自的学校排成队列——比如第一排是医学院的学生。他们正在等待开始行进的命令。有人从上衣兜里掏出一个酒壶。

"来点儿白兰地吗，马列[①]·叶甫盖耶维奇？"

"好啊。"

马列径直用嘴唇包住壶嘴，咕咚咕咚喝了几大口，重重呼了一口气，擦擦嘴巴，又对着壶嘴吮吸起来。酒壶的主人很伤心。他没料到自己的酒壶被人当奶嘴一样使。他担心经马列·叶甫盖耶维奇的嘴唇这么一番洗礼，白兰地会逊色不少。

"波琳娜，你喝吗？"

大概波琳娜用过以后，他就又愿意碰酒壶嘴了。

"谢谢。"波琳娜说，"我不喝。"

她平常可是喝酒的。可见她也看到了马列·叶甫盖耶维奇那令人作呕的喝法。

队伍缓缓朝前移动。打头的是温度计，旗帜和肖像紧随其后。队伍流动着，就像洒出来的果酱一样流经列夫·托尔斯泰街[②]，在基洛夫大道[③]和其他队伍汇成一片，融入统一的步调和欢乐的海洋。其实欢乐来自整齐划一的步伐，来自庞大的人群。实际上，没有什么值得庆祝的。

没什么值得庆祝的。

---

① 马列是一个苏联时代的男性人名，由马克思和列宁名字的前三个字母组成。
② 彼得格勒岛上的一条街，和石岛大道相连。
③ 基洛夫大道是石岛大道的旧名，用于1934—1991年间。

1975年，阿卢什塔①，沙滩浴场。笔者观察着海面。海面上漂浮着小艇、拖网渔船，还有一些长椭圆形的大船——我们将它们统称为油轮。油轮离得太远，以至于听不到它们的声响，看起来就像一出默剧，或是像剧院舞台上胶板粘的假船。它们严格地沿着天际线前进，从不上下偏移半分。

我和大海之间隔着一个垫子。铺垫子的人精心计算过太阳的角度，让它侧朝着大海。在我眺望天际线时，一个女孩走过来坐在了垫子上。她约莫十六岁，刚从海里出来，发尖还滴滴答答地淌着海水，皮肤上的水珠就像刚铺好的沥青路上的雨点——滴滴分明。这或许是个缺乏诗意的比方，但这是我的第一反应。铺设沥青的画面给我留下了深刻的印象。

她从沙滩包里拿出一只纸袋，里面装的是樱桃。女孩儿盘腿坐下来，背对着我。脊椎、肩胛骨、膝盖的线条如同一只蝈蝈。娜斯佳探头过来看了一眼，提醒我说，蝈蝈是没有脊椎的。我说她这是吃醋了。她承认了，并在我额头上亲了一口。我立刻把蝈蝈的事情抛之脑后。

眼前的景象引得我口渴。我拿着钱包走到浴场的自动售货机旁。买三戈比的糖水不划算，来一杯普通苏打水吧（一戈比）。苏打水噗噗地涌进玻璃杯，在里面翻腾。气泡纷纷上升，引发一场场微型爆炸——这是个跟苏打水一样透明的暗示（成功的比方），表明机器里的水是凉的。

可惜，暗示是错误的。水并不凉，但总比没有好。因为

---

① 位于克里米亚半岛南部海岸的度假城市。

1911 年我最后一次来这里时,这儿压根没有自动售货机——别的东西也没有。只能说这里变化巨大。不变的只有海滩带来的巨大快乐——只要一想到海滩就能体验到的那种快乐。就算你清楚知道,海滩上已经没有了你的位置,前方还有许多不愉快的事情等着你——你还是能体会到那种快乐。

1918 年,列宁格勒。库普奇诺区①。夏天。

板房里的生日。

彼得堡天热的时候,最好别进板房。严格地讲,压根别住在里面。

彼得堡的夏天潮湿又黏稠。板屋就像一个烤炉,没法通风。所有东西都挤在狭小的空间里。

这种生日让人没有喝酒的欲望。好吧,除非是冰镇啤酒。我们的确用了啤酒开场,至于用什么收场,也可以想见。Schrecklich.②

"请拿点橄榄来。这是裘皮鲱鱼沙拉③。"

"这天气,一听裘皮简直……"

房间里爆发出一阵大笑。是奥库扎瓦。

"每个人都喝点儿,别想推辞。"

只能喝了。

---

① 位于圣彼得堡南部的郊区。
② 德语,意为"糟糕。"——作者注
③ "裘皮鲱鱼沙拉"是俄罗斯特色菜,"裘皮"就是盖在鲱鱼上的红菜沙拉。

"谢雷①,我要用空手道扁你一顿。但不是今天。"

一个客人伸手去够伏特加,想要敬酒。可以看到他衬衫的侧面都汗湿了。

接着他站起来,想给坐在对面的客人倒酒。这下他湿透的后背也露出来了。

等他直起身子准备发言,大家才发现他的肚子也湿了。要是他乖乖坐着,不这样咋咋呼呼,也没人会注意到这些。

"快去浴缸那儿帮谢雷扶着脑袋。总之得有人坐在他边上,扶着他的脑袋,要不然他会被呕吐物呛着。"

"那个叫呕吐物吸入。"

"既然你这么聪明,你来扶着他。"

"我聪明?"

"不不,你不聪明,我说着玩的。"

两人就这么吵起来了。人们急忙把他们拽开。他们没再反抗。

普拉东沙变得越来越令人费解。他希望我和盖格尔能恰如其分地描述一下扎列茨基的死。我起先不愿意,要知道我们可没有亲眼看见他的死,又怎么去描述呢?普拉东沙答道:有很多东西你们都没有见过,但照样能描绘出来。他摆摆手说,好吧,不用了,我只是提个建议。盖格尔偷偷给我使了个眼色,

---

① 谢尔盖的昵称。

我赶紧闭上了嘴。扎列茨基对普拉东沙来说是个重要人物。所有的一切都是由他引起的。难怪普拉东沙会画他。

我拒绝普拉东沙的时候没过脑子。老实说,我不太明白为什么偏偏要我们来描述,可既然普拉东沙觉得这很重要,我就把这个疑问咽回肚子里。只要他能够康复——让我写什么都行——示威、公园、婚礼、谋杀,天天写都行。

今天我才知道几天后我就要飞往慕尼黑。是因为收到了一个慕尼黑医院寄来的包裹我才意外发现的。我立刻给这事儿的幕后主使盖格尔打了个电话。他解释说,之前对我保密是为了不让我和娜斯佳过早焦虑。

我不由得焦虑起来。原来我得自己一个人去。盖格尔正在为他的私人诊所和卫生部周旋,必须每天都在那儿坐镇。他也会去慕尼黑,但只能待一天,去给会诊拍板。至于娜斯佳,医生强烈要求她哪儿都别去,警告说可能会导致不良后果。她执意要违背医嘱。但我不会允许她这么做的。

一想到独自出远门我就害怕。但我尽量不露声色。小时候阑尾炎发作被送去医院那次,我被惨白的走廊和药水的气味吓坏了。但真正让我绝望的是,他们不允许父母陪我进手术室。被放在移动病床上推走时,我扭头看向他们——一对悲伤的夫妇,站在走廊深处的某个地方向我挥手。我为骤然降临的孤独哭泣,也因为对他们的无限怜悯而落泪。因为我知道,他们所忍受的孤独比我的还要痛苦。我压抑着自己的哭声,以免加重他们的痛苦,但泪水却像断了线的珠子,让见多识广的护士们都面露难色。

这个画面在我记忆中闪烁,如同一颗模糊的斑点,又像是雾气里的灯笼,突然爆发出强烈的光芒。童年的那次离去并不是真正的离去。我重新和亲爱的人们相逢了。而这一次,我会沿着走廊被送去哪里?只有上帝知道。晚上盖格尔来找我们时,他飞快地跟我提了一句,他们有可能"会打开我的颅骨"。"颅骨"这个词和他漫不经心的语气都表明,这句话经过了精心排演。

1923 年,三月。

扎列茨基,一个在香肠厂值完班的工人,准备回家。

他在裤子里藏着一根香肠,顺利通过了检查站。香肠拴在紧靠生殖器的绳子上,守卫看不出来。

扎列茨基的生殖器很小(在停尸房才发现),因此留给香肠的空间很宽敞。

和扎列茨基同时代的弗洛伊德兴许会认为,这种盗窃行为和口腹之欲无关。谁知道呢,可能这位受害者的确依靠裤裆里的香肠提振了自信。也许他的自我评价也随之有所改善。

不管怎么说,裤子里塞着香肠走路总是不方便。香肠妨碍行动,说不定最后还会掉下来,在众目睽睽之下溜出裤管。

用这个法子偷运香肠是有风险的,扎列茨基也知道这点。

他会走到离工厂很远的地方,通常是日丹诺夫卡河边,然后解开裤子，取下香肠，手里提着香肠走上河堤。

在俄罗斯，手里提着香肠的男人难免引人注目，尤其是在1923年。

以下是其他可能性。

有人开始跟踪这位香肠厂员工。在那个不幸的日子里，他们可能早早埋伏在河边。躲在树后——假设吧，是一棵垂杨柳后面。香肠刚被扎列茨基从裤裆里掏出来，立刻就被抢走了。

然后发生了什么？这时候就轮到偶然性上场了。

扎列茨基可能被推倒了，脑袋撞在了一块尖利的石头上。这就是对香肠毫不知情的调查员特列什尼科夫的推断。当然，这些人也可能用这块石头砸死了扎列茨基——在我看来，也算是一桩小小的善事。

问题是：他们为什么要杀他？要知道，这位受害者根本不可能为失窃的事去报警。

第二种情况。

河边聚集了一帮游手好闲的家伙。形形色色的流浪汉总在河岸上游荡。

其中一个日丹诺夫卡流浪汉发现了扎列茨基。香肠工啪啪地拍打雨鞋上的湿雪，引起了他的注意。三月的日丹诺夫卡河岸，不是个散步的好地方。但凡长了心眼的人，都能看出这位拍打雨鞋的路人，到这里来肯定别有意图。

流浪汉做好了万全的准备，悄悄跟着扎列茨基，在一棵我想象中的柳树后面盯着他。他还不知道扎列茨基到底在干什么，但已经把他视为猎物了。

他拥有敏锐的直觉，猎手的嗅觉。用现在的词来形容，他是个亡命之徒,可以毫无缘由地杀人。只要能杀,统统杀掉。他看着扎列茨基暴露了自己的香肠诡计(他早习惯了处变不惊),然后举起石头,砸向猎物的后脑勺。

他一边欣赏着猎物垂死的姿态,一边把香肠吃掉。然后他消失在夕阳中。

盖格尔描写了扎列茨基被杀的现场。普拉东沙请他大声读出来。在我丈夫面前,盖格尔早就把"不"这个字给丢掉了,所以他言听计从地读了起来。我只是盯着普拉东沙看。他平静地听着依他的指示写出的怪异描述。我一度以为他会满意,但事实证明没有。他直言不讳:不对。没有解释原因。我觉得盖格尔有点生气,考虑到普拉东沙的要求过于诡异,他可能还有点意外。他或许很是懊恼:这么诡异的要求我都满足了,你居然还不满意。

盖格尔跟我说:

"要不,您来讲一讲他的死亡?"然后他转向普拉东沙,"或者您来?"

普拉东沙答道:

"好,我来试试。"

我也点头了。

我感觉我们都快精神错乱了。

还有——明天普拉东沙就要飞往慕尼黑了。他不打算带上我。

盖格尔没能成功地描写出扎列茨基谋杀案。我以为这任务不难，看来没那么容易。让我们看看娜斯佳会写些什么。昨天她说我没有为自己的康复努力。我不知道，可能是因为疲惫吧。我已经太久没感知过强烈的情绪了，任何一种都感觉不到。我觉得自己甚至厌倦了对死亡的恐惧，以至于到最后，一些情绪化作了冷漠，另一些则化为平静。

我丧失了力量和记忆，但并没有经受痛苦——我从中看到了上帝为我展现的仁慈。毕竟我知道什么是苦难。恐怖的不是肉体上的折磨，而是丧失从痛苦中解脱的希望：随时打算从肉体中解脱，一步步走向死亡。你单纯地无法再去思考生存的意义，唯一一点求死的念头也是为了从痛苦中得到解脱。病痛平息的时候，你才得到喘息的机会，将所有事情考虑清楚，做好万全的准备。之后经历的那几个月甚至几个星期没有痛苦的时间，会变成微小的永恒。你不再认为它们是短暂的，不再拿它们去跟什么预期寿命和其他鬼东西去作比较。你会渐渐明白，每个人都有自己的命数。再考虑到平均寿命……

明天就要去慕尼黑了。我对这趟旅途没有太大的期待，但仍在某种意义上感到高兴。我们都很累，需要分开一阵子，各自休息一下了。

今天我们在机场给因诺肯季送行。我一周后再飞去慕尼黑。

普拉东沙不在的第二天。空荡荡的。现在我可以放肆地哭了——没有人会看见——可没有眼泪出来。原来泪水是需要有旁人在场的，哪怕对方没有察觉。我去参加了夜祷，在那儿尽情流泪。好在天已经黑了，没有人注意到。

今天早上，普拉东沙给我发了一封电子邮件，里面说他受到了对方的热情接待，他们带他游览了城市。当天下午他们去了英国公园①。他最喜欢公园了，哪怕是破败不堪的那种。因为公园让他想起希维尔斯克的一些地方。接下来，普拉东沙详细描述了秋末的希维尔斯克森林。那里浓烈刺鼻的腐烂气息，林间的溪流，和树上的乌鸦。他写道，那些乌鸦钟爱细树枝，所以老站在上面摇晃。我没注意过，但应该确实如此——仔细想想，乌鸦能感受得到多少快乐呢？信里只有五行字是描述慕尼黑的，剩下的都在讲希维尔斯克。最后他问我写没写扎列茨基谋杀案。我以为他会把眼下的事都给忘了——结果他可没忘。这下我只能动笔了。真是强人所难。

他们带我游览了慕尼黑。这是个美丽的城市，可我内心毫无波澜。我从没有来过这里，也不对这里的任何东西负有责任——不为商店里的香料，不为绿荫，不为漂亮的汽车负责。这一切都是在没有我参与的情况下出现和发展而成的。也许英

---

① 英国公园是慕尼黑最大的公园，占地350公顷。

国公园是个例外，它让我想起了童年。抵达的第一天我就意识到，这趟旅行本身恐怕是徒劳的。很难说清原因，但我就是产生了这样的印象。

然后是和医生迈耶教授的初次见面。见到他，我的第一个念头是：他不如我的德国朋友。回答"Wie geht es Ihnen?"[1]时，我说的是"Ich sterbe"[2]。这个回答既符合盖格尔寄来的材料，又反映出我的感受，当然，还暗含契诃夫的典故[3]——尽管迈耶教授不太记得那故事的细节了。他嘀咕了一句"Noch nicht"[4]，接下来我们便在翻译的帮助下开始交流。我高中的德语储备仅限于此。

在对我进行初步检查后，迈耶教授花了很长时间埋头研究材料。整整花了半个小时，也许更久。他翻阅着我的病例（伟大的盖格尔把它翻译成了德语！），一会儿用食指沾沾唾沫，一会儿动动嘴唇，一会儿挠挠鼻子。然后他抬起头说：

"我把话先说明白，别指望我们的诊所会带来奇迹。但我们会竭尽所能。"

我感觉自己大咧着嘴，露出所有牙齿微笑道：

"可我就是为奇迹而来的……"

"奇迹，那是俄罗斯才有的东西，"迈耶的目光变得悲伤，"你们依照奇迹的法则在那生活，而我们却用适应现实的方式努力生活着。只是现在还不知道哪种更好。"

"上帝意之所及，自然法则亦会折服。"我说出了自己最重

---

[1] 德语，意为"您好吗？"——作者注
[2] 德语，意为"我要死了"。——作者注
[3] 契诃夫在德国巴登威勒养病时生命垂危，死前曾用德语对医生说"我要死了"。
[4] 德语，意为"还没有"。——作者注

要的愿望。可翻译员没法把它表达出来。

她请我解释一下这句话的意思。

"请告诉教授，他说得完全正确。这个问题的确值得思考。"

我走在诊所的走廊上，心里琢磨，医学领域的事情相信德国人没错。但是我的状况已经超出了医学的边界。既然如此，我来这是为了什么？

因诺肯季刚刚通知我，他要返回彼得堡。

他是在酒店里给我打的电话，他在那儿取了行李就去机场。

他请我不要把他回程的安排告诉娜斯佳。他还不知道自己能不能买到下一趟航班的机票，也不想让她担心。最重要的是，不希望听到她的劝阻。这句话自然也是说给我听的。

我没有劝他，只是说会去机场接他。

他没有对自己的行为做任何解释——还有什么可解释的呢？他只说，只有在那儿他才看清了一切。

好吧，至少他还看清了点什么。我可是一头雾水。甚至不知道慕尼黑医生的干预有没有派上用场。

我知道一件事：我给他提供了机会。而他也做出了自己的选择。

这是我几个月来第一次用笔写作，着实不轻松：我的手动起来很困难。盖格尔称之为精细运动障碍。我用手写而不打字，是因为飞机着陆前不允许使用电脑。着陆这个词有点夸张。半个小时前机组通报说，飞机起落架没有弹出。我们无法降落。

我写作是因为总得找点事做。有些人正盯着窗外看。他们可能并没有在看什么，但乘务员要求打开遮光板。万一紧急迫降，没时间让眼睛去适应自然光。有人在哭。我还是继续写作比较好。我觉得纸张要比电脑可靠，它跟电脑不一样，不怕摔。尽管会被火焰烧毁。

为了防止起火，飞机要把燃料耗尽[①]。机组播放了两次通知，让乘客用头抵住前座的靠背，飞机开始下降。掠过跑道后，又拉起了机头：起落架依然失灵。

我坐在飞机最后几排的靠窗位置。右手边是一位德国老人，衣领上有一道白色的条纹。我知道，这表示他是一名神职人员。他带着一点德国口音问我：

"这趟飞机上有多少人？三百？"

"至少。"我答道。

他的想法不言而喻。但我不想遵循他的教诲。我扭头望向舷窗，望向机翼下的彼得堡和毫无踪影的起落架。不时有机组成员走到窗前，和我一样，看看瓦西里岛的轮廓，伊萨基辅大教堂和彼得保罗大教堂的尖顶。这座无与伦比的城市在最后一刻为我们献上了如此胜景。

机长从驾驶舱里走了出来，用麦克风对乘客广播。他说起落架故障是常见情况，通常不会导致伤亡。他散发着冷静的气

[①] 此处指飞机在紧急迫降前为了减少火灾或爆炸的几率，会先进行放油。

场。扬声器里传来《四季》的第一乐章[①]。与此同时，空姐们来到了过道里，她们已经无法像起飞时那样笑容满面了，但也没有露出明显的惊慌。机长（穿着一身全新的制服）不慌不忙地穿过机舱，消失在机尾的帘幕后面。我的邻座着迷地望着身材匀称的俄罗斯美人伴着柴可夫斯基的乐曲给他倒矿泉水。危机强化了人对美的感知。

身后传来压抑的哭泣和短促的巴掌声。我转过头，透过窗帘的缝隙，看到一名空姐坐在折叠椅上哭泣。而机长啪啪抽打着她的脸蛋。他不紧不慢的动作具有十分明确的目的性。

邻座有人在呕吐。

手快要写不出字了。字迹变得越来越细小扭曲——我得休息一下。但有件重要的事不得不做：我承诺过会描述扎列茨基谋杀案的。而距离着陆的时间似乎不多了。

从慕尼黑飞来的航班起落架出了故障。这是机场刚刚宣布的。

我很害怕。

我尽量不去多想。

我随身带了日记，今天发生的事情我也会如实记录。我想，就像因诺肯季做的那样。

庆幸的是，娜斯佳还不知道这里发生的事情。她甚至不知

[①] 《四季》是俄罗斯作曲家柴可夫斯基创作的钢琴套曲。

道因诺肯季已经离开了慕尼黑。

哭泣的接机人群久久地站在那儿,像是一种准备迎接悲剧的特殊姿态。一阵风吹过花束的玻璃纸包装,花朵渐渐蒙上了一层不祥的色彩。

接机大厅内外出现了第一批摄像机。

有个可怕的想法一闪而过。对病人来说,灾难某种意义上其实……这想法太可怕了。

心理医生也来了。谁需要帮助,一眼就能看出来。实际上,这里用不上心理医生。

他们没来找我。我在写作,他们也知道,写作的人心理健康状况都很良好。

巨型屏幕上出现了机场的电视转播画面。电视是残忍的。它似乎冷静地记录正在发生的事情,而这冷静中蕴含着残忍。

现实一分为二。拿花束的人既站在我身边,同时也出现在屏幕上。我还看到了自己,屏幕里的我旁边有个心理医生,他抱着接受心理干预的家属,轻抚她的后背。奇怪的是,我刚才没有看见他们。

我转过身,没错,他们就站在那儿。家属趴在心理医生肩上有一搭没一搭地哭着。现在还不知道有没有哭的必要,也许,飞机能顺利降落呢。

飞机,正面视角。飞机的结构在屏幕上看起来硕大无朋。像歌剧院,冰雪宫殿,海洋公园——唯独不像一架会飞的机器。它是一种宏大思想的具象化。

它不是在飞行——而是悬浮在空中。在热得扭曲变形的空气中,在夏日的田野上空对着摄像头摆造型。

着陆准备。下降。

飞机在跑道上空飞掠。

我们看到了,起落架又没有打开。不要降落!不要降落……

人们惊声尖叫起来。

飞机拉起机头,重新开始盘旋。

我很久以前就意识到,是普拉东沙杀死了扎列茨基。现在既然他在千里之外,我写起来就更容易了。奶奶用她所谓的雇凶杀人把我给搞糊涂了——但也只有那么一段时间。当时我不知为何没能想明白她雇了谁。更准确地说,是她对谁说了这件事。当她的父亲,也就是我的曾祖父被捕时,她请普拉东沙无论如何都别杀了扎列茨基。这个要求不难理解。我想他内心本来就有动手的念头,听到这个请求,他还有什么别的选择呢?

他杀死扎列茨基的场景我想象不出——这件事太严重了。好几次我都想跟普拉东沙聊聊扎列茨基,但总是无法鼓足勇气。我想,既然他不提,那我就不该说。现在可以说了。毕竟他不是无缘无故为了扎列茨基请求我们的——这个请求事关重大。

况且,出于某种原因,我觉得盖格尔也猜到了真相。可能比我还要早。但他还是保持了沉默,始终沉默。

上帝啊,宽恕我吧!我对神父说,我曾经杀了一个人,我为此忏悔，但这并没有让我觉得轻松。神父回答：你请求上帝的宽恕，可你杀的不是上帝——也许，你应该请求被害者的宽恕？我的上帝，我应该和被害者说些什么？他在那边能够听到吗？我回到家，拿起凶器，去了犯罪现场。到了那儿，我说：原谅我，圣尼古拉的仆从①，我在1923年3月的一个晚上用忒弥斯雕像杀了你。从那个时候起，你就一直在等待这番话。但我怎么也说不出口——我一度以为我永远不会说出口了。

然后我又带着忒弥斯去了墓地，想再和圣尼古拉的仆从谈谈。我还要专门为忒弥斯请求宽恕。杀人的时候，我自以为是在重申正义，可谋杀又有什么公正可言呢？完全有悖正义。甚至就连重申正义也是我事后给自己找补的借口，其实起初我选择忒弥斯完全出于另一个原因。

仅仅是因为雕像方便手持。它仿佛专门雕刻成适于用手握住的造型——只有天平有些碍事。天平被折断以后，忒弥斯抬起的胳膊恰好自然地卡住我的手掌。于是，青铜的正义女神变成了手柄，而大理石底座变成了锤子。曾经只用于非战斗目的（主要是砸核桃）的雕像，突然成为复仇工具。沿着日丹诺夫卡河行走的时候，我感觉到怀里的雕像像斧头一样冰冷。

我是在灌木丛后面等扎列茨基的，而非盖格尔猜测的那样在垂杨柳后面。我甚至连这灌木的品种都叫不上来。等待的时间比预期更久——我研究过扎列茨基的行踪，他可能是被什么事耽搁了。但这对我有利——暮色越来越浓。他可能不会来

---

① 指扎列茨基。圣尼古拉是基督教圣徒，按19世纪的英国小说《艾凡赫》第十一章中的文字，圣尼古拉可能是盗贼的主保圣人（原文中以"圣尼古拉的仆从"借指盗贼）。

了——这个念头反复折磨着我！要是今天没成，这事就不会成了。所谓一鼓作气，再而衰，三而竭。

但计划没有落空。扎列茨基来了——出现得非常突然。我差点来不及躲到灌木后面。我不知道是什么事情耽搁了扎列茨基，但他脸上的表情很难过，那种悲伤就跟我前不久在画上描绘的一样。那是张正常人的脸庞，不是平时那副虫豸的嘴脸。如果他一直保持这个状态，那么也许那个三月晚上的一切都会不同。但他富有人性的那副面孔逐渐皱缩，如同面具一样滑落，从中露出了他以前的样貌。他解起了裤腰带。我环顾四周——空无一人。

我从藏身处走出来，心里想着他正是顶着这副卑鄙的嘴脸，告发了阿纳斯塔西娅的父亲。这给了我力量。来这儿的路上，我一直担心自己在关键时刻下不了手——字面意义上的，手根本抡不下去。我的担心是多余的。我朝扎列茨基的方向走了几步，掌心的雕像非常趁手，我稳稳地将它抡起来，结结实实地击中了他。他的头骨发出一种干巴巴的，类似木头碎裂的声音。扎列茨基还没看清我是谁，就一声不吭地倒了下去。

我俯身看他，他仰面躺着，双腿屈折，微微颤抖。香肠从解开的裤子里伸出来。我强忍着厌恶把它解下来，扔进日丹诺夫卡河。香肠掉进水里的声音引来两只鸭子，恋恋不舍地追逐衍开的水波。我似乎有些恍惚，缓缓爬上河堤，沿着河慢慢地走远了，把扎列茨基留在了肮脏的积雪和乱石中间。

我回到家里，坐在阿纳斯塔西娅房间的椅子上，和她一起喝茶。时钟滴答作响，而我们一言不发。在滴答声里保持沉默很不错。我开始觉得日丹诺夫卡河畔发生的一切是一场梦。但时间流逝，扎列茨基始终没有出现。我意识到这不是梦。这是最真实的现实。是真实的生活。或者说，是真实的死亡。

"扎列茨基不知怎么不在家。"阿纳斯塔西娅说。

"他会出现的。"我的声音激昂得出奇。

"万一他不在了呢？"

阿纳斯塔西娅唇角露出一丝不易察觉的微笑。

她不知道，我有多希望他能出现。哪怕是一副半人半鬼的样子，血迹斑斑地——只要回来就好。

但他没有回来。

消防车开始进入现场。它们沿着机场跑道排成一列。那架不幸的飞机将会落在这条跑道上。

直升机拍摄的镜头显示，救护车队正沿着公路朝机场驶来。它身后半公里外还跟着另一支车队。

我突然想起急救车的旧称——四轮轿式马车①。那么多东西都消逝了，只有它保存了下来。

我本打算埋头写作，却鬼使神差地打开了电视。上面是来自慕尼黑的航班的现场报道。我不安起来：搞不好普拉东沙就

---

① 俄语中急救车为 карета скорой помощи，其中 карета 原指四轮轿式马车。

在飞机上。消防员正在跑道两侧安装救火龙头，我不禁想，这些人冒了多大的风险啊！他们可能不得不去给起火的飞机灭火。

我记得普拉东沙小时候也曾梦想成为一名消防员。他那个时候被危险给迷住了，幼小的他为了这些人的悲情和伟大哭泣，为了生与死的对抗而哭泣。而死亡是有形状的，它要么是熊熊燃烧的木梁，要么是易燃的火药库。抑或是一场没有起落架的迫降。

救护车依次开进停机坪。医生从车上跑出来，掀起的风衣里露出白大褂的腰带。光是看到这些白腰带我就难受，因为它们总让人联想到肉体的痛苦。

电视上冒出来一个所谓的航空专家。他说，飞机打算使用机腹着陆，因此现在正在准备跑道。这种夸夸其谈叫人恼火。既然你这么聪明，倒不如解释解释为什么起落架放不下来，或者最好想办法让它出来。要是办不到，那就闭嘴。

他闭嘴了。

画面切回飞机。它已经开始降低高度。

消防员的特写镜头。他们目不转睛地看着飞机开来的方向。信号灯的光照在他们脸上。一声令下，他们举起消防水龙的喷口，上面开始喷出泡沫。

为什么要拍这些东西给我看？

我一直背负着这段记忆，它会陪着我直到生命的终点。考虑到终点可能就在眼前了，我猜测它显然会在我死后继续存在。在那边，一切事件和我们与之相关的回忆都会重聚。如果灵魂是永恒的，那么我想所有和它有关的东西，都会留存下来——行为，事件，感受。即使是以另一种方式，另一个形态，甚至可能打乱了顺序，也会保存下来。因为我记得谢列梅捷夫将军大宅门上的铭文："上帝存留万物。"①

我碰了碰邻座的肩膀：

"您觉得，我在邻居脑袋上敲的那一下，会一直跟随着他，直到我向他请求宽恕吗？这些事情的先后顺序是这样的吗？"

他的眼中露出淡淡的惊讶：

"还存在其他可能性吗？"

"我现在想明白了：存在。诚然，真正的忏悔——是回到犯罪之前的状态，就像以自己的方式克服时空障碍。但罪孽不会消失，它仍是之前的罪孽——不管您信不信——只是因为我悔了罪，它就成了一种解脱。它既存在，同时也被消除了。"

邻座把自己的手放在我的手上，紧紧握住它。他眼中噙着泪：

"您说的话我一个字都听不懂，但不知为何，我相信您是对的。"

飞机准备降落了。因诺肯季，我的朋友，坚持住。

---

① 这句话是彼得大帝的助手、陆军元帅谢列梅捷夫在 1706 年被封伯爵后，为自己家选择的铭文，刻在谢列梅捷夫宫的大门上。这栋宅子也在丰坦卡河边。

"您忙着写什么呢?"

"我在描述各种事物和感受。各式各样的人。我想要把被忽视的他们拯救出来,所以每天都在写作。"

"上帝创造的世界浩渺无边,您光靠一支笔,成功的机会太渺茫了。"

"您知道吗,如果每天都写一点,哪怕只是描绘这世界一个小小的角落,就能积少成多……其实,也不一定只能写出冰山一角,对吗?总有人会找到一个见微知著的视角,反映出相当一部分的真实。"

"比如?"

"比如,飞行家。"

普拉东沙不在那架飞机上,这是何等的幸运。

就拿忒弥斯雕像来说吧。我很难想象没有它的童年。它陪我度过了最灿烂的岁月。弄坏它的天平时,我还不知道日后它的用途。可我童年的恶作剧,却成为若干年后日丹诺夫卡河滩上的悲剧的一部分。我想说的是,事件不分大小,每一件都很重要,都在发挥作用——无论好坏。

艺术家很清楚这一点，因为他们总是通过最不起眼的细节来描绘生活。的确，有的东西他怎么都无法复现：画了南方城市的花坛，画不出七月晚上的花香，画了雨后的潮湿闷热，画不出那溶化在雨后空气里，醉人得仿佛美酒的花香。但总会有那么一个惊人的瞬间，图画开始散发香味。因为真正的艺术正是对无形之物的表达。没有它们的生活是不完整的。对完满表达的追求，就是对完满真理的追求。

有一些存在，始终处于文字和画笔可传达的边界之外。你知道它们存在，但仿佛隔着一道深渊，始终无法接近。你站在崖边，心里明白，要越过它必须另寻出路——甚至可能要亲身涉水。比如跟我未来的女儿单单说一句"我的童年"，其实什么也传达不了。为了让她有点具体的概念，我得描述上千个不同的细节，否则她无法体会我那时的幸福。

那我会对她讲些什么呢？当然要从我床头的墙纸说起——直到现在我依然记得上面的花朵图案。每天晚上入睡前的几分钟，我总会用手指划过它们。还有夜壶盖子的动静，它们像乐队里的铙一样扎耳。以及每次翻身时床板的吱呀声。手抚过闪光的冰冷床架，和它们纠缠在一起，慢慢捂热铁管。手指朝下滑落，摸索着床单的褶皱，搭在坐在我床边的奶奶的膝盖上。我注视着吊灯和它宛如蜘蛛的影子。天花板中央亮堂堂的，墙角则黑洞洞的。架子上的忒弥斯手持天平，散发出正义的光辉。而奶奶，正在给我朗读《鲁滨孙漂流记》。

图书在版编目（CIP）数据

飞行家 / (俄罗斯) 叶甫盖尼·沃多拉兹金著；肖楚舟译. -- 北京：九州出版社，2025. 4. -- ISBN 978-7-5225-3521-0

Ⅰ. I512.45

中国国家版本馆CIP数据核字第2025QN1075号

© Evgenii Vodolazkin 2016
The simplified Chinese translation rights arranged through Rightol Media
（本书中文简体版权经由锐拓传媒取得 Email:copyright@rightol.com）
and Banke, Goumen & Smirnova Literary Agency（www.bgs-agency.com）
著作权合同登记号：图字01-2025-0420

飞行家

作　　者	［俄］叶甫盖尼·沃多拉兹金　著　肖楚舟　译
责任编辑	周　春
出版发行	九州出版社
地　　址	北京市西城区阜外大街甲 35 号（100037）
发行电话	（010）68992190/3/5/6
网　　址	www.jiuzhoupress.com
印　　刷	小森印刷（天津）有限公司
开　　本	880 毫米 × 1230 毫米　　32 开
印　　张	12.75
字　　数	276 千字
版　　次	2025 年 5 月第 1 版
印　　次	2025 年 5 月第 1 次印刷
书　　号	ISBN 978-7-5225-3521-0
定　　价	72.00 元

★ 版权所有　侵权必究 ★